MOON
NOTES

FRANCESCA PELUSO

Moon Notes

klimaneutral
climatePartner 18652-2212-1001

MIX
Papier aus verantwortungsvollen Quellen
FSC® C014138
FSC www.fsc.org

Originalausgabe
1. Auflage

Druck und Bindung: FINIDR, s.r.o., Lípová 1965,
737 01 Český Těšín, Tschechische Republik
Printed 2023
ISBN: 978-3-96976-043-7

www.moon-notes.de

Für Kim

Starke und unabhängige Frauen
wie dich sollte es öfter geben.
Danke für dein Vertrauen

KAPITEL 1

Sienna

Sie würde Camille umbringen. Punkt. So einfach war das. Sie würde ihre beste Freundin qualvoll erwürgen. Selbst schuld. Auf Camilles Grabstein würde stehen: *Tochter, Geliebte, beste Freundin und die schlechteste Kupplerin der Welt.*

Natürlich würde sie sich bei der Auswahl des Grabes trotzdem Mühe geben, Camille sollte ja nicht in einer hässlichen Ruhestätte liegen. Das würde sie ihrer besten Freundin nicht antun.

Warum hatte sich Sienna überhaupt auf diesen Unsinn eingelassen? Sie wusste es doch besser. Kein einziges Mal hatte Camille auch nur im Ansatz ihren Geschmack getroffen. Was schon beinahe traurig war, wenn man bedachte, wie lange sie sich inzwischen kannten. Fast fünfzehn Jahre. Doch Camille betonte immer wieder, dass Siennas eigener Männergeschmack leider unterirdisch war und sie etwas viel Besseres verdient hatte. Diesem *Besseren* war Sienna bisher noch nicht begegnet.

Warum hatte Sienna also nicht *Nein* sagen können, als Camille mit dieser lächerlichen Idee angekommen war? Weil sie mal wieder diese Schnute gezogen hatte, und dazu dieser bescheuerte Hundeblick? Ja, so musste es gewesen sein. Wenn Camille damit anfing, gab es nichts, was sie ihr ausschlagen konnte. Leider.

»Hörst du mir zu, Sienna?«

Sie hob den Kopf und sah in die hellblauen Augen ihres Gegenübers. Die blonden Haare hingen ihm lose ins Gesicht.

Blond, der Kerl war einfach blond. Da hatte das Desaster bereits begonnen. Sienna stand so gar nicht auf Blondies. Und das letzte Mal, als sie mit einem blonden Mann zusammen gewesen war, war sie zu oft gefragt worden, ob das ihr Bruder sei. Nein, keine blonden Männer mehr.

Zögernd nickte sie und zwang sich zu einem Lächeln. In Wahrheit hörte sie ihm schon seit einigen Minuten nicht mehr wirklich zu. Ein schlechtes Gewissen machte sich bei ihr bemerkbar, doch sie konnte nichts gegen ihr Desinteresse tun. Als er angefangen hatte, über den derzeitigen Aktienkurs von Apple zu reden, hatte sie einfach abgeschaltet. Wer redete über Aktien beim ersten Date? Jeder Versuch von ihr, die Themen in eine etwas persönlichere Richtung zu lenken, war fehlgeschlagen. Alles, worüber ihr Blind Date reden konnte, waren seine Kurse in Wirtschaft, die Wall Street und das überteuerte Essen in der Mensa.

Von wegen, Miles war höflich, charmant und lustig. Na ja, zumindest das höflich hatte gestimmt, immerhin hatte er ihr die Tür zum Café aufgehalten, ihr den Stuhl zurückgeschoben und aus dem Mantel geholfen. Da hatte Sienna noch geglaubt, dass dieses Date gar nicht so schlecht werden würde. Doch dann war es schlagartig den Bach runtergegangen.

»Hast du vor, demnächst in irgendwelche Aktien zu investieren?«, fragte Miles und sah sie lächelnd an.

»Äh, nein, ich denke nicht.«

»Warum nicht? Momentan bietet sich das regelrecht an.« Er lachte verhalten, und Sienna kam sich vor, als würde er sie für dumm halten. Was sie in Bezug auf Aktien vermutlich auch war. Aber welche Zweiundzwanzigjährige hatte bitte schön Ahnung von solchen Themen? Ganz zu schweigen von dem nötigen Kleingeld, um in irgendetwas zu investieren. Ihre Investitionen beliefen sich auf die regelmäßigen Anrufe bei ihrem Dad, damit er ihre Miete bezahlte, den Vorrat an *Ben & Jerry's*-Eis in ihrem Tiefkühlfach und ihre Filmsammlung von Alfred Hitchcock. Die waren das investierte Geld allemal wert gewesen.

»Ich kann dich beraten, wenn du möchtest.«

Nein, das wollte sie nicht.

War das hier ein Date oder ein Investment-Meeting? So langsam war sich Sienna da nicht mehr sicher. Fehlte nur noch, dass er ihr im Nachhinein eine Rechnung für seine erbrachte Finanzberatung schrieb. Sie räusperte sich und nahm einen Schluck von ihrem Kaffee. »Und was machst du sonst so? Abgesehen von deinem Studium. Wie verbringst du deine Freizeit?«

Er hätte in diesem Moment alles sagen können. Videospiele, Baseball, Schach, ihr wäre sogar Fliegenfischen recht gewesen. Irgendetwas, was nichts mit Zahlen oder Geld zu tun hatte, aber leider war ihr dieses Glück nicht vergönnt.

»Ich habe kaum Freizeit. Neben dem Studium und der Arbeit in der Bank bleibt kaum Zeit.« Er sagte es nicht einmal so, als täte ihm dieser Umstand leid. Sondern vielmehr so, als wäre der Gedanke an Freizeit lächerlich. »Umso schöner finde ich es, dass es mit unserm Treffen geklappt hat.«

Sienna lächelte. Er konnte nett sein, vielleicht ging er sogar als charmant durch, was er jedoch auf gar keinen Fall war, war humorvoll. Sie hatte noch kein einziges Mal an diesem Nachmittag mehr getan, als ihre Mundwinkel nach oben zu ziehen. Dabei hatte Miles Witze gemacht. Oder es zumindest versucht.

Dieses Date war eine Katastrophe. Immerhin war der Kaffee gut, auch wenn Miles selbst da versucht hatte, alles kaputt zu machen.

»Ich trinke keinen Kaffee, das stört den Schlaf und schadet

dem Magen«, waren die ersten Worte gewesen, die er gesagt hatte, nachdem sie sich einen Cappuccino bestellt hatte.

Sie hatte bei dieser Aufzählung irrelevanter Informationen nur genickt.

Drei Kaffeebestellungen später hatte wohl auch Miles eingesehen, dass sie sich nicht sonderlich für Schlaf interessierte und ihr Magen durchaus in der Lage war, dieses böse, böse Getränk zu verdauen. Gott sei Dank, denn Kaffee gehörte zu ihren Grundnahrungsmitteln. Darauf würde sie niemals verzichten und schon gar nicht, weil irgendein Mann fand, dass es schlecht für sie war.

Als Miles sie mit hochgezogener Augenbraue ansah, merkte sie, dass sie ihm noch nicht geantwortet hatte. Er fand es schön, dass es mit ihrem Treffen geklappt hatte. Ja, was sollte sie darauf erwidern?

Sienna atmete tief durch. »Camille war der Meinung, wir würden uns gut verstehen.« Wie auch immer ihre beste Freundin auf diesen absurden Gedanken gekommen war.

»Sie meinte, Gegensätze ziehen sich an.« Miles schenkte ihr ein Lächeln, und sie nickte nur. Was für ein Unsinn. Sie beide waren grundverschieden, doch die Anziehung fehlte auf ganzer Linie. Wenn es nichts gab, was zwei Menschen miteinander verband, seien es dieselben Vorlieben, Hobbys oder Erwartungen, was sollte das Ganze dann überhaupt?

»Ich glaube, Camille ändert dahingehend sehr oft ihre Meinung.« Sienna konnte ein Schmunzeln nicht unterdrücken. Sie musste an ihr letztes Blind Date denken, das Camille arrangiert hatte, da war sie der festen Überzeugung gewesen, dass es zwischen dem von ihr Auserwählten und Sienna perfekt funktionieren würde, weil sie sich so ähnlich waren.

Wie passend, dass man das immer so drehen konnte, wie man es gerade brauchte.

»Tut sie das?«, wollte Miles lachend wissen. »Sie sagte auch, dass es eine Zeit lang dauert, bis du dich verliebst. Stimmt das?«

Sienna hob eine Augenbraue. Eine Zeit lang? Die Wahrheit war, dass sie sich nicht verliebte. Sie glaubte nicht einmal daran, dass es so etwas wie Liebe wirklich gab. Chemische Reaktionen des Körpers, die einem vorgaukelten, dass die andere Person einem wichtig war und man sich mit ihr fortpflanzen wollte, ja, das gab es. Lust und Leidenschaft, das gab es auch. Aber wahre Liebe, die ein Leben lang hielt? Pustekuchen.

Wie sollte man an wahre Liebe glauben, wenn man sie noch nie mit eigenen Augen gesehen hatte?

Statt Miles zu antworten, stellte sie ihm eine Gegenfrage: »Sind deine Eltern noch zusammen?«

Wenn er erstaunt über die Frage war, ließ er es sich nicht anmerken. Er schüttelte den Kopf. »Sie haben sich vor einigen Jahren scheiden lassen.«

Aha!, hätte Sienna am liebsten gesagt, schwieg aber. Es war ein sensibles Thema; nur weil sie es zur Genüge kannte, bedeutete das nicht, dass Miles die Trennung seiner Eltern gut verarbeitet hatte. Trotzdem hatte sie mit dieser Antwort bereits gerechnet. Die meisten Ehen endeten in einer Scheidung, ihre Eltern waren das beste Beispiel dafür. Und inzwischen wahre Profis. Es würde sie nicht wundern, wenn sie die Nummern ihrer Scheidungsanwälte auf der Kurzwahltaste hatten.

»Aber das bedeutet nicht, dass es beim nächsten Mal nicht klappt. Nicht jede Beziehung ist für die Ewigkeit bestimmt.« Miles zuckte mit den Schultern, als wäre es keine große Sache.

Sienna verzog die Lippen zu einer harten Linie. Für sie *war* es eine große Sache. Warum sagen, dass man sich liebte, einander heiraten, wenn man es am Ende doch nicht so meinte und man sich trennte, nur um alles wieder von vorne zu beginnen, mit demselben Ausgang?

Sie verstand es nicht, das hatte sie nie. Sie besaß schlicht und ergreifend nicht denselben Optimismus wie Miles und vor allem auch ihre Mom. Die Hoffnung, dass eines Tages der oder die Richtige kommen würde. Sie konnte nicht mehr mitzählen, an wie vielen Abenden sie ihre Mom auf dem Sofa vorgefunden hatte, tonnenweise Eis in sich hineinschaufelnd und unter Tränen *Pretty Woman* schauend. Immer ein Zeichen dafür, dass ihre Mom sich mal wieder getrennt hatte oder verlassen worden war.

»Wenn sie nicht für die Ewigkeit gedacht sind, warum es dann überhaupt versuchen?«, murmelte Sienna abwesend und griff nach ihrer Tasse. Die Hitze des Kaffees rann ihr die Kehle hinab und vertrieb die kalte Leere, die sich plötzlich in ihr ausgebreitet hatte.

Miles schien sie nicht gehört zu haben. »Kennst du die Sage über Seelenverwandte aus der griechischen Mythologie?«

Es überraschte sie, dass er gerade mit diesem Thema kam. Sie hatte ihn nicht für jemanden gehalten, der sich mit Geschichte und Mythen auskannte.

»Menschen wurden der Sage nach mit vier Armen und vier Beinen sowie zwei Köpfen geboren. Zeus war neidisch auf diese Verbundenheit und riss sie entzwei. Seitdem ist jeder Mensch auf der Suche nach seiner anderen Hälfte«, fasste sie kurz die Überlieferung zusammen.

Miles nickte enthusiastisch. »Ganz genau! Die Vorstellung gefällt mir.«

»Entzweigerissen zu werden? Ich kann mir Schöneres vorstellen«, brummte Sienna.

Er lachte, als hätte sie einen Scherz gemacht. »Nein, seinen Seelenverwandten zu suchen, in dem Wissen, dass er irgendwo auf dich wartet.«

Er war ein gottverdammter Romantiker! Das durfte ja wohl nicht wahr sein!

Erwürgen war zu gnädig für Camille. Sie würde sie vorher noch qualvoll ausweiden. Ihre Finger schlossen sich fester um den schmalen Griff ihrer Tasse. Ihre Kiefer spannten sich an, und sie unterdrückte ein Lachen.

Noch nie im Leben hatte sie eine kitschigere und absurdere Geschichte gehört als diese griechische Sage. Gerade wenn man bedachte, was die Götter von Treue und Loyalität hielten. Da trieb es doch jeder mit jedem, und niemanden scherte sich um die Gefühle der anderen. Das war die Realität, nicht dieser Schwachsinn mit den Seelenverwandten.

»Ich bin nicht so die Romantikerin. Ich glaube auch nicht an Seelenverwandtschaft«, gab sie leise zu. Sie wollte ihm nicht die Illusion nehmen, dass er vielleicht eines Tages die Richtige finden würde. Jeder durfte an das glauben und das hoffen, was er wollte.

Die einzige Seelenverwandtschaft, an die Sienna glaubte, war die mit Camille. Auf ihre beste Freundin konnte sie sich immer verlassen. Vielleicht nicht unbedingt auf ihre Verkupplungskünste, aber ansonsten war Camille für sie da, wenn sie sie brauchte. Das war wahre Liebe.

»Woher weißt du dann, dass du einen Partner liebst, wenn du nicht an so was glaubst? Wie war das bei deinen bisherigen Beziehungen?« Neugier blitzte in Miles' Augen auf.

Sienna ballte unter dem Tisch die Hände zu Fäusten. Ihre bisherigen Beziehungen? Wo sollte sie da anfangen?

Im Kindergarten hatte sie einem Jungen versprochen, ihn zu heiraten, wenn er sein Eis mit ihr teilte. Dieses Versprechen war bereits vergessen gewesen, da hatte sie noch die Süße des Eises auf der Zunge gespürt.

In der Grundschule hatte sie sich in einen ihrer Mitschüler verknallt, weil sie herausgefunden hatte, dass er Gitarre spielte, und sie das damals sehr cool fand. Doch leider hatte er es blöd gefunden, dass sie so überhaupt nicht musikalisch begabt gewesen war.

In der Highschool kamen Jungs und gingen wieder. Doch keiner von ihnen hatte echte Gefühle in ihr wecken können. Nicht solche wie in den Filmen, die ihre Mom so liebte, oder wie Camille sie allem Anschein nach für Isaac hatte. Zumindest momentan: Die Frage blieb, wie lange diese Gefühle Bestand haben würden. Sienna hatte Männer begehrt, ja, sogar einige Beziehungen geführt, falls man das so nennen konnte, aber wenn diese in die Brüche gegangen waren, hatte sie nicht eine einzige Träne vergossen. Sie hatte es teils schade gefunden, um die Freundschaft und schönen Stunden, die sie mit dem Mann verbracht hatte, aber hinterhergeweint hatte sie noch keinem. Keiner hatte ihr Herz berührt, also hatte es auch niemand brechen können.

Was ein eindeutiger Vorteil war! Zu oft hatte sie die verheulten Augen ihrer Mutter gesehen. Nein, darauf konnte sie getrost verzichten.

Sienna sah zu Miles und schüttelte langsam den Kopf. Sie hatte es versucht, hatte es wirklich versucht. Aber statt dieses Date zu genießen, war ihr nur mal wieder bewusst geworden, warum sie für eine Beziehung nicht geeignet war. Oder besser gesagt, keine haben wollte.

»Es tut mir leid«, sagte sie leise und schob ihren Stuhl zurück. »Ich glaube nicht, dass wir dasselbe wollen.« Sie griff nach ihrem Mantel, der über der Lehne gehangen hatte, und schlüpfte in die Ärmel.

Miles stand ebenfalls auf, ein erstaunter Ausdruck auf dem Gesicht. »Warte«, murmelte er und griff über dem Tisch nach ihrer Hand. »Bei Camille klang es so, als würdest du was Festes suchen. Wenn das nicht so ist, ist das auch in Ordnung. Ich wäre auch für andere Dinge zu haben.«

Ein kalter Schauer lief ihr über den Rücken. Sollte sie sich über seine Offenheit freuen oder sich beleidigt fühlen? So genau wusste sie das nicht. Sie schüttelte den Kopf. »Es muss einfach passen, und das fühle ich bei uns beiden nicht. Tut mir leid«, flüsterte sie und schaute dabei auf Miles' Hand, die noch immer ihre eigene hielt.

Er nickte, doch um seinen Mund lag ein harter Zug. »Verstehe«, brachte er durch zusammengebissene Zähne hervor. »Dann wünsche ich dir viel Erfolg, das zu finden, was du suchst.«

»Ebenso.« Sienna lächelte ihn zögernd an, kramte etwas Geld aus ihrer Tasche und legte es auf den Tisch. Sie nickte Miles zum Abschied zu und verließ dann das Café.

Draußen schlug ihr die kühle Septemberluft New Yorks entgegen. Dieses Jahr war es erstaunlich kalt zu dieser Jahreszeit. Sie zog den Kragen ihres Mantels enger um sich und schlüpfte in ihre Lederhandschuhe.

Sie fischte ihr Handy aus ihrer Tasche und begann zu tippen.

Hast du nächsten Freitag Zeit?

Camille saß mit Sicherheit bereits auf heißen Kohlen, weil sie sofort benachrichtigt werden wollte, wie das Date mit Miles gelaufen war.

Die Antwort kam binnen Sekunden.

Lief das Date so gut, dass du nun ein Doppeldate möchtest? Oder ist am Freitag die vorzeitige Hochzeit? 👰 💍 Ich wusste, dass es dieses Mal der Richtige ist! 🔥

Sie kam nicht umhin, ein freudloses Lachen auszustoßen. Hochzeit? War Camille jetzt gänzlich verrückt geworden? Anscheinend. Ihre Finger flogen förmlich über das Display.

Nein, am Freitag wird deine Beerdigung stattfinden, denn ich werde dich wohl oder übel erwürgen müssen! 💊 💀

Was? Warum? War das Date so schlimm? 😱

Sie dachte über das Date mit Miles nach. Als schlimm würde sie es nicht bezeichnen, viel eher als erfolglos. Er hatte sie einfach nicht umhauen können, da war kein Flattern im Magen gewesen, nichts.

Ja und nein. Wir haben keine Gemeinsamkeiten, seine einzigen Gesprächsthemen waren sein Studium und der Aktienmarkt. 🙆

Oh, und er ist Romantiker. Das war mein Stichwort zu gehen.

Diese Information musste sie einfach noch erwähnen, damit Camille den Ernst der Lage verstand. Romantik ging in Siennas Leben einfach gar nicht. Wirklich gar nicht!

Ups, sorry. Das wusste ich nicht. Tut mir leid, dass das Date so mies gelaufen ist. Kann ich dich mit einem Kaffee milde stimmen? 😇

Ich könnte vermutlich nicht widerstehen, in deinen reinzuspucken. Das wäre nur fair. 😒

Es würde zwar einem Sakrileg gleichkommen, in einen gut duftenden und aromatischen Kaffee zu spucken, aber Camille hätte es verdient.

Gibt Schlimmeres als deine Spucke in meinem Kaffee.

Beim nächsten Mal werde ich mir mehr Mühe geben, versprochen. 🙏

Sie las die zweite Nachricht einmal, zweimal, dreimal. Beim dritten Mal schüttelte sie vehement den Kopf. Nein, nein, einfach nein. Das war hiermit offiziell vorbei.

Es wird kein nächstes Mal geben. Ich bin fertig mit deinen Verkupplungsversuchen! 🙅

Damit sie die nächste Nachricht von Camille nicht mehr mitbekam, wollte Sienna gerade das Handy wegstecken, als das Gesicht ihrer Mom ihr vom Display entgegenlächelte. Mit allen Sommersprossen, die es zu bieten hatte.

»Hey, Mom«, nahm Sienna den Anruf entgegen.

»Sienna, Schatz, wo bist du? Ich habe bei dir zu Hause angerufen, aber da ist niemand ans Telefon gegangen.« Es war keine Sorge, die in der Stimme ihrer Mutter mitschwang, sondern pure Neugier. Alice Fisher, wie Siennas Mom nach der Scheidung von ihrem Vater wieder hieß, war schlimmer als das FBI.

Sie war neugierig, wusste immer über den neuesten Klatsch Bescheid und schreckte auch nicht davor zurück, ihre Tochter mit hineinzuziehen.

»Ich bin gerade unterwegs. Wieso, was ist los?« Sienna überquerte die Straße mit zügigen Schritten. In New York musste man wirklich aufpassen, dass man nicht aus Versehen von Uber-Fahrern oder Fahrrädern gerammt wurde. Telefonieren im Straßenverkehr konnte hier in der Tat ein Todesurteil sein.

»Ich wollte nur fragen, ob du morgen mit mir und Clive brunchen gehen möchtest?«

Clive. Das neueste Objekt der Begierde ihrer Mutter.

Den Namen hatte Sienna bereits häufiger gehört, doch getroffen hatte sie diesen mysteriösen Mann, über den ihre Mom natürlich nur Gutes zu sagen hatte, noch nicht.

»Ich muss arbeiten.« Eine willkommene Ausrede, zugegeben. Sie konnte beinahe vor sich sehen, wie ihre Mom den Mund verzog und ihre Unterlippe vorschob.

»Kannst du dort nicht später hingehen? Ich bin mir sicher, dass Teresa nichts dagegen hat. Wenn du möchtest, rufe ich deinen Vater an –«

»Auf gar keinen Fall«, fiel Sienna ihrer Mutter ins Wort. Sie presste die Kiefer so fest aufeinander, dass es wehtat. »Teresa ist in erster Linie meine Chefin, Mom.«

Ein Schnauben erklang am anderen Ende der Leitung. »Und deine neue Stiefmutter. Sie hat bestimmt Verständnis, wenn du später kommst.«

Unglaube breitete sich in Sienna aus, und sie atmete tief durch. »Ich aber nicht«, presste sie hervor und umklammerte mit Daumen und Zeigefinger ihre Nasenwurzel. »Ich werde ganz bestimmt nicht später zur Arbeit kommen, nur weil du mir deinen neuen Freund vorstellen willst. Da passt bestimmt auch ein anderer Tag.«

Hoffentlich in der fernen Zukunft. Ganz weit weg. Es war nicht so, dass sie ihrer Mutter das Kennenlernen mit ihrem neuen Freund verderben wollte oder so, vielmehr hatte Sienna einfach das Interesse verloren, die aktuellen Liebhaber ihrer Mutter kennenzulernen. Ihre Namen wechselten einfach zu oft.

Während sich Sienna gar nicht verliebte, tat es ihre Mutter umso öfter. Sehr zu Siennas Leidwesen.

»Ich hätte mich nur gefreut, ihn dir endlich vorstellen zu können. Ich bin mir sicher, dass Clive der Richtige ist.«

Nur mit großer Mühe unterdrückte Sienna ein Seufzen. Das war ihre Mom auch bei den letzten vier Beziehungen gewesen. Fest davon überzeugt, endlich den richtigen Partner gefunden zu haben. Doch jedes Mal war etwas schiefgegangen.

»Wir können für nächste Woche einen Termin finden, Mom. Da habe ich mehr Zeit. Aktuell bin ich auf der Arbeit und an der Uni ziemlich eingespannt.«

Stille am anderen Ende, als würde ihre Mom verständnisvoll nicken. »Ich schreibe dir wegen einem Termin, wir könnten abends irgendwo essen gehen. Hattest du nicht heute ein Date?«, kam es dann unvermittelt, und Sienna war sich ziemlich sicher, dass das der eigentliche Grund für ihren Anruf gewesen war.

»Hatte ich«, war ihre schlichte Antwort.

»Und? Wie ist es gelaufen?« Die freudige Erwartung war unüberhörbar, was Sienna nur abermals dazu brachte, ihre Nasenwurzel zu massieren.

»Nicht gut, Mom. Es lief nicht gut. Wir werden uns wohl nicht erneut treffen.« Lieber würde sie selbst Kurse in Wirtschaft belegen oder ihr geliebtes *Ben & Jerry's*-Eis an Molly abtreten, bevor es zu einem zweiten Treffen mit Miles kam.

»Was hat dir dieses Mal nicht gepasst? War er für deinen Geschmack nicht groß genug? Trug er die falschen Klamotten? Irgendetwas hast du immer auszusetzen. Der Mann für dich muss wirklich noch gebacken werden.«

Und da war er wieder. Der Satz, den sich Sienna anhören musste, seit sie sich zum allerersten Mal von einem Jungen getrennt hatte. Ein Stich fuhr ihr direkt ins Herz, und sie versuchte, den stumpfen Schmerz mit einem aufgesetzten Lächeln zu vertreiben. Ihre Mom sagte das immer so beiläufig, als würde sie über das Wetter reden. Nicht ahnend, dass sie ihrer Tochter dabei das Gefühl gab, als würde bei ihr etwas nicht stimmen, dass es mit der Liebe bei ihr nicht klappte. Als wäre das ein Fehler, ein Defizit.

Ihre Antwort auf derartige Aussagen ihrer Mom? Sarkasmus!

»Du hast recht, Mom«, sagte sie leise. Der Kloß in ihrem Hals war nur schwer hinunterzuschlucken. »Vielleicht sollte ich backen lernen, dann besteht wenigstens eine geringe Chance, dass das noch was wird.«

Sie hörte ihre Mom seufzen. »Clive hat einen Neffen in deinem Alter, vielleicht –«

»Nein!«, unterbrach sie diesen absurden Vorschlag sofort. »Ich werde mich nicht von meiner eigenen Mutter verkuppeln lassen. Schon gar nicht mit dem Neffen ihres neuen St-« Beinahe hätte sie »Stecher« gesagt, biss sich aber rechtzeitig auf die Innenseite ihrer Wange, um das Wort zurückzuhalten. Sie räusperte sich. »Ich bin aktuell nicht an einer Beziehung interessiert.« Sie wagte zu bezweifeln, dass sich das in naher – oder auch ferner – Zukunft ändern würde.

Sie würde sich nicht für irgendeinen Mann ändern, ihre Prinzipien über Bord werfen und faule Kompromisse eingehen. Das war nicht ihre Art. Da nahm sie es lieber in Kauf, als oberflächlich, wählerisch und anspruchsvoll angesehen zu werden, statt sich in eine Beziehung zu stürzen, die sowieso nicht halten würde.

»Sienna, ich –«, begann ihre Mom, doch ihre Stimme wurde von einem lauten Hupen übertönt.

Sienna näherte sich der U-Bahn und nahm das als willkommenen Anlass, das Gespräch mit ihrer Mutter zu beenden. »Ich muss jetzt zum Zug, Mom. Ich ruf dich an.«

Mit dem Wissen, dass sie ihre Mutter so schnell nicht anrufen würde, um damit weiteren Gesprächen über Männer, Dates und unnötigen Beziehungen aus dem Weg zu gehen, lief Sienna die Stufen zur U-Bahn hinunter, ihr Herz plötzlich leichter. Trotz des Gestanks der New Yorker Straßen konnte sie jetzt freier atmen.

Miles' Worte gingen ihr noch immer durch den Kopf.

Was genau suchte sie eigentlich?

Das war eine sehr gute Frage, auf die sie selbst nur zu gerne eine Antwort gewusst hätte. Suchte nicht jeder im Leben nach irgendwas? Nach irgendeiner Art von Erfüllung? Wie diese Erfüllung in ihrem Fall aussehen würde, wusste sie jedoch leider nicht. Fest stand nur, dass sie keine Dates und keine Beziehungen mehr wollte. Keine Verkupplungsversuche mehr. Dieser Blödsinn war ab jetzt vorbei.

KAPITEL 2

Rafael

»Und, wie schmeckt es?«

Rafael ließ den Geschmack des Pestos auf der Zunge zergehen, versuchte, alle Gewürze zu erkennen, die Enrico verwendet hatte, und verzog dann das Gesicht.

»Verdammt, so mies?«

Langsam nickte Rafael und griff nach dem Wasserglas neben sich. »Ich habe keine Ahnung, was Nonnas Geheimzutat ist, aber Chili war es definitiv nicht. Wie kommst du darauf, dass sie mit Chili kochen würde?«

Enrico zuckte mit den Schultern. »Wir wollten doch die Rezepte abwandeln. Warum es also nicht etwas schärfer machen? Chili klang in meiner Vorstellung ausgezeichnet.«

»Mein Gaumen widerspricht dir da gewaltig.« Abgesehen vom Chili schmeckte Rafael nämlich gar nichts. Keinen Parmesan, kaum Basilikum, keine Pinienkerne. Nur Chili. Es war für das Pesto einfach viel zu dominant.

Enrico seufzte und stützte sich mit den Ellbogen auf dem Küchentresen ab, die weiße Schürze noch immer um die Hüften gebunden. »Können wir Nonna nicht einfach fragen?«

Rafael sah ihn stirnrunzelnd an. »Sie wird es uns nicht sagen.«

Diese Diskussion war aussichtslos. Er hatte es selbst versucht, viele Male. Doch Anna Maria Del Piero würde das Familienrezept nur über ihren Leichnam verraten, damit ihre Enkel eine Produktlinie für das Restaurant erstellen konnten. Ihre eigenen Worte.

So blieb ihnen gar nichts anderes übrig, als selbst zu versuchen, die beliebten Familienrezepte nachzuahmen, oder eben eigene zu kreieren.

»Auch nicht, wenn wir flehen und betteln? Da wird sie doch sonst immer weich.« Enrico seufzte und griff nach seinem Weinglas. Ein starker Rotwein mit würzigem Aroma.

»Wann ist sie bitte das letzte Mal bei uns weich geworden? Ich erinnere mich da an Situationen, wo sie uns mit dem Kochlöffel in der Hand durch die Küche gejagt hat.« Und so lange war das leider noch nicht her.

»Ach, stimmt, ich erinnere mich. Aber bleiben wir fair, das war damals deine Schuld.«

Rafael riss die Augen auf. »Meine Schuld? Wer hat denn betrunken gemeint, er isst das vorbereitete Tiramisu aus dem Kühlschrank komplett auf und stellt einfach die leere Form zurück? Das war nicht ich.«

Enrico grinste ihn über den Rand des Weinglases hinweg schelmisch an. »Du warst dabei und hast mich nicht davon abgehalten. Also war es auch deine Schuld.«

Rafael schnaubte. Das hatte nur daran gelegen, dass er genauso betrunken gewesen war wie Enrico. Nur, dass er einfach im Sitzen, mit dem Kopf auf einem der Tische, eingeschlafen war und von den Vergehen seines Cousins gar nichts mitbekommen hatte. Da konnte man ihm wohl kaum eine Mitschuld zuschreiben. Er war ja mental nicht einmal anwesend gewesen.

»Doch, doch, das warst du. Wer hat mich denn zum Alkohol verleitet?«, fragte Enrico und legte sich in gespielter Unschuld eine Hand auf die Brust. »Ich wollte nur Zeit mit meinem geliebten Cousin verbringen und wurde zum Trinken verführt. Du hast meine Ahnungslosigkeit und meinen leeren Magen ausgenutzt. Ganz schamlos.«

Rafael verschränkte die Arme vor der Brust und schüttelte den Kopf. »Du hast recht, Enrico. Du bist ein wahrer Unschuldsengel.«

»So ist es.« Enrico spielte mit seinem Nasenring, während er auf seinem Handy herumtippte. Oder besser, herumwischte.

»Was tust du da? Wir sind hier noch nicht fertig, und wir haben gesagt, keine Handys, bis nicht etwas Vernünftiges dabei herausgekommen ist.« Rafael deutete auf das Chaos, das sie in der Küche hinterlassen hatten.

»Aber das hier ist wichtig«, protestierte Enrico und klang dabei wie ein quengelndes Kleinkind.

Rafael verdrehte die Augen. »Was kann so wichtig sein?« Er ging zu seinem Cousin herüber und lugte über dessen Schulter. Ein Schnauben entfuhr ihm. »Das ist ja wohl nicht dein Ernst. Du tinderst? Und das bezeichnest du als wichtig?«

Enrico nickte heftig. »Ja, das ist sogar *sehr* wichtig. Ich habe Bedürfnisse, die befriedigt werden müssen.«

Bei den Worten seines Cousins verzog Rafael gequält das Gesicht. »Ich will rein gar nichts über deine Bedürfnisse hören, es sei denn, sie haben mit Kochen zu tun. Und jetzt pack das weg, du kannst dir wann anders jemanden zum Vögeln suchen.«

Ein Brummen war die Antwort. »So wie du drauf bist, solltest auch du dringend mal wieder flachgelegt werden. Vielleicht würde dich das etwas entspannen.«

Rafael schwieg. Doch er schluckte schwer. Das war definitiv ein Schlag unter die Gürtellinie gewesen. Und so wie Enrico ihn nun ansah, wusste auch er das.

»Tut mir leid, Raf. Das hätte ich nicht sagen sollen.«

»Schon okay.«

Aber es war nicht in Ordnung. Rafael spürte einen Druck auf seiner Brust, den er nicht loswurde. Er konnte ihn verdrängen, kurzzeitig vergessen, vollends abstreifen konnte er ihn nicht.

Enrico legte ihm eine Hand auf die Schulter, und Rafael musste den Drang unterdrücken, vor ihm zurückzuweichen. »Es ist lange her. Ich weiß, dass Zeit keine Wunden heilt, aber vielleicht würde es dir helfen, darüber hinwegzukommen, wenn du beginnst, dich wieder mit Frauen zu treffen.«

Ein hartes Lachen entfuhr Rafael. »Bei dir klingt das so einfach. Das ist es aber nicht.« Sein Cousin tat so, als müsse er über eine harte Trennung hinwegkommen. Als würde er sich anstellen und einer Beziehung hinterhertrauern, die in die Brüche gegangen war. Bei dem Gedanken zuckte Rafael zusammen.

Es fühlte sich noch immer so an, als wäre der Unfall erst gestern gewesen. Rafael konnte das Aufeinanderprallen von Metall hören, das Splittern von Glas. Haileys Schreie. Und dann nichts mehr. Absolute Stille, die erst unterbrochen wurde, als er im Krankenhaus wieder zu sich kam. Der Moment, in dem seine Welt aufgehört hatte, sich zu drehen.

»Wenn du noch nicht so weit bist, dann ist das in Ordnung. Ich hätte das eben nicht sagen sollen«, drang die leise Stimme von Rico an sein Ohr.

Rafael wurde bewusst, dass er ins Leere gestarrt hatte. Er hob den Blick, seine Hände hatten zu zittern begonnen. »Es muss dir nicht leidtun. Du hast ja recht. Es ist fast zwei Jahre her, vielleicht sollte ich langsam nach vorne schauen.«

Rico wurde unausstehlich, wenn er längere Zeit keinen Sex hatte. Bei ihm selbst war es inzwischen so lange her, dass er sich kaum daran erinnern konnte. Seine letzte Partnerin war nicht Hailey gewesen, sondern eine Fremde, die er betrunken abgeschleppt hatte. Rafael hatte vergessen, hatte loslassen wollen.

Doch dieser Plan war gewaltig nach hinten losgegangen. Er hatte vor der Frau geweint. War einfach in Tränen ausgebrochen, weil er das Gefühl gehabt hatte, Hailey zu betrügen.

Aber Hailey war tot. So gern Rafael die Zeit zurückdrehen würde, er konnte es nicht. Der Unfall war geschehen, und die Welt drehte sich weiter. Ihm blieb nur die Entscheidung, ob er sich mit ihr drehte oder stehen blieb.

»Ich will keine neue Beziehung. Das kann ich einfach nicht.« Rafael hätte sich niemals ein Leben ohne Hailey vorstellen können. Wenn er sich seine Zukunft ausgemalt hatte, war sie stets ein Teil davon gewesen. Wieder neue Träume zu haben, war ihm schwergefallen. Doch Rico und ihre gemeinsame Leidenschaft fürs Kochen und das Familienrestaurant hatten ihm dabei geholfen.

»Niemand hat etwas von einer Beziehung gesagt. Wenn es Sex ist, den du vielleicht brauchst, findet sich bei Tinder auf jeden Fall jemand, der das Gleiche sucht. Du bist der Einzige, der entscheiden kann, was du im Moment brauchst. Ich höre dir zu und bin für dich da, aber beim Sex kann ich dir nicht helfen.«

Rico versuchte, lustig zu sein, ihn zu necken. Rafael merkte, wie seine Mundwinkel unmerklich zuckten. »Dabei würde ich auch niemals deine Hilfe haben wollen.«

»Gott sei Dank, denn wie du weißt, bin ich als Wingman unbrauchbar.«

Rafael musste lachen und fuhr sich durch die dunklen Haare. »Ja, das ist mir bewusst. Was genau suchst du auf Tinder? Sag mir bitte nicht, dass du dich jede Nacht mit einer anderen triffst. Wenn Nonna davon Wind bekommt, bringt sie dich um.«

Enrico wandte den Blick ab und kratzte sich am Nacken. »So ist das nicht.«

Stirnrunzelnd betrachtete Rafael seinen Cousin. Ein Grinsen erschien auf seinem Gesicht. »Wie heißt sie? Ich habe dich nicht mehr so verlegen gesehen seit deinem Date mit … wie hieß sie noch gleich? Luisa Martin?«

»Lucinda Marini.«

Stimmt, die berühmte Lucinda, wie Rafael sie immer genannt hatte. Es war Ricos erste Liebe gewesen, damals auf der Highschool, und die gute Lucinda hatte seinem Cousin das Herz gebrochen.

»Ist die Frau von Tinder deine neue Lucinda?«

Enrico verdrehte die Augen und schüttelte den Kopf. »Ich kenne sie erst seit wenigen Tagen. Wir haben uns bisher nur geschrieben.«

»Und warum triffst du dich nicht mal mit ihr?« Rafael war Online-Dating fremd, er kannte sich weder bei den aktuellen Apps aus, noch kannte er die Regeln oder Umgangsformen, die es einzuhalten galt. Gab es bei Tinder etwa eine Art 3-Tage-Regel, wie man es aus all den Filmen kannte? Durfte man sich erst live treffen, nachdem man sich drei Tage lang geschrieben hatte?

»Ich weiß noch nicht, ob ich das wirklich will«, gestand Enrico dann.

»Stimmt was nicht mit ihr?«

»Nein, sie ist toll. Aber ich weiß nicht, ob ich eine Beziehung will. Daten ist schrecklich anstrengend, und eine Beziehung setzt mich nur unnötig unter Druck. Was, wenn ich sie enttäusche oder wenn ich feststelle, dass ich sie doch nicht so sehr mag wie ursprünglich angenommen?«

Rafael sah seinen Cousin stirnrunzelnd an, dann lachte er. »Rico, du sollst dich mit ihr auf einen Kaffee oder so treffen und sie nicht gleich heiraten. Lern sie doch erst mal richtig kennen und finde heraus, ob du dir mehr vorstellen kannst. Lass dir alle Zeit der Welt, das Leben ist schließlich kein Wettrennen, sonst wäre das Ziel der Tod.«

Das hatte seine Nonna ihnen immer gesagt. Jeder lebte sein Leben in seinem eigenen Tempo. Man sollte sich dabei nicht mit anderen vergleichen. Manch einer brauchte für bestimmte Dinge im Leben einfach länger als andere, aber das war in Ordnung.

»Tust du mir einen Gefallen?«, fragte Enrico dann.

Vehement schüttelte Rafael den Kopf. »Keine Doppel-Dates. Das mache ich nie wieder mit dir.«

Sein Cousin grinste. »Darauf wollte ich auch nicht hinaus. Wenn ich mich auf ein Treffen einlasse, könntest du dir dann vorstellen, Tinder auszuprobieren? Dich einfach mal wieder mit einer Frau treffen, egal, wofür? Es muss nicht die nächste große Liebe sein, es kann etwas ganz Zwangloses werden, du musst sie danach nie wieder sehen, aber ich glaube, es würde dir guttun.«

Rafael presste die Kiefer zusammen. Er war sich nicht sicher, ob Rico damit recht behalten würde. War er wieder bereit, sich mit jemandem zu treffen? Nein. Die Antwort konnte er sofort geben. Er wollte keine neue Beziehung, er wollte keine Dates. Doch er konnte nicht abstreiten, dass ihm die Nähe zu einer Frau fehlte.

Wie hatte Rico es so passend formuliert? Er hatte Bedürfnisse. An sich war es kein Problem für Rafael, selbst Hand anzulegen, aber es war nicht dasselbe, wie den warmen Körper einer Frau zu spüren.

»Ich glaube nicht, dass ich ein Fan von One-Night-Stands bin«, gab Rafael zu. Sex mit einer absolut Fremden hatte keinen Reiz für ihn. Das hatte ihm das letzte Treffen bewiesen. Er brauchte jemanden, den er kannte. Jemanden, dem er vertraute. Haileys Körper hatte er vermutlich besser gekannt als seinen eigenen. Er hatte jede Stelle gekannt, an der sie gerne berührt wurde, jede Stelle, die ihr ein Stöhnen entlockte.

Sex mit einer Fremden konnte ihm nicht das geben, was er

wollte. Da fehlte die Verbundenheit, die Nähe, die Zuneigung. Lust konnte das nicht ersetzen.

»Dann such nach etwas anderem. Was willst du? Eine Freundin nur zum Ficken?«

Rafael verzog das Gesicht. Wie er dieses Wort hasste. Und nein, auch das wollte er nicht. Eine Freundschaft war seiner Meinung nach eine gute Grundlage für eine Beziehung. Und genau dort lag das Problem. Wenn bereits eine Freundschaft bestand und man dann miteinander schlief, waren Gefühle vorprogrammiert. Genauso hatte seine Beziehung mit Hailey begonnen. Zuerst waren sie nur Freunde gewesen, dann Freunde mit gewissen Vorzügen und schließlich ein Paar. Das konnte er nicht noch einmal tun.

»Alles an diesem Satz klingt einfach nur falsch.«

»Warum?«

Rafael seufzte schwer. »Bei dir klingt es so, als würde ich mir eine Prostituierte nach Hause bestellen. *Porca puttana*!«

Enrico starrte ihn ungläubig an. »Du klingst wie eine sich zierende Jungfrau, ich hoffe, das weißt du. In welchem Jahrhundert lebst du denn? Ich weiß, dass du und Hailey lange zusammen wart und du deswegen vielleicht nicht auf dem neuesten Stand bist, aber auch Frauen treffen sich gerne nur zum Ficken. Das ist vollkommen legitim.«

Rafael verdrehte die Augen und widmete sich wieder dem ruinierten Pesto, das sein Cousin kreiert hatte. Vielleicht konnte man es ja noch irgendwie retten und den Chiligeschmack etwas abmildern.

»Mir ist bewusst, dass Frauen denselben und genauso viel Sex haben dürfen wie Männer. Ich bin ja nicht bescheuert. Und genau da liegt ja mein Problem.«

Enrico setzte sich zu ihm und verschränkte die Arme vor der Brust. »Ich kann dir nicht folgen.«

»Keine Ahnung, was du so im Bett treibst, aber ich für meinen Teil lege sehr viel Wert darauf, dass die Frau auf ihre Kosten kommt.« Das hatte Hailey ihm so beigebracht, und Rafael war dankbar dafür gewesen. Zuerst kam sie, dann noch mal sie und dann er. Das war eine einfache Regel von ihm gewesen, an die er sich immer gehalten hatte. Frauen – oder besser Hailey – zum Höhepunkt zu bringen, hätte ein Hobby von ihm sein können. Zuzusehen, wie sie sich wand, wie sie den Rücken durchdrückte, leise stöhnte und das Gesicht in die Kissen drückte, war reine Ekstase für ihn gewesen.

Rafael spürte einen Schlag gegen die Schulter und starrte dann in Ricos genervtes Gesicht. »Bei dir klingt es so, als wüsste ich nicht, wie man eine Frau befriedigt. Ich bin Italiener, falls ich dich daran erinnern muss. Wir sind verdammt gute Liebhaber.«

Rafael versuchte verzweifelt, die Bilder aus seinem Kopf zu vertreiben, die die Worte seines Cousins heraufbeschworen. »So meinte ich das auch nicht. Aber wenn du nur ein einziges Mal mit einer Frau schläfst, einer Fremden wohlgemerkt, woher willst du wissen, was sie mag, oder woher soll sie wissen, was man selbst mag? So offen redet man einfach nicht mit einer wildfremden Person.«

Zumindest Rafael tat das nicht. Für Sex brauchte es Vertrauen. Vertrauen in die andere Person, dass sie die Bedürfnisse des anderen annahm und akzeptierte.

Enrico schnalzte mit der Zunge. »Wäre ich eine Frau und nicht mit dir verwandt, würde ich jetzt über dich herfallen.«

Rafael sah ihn fassungslos an und brach dann in Gelächter aus. Spielerisch warf er das Geschirrtuch nach seinem Cousin. »Halt die Klappe. Du bist viel zu hässlich für mich.«

»Danke für das Kompliment, gebe ich gerne zurück.« Enrico legte das Handtuch zusammen und sah Rafael dann skeptisch an. »Ich bin trotzdem dafür, dass du Tinder ausprobierst. Wenn es nichts für dich ist, löschst du die App halt wieder. Aber ich glaube, du könntest eine Menge Frauen dort draußen sehr glücklich machen.«

Rafael wollte keine Menge an Frauen glücklich machen. Er war nicht Amor oder Superman. Aber vielleicht hatte sein Cousin recht, und er sollte mal wieder mit einer Frau reden, mit der er nicht verwandt war. Oder eben auch nicht reden, sondern sich jemanden suchen, bei dem er einfach vergessen konnte.

Doch eine Frau zu finden, die sich auch nicht in ihn verliebte, hielt Rafael für eine Herausforderung. Liebe und Sex gingen häufig Hand in Hand. Wie sollte er es schaffen, mit einer Frau intim zu werden und guten Sex zu haben, ohne Gefahr zu laufen, dass sie sich in ihn verliebte? Dass er sich nicht verlieben würde, stand außer Frage. Das war nicht das, was er wollte. Also musste er nur noch jemanden finden, der dasselbe wollte wie er: keine Dates, keine Gefühle.

KAPITEL 3

Sienna

Lautes Gehupe und Gebrüll drangen am nächsten Morgen an ihr Ohr und raubten ihr bereits zu dieser gottverdammten Uhrzeit den letzten Nerv. Wie man so früh schon derartig gestresst sein kann, dass man alle zwanzig Sekunden die Hupe betätigt, war Sienna ein Rätsel. Sie versuchte, den Worten ihres Podcasts zu folgen und die Geräuschkulisse zu ignorieren, aber so ganz funktionierte das leider nicht. Dafür war New York bereits zu dieser Tageszeit zu laut. Sie schob sich an einer Frau vorbei, die wild auf ihrem Handy herumtippte und mit ihrem Innehalten den Fußgängerstrom aufhielt.

Für andere mochte es anstrengend sein, sich durch das Getümmel zu drängen, umgeben von dem Dauerlärm, und sich in dieser gigantischen Stadt winzig klein zu fühlen. Aber das war genau das, was Sienna so liebte. Sie liebte die Hektik, sie liebte den Krach, ja, sogar den Gestank von verbrannten Bratwürsten und billigem Kaffee, den die Buden am Straßenrand verströmten. Das war New York.

Gerade jetzt im September, wo die Temperaturen abnahmen und der Herbst sich in all seiner Farbenpracht entfaltete, liebte Sienna diese Stadt. Der Central Park leuchtete in Rot, Orange und Gelb. Das Laub knisterte unter den Sohlen, und obwohl die Tage kürzer wurden, tauchte die Herbstsonne New York in ein warmes Lichtermeer.

Mit einem Kaffee in der Hand, dem Podcast auf den Ohren und einem dicken Schal um den Hals war das ein nahezu perfekter Tag. Selbst wenn die Arbeit rief.

Karin hatte bereits angedeutet, dass ein Meeting anstand, um die Oktoberausgabe der *Passion* zu besprechen.

Um halb zehn Uhr morgens war das Büro von *Passion* schon gut besucht. Sienna wurde von dem Duft von frisch aufgebrühtem Kaffee und Croissants empfangen, der aus der Küche kam. Ihr erster Weg führte sie direkt dorthin.

Wie erwartet, stand in der Teeküche eine ganze Schüssel himmlisch duftender Croissants, von denen Sienna sich eins nahm und anschließend an der Kaffeemaschine den Knopf für einen Cappuccino drückte.

»Machst du mir auch einen, wenn du schon dabei bist?«, fragte eine vertraute Stimme.

Sienna drehte sich zu Teresa Stafford herum, der Chefredakteurin und Inhaberin von *Passion*. Und zufälligerweise auch ihre derzeitige Stiefmutter.

»Morgen, Teresa.«

»Guten Morgen, Sienna.«

Sie beugte sich vor und hauchte ihrer Chefin einen Kuss auf die Wange. Es war noch immer seltsam, dass Teresa inzwischen mit ihrem Vater verheiratet war. Sienna kannte Teresa als höchst kompetente und akkurate Chefin, umso krasser war der Gegensatz gewesen, sie das erste Mal ungeschminkt und in Yogapants auf dem Sofa von ihrem Dad sitzen zu sehen – mit einer großen Schüssel Popcorn auf dem Schoß und einem Vogelnest auf dem Kopf.

Der erste Cappuccino war fertig, und Sienna reichte die Tasse ihrer Stiefmutter.

»Vielen Dank. Ich soll dir liebe Grüße von deinem Vater bestellen«, sagte Teresa mit einem Lächeln auf den Lippen. Ihre wilden braunen Locken kringelten sich um ihr Gesicht und reichten ihr inzwischen bis auf die Schultern.

Sienna lächelte. »Danke. Wie lange ist er noch in Italien?«

»Er kommt am Dienstag von seiner Geschäftsreise zurück.«

Sienna nickte und betätigte dann erneut die Kaffeemaschine, um sich selbst ein Heißgetränk zuzubereiten. Es war seltsam gewesen, ihre Chefin plötzlich zu duzen, obwohl Sienna sich schnell an ihre Gegenwart bei ihrem Dad zu Hause gewöhnt hatte. Sie hatte die ältere Frau bereits sehr gemocht, bevor sie mit ihrem Dad zusammengekommen war.

»Dann gibt's bestimmt bald ein Familienessen. Wir sehen uns spätestens da, ich muss jetzt los. Karin erwartet mich.«

Sie lächelte Teresa ein letztes Mal zu, bevor sie die Küche mitsamt ihrer Tasse verließ und sich in Richtung ihres Arbeitsplatzes begab.

»Da bist du ja endlich!«, wurde sie von Karin begrüßt.

Ihre Vorgesetzte stand vor einer großen Magnetwand, an der verschiedene Notizzettel, Bilder und Ausdrucke hingen. Alles Unterlagen für Karins aktuellen Artikel. Für eine Frau in den Dreißigern hatte Karin mehr Erfahrungen in Bereichen wie Sex, Beziehungen und Selbstfindung, als man auf Anhieb vermuten mochte. Sollte Sienna jemals ein Problem haben, bei der ihr weder Camille noch Molly weiterhelfen konnten, dann würde sie Karin fragen.

Sienna kratzte sich verlegen am Hinterkopf. »Tut mir leid, ich wurde von Teresa kurz aufgehalten.«

»Schon in Ordnung.« Mit einer ungeduldigen Handbewegung gab sie Sienna zu verstehen, sich zu setzen.

Karin betrachtete zwei verschiedene Layoutentwürfe kritisch, bevor sie sie an Sienna weiterreichte. Auf den ersten Blick sahen sie exakt gleich aus, doch Sienna wusste inzwischen, worauf sie achten musste.

»Ist der Artikel denn schon fertig?«, fragte sie neugierig, während sie sich die beiden Ausdrucke ansah.

Karin legte den Kopf schief, sodass ihr die dunkelbraunen Haare ins Gesicht fielen. Sie war klein und zierlich, schaffte es aber trotzdem, sämtliche Aufmerksamkeit auf sich zu ziehen, sobald sie einen Raum betrat. Sienna beschrieb es immer als Machtaura.

»Mehr oder weniger«, beantwortete Karin ihre Frage.

»Kann ich dir irgendwie helfen?«

Karin deutete auf die beiden Blätter. »Du würdest mir sehr helfen, wenn du dich für ein Layout entscheiden würdest und die Daten dann an die Herstellung weitergibst. Und es warten noch zwei Artikel zum Korrekturlesen auf dich.«

Sienna nickte. Es waren keine schwierigen Aufträge, mehr oder weniger ihr täglich Brot. Korrekturen, Recherche, Bildmaterialsuche, all das gehörte zu ihren Aufgaben. Doch Sienna beschwerte sich nicht. Ihr Team war toll, und Teil von *Passion* zu sein bedeutete ihr sehr viel.

Während sie die beiden Layouts musterte, wanderte ihr Blick immer wieder zu den Notizen an der Wand. Karin schrieb über »30 Dates an 30 Tagen«. Was für eine Horrorvorstellung! Aber für Karin war es ein Versuch, herauszufinden, wie das Daten im Jahr 2023 funktionierte.

»Hat dir eigentlich irgendeiner der Männer gefallen?«, platzte es dann aus ihr heraus.

Karin drehte sich zu ihr um. Man könnte meinen, sie befänden sich beim Casting von *The Bachelor*, denn zu jedem ihrer Dates hing ein ausgedrucktes Foto an der Wand. Alles unterschiedliche Typen. Statur, Haar-, Augen- und Hautfarbe, Alter, Frisur und Stil: Es gab – zumindest auf den ersten Blick – wirklich keine einzige Gemeinsamkeit zwischen den dreißig Männern. Bis auf die Tatsache, dass Karin sich mit jedem Einzelnen von ihnen getroffen hatte.

»Es waren einige dabei, mit denen ich mir durchaus ein zweites Date hätte vorstellen können.«

»Aber?«, fragte Sienna.

Karin lächelte sie an, zuckte mit den Schultern. »Das war nicht Teil des Plans. Ich habe das Datingverhalten erforscht und war nicht auf der Suche nach dem Mann fürs Leben.«

Dreißig Dates in dreißig Tagen klang mehr nach Sport als nach Vergnügen. Und wenn man nicht auf der Suche war, warum tat man sich das dann überhaupt an? Karin offensichtlich aus wissenschaftlicher Neugier oder zu Forschungszwecken. Je nachdem, wie man das bezeichnen wollte.

»Was ist los?«, fragte Karin. Sie musterte Sienna mit ihren warmen braunen Augen.

Sienna zuckte mit den Schultern. »Nichts.«

Ein Schnauben erklang, gefolgt von etwas Unverständlichem auf Chinesisch. »Unsinn, ich sehe dir an, dass dir etwas auf der Zunge liegt. Raus damit.«

Sienna seufzte und dachte an ihr letztes Date. »Wie hast du dreißig Dates ausgehalten? Ich hatte gestern *eines*, und das hat mir bereits nach zwanzig Minuten gereicht.«

Ein verständnisvoller Ausdruck trat auf Karins Gesicht, und sie lehnte sich gegen ihren Schreibtisch. »Das kann ich verstehen. Die meisten Dates sind nicht sonderlich spannend.«

»Und trotzdem hast du alle dreißig Dates durchgezogen?«

Karin schmunzelte. »Natürlich. Du weißt genau, dass ich niemals kneife. Es war eine Herausforderung, und die habe ich gemeistert.«

Herausforderung war das richtige Wort. »Was ist dein Fazit nach diesen vielen Dates?«

Ihre Vorgesetzte tippte sich gegen das Kinn und betrachtete ihre vielen Notizen an der Wand. »Vergleicht man das Datingverhalten meiner Generation mit der deinen, fällt einem sofort auf, dass ihr eine Bequemlichkeit genießt, die es früher nicht gegeben hat. Das nächste Date ist nur einen Swipe entfernt, das macht das Daten nicht nur bequem, sondern ihr glaubt auch, dass jederzeit noch jemand Besseres daherkommen könnte, deswegen wollt ihr euch nicht festlegen. Doch diese Bequemlichkeit hat die meisten faul werden lassen. Ein Großteil kneift, sobald die ersten Probleme auftreten. Beziehungen sollen so unkompliziert wie möglich sein, kämpfen wollen die wenigsten dafür.«

Sienna hob eine Augenbraue. »Herzlich willkommen in meiner Welt. Du hast unsere Probleme perfekt zusammengefasst.«

Karin nickte nur. »Das ist mir wirklich negativ aufgefallen. Jeder will die perfekte Beziehung, aber etwas dafür zu tun kommt nicht infrage. Da versucht man es lieber mit der oder dem Nächsten.«

Sienna konnte nicht einmal widersprechen. Im Gegenteil: Sie sah es ganz genauso. Dabei wollte sie nicht einmal eine Beziehung.

»Die Dates zu bekommen war einfach. Da gibt es inzwischen so viele Möglichkeiten. Man wird mit Angeboten und Anfragen regelrecht überschüttet, ohne etwas dafür tun zu müssen.«

Auch wenn Sienna keine Erfahrung mit dieser Form des Datings hatte, nickte sie. Sie brauchte keine App oder Sonstiges. Mit Camille und ihren ständigen Verkupplungsversuchen hatte sie bereits alle Hände voll zu tun.

»Hört sich grausam an, wirklich.«

»Grausam würde ich es nicht nennen. Aber es glich einer Reizüberflutung. Und ich habe ja nur nach Dates gesucht! Hätte ich als Thema des Artikels One-Night-Stands statt Dates gewählt, wäre ich bereits nach fünf Minuten verplant gewesen.«

Sienna verschluckte sich an ihrem Kaffee und begann zu husten, Tränen schossen ihr in die Augen. Sie klopfte sich auf die Brust. »Bitte was?«, krächzte sie.

»Männer mit echtem Interesse auf Tinder zu finden ist deutlich schwerer, als jemanden aufzutreiben, der nur auf Sex aus ist.«

Sienna starrte Karin mit großen Augen an, die gar nichts von ihrem Beinahe-Erstickungstod mitbekommen zu haben schien. »Hmmmm«, machte Sienna nur.

»Du stehst nicht auf One-Night-Stands, kann das sein?«, fragte Karin sie. Für sie war es ganz normal, offen über alles zu reden. Egal, ob es um Sex ging, Geschlechtskrankheiten oder Beziehungsprobleme.

Sienna dachte über die Frage nach und schüttelte schließlich den Kopf. »Ich hatte schon welche, aber ...«

»Was hat dir nicht gefallen?« Wie eine große Schwester oder eine Therapeutin setzte sich Karin vor ihr auf den Tisch und sah sie eindringlich an.

»Ich konnte mich nicht fallen lassen«, sagte Sienna. »Jedes Mal hatte ich das Gefühl, mir und dem Kerl etwas beweisen zu müssen.«

»Und was genau?«

Sienna seufzte und umklammerte ihre Kaffeetasse fester. »Dass mir das gefällt, was er tut, obwohl das nicht immer der Fall war. Dass ich genau das bin, was er in dem Moment will, obwohl ich vielleicht etwas ganz anderes gebraucht hätte. Ich kann es nicht genau benennen«, sagte sie leise.

Karin schüttelte den Kopf. »Ich verstehe, was du meinst. Das ist leider oft das Problem bei einem einmaligen Treffen, wenn du mich fragst. Es fehlt das gegenseitige Vertrauen.«

Sienna verzog das Gesicht und stellte die Tasse ab. »Ich will aber keine Dates und erst recht keine Beziehung.«

Karin lachte leise. »Und keine One-Night-Stands. Möchtest du ins Kloster gehen und hast mir nichts davon erzählt?«

»Das wäre vielleicht das Beste. Dann würden mich meine Mutter und beste Freundin vielleicht endlich mit dem ganzen Blödsinn in Frieden lassen.«

Die Kloster-Idee klang in Siennas Ohren immer besser. Dates waren eine Möglichkeit, neue Menschen kennenzulernen, doch früher oder später führten diese nun mal zu einer Beziehung. Die meisten dateten ohnehin nur, weil sie auf der Suche nach etwas Festem waren, nur war das bei Sienna anders. Dates waren ihr zu anstrengend und eigentlich auch sinnlos, da sie eh keine Beziehung suchte. Und One-Night-Stands gaben ihr einfach nichts. Irgendwie kein Wunder, dass ihre Mom sie wählerisch und anspruchsvoll fand.

»Fehlt dir der Sex?«, fragte Karin geradeheraus.

Sienna stutzte kurz. Inzwischen sollte sie sich an die Direktheit ihrer Vorgesetzten gewöhnt haben. Hatte sie aber ganz offensichtlich nicht. Karin besaß ein Talent dafür, Sienna dazu zu bewegen, Dinge anzusprechen, die ihr schon lange auf der Seele lagen.

»Schon irgendwie.« Sie hatte kein Problem damit, längere Zeit keinen Sex zu haben. Oder es sich selbst zu machen. Trotzdem war das nicht dasselbe. Für manche Dinge brauchte man einfach einen Partner.

Karin sah sie abwartend an. Taxierend. Wie ein Raubtier auf der Lauer. Sienna schluckte schwer.

»Wusste ich's doch! Du willst Sex, Sienna. Dafür ist Tinder wie geschaffen. Du wirst schnell fündig werden, versprochen.«

Sienna stutzte. »Wovon redest du?«

»Die App. Tinder.«

Sie verdrehte die Augen. »Ich weiß, was Tinder ist. Aber warum sollte ich das nutzen?«

Karin betrachtete sie, als wäre sie begriffsstutzig. Womit sie nicht ganz falschlag. »Ich rede davon, dass du dir Tinder installieren sollst, um jemanden zu finden, mit dem du Sex haben kannst. Auf längere Zeit. Keine Dates, aber auch keine Beziehung oder einmalige Treffen.«

Das klang genau nach dem, was Sienna wollte. Obwohl sie geglaubt hatte, dass es das gar nicht gab.

Karin erhob sich und lief zu ihrer Magnetwand. »Du bist jung, hübsch und selbstbewusst. Probier dich aus, hab den Sex, den du willst.«

Das klang wiederum leichter gesagt als getan. Sienna würde sich nicht als prüde beschreiben. Aber es war schwer herauszufinden, was einem im Bett am besten gefiel, wenn man nicht in einer Beziehung war. »Und wenn ich nicht weiß, welche Art Sex ich will?«

Sie hatte so viele Filme geschaut oder Bücher gelesen, in denen Sachen beschrieben wurden, die sie nur zu gerne einmal ausprobieren wollte. Nichts Extremes, ganz normale Dinge, wie beispielsweise Telefonsex. Sie war zweiundzwanzig Jahre alt und hatte noch nie in ihrem Leben Sex über das Telefon gehabt. Das traute sie sich ja kaum laut auszusprechen.

Karin drehte sich wieder zu ihr um. »Dann würde ich dir empfehlen, dir jemanden zu suchen, der ebenfalls neue Dinge ausprobieren will. Keine einmaligen Sachen.«

»Ich will aber niemanden daten«, brummte Sienna. Davon hatte sie inzwischen wirklich genug.

»Dann sieh es nicht als Date, sondern als Bewerbungsgespräch.«

»Wie bitte?«

Ein schelmisches Grinsen erschien auf Karins Gesicht. Es war der Ausdruck, den sie immer hatte, wenn ihr neue Ideen für Artikel kamen. »Such nach einem Partner, mit dem du zwanglosen Sex haben kannst. Der dich anmacht, dich fordert und der gemeinsam mit dir experimentieren will. Dafür braucht es keine Romantik und schon gar keine Liebe.«

Einen Moment lang sagte Sienna gar nichts. Ihr Blick zuckte zu ihrem iPhone, das auf dem Tisch lag. Sollte sie Tinder ausprobieren? Im Grunde hatte sie ja nichts zu verlieren. Wenn sie niemanden fand, mit dem sie schlafen wollte, dann war es eben ein gescheitertes Experiment. Who cares?

»Danke, Karin. Du hast mich überzeugt.«

Ein Blitzen trat in Karins Augen. »Immer gern. Falls du Hilfe brauchst, melde dich. Vielleicht nutzt du die Chance und schreibst eines Tages über dieses Experiment.«

»Sicherlich nicht.«

»Warum nicht?«

Es gab viele Gründe, warum sie nicht über ihr Sexleben schreiben sollte. Wirklich sehr viele. Doch einer stach heraus: »Ich bin mir sehr sicher, dass Teresa nichts über mein Sexleben in ihrer eigenen Zeitschrift lesen möchte.«

Karin machte eine wegwerfende Handbewegung. »Du wärst überrascht, was Teresa angeht. Sie gibt mir den besten Input für meine Storys.«

Okay … das waren definitiv zu viele Details. »Karin! Vergessen wir bitte nicht, dass sie mit meinem Vater verheiratet ist.« Eben hatte sie noch das Bild von Teresa im Schlafanzug vor Augen gehabt, nun waren da plötzlich ganz andere Bilder.

»Dann ist dein Vater ein sehr glücklicher Mann.«

»Hör jetzt auf! Eklig, ich will nichts darüber hören.«

Ein tadelndes Kopfschütteln war die Antwort. »Komm runter, Sienna. Auch mit fünfzig kann man noch Sex haben.«

Sienna schloss die Augen. Mit den Fingern massierte sie ihre Nasenwurzel. »Und es sei ihnen gegönnt, nur möchte ich nichts darüber wissen.«

Es war schwierig genug, die eigene Chefin als Stiefmutter zu haben, sich jedoch vorzustellen, dass sie Sex mit ihrem Dad hatte … Nein, einfach nein. Eltern hatten keinen Sex mehr, sobald ihre Kinder welchen haben durften. Das war ein ungeschriebenes Gesetz, an das sich jeder halten musste. Ende der Diskussion.

KAPITEL 4

Sienna

»Dein nackter Hintern ist eigentlich nicht das, was ich sehen möchte, sobald ich nach Hause komme, Molly.«

Sienna stand in der Tür, den Schlüssel in einer Hand und die Klinke in der anderen. Sie trug noch den Mantel, die Stiefel und den dicken Schal, während ihre Schwester nur ein übergroßes T-Shirt der NYU trug. Das Shirt war nicht lang genug, um verbergen zu können, dass Molly, abgesehen von diesem Stück Stoff, rein gar nichts am Körper trug. Ihre braunen Haare fielen ihr wild über den Rücken. Zerzaust, oder besser zerwühlt, sahen sie aus.

Ihre Schwester drehte sich grinsend zu ihr um. »Du musst zugeben, das ist ein toller Hintern.«

»Ist es!«, rief eine dritte Stimme aus Mollys Zimmer. »Beweg diesen Prachthintern also schnell wieder zurück, Mol.«

Sienna konnte ein Lachen nicht zurückhalten, während sie die Haustür hinter sich schloss. »Hör lieber auf Paisley. Du weißt, wie ungeduldig sie ist.«

Sie streifte die Stiefel von den Füßen und hängte den Mantel auf.

Molly belud derweil ihre Arme mit Süßigkeiten und zwei Coladosen. »Warum bist du schon so früh zu Hause?«

Verwirrt sah Sienna auf die Uhr. »Wieso früh? Ich bin eine halbe Stunde später als sonst.«

»Oh«, machte Molly nur und zuckte mit den Schultern. »Dann habe ich wohl die Zeit vergessen.«

»Ja … woran das wohl gelegen hat.« Sienna grinste schamlos. Es war nicht der erste Vorfall dieser Art. Das gehörte wohl dazu, wenn man sich die Wohnung mit seiner Schwester und deren fester Freundin teilte. Jedes einzelne Mal hatte Molly ihr versichert, dass das nicht mehr vorkommen würde. Vergeblich.

Molly biss sich auf die Unterlippe, um ein Lachen zurückzuhalten. »Wie war die Arbeit?«, wollte sie wissen. Auch wenn sie nicht blutsverwandt waren, war Molly ihre Schwester. Ihre Eltern mochten nicht mehr verheiratet sein, aber das änderte nichts. Sie teilten sich eine Wohnung, studierten an derselben Universität und standen sich unheimlich nahe.

Sienna zuckte mit den Schultern. »Ganz gut. Karin hat mich auf einen interessanten Gedanken gebracht.«

»In Bezug worauf?«

Molly öffnete eine *Ben & Jerry's*-Packung, die eigentlich Sienna gehörte, und schaufelte eine große Portion Eis auf einen Löffel, den sie sich ohne zu zögern in den Mund schob. Sienna beäugte ihre Schwester mit hochgezogener Augenbraue.

»Ich kauf dir eine neue, versprochen«, nuschelte Molly mit vollem Mund.

Kopfschüttelnd sah sie ihre Schwester an. Obwohl Molly sich als Eisdiebin entpuppt hatte, war sie wohl das Beste, was ihr Vater ihr jemals geschenkt hatte. Als Einzelkind aufzuwachsen war langweilig gewesen, und die frühe Scheidung ihrer Eltern hatte an Sienna gezehrt. Aber Molly hatte alles besser gemacht. Damals waren sie dreizehn Jahre alt gewesen.

»Karin meinte, ich soll mir Tinder herunterladen«, sagte Sienna geradeheraus.

Mollys braune Augen wurden groß, sie öffnete den Mund. Eis lief ihr übers Kinn, und sie schluckte schnell den Rest hinunter. »Du willst *was*?«

»Mir Tinder herunterladen.«

Sienna sah ihre Schwester verwirrt an. Was war ihr Problem?

Die stellte das Eis sicherheitshalber ab und leckte sich die Überreste, die am Löffel hinuntergelaufen waren, von ihren Fingern. »Darf ich fragen, warum?«

»Wie, *warum*?« Brauchte sie denn einen Grund dafür?

Molly machte eine Bewegung mit ihrer Hand, die Sienna nicht verstand. »Na ja, du willst keine Beziehung, und dein letztes Techtelmechtel ist Ewigkeiten her. Was genau erhoffst du dir davon?«

»Flachgelegt zu werden, Mol. Das hat doch jetzt wirklich jeder verstanden.« Paisley stand plötzlich im Türrahmen zu ihrem Zimmer. Im Gegensatz zu Molly trug sie wenigstens Unterwäsche. Ihre hellblonden Haare standen jedoch ebenfalls in alle Richtungen ab. Auf ihren Lippen lag ein schelmisches Lächeln, und die blauen Augen leuchteten.

»Paisley!«, zischte Molly warnend und sah dann entsetzt zu Sienna. »Das will sie nicht.« Molly war nur ein halbes Jahr älter als Sienna, hatte sich aber schon immer wie ihre große und sehr beschützende Schwester aufgeführt.

»Ich denke schon, dass sie das will.«

»Und ich denke, sie will nicht, dass man in der dritten Person von ihr redet, obwohl sie anwesend ist.« Sienna seufzte. Diese WG entsprang an manchen Tagen den tiefsten Kreisen der Hölle und ging ihr gehörig auf die Nerven. Sie musste sich immer in Erinnerung rufen, dass sie Molly und Paisley tief im Inneren mochte.

»'tschuldigung«, murmelten Molly und Paisley wie aus einem Mund.

Sienna bahnte sich ihren Weg zu ihrem Zimmer, spürte jedoch deutlich die Blicke ihrer Mitbewohnerinnen im Rücken. Paisley und Molly konnten sich über Stunden hinweg stumm verständigen. Es war, als führten sie eine Diskussion, ohne irgendwelche Worte zu benötigen. Für Außenstehende sah das immer seltsam aus. Gerade bei Molly – das Wort »Gesichtsakrobatik« war noch untertrieben, wenn sie sich auf diese Art mit Paisley *unterhielt*.

»Tinder also«, sagte Molly, die Sienna in ihr Zimmer gefolgt war. Diese hatte sich auf ihrer Matratze ausgestreckt und das Gesicht in ihrem Kissen vergraben.

»Mhmhmm«, machte Sienna, obwohl sie sich nicht einmal sicher war, ob der Laut nach einer Zustimmung oder einem Widerspruch geklungen hatte.

»Versteh mich bitte nicht falsch, Sienna, aber ich glaube einfach nicht, dass One-Night-Stands etwas für dich sind. Jedes Mal, wenn du einen hattest, hast du danach irgendwie … unglücklich gewirkt.« Molly spielte nervös mit ihren Fingern.

Sienna stieß ein Seufzen aus und klopfte neben sich aufs Bett. Molly tigerte zu ihr herüber. Noch immer nicht mehr am Leib als das viel zu weite Shirt.

»Du hast recht. Ich bin dafür nicht gemacht. Mir fehlt das Selbstvertrauen dazu. Und der Mut, das auszusprechen, was ich wirklich will.«

Molly nickte, als wäre es genau das, was ihr ebenfalls durch den Kopf gegangen war. »Was erhoffst du dir also von Tinder? Ich kenne einige, die die App benutzen, entweder zum Daten oder zum Vögeln.«

»Und ich werde eine dritte Kategorie eröffnen.«

Überrascht hob Molly die Brauen und strich sich eine Strähne hinters Ohr. »Welche Kategorie soll das sein?«

»Karin hat mich auf die Idee gebracht, über Tinder nach jemandem zu suchen, mit dem ich mich ausprobieren kann.« In Siennas eigenen Ohren klang das noch immer nach einer Art Wunschdenken, nach einer Illusion, und sie konnte sich nicht vorstellen, dass das wirklich klappen würde. Aber sie wollte es wenigstens versucht haben.

»Und das möchtest du wirklich mit einer völlig fremden Person tun? Nicht mit jemandem, den du bereits kennst?«

Sienna schüttelte entschieden den Kopf. »Ich halte nichts von Freundschaft Plus. Dabei werden nur Gefühle verletzt.« Es spielte nicht einmal eine Rolle, wer verletzt wurde, aber Sienna kannte keinen einzigen Fall, bei dem sich nicht früher oder später einer von beiden verliebt hatte und der Sex am Ende die Freundschaft zerstört hatte. So etwas wollte sie nicht. Das war es ihr dann doch nicht wert.

»Glaubst du denn, dass du mit einem Fremden überhaupt Dinge ausprobieren würdest? Könntest du genug Vertrauen zu ihm fassen, um wirklich auszusprechen, was du dir wünschst?«

Mollys Besorgnis rührte Sienna. Es war genau die Art von schwesterlicher Sorge, die sie sich immer gewünscht hatte. Sienna lächelte schwach. »Das weiß ich nicht, aber ich würde es gerne ausprobieren. Ich habe genug vom Daten, es führt ja doch zu nichts.«

»Habt ihr noch Platz für eine dritte Person?«, fragte Paisley und tauchte im Zimmer auf. In der Hand hielt sie eine Jogginghose, die sie Molly reichte. Sienna warf ihr ein dankbares Lächeln zu.

Sie rutschte zur Seite und machte Paisley Platz. Sie setzte sich im Schneidersitz zu ihnen. »Ich halte es für eine gute Idee, muss ich gestehen.«

»Echt?«, fragte Sienna überrascht.

Paisley zuckte mit den Schultern. »Ja, warum denn nicht? Wenn du niemanden daten magst, aber auch nichts für eine

Nacht möchtest, wäre es doch eine Alternative, jemanden zu finden, mit dem du dich auf sexueller Ebene so gut verstehst, dass ihr miteinander schlafen könnt, aber im Alltag eben keine Berührungspunkte habt. Es wäre wie ein Toyboy, den du rufen würdest, wenn du Lust hast. Keine Verpflichtungen, keine Ansprüche und schon gar kein schlechtes Gewissen.«

Genau dasselbe, oder zumindest in einem ähnlichen Wortlaut, hatte auch Karin gesagt und Sienna damit eine Welt offenbart, von der sie nur zu gerne ein Teil wäre.

»Gut auf den Punkt gebracht«, murmelte Sienna und drückte sich fester in ihre Kissen. Der Duft von frisch gewaschener Wäsche und Lavendel drang ihr in die Nase.

Paisley lächelte sie aufmunternd an. »Wann möchtest du loslegen?«

»Loslegen?« Das klang wie die Besprechung mit einem Kunden bei der Planung eines Großprojektes.

Vorfreude tanzte in Paisleys Augen, und auch Molly neben ihr wurde munter. »Spannend, ich hatte noch nie Tinder, wollte es aber schon immer mal ausprobieren.«

Für diese Bemerkung erntete Molly einen empörten Blick ihrer Freundin. »Du brauchst Tinder ja auch nicht.«

»Trotzdem würde ich gerne mal wischen.« Molly machte die typische Handbewegung und strich mit ihrem Zeigefinger einmal nach links und einmal nach rechts.

»Swipen«, korrigierte Paisley sie.

Mollys Augen wurden schmal. »Möchte ich wissen, woher du so viel darüber weißt?«

Paisley lachte leise. »Ich würde behaupten, das gehört in unserem Alter zur Allgemeinbildung.«

Die beiden waren seit knapp drei Jahren zusammen – Sienna wagte zu bezweifeln, dass irgendeine von ihnen jemals Tinder genutzt hatte.

»Ich habe mir noch keine Gedanken gemacht. Vielleicht mache ich das noch heute Abend.«

Ein entsetzter Laut kam von Molly. »Ich will dabei sein!«

Sienna hob eine Augenbraue. »Warum? Und für was?«

»Ich finde das aufregend. Du musst dir ja erst ein Profil erstellen und die passenden Bilder aussuchen und einen Text über dich schreiben, bei dem du weder verzweifelt noch bedürftig wirkst.«

Bei Molly klang das Ganze in der Tat nach Arbeit. Sienna war davon ausgegangen, dass sie im App Store einfach nach Tinder suchen, es sich herunterladen und sofort loslegen würde.

»Wir könnten einen Mädelsabend draus machen«, schlug Paisley vor. »Camille könnte rüberkommen, und wenn du magst, auch deine Kollegin Karin, sie hat vielleicht noch den ein oder anderen Tipp für dich. Mit genügend Wein könnte das ein richtig interessanter Abend werden.«

Langsam, wie in Zeitlupe, schüttelte Sienna den Kopf. »Das klingt nach dem Inbegriff eines Höllenszenarios. Ich lasse ganz bestimmt nicht zu, dass ihr alle wie ein verrückt gewordener Hühnerhaufen um mich herumsitzt, während ich nach einem Kerl suche, mit dem ich schlafen will. Kannst du vergessen, Paisley.«

»Bitte, Sienna«, flehte nun Molly und verzog ihre Lippen zu einem Schmollmund.

Holy shit! Bitte nicht das. Jetzt fehlte nur noch Camilles Betteln, und sie wäre geliefert.

Vehement schüttelte Sienna den Kopf. »Nein, und wenn du tausend Mal bitte sagst.«

Mollys Augen wurden schmal, und sie erhob sich aus dem Bett. »Das werden wir ja sehen.« Mit diesen Worten – oder besser dieser Drohung – verließ sie Siennas Schlafzimmer.

Sienna runzelte die Stirn und sah Paisley fragend an, doch

die schüttelte den Kopf. »Du hast dir eine Verrückte angelacht, das ist dir hoffentlich bewusst, oder?«

Ein liebevolles Lächeln erschien auf Paisleys Gesicht. »Ist es. Aber sie ist *meine* Verrückte.«

Sienna konnte sich nicht daran erinnern, jemals mit so viel Wärme über einen ihrer Ex-Freunde gesprochen zu haben.

Da vibrierte ihr Handy in ihrer hinteren Hosentasche, und sie fischte es umständlich hervor. Auf dem Display erschien eine Nachricht von Camille.

Tinder-Party morgen Abend, stand dort mit einer Million Ausrufezeichen. *Ich besorge den Wein.*

Sienna las die Nachricht einmal, zweimal, beim dritten Mal spürte sie das leise Bedürfnis, doch ein Einzelkind zu bleiben. »Molly!«, schrie sie quer durch die Wohnung.

KAPITEL 5

Sienna

Wochenende. Ein wunderschönes Wort. Man sollte es heiligsprechen und zu seinen Ehren einen weiteren Tag dazunehmen. Es war das Versprechen auf Entspannung, Ruhe und Gelassenheit. Oder durchgetanzte Partynächte samt gemeinem Kater am nächsten Morgen. Je nachdem, wie man diese wenigen Tage lieber verbrachte.

Doch in Sienna brodelte eine ungekannte Anspannung.

Die Tinder-Party-Nacht, wie Camille dieses Ereignis genannt hatte, würde bald beginnen, und Sienna fühlte sich wie bei einem Bewerbungsgespräch. Ihre Handflächen waren schwitzig, und sie kaute seit geraumer Zeit auf ihrer Unterlippe herum. Eine grässliche Angelegenheit, aber wenn sie nervös oder unruhig war, konnte sie nichts dagegen tun.

»Ich habe Wein und Snacks besorgt«, verkündete Molly stolz.

»Du hast den Wein besorgt? Was trinken wir denn? Robby Bubbles?«, fragte Sienna lachend.

Es gab gewisse Regeln, die in jeder Gesellschaft respektiert werden mussten. Ein Vegetarier durfte nicht das Fleisch für den Grillabend einkaufen, und jemand, der keinen Alkohol mochte, wurde nicht zum Weinkaufen geschickt.

Molly streckte ihr die Zunge heraus und griff nach den Flaschen. »Nein, einen Chardonnay. Aber ich hätte wohl lieber Robby Bubbles einkaufen sollen. Gibt's das Zeug denn überhaupt noch?«

Sienna zuckte mit den Schultern. Sie hatte diesen Kindersekt zuletzt mit sieben getrunken, keine Ahnung, ob das Getränk noch auf dem Markt war. Sie nahm Molly die Weinflasche ab und begutachtete den Wein. Skeptisch las sie das Etikett.

»Siehst du? Ich bin durchaus in der Lage, Wein zu besorgen.«

Zustimmend nickte Sienna und stellte den Wein zurück. Als Molly mit einem zufriedenen Grinsen in ihr Zimmer verschwand, zückte sie ihr Handy und schrieb Camille eine Nachricht.

Bitte bring Wein mit. Guten *Wein. Molly hat seltsames Zeug eingekauft.*

»Was ist das?«, fragte Karin, die im Gegensatz zu Siennas bester Freundin immer pünktlich kam. Nur war Karins Definition von pünktlich, immer eine Viertelstunde eher da zu sein. Sie hielt den eingekauften Wein hoch. Das abgedruckte Einhorn auf dem Etikett lachte Sienna entgegen.

»Frag mich bitte nicht. Meine Schwester hat es nur gut gemeint.«

Karin runzelte die Stirn. »Ich hätte doch auch etwas mitbringen können, du hast es mir untersagt.«

»Natürlich habe ich das. Einmal im Leben darf ich dir Befehle erteilen, das wollte ich ausnutzen.«

»Du hättest mir auch *befehlen* können«, Karin betonte das Wort, als wäre es pures Gift auf ihrer Zunge, »dass ich Wein aus Frankreich importieren lassen soll, wenn es danach ging. Ich hätte nicht widersprochen.«

Sienna stieß ein theatralisches Seufzen aus. »Und das sagst du mir erst jetzt? Aber du brauchtest wirklich nichts mitzubringen, außer deiner Erfahrung und deinem Rat. Du bist heute

Abend die Einzige, die überhaupt schon mal Tinder benutzt hat.«

Karins Mandelaugen weiteten sich. »Wirklich? Dabei bin ich die Älteste von uns, wirklich interessant.«

»Alle anderen sind in einer Beziehung«, versuchte Sienna die Sache zu erklären. Sie hatte keine Ahnung, wie lange es Tinder bereits gab, aber sie wagte zu bezweifeln, dass es das bereits in ihrer Highschool-Zeit gegeben hatte, demnach hatte Camille nie die Chance gehabt, die App zu testen, als sie noch Single war. Aber für eine Vierzehnjährige war Tinder wohl auch eher nichts.

Ein Nicken war die Antwort. »Hast du etwas dagegen, wenn ich das Ganze etwas dokumentiere?«

Sienna verzog das Gesicht. »Ja, habe ich. Ich bin doch kein Forschungsobjekt.« Aktuell war ihr die Sache ohnehin peinlich genug. Da trafen sich ihre beste Freundin, ihre Schwester, ihre Mitbewohnerin und ihre Chefin, um ihr dabei zu helfen, sich ein Tinder-Profil zu erstellen und einen Mann zu finden, mit dem sie bedenkenlos Sex haben konnte. Als wäre sie die unfähigste Person auf der ganzen Welt. So fühlte sie sich zumindest in diesem Moment.

»Vielleicht überlegst du es dir ja noch anders, sobald du jemanden kennengelernt hast und dir die ganze Situation nicht mehr so unangenehm ist.«

Oh Himmel, garantiert nicht!

»Du weißt aber, dass mein Dozent jeden dieser Artikel auch liest? Er ist Ende fünfzig und vierfacher Vater. Der will garantiert nichts darüber lesen, wie ich jemandem zum Vögeln gefunden habe.«

Allein bei dem Gedanken wurde sie rot. Mr. Sinclair, ihr Professor in Journalismus, sollte derartige Themen niemals lesen müssen, das wäre ihr viel zu peinlich.

»Du siehst das Ganze viel zu verkrampft. Jeder Mensch hat Sex oder eben keinen Sex, je nachdem, was man eben mag. Aber es ist völlig legitim, darüber zu sprechen.« Karin betrachtete ihre perfekt lackierten Fingernägel. Wie eine solch kleine Person so viel Selbstvertrauen haben konnte, war Sienna häufig ein Rätsel.

»Das siehst leider nur du so«, bemerkte Sienna trocken.

»Wenn unsere Gesellschaft offener für diese Themen wäre, gäbe es, gerade was Sex angeht, nicht so viele Tabuthemen oder Mythen.«

»Ich wusste, dass ich deine Chefin mögen würde.« Paisley tauchte in der Tür auf. Sie hielt drei Weingläser in den Händen und stellte sie auf den kleinen Tisch im Wohnzimmer ab. »Ich bin Siennas Mitbewohnerin, Paisley. Hallo, Mrs. Chan.« Sie streckte Karin die Hand entgegen.

»Nenn mich Karin. Ich zwinge nur Leute, die ich nicht mag, mich zu siezen.«

Sienna hob eine Augenbraue. »Charles aus der Finanzabteilung siezt dich.«

»Ganz genau.«

Ein leises Lachen entfuhr Sienna, das von der Türklingel unterbrochen wurde. Eine aufgeregte Camille stand davor. Sie hielt zwei große Einkaufstaschen in den Händen, in denen allerlei Süßigkeiten, Chips und sonstiger Kram waren. Auch den Wein konnte Sienna bereits sehen.

»Das ging aber schnell«, bemerkte sie überrascht.

Camille grinste sie an. »Als Molly mir geschrieben hat, dass sie den Einkauf übernimmt, habe ich lieber vorgesorgt. Kann ja nicht sein, dass wir mit schlechtem Wein auf deinen zukünftigen Toyboy anstoßen müssen.«

»Camille«, sagte Sienna in einem warnenden Tonfall, doch ihre Mundwinkel schoben sich verräterisch nach oben. »Ich suche keinen *Toyboy*. Das klingt total anstößig und sexistisch.« Sienna verschränkte die Arme vor der Brust, ließ Camille aber hereinkommen.

Ihre beste Freundin lachte nur. »Hier geht's aber um Sex, wie soll ich ihn sonst nennen? Deinen Stecher?«

»Gib ihm einfach keinen Namen oder Titel, damit wäre mir schon geholfen.«

»Abwarten. Vielleicht fällt mir im Laufe des Abends noch etwas Besseres ein. Oder die anderen haben eine gute Idee, wie wir Mister X zukünftig nennen sollen.«

Sienna verdrehte die Augen. Das hier war ein Fehler. Sie hätte sich gestern Abend still und heimlich ein Profil einrichten sollen, und die Sache wäre erledigt gewesen. Aber nein, sie hatte sich zu diesem Unsinn hier überreden lassen. Gott sei Dank gab es Wein!

»Hallo, meine Ladys der Sonne, wir haben uns heute hier versammelt, um den passenden Bettgefährten für unsere liebe Sienna zu finden.« Camille hatte das Wohnzimmer betreten und sah nun freudestrahlend in die Runde.

Sienna runzelte die Stirn. »Hast du eine der Flaschen schon unterwegs getrunken, oder was ist mit dir los?«

Camille schnalzte mit der Zunge, gab die Tüten an Paisley weiter und warf sich aufs Sofa. »Ich feiere nur den Anlass.«

Verrückt. Diese Frau war absolut verrückt, angefangen bei ihrem kleinen Zeh bis hinauf zu den dunklen Haaren.

Sienna holte Schüsseln für die Snacks aus dem Schrank. Aus dem Wohnzimmer hörte sie leises Murmeln, während sie als unfreiwillige Gastgeberin die Gläser vorbereitete. Worauf hatte sie sich da bloß eingelassen? Dort saßen vier Frauen, die alle irgendetwas über ihr Sexleben zu sagen hatten.

Kopfschüttelnd betrat Sienna mit einem Tablett in den Händen das Wohnzimmer. Und wollte am liebsten gleich wieder umdrehen. »Was ist das denn? Sind wir hier bei *Dancing with the Stars*?«

Jede der Frauen hielt eine Kelle in der Hand, selbst gebastelt, ganz offensichtlich von der hoch motivierten angehenden Lehrerin unter ihnen, nur leider besaß Camille kein überragendes Basteltalent. Auf einer Seite der Kellen war ein grüner Daumen nach oben abgebildet und auf der anderen Seite ein roter Daumen nach unten.

»Camille«, stöhnte Sienna, brach aber sofort darauf in schallendes Gelächter aus, während sie die Schüsseln voller Naschereien verteilte. Auch wenn sie es nicht zugeben wollte, diese Kellen waren lustig. »Diese Dinger sind absolut unnötig.«

Camille betrachtete unschuldig den Pappstab in ihrer Hand. »Ich weiß nicht, was du meinst. Ich wollte schon immer mal in einer Jury sitzen. Wie im Fernsehen. Das wird bestimmt lustig.«

»Können wir endlich anfangen?«, bettelte Molly, die bereits eine Schüssel voller Chips auf ihrem Schoß balancierte und erwartungsvoll zu Sienna aufsah. »Es wäre so cool, wenn wir das über den Fernseher laufen lassen könnten, aber das geht leider nicht.« Sie seufzte schwer, und Sienna schüttelte den Kopf.

»Das hier muss reichen«, sagte sie und hielt ihr iPhone hoch.

»Hast du die App schon installiert?«, fragte Karin, und Sienna nickte. Das hatte sie bereits gestern Abend getan. Es hatte sie in den Fingern gejuckt, einfach das Profil zu erstellen und loszulegen, aber sie hatte Paisley und Molly versprechen müssen, nichts ohne sie zu tun. Nicht einmal die Auswahl ihrer Fotos hatte sie schon treffen dürfen.

»Was wollt ihr trinken? Den Wein hole ich gleich, der liegt noch im Eisfach. Seid ihr mit Snacks versorgt?« Auch wenn Sienna gar keine große Sache aus alldem machen wollte, war sie doch nun die Gastgeberin dieser kleinen Party. Und sie legte viel Wert darauf, dass sich ihre Gäste wohlfühlten.

»Wir sind versorgt«, sagte Camille, reichte Molly eine Coladose und wedelte mit einer Packung *Oreo*-Kekse.

»Karin?«, fragte Sienna und sah ihre Chefin an.

»Ich bin zufrieden, danke. Sobald der Wein da ist, kann es losgehen.«

Sienna seufzte schwer und holte die erste Weinflasche. Den Alkohol würde sie leider brauchen, um die Sache durchzustehen. Nüchtern würde sie das Gegacker dieser Hühner nicht aushalten. Geschweige denn ihre Kommentare.

»Dann geht's mal los«, murmelte Sienna und setzte sich vor ihre Gäste auf den Boden, sodass ihr alle über die Schulter schauen und das Display des Handys im Blick haben konnten.

Mit zittrigen Händen tippte Sienna auf das Symbol der weißen Flamme auf pinkem Grund. Tinder öffnete sich, es gab ein kleines Feuerwerk verschiedener Symbole, und dann erschien die Startseite. Sienna gab ihre Anmeldedaten ein und wurde von Tinder begrüßt.

»Ich finde es jetzt schon spannend«, murmelte Camille hinter ihr. »Schaut mal, ich habe eine Gänsehaut.« Zum Beweis schob sie ihren Ärmel nach oben und zeigte ihre aufgerichteten Armhärchen.

Sienna verdrehte die Augen. Immerhin war noch rein gar nichts passiert. Wirklich gar nichts. »Jetzt kommt doch erst mal der langweilige Teil«, brummte sie und gab die benötigten Infos über sich an, wie Geschlecht, Mailadresse und Geburtsdatum.

»Oh, das Profilbild«, quiekte in dem Moment Molly in ihr Ohr. »Welches nimmst du? Vielleicht das mit dem süßen blauen Bikini aus unserem letzten Italienurlaub?«

»Ich würde dir empfehlen keins mit zu wenig Kleidung am Körper zu wählen, sonst matchst du nur Männer, die ausschließlich an One-Night-Stands interessiert sind und nie eine Frau zweimal treffen«, bemerkte da Karin.

Sienna drehte den Kopf und lächelte ihre Chefin dankbar an. Irgendwie war ihr klar gewesen, dass die einzigen hilfreichen Kommentare von Karin kommen würden.

»Wie wäre es damit?«, fragte Sienna und hielt ihr Handy so, dass alle es sehen konnten. Es war ein Bild, das erst wenige Wochen alt war. Camille hatte es gemacht. Sienna trug ein süßes Herbstoutfit und schaute nicht in die Kamera, ein versonnenes Lächeln auf dem Gesicht.

»Ja, das ist gut«, sagte Karin, während Camille im selben Moment »Nein, lieber das von der Feier am 4. Juli« einwarf.

»Ich weiß genau, welches Foto du meinst, und die Antwort lautet Nein.« Sienna schüttelte den Kopf und wählte das Herbstbild aus.

Camille schmollte. »Wieso nicht? Das ist schön.«

»Ich bin halb nackt.«

»Aber die amerikanische Flagge ist zu sehen, das zeigt deinen Patriotismus.«

Sienna wandte sich zu ihrer besten Freundin um. »Ja, und diese Flagge ist das einzige Kleidungsstück, das ich auf dem Foto anhabe.« Konnte man eine Flagge überhaupt als Kleidung bezeichnen? Vermutlich nicht. Sie hatten den 4. Juli bei Camilles Eltern in ihrem Haus am Lake Michigan verbracht. Nachdem sie schwimmen gewesen waren, hatte Sienna zum Abtrocknen die Flagge genommen, weil kein Handtuch mehr übrig gewesen war. Camille hatte diesen Moment natürlich festhalten müssen. Zugegeben, das Foto war nicht schlecht, aber man sah viel nackte Haut. Und eben die amerikanische Flagge. Von dem Patriotismus, von dem Camille gesprochen hatte, spürte Sienna nicht viel, also würde sie damit wohl das falsche Zeichen setzen.

Sienna wählte insgesamt vier Fotos aus, das sollte hoffentlich reichen. Als Nächstes kam das Feld *Das bin ich* … Hm, was sollte sie am besten über sich sagen?

»Kontrollfreak mit krankhaft hohem Kaffeekonsum sucht Gleichgesinnten, der bereit ist, sie zu jeder Tages- und Nachtzeit flachzulegen«, sagte Molly und kicherte dann wie eine Fünfjährige.

Sienna warf ihrer Schwester einen bösen Blick zu. »Das werde ich schon mal nicht schreiben.«

»Nein, aber du solltest hier definitiv angeben, was genau du suchst. Also, dass du keine One-Night-Stands möchtest, aber auch nicht an einer Beziehung interessiert bist«, warf Karin dazwischen.

Camille beugte sich vor und schaute über Siennas Schulter auf das Display. »Schreib doch einfach gar keinen Text, sondern mach eine Aufzählung. Das rote x-Emoji für Dinge, die du nicht magst, und der grüne Pfeil für Sachen, für die du zu haben bist … oder so ähnlich. Das lässt dich vielleicht geheimnisvoll wirken.«

Geheimnisvoll wollte Sienna nicht unbedingt rüberkommen, aber die Idee war an sich nicht schlecht. Also tippte sie drauflos. Ob der Text am Ende überzeugen würde, blieb abzuwarten.

☒ ONS
☒ Beziehungen
☒ F+

☑ Swipe rechts, wenn du keines der oben genannten Dinge willst, sondern jemanden suchst, der Sex mit dir haben will, ohne sich durch sämtliche Betten der Stadt zu schlafen, und der garantiert nichts über dich und dein Leben wissen möchte.

»Sienna, ich liebe dich, aber ich glaube nicht, dass ich nach rechts swipen würde, wenn ich das lesen würde.«

Ein Lachen entfuhr ihr. »Sei mir nicht böse, Cami, aber du gehörst auch nicht zu meiner Zielgruppe, daher stört mich das ganz und gar nicht.«

Sienna fand den Text gar nicht schlecht. Ja, er war nicht sonderlich kreativ, freundlich oder sexy. Aber sie machte ihren Standpunkt deutlich.

Die Interessen, die sie als Nächstes angeben sollte, übersprang sie einfach. Da sie nichts über ihren potenziellen Bettgefährten wissen wollte, sollte der auch nichts über sie erfahren. Sie scrollte und scrollte, um sich einen Überblick über die Angaben zu verschaffen. Sie hätte nie geglaubt, dass Dating – wobei es hier ja nicht um Dates ging – so anstrengend und kompliziert sein würde. Ein Lebenslauf war ein Witz im Vergleich zu Tinder.

Sternzeichen, Ausbildung, Familienplanung, Persönlichkeitstyp, Liebesstil, Schlafgewohnheiten – diese App wollte wirklich alles über dich wissen. Unheimlich.

»Oh, schau mal, du kannst angeben, ob du ein Hunde- oder Katzenmensch bist«, rief Camille begeistert aus, und Sienna hielt in ihrem Scrollen inne.

»Sie ist eher ein Katzenmensch«, sagte Molly und nahm einen Schluck von ihrer Cola.

»Findest du? Ich würde sagen, Hunde.« Camille sah Sienna prüfend an, doch in ihrem Blick lag Skepsis, als müsse sie selbst darüber nachdenken, welches Tier zu ihrer besten Freundin passte.

Sienna hob nur eine Augenbraue. »Wenn da nicht irgendwo Glücksbärchis, King Kong oder Ewoks steht, ist die Antwort: weder noch.«

Camille blinzelte verwirrt und zog ihre Nase kraus. »Was zum Henker sind Ewoks?«

Das hatte sie jetzt nicht gefragt! Ihr eigener Freund war ein Nerd der ersten Stunde, und Camille wusste nicht, was Ewoks sind? Schande über ihr pechschwarzes Haupt. »Hast du noch nie *Star Wars* geschaut? Die kleinen süßen Teddys aus dem sechsten Teil.«

Ihre beste Freundin öffnete den Mund, schloss ihn dann wieder und schüttelte den Kopf. Sienna meinte, so etwas wie *verdammte Nerds* aus Camilles Mund zu hören.

»Du kannst doch nicht sagen, dass du keine Tiere magst«, hakte Molly nach und verschränkte die Arme vor der Brust.

Sienna starrte auf das Handy. Sie konnte zwischen unzähligen Tieren wählen, doch leider gab es weder King Kong noch Glücksbärchis. Sie war kurz davor, die Rubrik *Keine Haustiere* zu wählen, zögerte dann aber. »Wieso nicht? Was hat das mit meinen Vorlieben im Bett zu tun?«

Molly seufzte theatralisch und zuckte mit den Schultern. »Es macht dich sympathischer, wenn du Tiere magst.«

Neben ihr nickte Camille zustimmend. »Viel sympathischer«, ergänzte sie.

Sienna runzelte die Stirn. »Ich will ja auch gar nicht sympathisch wirken. Ich will den Kerl flachlegen und nicht Best Friends mit seinem Golden Retriever werden.«

»Ha!«, machte in dem Moment Camille und sprang ruckartig auf die Knie. Sienna starrte sie genervt an, als Chips sich über das gesamte Sofa verteilten. »Ich sagte doch, sie ist ein Hundemensch.«

Ein Seufzen entfuhr Sienna. »Nein, das ist mir nur spontan eingefallen.« Die Wahrheit war, dass ihr nicht eine einzige Katzenrasse einfiel. Nannte man das bei Katzen überhaupt Rasse, oder hatte das eine andere Bezeichnung? Sienna war nie der Tierfreund gewesen. Als Kind hatte sie ein Zwergkaninchen gehabt, das sie sehr geliebt hatte, aber Peanuts war gestorben, als Sienna elf wurde, und seitdem hatte es keine Tiere mehr im Haus gegeben. Weder bei ihrem Vater noch bei ihrer Mutter. Wenn sie ehrlich war, hatte sie auch keine haarigen Begleiter vermisst.

»Also wirklich nichts von beidem?«, fragte Molly leise.

»Um ehrlich zu sein, ist die Vorstellung, dass er Tiere hat, die auf das Bett dürfen, wo ich vorhabe, Sex zu haben, ziemlich abturnend. Also lieber nicht.« Sie klickte auf *Keine Haustiere* und war mit ihrer Entscheidung mehr als zufrieden.

Karin hinter ihr lachte, und Sienna bekam mit, dass sie ab und an etwas in ihr Handy tippte. Sie vermutete, dass Karin sich für einen Artikel Notizen machte. Darüber würde Sienna mit ihr noch einmal reden müssen, denn nichts von diesem Abend sollte jemals an die Öffentlichkeit gelangen. Niemals!

KAPITEL 6

Sienna

Links. Links. Links.

Sienna seufzte und wischte erneut nach links. Es war frustrierend, milde ausgedrückt. Zwei Tage war es her, seit sie sich diese bescheuerte App heruntergeladen hatte. Zwei verfluchte Tage, in denen sie auf ihr Display gestarrt und entweder nach rechts oder links geswipt hatte. Wobei das Nach-links-Swipen deutlich überwogen hatte.

Die einzigen Personen, die Spaß an der ganzen Sache hatten, waren Molly und Camille. Sie hatten allerdings ganz andere Kriterien als Sienna.

»Oh, ein süßer Hund, wir swipen nach rechts«, war für gewöhnlich Camilles Argument.

»Netter Sixpack, komm, swipe nach rechts«, kam es von Molly.

Jedes Mal hatte Sienna nach links gewischt. Sie wollte niemanden, der Spiegel-Selfies im Gym machte, nur damit man die einzelnen Bauchmuskeln zählen konnte, und sie wollte auch niemanden, der mit seinem Labrador posierte.

Dabei gehörten die noch zu den normalen Menschen auf Tinder. Vielleicht sollte sie die App einfach löschen und das Experiment als gescheitert betrachten. Ihre nächsten Vorschläge untermauerten diesen Gedanken.

Hier suchte ein Pärchen eine dritte – weibliche – Person für einen Dreier. Mut hatten die beiden, das musste Sienna ihnen lassen, und irgendwie fand sie es auch gut, dass man so offen und ehrlich mit seinen Bedürfnissen umging, doch das war nichts für sie. Ein Dreier mit einem Paar? Garantiert nicht.

Auch der nächste Kandidat flog raus. In seiner Bio spielte er das Spiel zwei Wahrheiten, eine Lüge. Siennas Augen wurden groß bei dem, was sie dort las.

> Ich habe mich in die Datenbank des FBI gehackt.
> Ich habe an der gesamten Ostküste der USA Zutrittsverbot in sämtlichen Casinos.
> Ich kann mich in weniger als zwei Minuten in das Handy deines Ex hacken und seine Kontodaten herausfinden.

Wer auch nur halbwegs bei Verstand war, warb doch nicht mit solchen Infos für sich! Sie unterdrückte den Wunsch, die Polizei zu informieren, und swipte nach links.

Sie seufzte und legte das Handy beiseite. Müde fuhr sie sich mit beiden Händen über das Gesicht. Nach ihrem »Onlinemarketing«-Kurs heute Morgen hatte sie nun eine zweistündige Pause, bevor es mit »Einführung in Online-Journalismus« weiterging. Auf diesen Kurs freute sich Sienna schon sehr. Sie würden das Thema für die Abschlussarbeit besprechen, und sie war gespannt, was sich Mr. Sinclair ausgedacht hatte.

»Darf ich dir noch etwas bringen?«, fragte die Bedienung des kleinen Cafés an der Ecke 110. Straße.

Siennas Augen begannen zu strahlen. »Noch einen Kaffee, bitte.«

Lachend schenkte die Frau namens Sara ihr nach. »Harte Woche? Dabei haben wir erst Montag.«

»Du hast ja keine Ahnung«, murmelte Sienna und nahm dankend die dampfende Tasse entgegen. Ihr Display leuchtete auf.

»Viel Erfolg bei deiner Suche«, sagte Sara dann und grinste bis über beide Ohren.

»Wie bitte?«, fragte Sienna verwirrt.

Mit dem Kopf deutete die Bedienung auf das Handy auf dem Tisch. »Du tinderst. Erkennt man an den Bewegungen. Das Swipen ist ziemlich eindeutig.«

Oh Gott, wie unangenehm! Sie merkte, wie ihre Wangen heiß wurden. Peinlich berührt starrte sie auf die Tischplatte.

»Ich wollte dich damit nicht aufziehen oder so. Ich habe meinen Freund auch über Tinder kennengelernt. Inzwischen sind wir seit zwei Jahren zusammen.«

Sienna wollte im Boden versinken. Wirklich, sie wollte, dass sich die Erde unter ihr auftat und sie einfach verschluckte. Das war immer noch angenehmer als diese Unterhaltung mit einer völligen Fremden über eine Dating-App.

»Wie schön für euch, Glückwunsch«, presste sie hervor. Sie hatte ihren Freund über Tinder kennengelernt? Himmel, Sienna fand bisher ja nicht mal jemanden, mit dem sie die Nacht verbringen wollte, wie hatte es Sara geschafft, jemanden zu finden, mit dem sie ihr Leben verbringen wollte?

»Versuch mal, deinen Radius zu reduzieren, das hat mir geholfen.«

Sienna starrte auf das Handy und zurück zu der Bedienung. »Was meinst du?«

»Darf ich?« Sara zeigte auf das Gerät, und Sienna überließ es ihr wortlos. Sara tippte etwas darauf herum und reichte es dann wieder an Sienna zurück. »Ich habe deinen Radius auf einen

Kilometer begrenzt. Du bekommst also aktuell nur Menschen angezeigt, die sich in deiner unmittelbaren Nähe befinden.«

Sienna nickte, als wüsste sie genau, was Sara getan hatte, und auch, warum. Dabei hatte sie von beidem keine Ahnung.

Anscheinend besaß sie nicht das Pokerface, von dem sie glaubte, es zu besitzen, denn Sara lachte leise. »So kannst du dich direkt persönlich treffen. Gerade in der Nähe der Universitäten oder Clubs ist das sehr von Vorteil. Aber natürlich auch abhängig davon, wonach du suchst.«

»Danke«, sagte Sienna leise.

»Ich drücke dir die Daumen.« Sara streckte den Daumen nach oben, bevor sie verschwand.

Wenn der Radius kleiner war, waren die Männer bestimmt noch viel seltsamer. Immerhin hatte sie so weniger Auswahl. Trotzdem kam sie nicht umhin, Tinder erneut zu öffnen und sich durch die angezeigten Profile zu wischen.

Links. Links. Links.

Die Verringerung des Radius schien nicht geholfen zu haben. So langsam glaubte Sienna wirklich, dass es an ihr lag und nicht an anderen. Waren ihre Ansprüche zu hoch? Das hatte sie sich schon öfter anhören müssen. Und es hatte jedes Mal wehgetan.

»Ist hier noch frei?«, fragte eine tiefe und gleichzeitig samtige Stimme, und Sienna hob den Kopf. Vor ihr stand ein junger Mann mit dunklem Haar, das an den Seiten kürzer war und sich an den Spitzen leicht wellte, und einem Espresso in der Hand. »Die anderen Tische sind alle voll.«

Sienna ließ den Blick über die übrigen Tische gleiten und stellte fest, dass er recht hatte. Ihr war gar nicht aufgefallen, wie voll das Café geworden war. Sie zeigte auf den Platz ihr gegenüber. »Natürlich, setz dich.«

»Danke.« Er lächelte sie an, doch Sienna schenkte ihm keine Beachtung mehr.

Sie war vertieft in ihr abgrundtief beschissen laufendes Liebesleben. Das war vermutlich kein Wort, aber es beschrieb ihre Lage nahezu perfekt. Sie seufzte schwer und spürte den Blick ihres neuen Tischnachbarn auf sich, der ebenfalls das Handy in der Hand hielt und genüsslich an seinem Espresso nippte.

Links, links, links.

Halt!

Sienna starrte auf das Profil, das ihr gerade angezeigt wurde. Ihr Blick glitt hoch und wieder zurück auf das Display. Das konnte doch nur ein schlechter Scherz sein.

Erneut beäugte sie ihr Gegenüber unauffällig. Doch sie hatte sich nicht geirrt. Das dunkle Haar, der Bart über der Oberlippe und am Kinn stimmten.

> Rafael, 24
> Ich bin nicht an Dates interessiert, nur an etwas Zwanglosem. In Mario Kart schlage ich dich um Längen, aber ich mache es mit selbst gekochtem Essen wieder gut. 🎮 🍜

Sie klickte sich durch die Profilfotos. Er sah gut aus, das musste sie zugeben. Ein sonnengebräunter Teint, ein Grübchen in der Wange und freundlich aussehende schokobraune Augen. Er hatte keine seltsamen Spiegel-Selfies, keine Fotos mit Haustieren und keine halb nackt im Gym. Auf einem trug er nur Badehosen und lag am Strand, aber das fiel dann wohl eher in die Rubrik Urlaubsfotos. Und das, was Sienna dort sah, gefiel ihr ausgesprochen gut.

»Ist das nicht irgendwie ein Widerspruch?«, platzte es aus ihr heraus, bevor sie weiter darüber nachdenken konnte, was sie da eigentlich tat.

Ihr Gegenüber, *Rafael*, wie sie sich selbst erinnerte, hob den Blick und sah sie verwirrt an. »Wie bitte?«, fragte er und stellte die Espressotasse vor sich auf den Tisch.

»Du willst keine Dates, aber lädst direkt zu Mario Kart und einem selbst gekochten Essen ein. Zählt das etwa nicht als Date?«

Die Verwirrung stand ihm noch immer ins Gesicht geschrieben, dann sah er von Sienna zu ihrem Handy und wieder zurück. Ihm schien ein Licht aufzugehen, und er lachte verhalten.

»Ich würde es eher als Wettstreit bezeichnen, nicht als Date. Ein vorzugsweise leicht bekleideter Wettstreit.«

Jetzt war es Sienna, die lachte. »Leicht bekleidet also, natürlich, wer spielt Mario Kart auch bitte angezogen?« Sie legte ihr Handy weg und umklammerte stattdessen ihre dampfende Kaffeetasse.

»Du hoffentlich nicht, denn das würde gegen die Mario-Kart-Regeln verstoßen, und ich müsste dich dann melden.«

»Mich melden? Bei wem?«, fragte Sienna lachend. »Der Kommission für nudistische Mario-Kart-Games?«

Er nickte, sah dabei todernst aus. »Genau bei denen. Die können echt streng sein, das kann ich dir sagen.«

Siennas Mundwinkel schoben sich nach oben. »Sprichst du etwa aus Erfahrung?«

»Leider ja, ich bin erst letzten Monat heftig mit denen aneinandergeraten.«

Sie legte sich in gespieltem Mitgefühl eine Hand aufs Herz. »Das tut mir schrecklich leid. Das hatte hoffentlich keine negativen Auswirkungen.«

Er schüttelte den Kopf, doch das Schmunzeln war deutlich auf seinem Gesicht zu sehen. »Seitdem traute ich mich nicht mehr, vollständig bekleidet zu zocken.«

Ein verwegenes Grinsen umspielte Siennas Lippen, und ihr

Blick glitt langsam an ihm auf und ab. »Es könnte Schlimmeres geben«, murmelte sie dann in ihre Kaffeetasse.

Sein Lachen, das daraufhin folgte, war herzlich und warm und jagte eine Gänsehaut über ihren Körper. Dann fragte er: »Und, was hast du getan?«

Sienna sah ihn perplex an. »Was meinst du?«

Seine Mundwinkel hoben sich zu einem Lächeln, und er deutete mit dem Kinn auf ihr Handy. »In welche Richtung hast du geswipt?«

»Oh«, machte Sienna und merkte, wie sie rot wurde. »Um ehrlich zu sein, in gar keine. Ich war zu irritiert davon, dass mir Menschen von Tinder im wahren Leben begegnen können.« Sie strich sich eine Haarsträhne hinters Ohr und lachte leise. Das hier war wie in einem schlechten Film.

Rafael lachte ebenfalls und nickte. »Du machst das noch nicht lange, oder?«

Sienna schüttelte den Kopf. »Seit drei Tagen, und es ist die pure Hölle.«

Das Leuchten, das nun in seine Augen trat, gefiel ihr. Als säße der Schalk darin. »Das kann ich so unterschreiben. Die App ist merkwürdig. Es begegnen dir sehr seltsame Frauen dort.«

»Und sehr seltsame Männer. Ich fürchte, das ist nicht auf ein Geschlecht begrenzt.«

Er lehnte sich zurück und fuhr sich mit beiden Händen durch die Haare. »Seltsamkeit kann wohl jeden treffen.« Er griff nach seinem Handy und wischte darauf herum. Allein an der Bewegung konnte sie sehen, dass er auf Tinder unterwegs war. Wie peinlich, dass man bereits von Weitem sagen konnte, was jemand tat, nur weil er nach links oder rechts swipte.

»Da bist du ja«, sagte er dann und lächelte. »Sienna, ein schöner Name. Warst du mal in der Stadt?«

Er hatte sie gesucht. Auf Tinder. Sienna wollte im Boden

versinken. Ihr war nie in den Sinn gekommen, dass wirklich jemand dieses Profil zu Gesicht bekommen würde. Sie war wirklich gänzlich unvorbereitet auf diese ganze Tinder-Geschichte.

Sie räusperte sich und nickte. »Ja, schon mehrfach. Meine Eltern haben sich dort kennengelernt, daher der Name.«

Rafael nickte, doch er starrte weiterhin auf sein Handy. Vermutlich betrachtete er gerade die Bilder oder las ihre überaus poetisch geschriebene Bio.

»Gibt es eine Bezeichnung für das, was du suchst?«

»Was?«

Sein Blick war herausfordernd. »Du willst keine Dates, keine One-Night-Stands, keine Freundschaft Plus und auch keine Beziehungen. Klingt eher so, als würdest du in ein Kloster wollen, wäre der letzte Absatz nicht. Also: Gibt's einen Namen für eine derartige Beziehung? Wobei es ja keine Beziehung wäre.«

Sienna versuchte sich nicht anmerken zu lassen, wie nervös sie war. »Nein, ich fürchte, ein passender Name dafür muss noch erfunden werden.«

Sein Lachen war warm und jagte Sienna eine Gänsehaut über den Körper. Rafael war attraktiv, das konnte sie keinesfalls leugnen. Er wollte keine Dates, was definitiv ein Pluspunkt war, doch was wollte er stattdessen?

»Verrätst du mir, warum?« Er lehnte sich in seinem Stuhl vor und legte seinen Kopf auf seiner aufgestützten Hand ab. Der Blick seiner braunen Augen ruhte auf Sienna. Sie hatten die Farbe von dunkler Schokolade. Man konnte kaum die Pupille von der Iris unterscheiden, bis auf einige hellere Flecken.

»Warum was?«, fragte sie verwirrt. Warum klang sie in diesem gesamten Gespräch eigentlich, als wäre sie dämlich?

»Warum du nicht nach einer Beziehung suchst, du keine einmaligen Sachen willst und eine Freundschaft mit Vorzügen für dich nicht infrage kommt?«

Sienna biss sich auf die Innenseite ihrer Wange. »Warum willst du das wissen?« Sie wollte einem Fremden nicht mehr von sich erzählen als unbedingt notwendig. Selbst wenn sie sich vorstellen könnte, Rafael näherzukommen, wusste sie doch, dass sie sich ihm gegenüber trotzdem nicht öffnen würde. Und sie würde von ihm auch niemals verlangen, dass er es tat.

Er zuckte mit den Schultern. »Ich bin neugierig. Jeder, der Tinder oder eine andere Dating-App benutzt, ist auf der Suche nach irgendwas; ich will wissen, was du suchst und warum.«

Sienna dachte über seine Worte nach. Sie legte viel Wert auf Ehrlichkeit, also platzte sie einfach mit der Wahrheit heraus. »Ich habe keinen Bock mehr auf Dates, meine beste Freundin versucht andauernd, mich mit irgendwelchen Kerlen zu verkuppeln. One-Night-Stands sind nichts für mich, da komme ich nicht wirklich auf meine Kosten, und mit jemandem zu schlafen, mit dem ich befreundet bin, kommt für mich nicht infrage. Freundschaft geht immer vor. So einfach ist das.« Sie zuckte mit den Schultern, als wäre es absolut logisch, was sie ihm gerade erklärt hatte, dabei wusste sie ganz genau, dass es das nicht war.

Doch zu ihrer Verblüffung nickte Rafael. »Verstehe. Eine Freundschaft für Sex zu riskieren klingt nicht sonderlich verlockend, ebenso wenig wie die Aussicht, von einem Bett ins nächste zu springen. Ich verstehe dich.«

Erstaunt sah sie ihn an. Er war da wohl der Erste, der sie verstand. Er wirkte nicht einmal überrascht oder verwirrt, geschweige denn angewidert.

»Wie ist es bei dir? Warum willst du nicht daten?«

Der Blick aus seinen Schokoaugen traf sie. »Dates führen entweder ins Leere oder enden in einer Beziehung, die ich im Moment nicht haben möchte. Ich suche aktuell nicht nach Liebe.«

Liebe, bei dem Wort musste Sienna schnauben. Rafael sah sie stirnrunzelnd an.

»Hab ich was Falsches gesagt?«

»Gar nichts, es ist nur … ich glaube einfach nicht dran.«

Er hob die Brauen. »Dass ich das ernst meine?«

»Nein, das meine ich nicht. Ich glaube nicht an die Liebe.«

Es waren harte Worte, aber Sienna meinte sie vollkommen ernst. Vielleicht war auch einfach nicht jeder Mensch für die Liebe gemacht. Sie musste an die Geschichte denken, die Miles ihr erzählt hatte. Über die Seelenverwandtschaft in der griechischen Mythologie. Dass Menschen auseinandergerissen worden sind und seitdem nach ihrer zweiten Hälfte suchen. Wenn es wirklich nur einen einzigen Menschen auf der Welt gab, der für einen bestimmt war, ging die Wahrscheinlichkeit, dass man diesen Jemand fand, gegen null.

»Du glaubst nicht an die Liebe?«, fragte Rafael dann. Das Erstaunen war in seiner Stimme zu hören.

»Nein«, murmelte sie und schluckte schwer. »Tue ich nicht und habe ich auch nie getan.«

»Warum nicht?«

»Bin ihr nie begegnet, und man kann schlecht an etwas glauben, was man nicht kennt«, sagte sie schulterzuckend.

Er nickte, kniff aber die Augen zusammen. Hatte er Mitleid mit ihr, oder glaubte er, dass hinter ihren Worten mehr steckte, als sie zugab?

Doch dann sah er sie an, als würde er versuchen, ein Rätsel zu ergründen, Neugierde lag in seinem Blick. Er nickte kaum wahrnehmbar, als wäre ihm in diesem Moment etwas klar geworden, was Sienna noch nicht wusste.

»Vielleicht ist das auch besser so. Liebe kann unheimlich wehtun.«

»Das habe ich auch schon oft gehört«, sagte Sienna und

wandte den Blick ab. Ihrer Meinung nach war die Liebe den Schmerz, der mit ihr einherging, nicht wert.

»Also nur Sex? Das ist es, wonach du suchst?«, fragte er.

Sienna nickte und knetete dabei ihre Finger. Sie gehörte eigentlich nicht zu der schüchternen Sorte Mensch, doch so offen zuzugeben, dass sie nur an etwas Körperlichem interessiert war, war ihr doch unangenehm. Dabei saß genau in diesem Moment jemand vor ihr, der genau ihr Typ war.

Ein Blick auf die Uhr verriet ihr, dass es Zeit war, auf den Campus zurückzukehren. Sie packte ihr Zeug zusammen und legte das Geld für ihre Unmengen an Kaffee auf den Tisch.

»Ich muss jetzt los. Genieß noch deinen Espresso, die sind echt gut hier.« Sie biss sich auf die Innenseite ihrer Wange und verstummte. Was sollte sie ihm noch sagen? Wie schön es war, ihm auf Tinder zu begegnen, und dass sie hoffte, dass er nicht erneut Probleme mit der Kommission für nudistische Mario-Kart-Games bekam? Nein, das traute sie sich in dem Moment nicht.

Also lächelte sie ihn nur an und stand auf. Den Mantel noch über dem Arm, war sie dabei, das Café und damit auch Rafael und ihr »Gespräch« zu verlassen.

»Sienna«, erklang jedoch dann seine dunkle Stimme, und sie drehte sich zu ihm um.

»Was ist?«

»Ich werde nach rechts swipen, nur damit du es weißt«, sagte er nur, und sein intensiver Blick warf Sienna beinahe aus der Bahn.

Sie nickte nur und ging aus der Tür. Draußen fischte sie ihr Handy aus der Tasche und öffnete Tinder. Rafaels Profil wurde ihr noch immer angezeigt. Mit zittrigen Fingern wischte sie nach rechts.

Ein Feuerwerk explodierte auf ihrem Display.

It's a match!, stand dort geschrieben, und ihres sowie Rafaels Profilbild wurden ihr angezeigt. Ein Grinsen umspielte ihre Lippen, und obwohl sie es nicht wollte, lachte sie leise.

Danke, Sara, du hast mir sehr geholfen, war alles, was sie in dem Moment dachte.

KAPITEL 7

Rafael

Enrico sah von Rafaels Handy zu Rafael, zurück auf das Display, dann wieder zu Rafael. »Wie lange genau hattest du Tinder, bis du ihr begegnet bist?«

»Etwas mehr als einen Tag«, sagte Rafael, ohne darüber nachzudenken. »Wobei ich sie nicht über Tinder kenne, wir haben uns in einem Café getroffen.«

»Also doch eher auf die altmodische Art und Weise«, stellte Enrico fest, und seine Mundwinkel schoben sich nach oben.

Er nickte. Tinder war nur die Art, wie er mit Sienna kommunizieren würde. Die App war generell eine seltsame Erfindung. Er konnte nicht sagen, ob er die Dating-App mochte oder nicht. Sie war gewöhnungsbedürftig. So viel stand fest.

Die meisten Nutzerinnen, die ihm vorgeschlagen wurden, waren nur an etwas rein Körperlichem oder an der einzig wahren Liebe interessiert. Etwas dazwischen gab es selten. Rafael hätte haufenweise bedeutungslosen Sex haben können. Das war gar nicht sein Problem. Nein, sein Problem war, dass er sich nicht durch sämtliche Betten New Yorks schlafen wollte. Er war kein Player oder Bad Boy und wollte auch keiner sein.

»Auf ihren Fotos sieht sie jedenfalls sehr gut aus. Entsprechen sie der Realität?«

»Fragst du mich gerade, ob sie irgendwelche Filter benutzt? Ich glaube nicht. Sie sieht ziemlich genau so aus wie auf ihren Bildern.«

Auch wenn er nicht daran geglaubt hatte, dass Enrico mit seinem Vorschlag recht behalten würde, war Rafael doch dankbar, sich Tinder installiert zu haben.

Seine Gedanken wanderten zu Sienna.

Ein seltener Name, aber sehr hübsch. Genauso wie die Frau, zu der er gehörte. Er hatte sich nie sonderlich für Blondinen interessiert. Seine Vorliebe waren schon immer braunhaarige Frauen gewesen, gerne ein etwas dunklerer Teint und reichlich Kurven. So war Hailey gewesen. Dunkle Locken, braun gebrannte Haut, und angeblich hatte man über sie gesagt, dass sie einige Pfunde zu viel auf den Hüften trug, aber Rafael hatte jedes dieser Pfunde innig geliebt.

Sienna war da anders. Blond, blauäugig, hatte einen hellen Hauttyp und war eher sportlich gebaut.

»Und wie geht es dir jetzt damit? Ich kann nicht sagen, ob du dich auf euer Treffen freust oder nicht.« Enrico sah ihn intensiv an, doch Rafael zuckte nur mit den Schultern.

»Ich bin freudig nervös, würde ich sagen. Wir wissen beide, dass ich so was noch nie gemacht habe«, und das war nichts, wofür er sich schämte, »daher habe ich keine Ahnung, was mich erwartet.«

Das machte ihn unruhig, wenn er ehrlich war. Er war an sich ein spontaner Mensch, liebte Überraschungen und das Unerwartete. Doch bei seinem Treffen mit Sienna betrat er ein Gebiet, auf dem er unerfahren war. Trotzdem hoffte er einfach auf das Beste.

Sie glaubte nicht an die Liebe. Das war einfach perfekt. Wenn eine Frau nicht an die Liebe glaubte, sogar an ihrer bloßen Existenz zweifelte, bestand für ihn absolut keine Gefahr, dass sie sich in ihn verlieben würde. Was wiederum bedeutete, dass Rafael nur Sex mit ihr haben konnte. Guten Sex, hoffentlich. Das Einzige, was es dafür benötigte, war etwas Vertrauen und ehrliche Kommunikation.

»Und wie ist sie so?«, fragte Rico weiter. Er war neugierig, doch auf seinem Gesicht zeigte sich gleichzeitig Sorge. Warum genau sein Cousin besorgt war, konnte er nicht sagen.

»Bis jetzt wirkt sie recht sympathisch, aber ich kenne sie ja kaum.«

Rico legte den Kopf schräg. »Muss ich dir alles aus der Nase ziehen? Erzähl doch mal von ihr.«

Er seufzte schwer und lehnte sich gegen die Arbeitsplatte. Seine Gedanken wanderten zurück zu seinem Treffen mit Sienna.

»Sie ist witzig, oder besser sarkastisch. Sie hat auf jeden Fall einen Sinn für Humor«, überlegte er laut. Während ihrer Unterhaltung hatte er mehrmals laut lachen müssen. Ihre Kommentare waren lustig gewesen.

»Sarkastisch? Das klingt doch gar nicht schlecht.«

Nein, das tat es in der Tat nicht.

»Sie kennt Mario Kart und scheint es zu mögen.«

Enricos Augen wurden groß. »Okay, damit habe ich nicht gerechnet. Ihr trefft euch aber jetzt nicht zum Zocken, oder? Du weißt, dass der Platz deines Zockerkumpels bereits vergeben ist.«

Rafael schmunzelte, schüttelte aber den Kopf. »Den Platz wird dir auch niemand streitig machen. Ich glaube kaum, dass wir jemals zusammen Mario Kart spielen werden. Aber es war … erfrischend, sich mit einer Frau über Videospiele zu unterhalten.«

Auch das war ihm neu gewesen. Hailey hatte seine Vorliebe für Games immer nur belächelt. Das hatte ihn nicht einmal gestört. Dafür hatte er schließlich Rico. Wenn er zocken wollte, dann traf er sich mit seinem besten Freund.

Dass Sienna auf seine Scherze zu Mario Kart eingegangen und sogar selbst welche gemacht hatte, hatte ihm gut gefallen. Ausgesprochen gut. Es war eine willkommene Abwechslung.

»Nein, ihr werdet wohl andere Spiele spielen«, erwiderte sein Cousin lachend.

Rafael verdrehte bei der anzüglichen Bemerkung die Augen.

Gleichzeitig war ihm etwas flau im Magen, wenn er daran dachte, wieder Sex zu haben. Diese blöde Floskel, dass Sex wie Fahrradfahren sei und man es nicht verlernen könne, war absoluter Blödsinn. Denn bei einem Fahrrad spielte es absolut keine Rolle, ob man ein Mountainbike, ein Rennrad oder ein E-Bike fuhr, im Grunde waren sie alle gleich. Man trat in die Pedale, und das Ding bewegte sich vorwärts. Aber Frauen, nein, Frauen waren definitiv nicht gleich. Sie alle waren verschieden, hatten unterschiedliche Bedürfnisse, und für einen Mann galt es herauszufinden, wie er diese befriedigen konnte.

Es gab keine gängige Regel. Keine schlaue Formel, die bei jeder funktionierte. Aber genau das war es, was Rafael so faszinierend daran fand. Vor Hailey hatte es einige Frauen gegeben, mit denen er geschlafen hatte. Auch er hatte eine wilde Phase gehabt, bevor er mit ihr zusammengekommen war. Nur nach ihr hatte es niemanden mehr gegeben. Bis auf jene Frau, vor der er in Tränen ausgebrochen war, aber daran wollte er lieber nicht denken.

»Was, wenn der Sex schlecht ist?«, traute er sich dann zu fragen und rieb sich die Handflächen an der Hose trocken. »Oder wenn es gar nicht erst zum Sex kommt, weil ich doch nicht mit ihr schlafen will? Wie bringe ich ihr das bei, ohne sie zu verletzen?«

Enrico drehte sich zu ihm um, Falten waren auf seiner Stirn

zu sehen. »Du machst dir zu viele Gedanken. Wenn ihr euch trefft und du es dir anders überlegst, dann sag ihr das. Entweder sie akzeptiert deine Entscheidung und ist cool damit oder eben nicht. Da hast du keinen Einfluss drauf. Was den Sex angeht …« Rico verstummte und tippte sich mit einem Finger ans Kinn.

Angespannt beobachtete er seinen Cousin beim Denken. Wartete nervös auf Ricos Antwort.

»Wir wissen beide, dass es beim Sex um Ehrlichkeit geht. Ihr seid zwei Fremde, die sich bei einer App gematcht haben. Mehr ist bisher nicht zwischen euch passiert. Wenn du willst, dass sich das ändert, musst du dich bei ihr melden und ihr offen sagen, was du willst.«

»Glaubst du nicht, dass das komisch klingt?«

Enrico schüttelte den Kopf. »Warum sollte es komisch klingen? Ihr habt doch schon darüber gesprochen, dass ihr beide keine Beziehung möchtet, oder etwa nicht?«

Er nickte und rief sich ihr Bild vor Augen. Das Funkeln in ihren blauen Augen, ihre vollen Lippen. Vom ersten Augenblick an hatte er sie anziehend gefunden. Attraktiv, würde er sagen, auch wenn sie gar nicht seinem Typ Frau entsprach.

»Dann hör auf, dir solche Gedanken zu machen, und schreib ihr. Vereinbar ein Treffen, lern sie etwas besser kennen, und dann kannst du immer noch entscheiden, ob du mit ihr schlafen willst oder eben nicht. Aber ganz ehrlich, Rafael: Sieh sie dir an, du wärst verrückt, wenn du nicht mit ihr schlafen willst.« Rico hielt ihm sein Handy entgegen, wo noch immer Siennas Tinder-Profil geöffnet war.

Er nahm Rico das Smartphone ab und betrachtete Siennas Fotos. Sein bester Freund hatte ja recht. Er musste einfach den ersten Schritt machen und schauen, wie es zwischen ihnen lief.

Für gewöhnlich hatte Rafael eine hervorragende Menschenkenntnis. In dieser Hinsicht hatte er selten danebengelegen. Bei

Sienna hatte er ein gutes Gefühl. Sie sah gut aus, wollte keine Beziehung und glaubte nicht an die Liebe. Das glich einem Sechser im Lotto für ihn. Auch wenn er sich bei dem Gedanken sehr oberflächlich vorkam.

Hier ging es um Sex. Die Hauptsache war, dass sie dasselbe wollten, und das schien der Fall zu sein.

»Ich soll mich also mit ihr treffen?«, hakte er nach.

»Auf jeden Fall.«

»Was wurde eigentlich aus der Frau, mit der du über Tinder geschrieben hast? Ist das was Ernstes?« Er brauchte noch etwas Bedenkzeit, bevor er sich bei Sienna meldete. Der Themenwechsel bot ihm die Chance, seine Gedanken zu sortieren.

Rico wirkte plötzlich seltsam verlegen. »Ich schreibe mit mehreren Frauen auf Tinder, allerdings mit einer bestimmten sehr intensiv.«

»Magst du sie?«

»Ich denke schon.«

Ein Lächeln schlich sich auf sein Gesicht. »Wo ist dann das Problem?« Er freute sich für Rico, wenn er jemanden gefunden hatte, den er kennenlernen wollte. Den er mochte und für den er sich interessierte.

»Vielleicht fehlt mir der Schubs in die richtige Richtung, ein kleiner Mutmacher … ich weiß es nicht genau«, sagte Rico schulterzuckend.

»Dann fühl dich hiermit geschubst.«

Sein bester Freund lachte und zog sein eigenes Handy aus der hinteren Hosentasche. »Ich schreibe meinem Girl, wenn du deinem schreibst.«

Rafael biss sich auf die Unterlippe. Der Deal war gar nicht verkehrt. So würden sie vielleicht beide das bekommen, was sie brauchten. Rico ein Mädchen, mit dem er ausgehen konnte, und er Sienna, mit der er bedeutungslosen Sex haben konnte. In seinen eigenen Ohren klang das wirklich verlockend.

»Abgemacht.«

Er würde sich später noch mit seiner Nonna und seiner Schwester Ella treffen, währenddessen wollte er nicht in Gedanken die Vor- und Nachteile eines Treffens mit Sienna erörtern. Bis dahin musste das Thema erledigt sein.

»Wir schreiben ihnen jetzt wirklich?«, fragte Rico mit großen Augen.

Rafael nickte nur. Es war an der Zeit, dass er nach vorn schaute. Sienna schien genau die richtige Art Frau dafür zu sein. Er fischte sein Handy aus der hinteren Hosentasche und öffnete Tinder.

> Bereit für ein Treffen mit einem Fremden, der vorhat, auch ein Fremder für dich zu bleiben? 😌

Klang das doof? Na ja, nun war es ohnehin zu spät. Er hatte die Nachricht bereits abgeschickt. Er runzelte die Stirn und überlegte, noch etwas dranzuhängen. Einen Smiley vielleicht. Oder noch mehr Text? Seine Gedanken überschlugen sich, und er hatte schon leichte Schweißausbrüche, bevor er eine Antwort erhielt.

> So was von bereit. 🔥

Rafael hielt den Atem an. Das war einfacher gewesen als erwartet. Dann sah er, dass Sienna tippte. Es folgte eine Adresse und ein Datum. Das Datum war in zwei Tagen. Ein Grinsen umspielte seine Mundwinkel. Ein Gefühl, von dem er nicht mehr wusste, dass er es empfinden konnte, breitete sich in ihm aus: Lust.

KAPITEL 8

Sienna

»Wir müssen Regeln ausmachen«, flötete Camille, während sie die Nagellackfläschchen auf dem Tisch vor sich begutachtete. Gerade hielt sie Babyblue nach oben und musterte die Farbe mit zusammengekniffenen Augen.

»Regeln? Für was?«

»Dein Sex-Date.«

Ein lautes Stöhnen entfuhr Sienna, und sie ließ sich ungraziös aufs Sofa fallen. »Es ist kein Date, Camille. Wie oft muss ich das noch sagen?«

Camille neben ihr schnalzte mit der Zunge, griff nach dem nächsten Fläschchen und warf ihr einen vorwurfsvollen Blick zu. »Dann nenn es von mir aus Vögel-Meeting, Sex-Session oder Koituskongress, ist mir egal. Tatsache ist, dass du dich mit einem Kerl treffen wirst, dem du erst ein Mal begegnet bist und den du über Tinder kennst. Nicht nur das, du willst mit ihm schlafen. Dafür müssen Regeln her.«

Sienna kam es so vor, als wären sie wieder vierzehn und stellten Regeln dafür auf, welche Jungs aus ihrer Schule sie auf den Prom begleiten durften. Gut aussehend musste er sein, dem oberen Durchschnitt der Klasse angehören und ein passabler Tänzer sein. Auf keinen Fall durfte er Printshirts tragen oder einen britischen Akzent haben. Es hatte noch viel mehr Regeln gegeben. An die meisten Regeln konnte sie sich allerdings nicht mehr erinnern. Vermutlich, weil sie keinen Sinn ergeben hatten.

»Wer bist du? Meine Mutter?«, brummte Sienna und griff nach einem Pizzastück. Sie war so froh, dass Camille aus ihrer veganen Phase heraus war. Gerade war der Duft von Salami und Käse genau das, was sie brauchte. Genussvoll schloss sie die Augen und biss in die Pizza. Der Geschmack von Cheddar breitete sich in ihrem Mund aus, und ein langer Käsefaden blieb zurück, als sie das Stück wieder sinken ließ.

Ein entsetzter Laut kam von Camille. »Um Himmels willen, ich stelle mir gerade das Gesicht deiner Mutter vor, wenn sie davon erfahren sollte.« Sie warf Sienna das pinke Fläschchen zu und zog die Beine aufs Sofa. Camille war noch nie sonderlich talentiert darin gewesen, sich die Nägel zu lackieren. Binnen weniger Sekunden schaffte sie es, sowohl sich selbst als auch das Sofa einzusauen, wenn sie es selbst versuchte. Daher hatte seit Jahren Sienna diese hoheitsvolle Aufgabe inne.

Sienna drehte den Deckel auf und zog Camilles Fuß auf ihren Schoß. »Da sie niemals etwas davon mitbekommen wird, ist das unnötig.«

Ihre Mom war wie Camille eine Romantikerin, die an die wahre Liebe glaubte. Doch im Gegensatz zu ihrer besten Freundin war sie nicht so offen, was Siennas eigene Wünsche betraf. Sie konnte ihrer Mom nicht einmal sagen, dass sie der Grund war, warum Sienna nicht an die Liebe glaubte. Dieser lebende Beweis hatte sich neunzehn Jahre lang mit Sienna eine Wohnung geteilt und ihr vor Augen geführt, dass Filme, in denen Frauen mit gebrochenem Herzen haufenweise Eis und Schokolade in sich hineinstopften, wirklich der Realität entsprachen.

»Nächster«, verlangte Sienna und pustete kurz über Camilles Zehen, die bei der plötzlichen Kälte zusammenzuckte.

Camille hielt ihr den anderen Fuß hin und betrachtete zufrieden ihre pinken Zehennägel. »Du hast recht. Also, kommen wir zu den Regeln: kein Sex ohne Verhütung, nicht, dass du dir von diesem Kerl Genitalherpes oder Ähnliches einfängst.« Sie verzog angewidert das Gesicht.

»Das versteht sich von selbst.« Sienna war mit dem zweiten Fuß fertig und schraubte das Nagellackfläschchen zu. »Nicht bewegen, sie sind noch nicht trocken«, sagte sie in einem warnenden Ton.

Camille nickte gewissenhaft und zog sich ein Kissen auf den Schoß. »Für den Fall, dass er dich belästigt, etwas tut, was du nicht willst, oder zu aufdringlich wird, platzieren wir sicherheitshalber einen Baseballschläger unter deinem Bett.«

»Einen Baseballschläger?« Wo, um Himmels willen, sollte sie so etwas herbekommen? Bis morgen Abend wohlgemerkt. Und was sollte sie im Anschluss bitte damit machen? In einen Sportverein eintreten?

Camille zuckte nur mit den Schultern. »Kann auch ein Eishockeyschläger sein, da bin ich flexibel.«

Sienna lachte leise. »Okay, ist notiert.« Dabei hatte sie gar keine Angst vor morgen. Viel eher war sie freudig aufgeregt. Endlich würde sie etwas tun, was sie schon so lange hatte tun wollen, sich nur nie getraut hatte. Neue Erfahrungen sammeln, Dinge ausprobieren, von denen sie bisher nur gelesen hatte. Es würde die Nacht ihres Lebens werden, dafür würde sie sorgen.

Camille betatschte ihre Zehennägel und fing sich dafür einen bösen Blick von Sienna ein. Die Nägel waren ganz bestimmt noch nicht trocken, und nun würden Abdrücke zurückbleiben.

»Außerdem brauchen wir ein Codewort.« Mit einem verschwörerischen Grinsen sah sie Sienna an, der es bei dem Anblick kalt den Rücken hinunterlief. Camille hatte diesen einen Gesichtsausdruck, bei dem Sienna am liebsten die Flucht ergreifen würde. Er kam meistens, wenn von Männern oder Sex die Rede war oder Camille mal wieder vorhatte, Sienna zu verkuppeln. Ein vielsagendes Grinsen, ein auffordernder Blick und ein mitnichten subtiles Nicken in Richtung des auserkorenen Mannes. Auch wenn Sienna sich über die Jahre an diesen Gesichtsausdruck hätte gewöhnen müssen, tat sie es doch nie.

»Für was brauchen wir ein Codewort?«

Camille hielt ein unangerührtes Stück Pizza in den Händen. »Falls etwas schiefläuft. Oder soll ich dich einfach anrufen und eine Grippe vortäuschen? Ich könnte lauthals ins Telefon husten.«

Sienna verzog den Mund. »Untersteh dich, mich währenddessen anzurufen. Wenn ich Sex mit dem Typen habe, möchte ich dabei nicht von meiner besten Freundin übers Telefon terrorisiert werden. Oder mir ihren Pseudohusten anhören müssen.«

»Ich kann sehr authentisch husten«, beharrte Camille und biss empört in ihre Pizza. »Aber irgendwas brauchen wir«, fuhr sie mit vollem Mund fort. »Schreib mir eine Nachricht, falls er grottig ist und ich dich retten kommen soll.«

Tja, das konnte natürlich auch passieren. Dass der Sex schlecht sein würde. Sie wollte nicht zu viel erwarten, immerhin kannte sie Rafael ja gar nicht. Anhand einer halbstündigen Begegnung, eines Profilfotos und einer kurzen Beschreibung lernte man niemanden kennen. Nicht, dass sie das wollte, sie hatte bisher nur immer geglaubt, dass es für guten Sex Vertrautheit brauchte. Aber vielleicht würde sie morgen eines Besseren belehrt werden, wer wusste das schon.

Falls der Sex wirklich schlecht sein sollte, brauchte sie ihn nie wieder zu sehen. Oder sie brach das Ganze einfach ab. Sie trafen sich zum Sex, dabei gab es keine Verpflichtungen.

»Du meinst, falls er nicht länger als fünf Minuten durchhält«, fragte sie mit einem breiten Grinsen im Gesicht.

»Zum Beispiel, oder du dich umentscheidest. Unser Codewort lautet *Wäschetrommel*«, verkündete Camille dann stolz.

»Was? Warum Wäschetrommel?«

»Ist mir grad so in den Sinn gekommen, ich muss später noch waschen.«

Lachend schüttelte Sienna den Kopf. »Irgendwas stimmt doch nicht mit dir. Aber gut, Wäschetrommel soll es sein.«

Camille legte ihre Pizza auf dem Teller ab und griff nach Siennas Hand. Tomatensoße klebte an ihrem Finger, was ihr vermutlich gar nicht aufgefallen war.

»Ich habe trotzdem Angst um dich«, sagte sie dann leise.

»Warum?«

»Was, wenn er ein Axtmörder ist? Oder seltsame Fetische hat? Oder Gott weiß was passiert?«

Dass Camille nur wenige Stunden vorher noch Feuer und Flamme für Siennas Tinder-Treffen gewesen war, erwähnte Sienna an dieser Stelle lieber nicht. Stattdessen drückte sie die Hand ihrer Freundin und lächelte sie aufmunternd an. »Dann habe ich doch den Hockeyschläger griffbereit.« Wo auch immer sie den bis morgen herbekommen sollte, aber ihr würde schon was einfallen. Hatte Molly in der Highschool nicht Feldhockey gespielt? Vielleicht hatten sie sogar einen Schläger in der Wohnung, und Sienna wusste nichts davon. »Entspann dich, Camille. Das Einzige, was hoffentlich passieren wird, ist, dass ich flachgelegt werde und den ein oder anderen Orgasmus habe.«

Das war zumindest ihre Wunschvorstellung. Dass es anders kommen konnte, war ihr klar, aber vom Schlimmsten ausgehen wollte sie auch nicht.

»Ich würde es dir gönnen«, murmelte Camille mit einem Schmunzeln auf den Lippen.

»Ich mir auch.«

Sie hatte keine Lust mehr auf One-Night-Stands, bei denen sie nicht auf ihre Kosten kam. Sie hatte es Camille nie gesagt, aber oft hatte sie sich dabei benutzt gefühlt. Die Männer, mit denen sie geschlafen hatte, hatten meistens nicht einmal bemerkt, dass sie keinen Orgasmus gehabt hatte. Was für sich schon traurig genug war, aber das Gefühl der Leere, das kurz darauf von Sienna Besitz ergriffen hatte, war schlimmer gewesen. Die Männer hatten ihren Spaß gehabt und waren so ignorant gewesen, sich nicht um ihre Bedürfnisse zu kümmern. So was wollte Sienna nicht mehr. Sie war eine Frau mit Bedürfnissen, warum sollte sie ihre Lust nicht an erste Stelle stellen? Für Männer war das schließlich selbstverständlich.

»Du musst mich danach sofort anrufen, ist das klar?« Camille klatschte aufgeregt in die Hände. »Ich will alles wissen. Jede noch so kleine Kleinigkeit. Wie er riecht, wie er redet, wie er küsst – einfach alles.«

Sienna kniff die Augen zusammen. Wie er roch? Wirklich? Obwohl ihr der Geruch eines Mannes zugegebenermaßen enorm wichtig war. Es war schon vorgekommen, dass ihr ein Typ gefallen hatte, sie ihn aber nicht einmal mit einer Kneifzange angefasst hätte, weil er ein Parfüm trug, das sie nicht ausstehen konnte. Ein Duft allein konnte darüber entscheiden, ob man sich von einem Mann angezogen fühlte oder nicht.

Siennas Mundwinkel hoben sich kaum merklich. Auch wenn Camille ganz andere Vorstellungen von Liebe und Romantik hatte als sie selbst, war sie doch immer auf ihrer Seite und unterstützte sie. »Ich dachte, du wärst besorgt.«

»Das auch, aber gleichzeitig finde ich es superaufregend. Es ist so, als würde ich selbst neue Dinge ausprobieren und Erfahrungen sammeln. Ich hatte in meinem Leben nur Sex mit einem einzigen Mann, gönn mir das.«

Sienna lachte leise und versuchte, die Bilder von Camille und Newton aus ihrem Kopf zu verbannen.

»Bereust du das etwa?«, fragte Sienna leise. Sie wusste, dass Camille viel experimentiert hatte. Gemeinsam mit Isaac. Sie waren zusammen aufgewachsen, waren gemeinsam erwachsen geworden. Egal, was sich in ihrem Leben geändert hatte, ihre Beziehung war bestehen geblieben und hatte viele Höhen und Tiefen mitgemacht.

Camille starrte auf ihre pinken Fußnägel und drückte das Kissen auf ihrem Schoß fester an sich. »Ich frage mich manchmal, wie es wäre, wenn ich Isaac nicht so früh kennengelernt hätte«, sagte sie dann. »Aber ich bereue keine Sekunde. Er ist das, was ich immer wollte. Außerdem bekomme ich genug Details von dir.« Sie grinste Sienna an und warf das Kissen nach ihr.

Sienna fing es lachend auf. »Die bekommst du, versprochen. Sobald er weg ist, zücke ich das Handy und rufe dich an.«

Mahnend hob Camille einen Finger, die wohl auch noch pink werden würden. »Wehe, wenn nicht.«

KAPITEL 9

Sienna

Mit einem Flattern im Magen stand Sienna im Flur und blickte in den Spiegel über der Kommode. Sie warf einen schnellen Blick auf die Liste, die sie gestern Abend geschrieben und über den Tag heute abgearbeitet hatte.

Rasieren, duschen, Bett frisch beziehen, Bad putzen, Kondome bereitlegen, Molly und Paisley Karten fürs Kino besorgen, Mollys Hockeyschläger unter dem Bett verstecken.

All das hatte Sienna nun erledigt. Mit jeder Minute, die verging, wurde sie nervöser. Vielleicht war das Ganze doch eine blöde Idee gewesen. Zuletzt war sie bei ihren SAT so unruhig wie jetzt gewesen. Auf die hatte sie sich jedoch vorbereiten können – und mit Bravour bestanden. Doch wie zum Henker bereitete man sich auf ein Treffen zum Sex vor?

Ihr Herz schlug viel zu schnell in ihrer Brust. Hoffentlich war das nur die Aufregung und nicht der Beginn eines Nervenzusammenbruchs. Das wäre kein guter Start in den Abend.

»Verdammter Mist«, brummte sie, als sie merkte, dass sie zu schwitzen begann.

Wenn der Kerl nicht bald hier auftauchte, würde sie sich bis dahin noch drei Mal umziehen müssen, weil sie jedes Shirt durchgeschwitzt hatte.

Mit den Händen fächerte Sienna sich Luft zu und versuchte, ihre Nerven zu beruhigen.

Das Klingeln an der Tür ließ sie zusammenzucken.

Sie atmete tief durch und strich sich das Shirt glatt. Mit langsamen Schritten – es sollte ja bloß nicht so wirken, als würde sie sich seinetwegen beeilen – ging sie zur Wohnungstür. Sie stellte sich auf die Zehenspitzen und schaute durch den Spion.

Es war einige Tage her, seit sie Rafael zuletzt gesehen hatte. Seine braunen Haare waren akkurat nach hinten gestylt. Er schaute gerade auf seine Armbanduhr und wirkte auf Sienna genauso nervös, wie sie sich fühlte.

Mit zittrigen Fingern griff sie nach der Klinke und öffnete die Tür. Rafael hob den Kopf, und sein Blick traf ihren. Er lächelte verlegen.

»Hey«, brachte er wenig originell hervor.

»Hallo«, murmelte Sienna, und beinahe hätte sie gewinkt. Doch das hatte sie Gott sei Dank unterdrücken können. »Komm rein.«

Er nickte und trat an ihr vorbei in die Wohnung. Unsicher, oder auch neugierig, sah er sich um. Von der Haustür ging es über einen schmalen Flur in die Küche, die an einen offenen Essbereich angrenzte.

»Hier ist das Badezimmer«, sagte Sienna und deutete auf die erste Tür. Sie biss sich auf die Zunge.

Rafael sah sie stumm an, dann lachte er. »Gut zu wissen.«

Sein Lachen beruhigte Siennas Nerven ungemein. Die Anspannung in ihr ließ etwas nach. Trotzdem fuhr sie sich mit beiden Händen durch die Haare und brachte sie damit vermutlich in gehörige Unordnung.

»Du hast eine große Wohnung. In New York wirklich ungewöhnlich.« Er begutachtete die übrigen drei Türen.

»Ich wohne hier nicht allein. Das Zimmer gehört meinen

Mitbewohnerinnen«, erklärte sie und deutete auf Mollys und Paisleys Zimmer.

Rafael drehte sich zu ihr um. »Mitbewohnerinnen? Und sie teilen sich ein Zimmer, obwohl ihr drei hättet?«

Siennas Mundwinkel hoben sich, und sie nickte. »Da sie in einer Beziehung sind, wäre es schade, wenn sie in getrennten Zimmern schlafen müssten. Findest du nicht?«

»Oh, verstehe. Cool«, sagte er knapp, doch Sienna sah, wie es in ihm arbeitete. »Ist es nicht seltsam, sich eine Wohnung mit einem Paar zu teilen?«

Darüber musste Sienna gar nicht nachdenken, also schüttelte sie den Kopf. »Gar nicht. Eine der beiden ist meine Stiefschwester, und die andere ist inzwischen ebenfalls wie eine Schwester für mich.« Sie liebte Molly und Paisley. Sie waren das, was einer Familie am nächsten kam, und die Schwestern, die sich Sienna seit ihrer Kindheit immer gewünscht hatte.

»Aber sie werden hier nicht plötzlich auftauchen, oder?« Rafael sah so aus, als würde ihn die Vorstellung, das Bett mit drei Frauen statt einer zu teilen, nicht behagen. Das rechnete ihm Sienna hoch an. Der letzte Mann, mit dem sie geschlafen hatte und der von ihren Mitbewohnerinnen erfahren hatte, hatte sogar gefragt, ob sie mitmachen wollten. Sienna hatte ihn direkt vor die Tür gesetzt.

»Nein, sie sind heute Abend aus. Wir haben die Wohnung für uns«, ergänzte sie leise, weil ihr wieder bewusst wurde, warum Rafael eigentlich hier war. In dem Moment kam es ihr so vor, als hätte sie sich einen Gigolo nach Hause bestellt. Nur, dass sie für ihn nicht bezahlen musste.

»Gut«, hauchte er und lächelte sie an. Sein Dreitagebart war etwas länger, als es üblich war, aber er stand ihm ausgesprochen gut. »Wollen wir uns vielleicht erst setzen?«, fragte Rafael und deutete mit dem Kinn zu dem Esstisch.

»Natürlich«, platzte Sienna hervor und lief hastig zum Kühlschrank. »Magst du was trinken? Ich habe verschiedene Weine und Bier da. Oder lieber Wasser?« Sie plapperte. Verdammter Mist, sie plapperte. Wie so oft, wenn sie nervös wurde.

Rafael schmunzelte und legte ihr eine Hand auf die Schulter. Sienna spürte die Wärme durch ihr dünnes Shirt und sah fragend zu ihm herauf. Sie waren sich so nah, dass sie seinen Duft wahrnehmen konnte. Er roch, als käme er gerade aus einer Küche. Doch nicht nach abgestandenem Fett oder Zwiebeln. Rafael roch nach Gewürzen, Oregano, frischem Basilikum, und dann war da noch eine holzige Note, die Sienna nicht einordnen konnte. Doch allein die Gewürze sorgten dafür, dass sie Hunger bekam. Auf ihn.

»Wie wäre es, wenn du die Gläser holst, und ich suche einen Wein aus?«, bot er lächelnd an.

Stumm nickte Sienna. Er übernahm schon jetzt die Führung, und dafür war sie dankbar. Sie ging zu dem Schrank über der Spüle und stellte sich auf die Zehenspitzen, um an die Weingläser zu kommen.

Ein leises Lachen erklang hinter ihr.

»Vielleicht solltest du dir einen Hocker in die Küche stellen. Oder sind deine Mitbewohnerinnen größer als du?«

Sienna schmunzelte. »Nein, ich fürchte, wir gehören alle drei zur Gattung der Zwerge. Willkommen im Erebor«, sagte sie gedankenverloren. Mist, vermutlich hatte er keine Ahnung, wovon sie sprach. Isaac war ein *Der Herr der Ringe*-Fan und hatte sie und Camille gezwungen, alle drei Teile und das Spin-off zu schauen.

Doch zu ihrem Erstaunen lachte Rafael und öffnete den Kühlschrank. »Drachen habt ihr hier aber nicht versteckt, oder?«

»Die Frau in Apartment 3B kann einer sein, aber ansonsten musst du dir keine Sorgen machen.« Sie stellte zwei Gläser auf den Esstisch und schaute erwartungsvoll zu Rafael, der gerade die Weinflaschen begutachtete.

Es war so leicht, mit ihm zu sprechen. Das Zittern ihres Körpers ließ allmählich nach, und Sienna hoffte, dass der Alkohol den Rest auch noch vertreiben würde.

»Ihr habt einen guten Weingeschmack«, sagte Rafael anerkennend und hielt eine Flasche Pinot Grigio in die Höhe. »Ist es denn in Ordnung, wenn ich den öffne? Ich kenne den Preis, die Flasche ist nicht gerade günstig.«

Sienna lächelte schwach. »Natürlich ist das in Ordnung. Mein Vater bringt uns immer Wein mit, wenn er auf Geschäftsreise in Italien ist. Der Flaschenöffner liegt dort drüben.«

Sie setzte sich an den Tisch und spielte mit ihren Haaren, während Rafael die beiden Gläser füllte. Irgendwie hatte sie angenommen, dass sie gleich zur Sache kommen würden. Doch diese kurze Ruhepause war deutlich besser für ihre Nerven.

»Hier, bitte«, erklang Rafaels Stimme, als er ihr das Glas reichte.

Sienna nickte ihm dankend zu und nahm einen großen Schluck. Für Trinksprüche war keine Zeit. Worauf sollten sie auch anstoßen? Darauf, guten Sex zu haben oder hoffentlich niemanden aus Versehen zu schwängern? Lieber nicht.

Rafael setzte sich neben sie und lehnte sich auf seinem Stuhl zurück. Er ließ den Wein im Glas kreisen und roch dann daran.

Sienna beobachtete ihn. »Bist du ein Weinkenner?«

Rafael schüttelte lachend den Kopf. »Entschuldige«, murmelte er und nahm ebenfalls einen großzügigen Schluck. Dann stellte er das Glas ab und sah Sienna ernst an. »Wir sollten vielleicht einige Regeln festlegen. Findest du nicht auch?«

Ein weiterer Schluck, bevor Sienna ihm antwortete. »Gute Idee. Jetzt, nachdem ich festgestellt habe, dass du kein Soziopath bist, sollten wir das wohl.«

Rafael war gerade dabei gewesen, das Glas zu seinem Mund zu führen, hielt jedoch in der Bewegung inne. »Du hast jetzt schon ausgeschlossen, dass ich ein Soziopath bin? Was ist mit einem Psychopathen? Bist du dir da etwa noch unsicher?«, fragte er stirnrunzelnd, doch sein rechter Mundwinkel zuckte verräterisch nach oben.

Sienna legte den Kopf schräg und musterte ihn, als würde sie noch darüber nachdenken. »Das finde ich auch noch heraus, keine Sorge. Ich vertraue meinem Bauchgefühl, das irrt sich sehr selten.«

»Gut zu wissen«, lachte Rafael. »Kommen wir zu unseren Regeln.«

Sienna hob die Hand und streckte einen Finger ab. »Regel Nummer 1: Das hier sind keine Dates. Wir spielen nicht Freund und Freundin. Außerhalb unserer eigenen vier Wände werden wir uns niemals treffen. Sollten wir uns auf der Straße sehen, sagen wir nur *Hallo* und beginnen keinen Small Talk. Wir kennen uns nur, wenn wir nackt sind, verstanden?«

Es war seltsam, es so deutlich zu formulieren. Schließlich hatten sie bisher nichts getan. Doch die Aussicht darauf, ihn bald nackt zu sehen, ließ Siennas Haut kribbeln.

»Absolut«, stimmte Rafael zu. Er wirkte höchst amüsiert, was vielleicht aber auch an ihr lag statt an der Situation.

Sie spreizte einen weiteren Finger ab. »Regel Nummer 2: Ich will rein gar nichts über dich wissen. Deine Profilbeschreibung reicht. Mich interessiert nicht, wann du Geburtstag hast oder wie der Hund deiner Tante heißt. Das Einzige, was wir übereinander wissen müssen, ist, was wir im Bett mögen und was nicht. Unsere Gespräche werden sich nur darum drehen.«

Und es würde ihr einen Heidenspaß machen, herauszufinden, was sie selbst mochte und was nicht. Welche Stelle sie zum Stöhnen brachte, wenn er darüberfuhr, oder welche einen wohligen Schauer über ihren Körper jagte, wenn er sie dort küsste. All das wollte Sienna herausfinden. Traurig, dass sie mit zweiundzwanzig Jahren so wenig über sich und ihre sexuellen Vorlieben wusste. Die Männer, mit denen sie geschlafen hatte, hatten sich nicht sonderlich für ihre Bedürfnisse interessiert, also hatte auch Sienna aufgehört, diese zu erforschen. Doch das würde sich nun ändern.

Rafael nickte ernst und zog dann seinen Stuhl näher an ihren heran. Sie trennten nur noch wenige Zentimeter, und Sienna konnte hellere goldene Sprenkel in seinen braunen Augen sehen.

»Mehr als einverstanden«, sagte er, seine Stimme klang heiser. Nun war er es, der drei Finger nach oben hielt. »Regel Nummer 3: Keine Gefühle. Sobald jemand von uns anfängt, etwas zu empfinden, ist all das hier vorbei.« Er deutete erst auf sich und dann auf sie. Als wären sie bereits ein eingespieltes Team.

Sienna atmete tief ein und hielt dann ihr Weinglas nach oben. Endlich bereit für einen Toast. »Dafür sind Regel 1 und 2 da. Wenn wir nichts übereinander wissen und uns in der Öffentlichkeit nicht kennen, werden auch keine Gefühle aufkommen.«

Es waren simple Regeln, an die man sich leicht halten konnte. Der Spaß und die Lust standen im Vordergrund, der Rest war zweitrangig.

Rafael griff nach seinem Glas und ließ es gegen Siennas stoßen. Ein Klirren erklang, das Sienna durch Mark und Bein ging.

Er sah sie lange an, dann lächelte er. »Perfekt«, hauchte er und besiegelte damit ihren Pakt.

KAPITEL 10

Sienna

»Und jetzt?«, fragte Sienna kleinlaut. Sie kam sich vor wie eine ungeküsste Jungfrau. Es war fürchterlich. Nicht, dass am Jungfrausein etwas schlecht war, aber sie war doch eigentlich eine selbstbewusste Frau. Warum war sie nun so verlegen?

Ein Lächeln erschien auf Rafaels Gesicht. Kein Grinsen, als wäre er ein Macker, der ihr nun zeigen würde, wie toll er im Bett war, sondern ein echtes Lächeln. Er schob seinen Stuhl noch näher an Siennas heran und legte seine Hände auf ihre Knie.

»Das hier wird nur funktionieren, wenn wir ehrlich miteinander sind. Wenn dir etwas nicht gefällt, dann musst du es mich wissen lassen. So wie ich dir sagen werde, wenn mir etwas nicht gefällt.«

Perplex sah Sienna ihn an, sie schaffte es nicht einmal zu nicken. Bei ihm klang es so einfach. Bei ihren One-Night-Stands war sie in eine Rolle geschlüpft, aus der sie nur schwer wieder herauskam. Sie hatte nicht das getan, was sie wollte, sondern das, wovon sie glaubte, dass die Männer es von ihr wollten. Es hatte mehr einer Performance geglichen als allem anderen.

Rafael drehte sich vollständig zu ihr um, und seine großen Hände strichen langsam ihre Knie empor, die Oberschenkel hinauf, um schließlich an ihren Hüften zu verweilen. Warm und kräftig blieben sie dort liegen, und Sienna merkte, dass er sie ansah. Abwartend. Vielleicht auch auffordernd. Doch in seinem Blick lag keine Erwartung, sondern Neugierde.

Er lehnte sich in ihre Richtung, und Sienna wusste, dass er sie küssen wollte.

Eine Spur zu schnell kam sie ihm entgegen, und ihre Lippen legten sich aufeinander. Es war … seltsam. Sienna bewegte ihren Mund auf seinem, doch so wirklich fühlen tat sie dabei nichts.

Rafael lehnte sich zurück, sodass sie seinen Atem auf ihren Lippen spüren konnte. »Vielleicht solltest du die Augen schließen«, wisperte er.

Oh ja. Das wäre eine Idee. Sienna schloss langsam ihre Lider und spürte bereits, wie Rafael sich wieder zu ihr beugte. Seine Lippen strichen hauchzart über ihre, dann drückte er ihr einen Kuss auf den Mundwinkel. Seine Hände fuhren in ihren Nacken und hielten sie fest. Es war nicht unangenehm, eher eine Stütze, die Sienna willkommen hieß.

Die Sanftheit überraschte sie. Sie kannte es nicht, dass ein Mann vorsichtig oder behutsam mit ihr umging. Meistens war es hart und fordernd vonstattengegangen, als müsste man es schnell hinter sich bringen. Doch Rafael ließ sich Zeit.

Seine rechte Hand hielt ihren Kopf fest, sein Daumen fuhr kleine Kreise auf ihrem Nacken, was ihr eine Gänsehaut bereitete. Erneut hauchte er einen Kuss auf ihren Mund.

»So in Ordnung?«, fragte er leise.

Sienna gab ein zustimmendes Brummen von sich. Nicht fähig, irgendwelche Worte zu finden, die ihre Gefühlswelt auch nur annähernd beschreiben konnten.

»Mehr?«

Dieses Mal nickte sie. Ihre Augen waren noch immer geschlossen, doch sie riss sie erschrocken auf, als Rafael seinen

Mund hart auf ihren presste und ihr dann kurz in die volle Unterlippe biss. Ein erstaunter Laut entfuhr ihr, und sie schloss wieder die Augen. Sie erwiderte seinen Kuss nun ebenso heftig.

Es fühlte sich gut an. Besser als bei ihrem ersten Versuch. Als hätte sie die Sanftheit gebraucht, um sich fallen lassen zu können. Seine Nähe überhaupt zulassen zu können, immerhin war Küssen etwas sehr Intimes.

Der Kuss wurde intensiver, und Sienna spürte, wie ihr Körper weich wurde. Wie sich ihre Muskeln entspannten und sie anfing, Spaß zu haben. Sie schlang ihre Arme um Rafaels Nacken und zog ihn noch näher an sich.

Ihr war gar nicht aufgefallen, dass sich ihre Beine bereits verselbstständigt hatten und auf seinem Stuhl lagen. Rafaels Hände ließen von ihrem Kopf ab, und er zog ihre Beine um seine Mitte. Legte seine Hände auf ihre Hüften und hob sie mit einem Ruck hoch.

»Wo war das Schlafzimmer?«, fragte er, ohne den Kuss gänzlich zu unterbrechen.

»Da drüben«, murmelte Sienna und begann, seinen Nacken zu küssen. Seine Haut schmeckte leicht salzig. Sein Duft nach Gewürzen erinnerte sie an ihre letzte Italienreise und das Salz auf seiner Haut an einen heißen Urlaubsflirt.

Rafael trug sie in ihr Schlafzimmer. Kurz glaubte Sienna, dass er sie aufs Bett werfen würde, so wie man es aus Filmen kannte, doch stattdessen setzte er sich auf die Bettkante und hielt sie auf seinem Schoß fest. Seine Hände fuhren ihr über den Rücken. Ihr Shirt rutschte dabei nach oben, und seine Finger legten sich auf ihre entblößte Haut.

Sie atmete schwer und sah ihn stumm an, ihre Wangen heiß. Ihre Haare klebten ihr im Nacken, und sie strich sie zurück. Sein intensiver Blick verunsicherte sie. Sie kannte es nicht, einander so anzusehen.

Sein Blick wanderte zu ihrem Oberkörper und wieder zurück. Sienna nickte und erlaubte ihm stumm, ihr das Shirt auszuziehen. Rafael umschloss den Saum und zog es ihr über den Kopf. Ihre Haare standen nun vermutlich in alle Richtungen ab, aber das versuchte sie auszublenden. Sie würde keine Show abziehen, nur um ihm zu gefallen. Das hatte sie bereits zu oft getan.

Rafael fuhr mit seinen Fingern über ihre Taille, den Rücken und ihren Nacken.

Siennas Brüste wurden schwer und pressten sich gegen den schwarzen Stoff ihres BHs. Die dunkle Spitze hob sich stark von ihrer hellen Haut ab, und Rafael musterte sie mit einem lodernden Blick.

»Hast du den extra wegen mir angezogen?«, fragte er leise und strich mit dem Daumen über ihre noch verhüllten Brüste. »Das wäre nicht nötig gewesen.«

Seine Berührung ließ sie erschaudern und entlockte ihr ein Seufzen. »Träum weiter«, wisperte sie. »Ich würde so was niemals für einen Mann anziehen.«

»Für wen dann?«

Sienna schaute an sich hinab. Der schwarze Victoria's-Secret-BH stammte aus der letzten Kollektion, sie liebte ihn abgöttisch. Unterwäsche war ihr schon immer wichtig gewesen. Ihr gefiel es, ihren Körper in schöne Dinge zu hüllen. Nichts anderes hatte er verdient.

»Nur für mich«, hauchte sie, bevor sie ihren Mund wieder auf seinen presste. Ihr war gerade nicht nach Reden.

Rafael erwiderte den Kuss. So langsam hatten sie einen Rhythmus gefunden, der ihnen beiden gefiel. Sein Mund wanderte ihren Hals hinab, verharrte kurz in der Kuhle ihres Halses, bevor er zu ihren Brüsten glitt. Wie durch Zauberhand rutschten ihre BH-Träger von den Schultern. Ihr war nicht aufgefallen, dass Rafael ihn geöffnet hatte. Sie zog ihn aus und warf das Kleidungsstück achtlos in den Raum.

Rafael drehte sich mit ihr in den Armen und legte sie auf die Matratze. Sein Blick glitt über ihren nackten Oberkörper, bevor er mit seinen Händen seinen Augen folgte. Seine Finger fühlten sich schwielig auf ihrer Haut an. Rau und doch sanft. Mit den Lippen umschloss er ihre Brustwarzen und saugte kurz daran. Es fühlte sich fantastisch an.

Sienna schloss die Augen. Sie mochte seinen Mund schon jetzt. Er war bisher ihre liebste Körperregion von ihm. Mit den Fingern griff sie nach seinem Rücken und umschloss den Stoff seines weißen Shirts. Sie zog daran und gab ihm stumm zu verstehen, dass er es ausziehen sollte.

Atemlos richtete Rafael sich auf und zog sich das Shirt über den Kopf. Sein Oberkörper war gebräunt, dunkle Haare bedeckten seine Brust und die Stelle über seiner Jeans. Brusthaare waren nie etwas gewesen, das Sienna als sonderlich attraktiv empfunden hatte, doch zu Rafael passte es. Auch sein Bart störte sie nicht. Ganz im Gegenteil. Wenn er mit dem Mund über ihre Brüste glitt, kitzelte er ihre empfindliche Haut. Es gefiel ihr.

»Zieh die Hose gleich mit aus«, wisperte sie. Ihr plötzlich auftauchender Mut überraschte sie, fühlte sich aber extrem gut an und gab ihrem Selbstbewusstsein einen Push.

Er nickte und pfriemelte umständlich an seinem Hosenknopf herum. Sienna lachte leise und streckte bereits die Hände nach ihm aus.

»Brauchst du Hilfe?«

Ungezwungenheit. Das war es, was Sienna in diesem Moment empfand. Es war nicht perfekt und doch realer als der Sex, den sie in den vergangenen Jahren gehabt hatte.

Rafael schaute zu ihr, ein Grinsen auf dem Gesicht, und

nickte. »Tu dir keinen Zwang an. Deine Hände sind herzlich willkommen.«

Das ließ sich Sienna nicht zweimal sagen. Bisher war sie passiv gewesen, doch nun wanderten ihre Hände seinen Oberkörper hinab. Fuhren über die straffe Haut, die harten Muskeln. Sie wusste zwar nicht, was er in seiner Freizeit tat, aber auf jeden Fall trainierte er. Sie erreichte die feinen Härchen an seinem unteren Bauch. Sanft fuhr sie darüber.

Ebenso wie Rafael zuvor, ließ sich Sienna nun Zeit. Sie hob den Kopf und hauchte vereinzelte Küsse auf seine Brust, wo sie unter ihren Lippen sein wild klopfendes Herz spürte, während sie mit den Händen seine Hose öffnete und ihm über den Hintern streifte. Seine Shorts zog sie gleich mit herunter.

Rafael half ihr dabei, die Hose loszuwerden, und lag dann nackt neben ihr. Sienna trug noch immer ihre Jeans, die sich inzwischen wie Schmirgelpapier auf ihrer erhitzten Haut anfühlte.

»Wird Zeit, dass wir die loswerden«, murmelte Rafael und machte sich an ihrer Jeans zu schaffen. Sienna strampelte mit den Beinen, um ihm zu helfen. Dabei traf ihr Knie sein Gesicht. Sie schlug sich erschrocken eine Hand vor den Mund.

»Oh Gott! Das tut mir leid«, sagte sie hastig, doch Rafael lachte nur.

»Macht nichts. Noch bin ich nicht k.o.«

Sienna versuchte, dieser Peinlichkeit keine größere Beachtung zu schenken, auch wenn sie merkte, dass sie auf ihrer Unterlippe herumkaute und vermutlich tomatenrot angelaufen war. Wenn es ihn nicht störte, würde es sie auch nicht stören. Wirklich fest war ihr Tritt ja nicht gewesen.

Er warf ihre Hose zur Seite und fuhr mit den Händen über ihre Beine. Sein Mund verteilte kleine Küsse auf ihrer Haut, bevor er sich ihrer Mitte näherte. Mit den Daumen fuhr er seitlich in ihren Slip und zog ihn langsam hinab. Verschiedene Gefühle rasten durch ihren Körper: Vorfreude, Nervosität, aber allen voran Ungeduld. Sie konnte es kaum erwarten, seinen Körper ohne das Hindernis von Stoff zu spüren.

Sienna hörte auf zu atmen, als sich seine Lippen auf die Innenseite ihrer Schenkel legten. Sie spürte seine Zähne, wie sie über ihre Haut glitten, gefolgt von seiner Zunge. Um ihr Stöhnen zu unterdrücken, legte sie sich eine Hand auf den Mund. Beinahe hätte sie hineingebissen, um nicht lautstark zu zeigen, wie gut sich seine Berührungen anfühlten.

»Was tust du da?«, fragte Rafael verwundert.

Irritiert blinzelte sie und schaute zu ihm herab. »Was meinst du?«

»Du hältst dir den Mund zu. Warum?« Er hatte bereits eines ihrer Beine über seine Schulter gelegt und lag zwischen ihren gespreizten Schenkeln.

Röte schoss Sienna in die Wangen, und sie fuhr sich mit den Händen über ihr Gesicht. »Es ist komisch, wenn ich lauter bin als du.« Es war ihr peinlich, während dem Sex laut zu sein. Ihr eigenes Stöhnen zu hören.

Verwirrt runzelte er die Stirn. »Sei so laut, wie du willst. So wie es sich für dich richtig anfühlt. Deine Laute helfen mir dabei, herauszufinden, was du magst.«

Sienna nickte zögernd. Ob sie das konnte, war die andere Frage, aber sie wollte es wenigstens versuchen. Sie nahm die Hand von ihrem Mund und krallte sie stattdessen in das Laken unter sich. Rafael nahm ihre Bewegung mit einem Lächeln zur Kenntnis und nickte zufrieden.

Er widmete sich wieder tieferen Regionen. Seine Lippen umschlossen ihren Kitzler, übten leichten Druck auf ihn aus. Siennas Gedanken rasten. Überschlugen sich beinahe. Was, wenn sie nicht kommen konnte? Wäre er dann frustriert, enttäuscht? Würde er das Ganze vielleicht abbrechen? Oh, bitte nicht. Während ihre Gedanken unaufhörlich kreisten, merkte Sienna, wie sie sich versteifte.

»Hör auf zu denken«, wisperte Rafael, und Sienna spürte das Vibrieren seiner Worte an ihrer Mitte. Er sprach sanft zu ihr, und doch war seine Stimme rau und belegt vor Lust. »Ich spüre, wie es in dir arbeitet. Schalte mal den Kopf ab.«

Sie atmete tief durch und versuchte, den Gedanken an mögliche Ausgänge fortzuschieben.

Als Rafael begann, ihre Hüften zu streicheln und ihre Schenkel zu küssen, entspannte sie sich wieder. Ihr Kopf wurde still, dafür begann ihr Blut zu rauschen. Mit der Zunge fuhr er erneut über ihren Kitzler, und Sienna stöhnte auf. Der Laut klang ungewohnt in ihren Ohren, doch sie ließ ihn zu. Sie schloss die Augen und ließ sich fallen.

Rafaels Hände umschlossen ihre Hüften und hielten sie fest, während sein Mund sie verwöhnte. Nie war sie zuerst befriedigt worden. Immer hatte sie versucht, dem Mann Lust zu schenken. Etwas, was sie gern tat. Das störte sie nicht. Sie mochte es, einen Penis in ihren Händen zu halten oder mit dem Mund zu blasen. Wenn ein Mann die Augen schloss und ihr zeigte, dass sie ihre Sache gut machte, war das ein Hochgefühl für sie. Oder ihr Ego. Wer konnte das schon sagen?

Doch selbst befriedigt zu werden und auch noch so gut ... Himmel, wie hatte sie das vermisst! Rafael schien genau zu wissen, was er da tat. Er fuhr mit seiner Zunge keine Buchstaben oder Zahlen nach. Er benutzte Mund, Zunge und Zähne genau im richtigen Maß, und es schien ihm selbst zu gefallen.

Sienna merkte, wie sie nass wurde. Wie ihre Feuchtigkeit aus ihr hinauslief und seine Finger benetzte, die er nun hinzunahm. Mit dem Zeigefinger verteilte er ihre Nässe auf ihrer Vulva und brachte Sienna damit zum Vibrieren. Erneut stöhnte sie, dann folgte ein zufriedenes Brummen.

Als er mit einem Finger in sie eindrang, bäumte sie sich auf. Es war ein anderes Gefühl, fremde Finger statt der eigenen in sich zu spüren. Männerhände waren größer, dicker und rauer. Und sie liebte es, dass sie nicht wusste, was er als Nächstes tun würde.

Rafael ließ seinen Finger mehrmals in sie hineingleiten, um ihn dann wieder herauszuziehen, bevor er das Tempo erhöhte und den Finger in ihr krümmte. Sienna umschloss mit ihren Händen ihre Brüste und zupfte an ihren Nippeln. Sie stand kurz davor zu kommen. Ihre Muskeln begannen bereits sich anzuspannen. Von hier aus gab es kein Zurück mehr. Nur noch vorwärts, immer weiter, bis sie das Gefühl hatte, in Flammen zu stehen.

Er schien es ebenfalls zu merken, denn er nahm einen zweiten Finger hinzu, während sein Mund noch immer an ihrem Kitzler saugte. In ihr spreizte er seine Finger, und Sienna gab eine Mischung aus Schreien und Stöhnen von sich, als sie kam. Ihre Muskeln kontrahierten, ihr ganzer Körper zuckte, als Welle um Welle über sie schwappte.

Rafael zog seine Finger aus ihr heraus und leckte sie ab. Sienna starrte ihn durch halb geöffnete Augen erstaunt an. Das hatte sie noch nie erlebt. Doch irgendwie machte es sie an.

»Ich bin dran«, sagte sie nur und rekelte sich wie eine zufriedene Katze auf der Matratze.

Doch Rafael schüttelte den Kopf. »Du bist gerade perfekt vorbereitet, diesen Zustand werde ich nicht vergeuden.« Ein diebisches Grinsen huschte über seine Lippen, und er angelte nach seiner Jeans. Aus der Gesäßtasche fischte er ein Kondom hervor und öffnete es mit den Zähnen.

Wie vorbereitet er war. Sienna lächelte zufrieden. Sie hatte wirklich eine hervorragende Wahl getroffen. Zumindest bisher. Es war etwas unwirklich, wie aufmerksam Rafael war. Als wäre er aus einem feuchten Traum entsprungen, um die Bedürfnisse von Frauen zu stillen. Sienna konnte es nur recht sein, immerhin lag er gerade in ihrem Bett und zog sich ein Gummi über seinen wirklich beeindruckenden Penis. Er war groß, leicht gebogen und beschnitten. Es gab definitiv hässlichere Penisse.

»Du willst wirklich nicht, dass ich …« Sie deutete auf seine Erektion.

Rafael schüttelte den Kopf. Er griff ihr in die Kniekehlen und zog sie zu sich heran. Sienna schrie leise auf, lachte aber, als Rafael sich über sie beugte und küsste.

Dieses Mal war ihr Kuss nicht sanft, sondern fordernd und härter. Sie spürte seine Zähne, seine Zunge und gab ihm all das mit gleicher Intensität zurück. Seine Hände hatte er neben ihrem Kopf abgestützt, doch nun griff er zwischen sie und platzierte seine Erektion an ihrem Eingang. Sienna spreizte ihre Beine weiter. Ihr Körper war mehr als bereit für ihn, und sie wollte Rafael endlich in sich spüren.

Rafael schaute zu ihr herab, als wartete er auf ihre Zustimmung. Ihre Finger fanden in seinen Nacken und strichen darüber. Mit den Nägeln kratzte sie sanft über seine Haut.

»Worauf wartest du?«, fragte sie ihn leise.

Rafaels Mundwinkel schoben sich nach oben, und eine Hand streichelte ihre Hüfte. »Bist du dir sicher, dass du das willst?«

Sienna nickte entschieden. »Mir gefällt, was wir hier tun. Solange wir es jetzt nicht verkacken, war das die beste Idee meines Lebens.« Sie lachte leise, und Rafael stimmte ein.

»Darüber musst du dir keine Gedanken machen.« Mit diesen Worten drang er in sie ein. Gemächlich, langsam. Er ließ ihr Zeit, sich an ihn zu gewöhnen.

Sienna spürte ihn in sich, endlich, spürte, wie er sie ausfüllte. Er bewegte sich zaghaft, und sie hob die Hüften an, legte ihre Beine um seine Mitte. Sie rutschte ein Stück nach unten, um ihn tiefer in sich aufzunehmen, und sog scharf die Luft ein.

Ihr Atem wurde schneller, ihre Fersen gruben sich in seinen Hintern, als er begann, sich schneller in ihr zu bewegen. Rafael stöhnte auf. Er hatte die Augen geschlossen, und Sienna nutzte die Gelegenheit, um ihn zu mustern. Um seine Reaktionen zu beobachten. Schweiß klebte auf seiner Stirn, und einige seiner dunklen Strähnen waren ihm ins Gesicht gefallen. Sienna hob die Hand und strich sie zurück. Es machte sie an, zu sehen, wie Rafael sie und ihren Körper genoss. Wie er Lust empfand, wenn er immer wieder in sie hineinstieß.

Der Rhythmus, den Rafael vorgab, raubte ihr fast den Verstand. Kurze, harte Stöße, die sie in die Matratze drückten. Sie war gerade erst gekommen, ihr Körper noch überwältigt von ihrem letzten Orgasmus. Sie wusste, dass sie jetzt nicht noch mal kommen würde. Doch das störte sie nicht.

Ihr Körper war überempfindlich, all ihre Nervenenden auf Empfangen gestellt. Wie konnte sich etwas so gut anfühlen?

Sienna schloss die Augen und spürte unter ihren Fingern, wie sich die Muskeln an Rafaels Rücken anspannten. Wie sein Körper über ihr hart wurde. Die Härte seines Körpers im Vergleich zu der Weichheit ihres eigenen war himmlisch. Seine Stöße waren tief und intensiv, und sie spürte das Nachbeben ihres vorherigen Orgasmus noch in ihrem Körper nachhallen.

Rafael stöhnte auf, und sein Gesicht verzog sich, als hätte er Schmerzen. Sienna krallte ihre Finger in seine Schultern, während er kam. Seine Stöße wurden langsamer, bis er aus ihr herausglitt. Er atmete schwer, es glich mehr einem Keuchen als Atmen.

Er hatte nicht lange durchgehalten, aber sie ja auch nicht. Vermutlich war es bei ihnen beiden zu lange her, seit sie das letzte Mal Sex gehabt hatten. Beim nächsten Mal würden sie an ihrer beider Ausdauer arbeiten müssen.

Sanft fuhr Sienna ihm über den Rücken. Zog kleine Kreise

mit ihren Fingerspitzen, während Rafael sein Gesicht an ihrer Schulter verbarg und einen Kuss auf ihre erhitzte Haut presste. Ein breites Grinsen schlich sich auf ihr Gesicht, und sie biss sich auf die Innenseite ihrer Wange. Am liebsten hätte sie sich selbst auf die Schulter geklopft.

Tinder war seit Langem die klügste Entscheidung ihres Lebens gewesen.

KAPITEL 11

Rafael

»Sir, wollen sie nur ein Ticket? Sir?«

Rafael hob den Kopf und sah den Mann hinter der Plexiglasscheibe verwirrt an. Dann nickte er stockend. »Ja, nur ein Ticket, bitte.«

Zu behaupten, der Mann sähe ihn genervt an, wäre eine Untertreibung. Wie oft hatte er die Frage bereits wiederholt, ohne dass Rafael ihm auch nur annähernd zugehört hatte? Hoffentlich nicht allzu oft.

Er bekam das Ticket ausgestellt und bedankte sich. Mit seinen Gedanken war er immer noch ganz woanders. Seit zwei Tagen drehten sie sich im Grunde unaufhörlich um dasselbe. *Die*selbe. Sienna.

Rafael hatte Rico nicht einmal sagen können, ob das Treffen nun gut oder schlecht verlaufen war. Denn er hatte es selbst nicht gewusst. Es war einfach unerwartet gewesen, seltsam. Anders. Zu viele Gefühle rasten durch seinen Körper, wenn er an die Nacht mit Sienna dachte.

Ekstase, weil er nicht erwartet hatte, dass er sich von ihr so angezogen fühlen würde. Er reagierte auf Sienna, wie er es lange nicht erlebt hatte. Allein die Spitze, die sie anfangs getragen hatte, ließ seine Hose eng werden.

Freude, denn er hatte nicht erwartet, mehrfach an diesem Abend herzhaft lachen zu müssen. Sie hatte sich teils etwas unbeholfen angestellt, was Rafael charmant gefunden hatte, immerhin war ihr Treffen nichts Gewöhnliches oder Alltägliches gewesen. Da konnte man ruhig etwas tollpatschig sein.

Aufregung, denn seit er ihre Wohnung verlassen hatte, lag ihm die Frage auf der Zunge, wann sie sich erneut treffen würden. Es gab so viele Dinge, die er mit ihr ausprobieren wollte. Sie hatte ihm angeboten, ihm einen zu blasen. Und er hatte abgelehnt. Was in dem Moment in ihn gefahren war, wusste er selbst nicht, aber auf dieses Angebot würde er auf jeden Fall zurückkommen wollen.

Nervosität, denn sie hatten noch nicht über den Sex gesprochen. Eigentlich hatten sie noch gar nicht gesprochen, seit er ihre Wohnung verlassen hatte. Hatte sie es am Ende nicht gut gefunden? Hatte sie *ihn* nicht gut gefunden? Der Gedanke sollte Rafael weder stören noch beleidigen, immerhin gehörte viel dazu, dass zwei Menschen guten Sex miteinander hatten. Trotzdem hatte er Angst, dass Sienna keinen Spaß gehabt oder sich unwohl gefühlt hatte. Obwohl er wirklich versucht hatte, dass sie auf ihre Kosten kam – hoffentlich war ihm das gelungen.

Unglaube, denn wenn er ehrlich war, hatte er angenommen, der Sex würde beschissen sein. Nicht unbedingt wegen Sienna, sondern einfach wegen ihm, seinen Blockaden und der … *Situation*. Doch da hatte er sich gewaltig getäuscht. Er konnte nicht sagen, woran es gelegen hatte, aber er hatte sich mit Sienna wohlgefühlt und sich auf sie einlassen können. Auf sie und ihren Körper, ihre Lust und ihre Bedürfnisse. Das hatte er nicht für möglich gehalten.

Schuldgefühle. Das waren von allen Gefühlen, die ihn umtrieben, die schlimmsten. Sie nagten an ihm. In den Momenten mit Sienna hatte er sie nicht gespürt, aber sobald er zu

Hause gewesen war und die Augen geschlossen hatte, war Haileys Bild vor seinem inneren Auge aufgetaucht. Und seitdem wurde er von einer inneren Unruhe sowie einem Engegefühl in der Brust geplagt. Ihm kam es vor, als hätte er Hailey betrogen. Obwohl er genau wusste, dass das Unsinn war, konnte er nichts gegen die Schuld tun, die von ihm Besitz ergriffen hatte. Was auch der Grund dafür war, warum er Sienna bisher nicht geschrieben hatte.

Wieso sie nichts von sich hören ließ, konnte er nur erahnen. Aber bei ihm war es eindeutig. Sollte er mit ihr darüber reden? Ehrlich zu ihr sein? Nein. Das war weder Hailey noch Sienna gegenüber fair.

Dennoch hatte er sich dabei erwischt, wie er nur allzu oft nach seinem Handy gegriffen, Tinder geöffnet und angefangen hatte, eine Nachricht an Sienna zu tippen. Nur um sie sofort wieder zu löschen. Jedes Mal hatte er Haileys Stimme gehört.

Es waren nur Erinnerungsfetzen gewesen, nichts, was zu seiner Situation gepasst hätte, einfach nur wahllose Phrasen wie: *Wir sehen uns später*, *Da bist du ja endlich* oder *Was wollen wir heute kochen*?

Am schlimmsten war ihr *Ich liebe dich* gewesen, das ihm direkt bei seinem ersten Versuch durch den Kopf gegangen war. Nachdem er Haileys vertraute Stimme diese Worte hatte sagen hören, hatte er es nicht über sich bringen können, einer anderen Frau zu schreiben.

Das *Roxy's* war an diesem Abend gut besucht, es gehörte zu Rafaels liebsten Kinos in der Stadt, da sie neben den modernen Blockbustern auch alte Filme brachten. Heute Abend wurde einer seiner Lieblingsfilme gezeigt: *Der Fremde im Zug* von Alfred Hitchcock. Dieser Mann war ein absolutes Genie.

Gerade wenn seine Filme im *Roxy's* liefen, nutzte Rafael jede sich bietende Gelegenheit, um eine Vorstellung ansehen zu können. Hier gab es noch rote Samtsessel, das Popcorn wurde in den typischen rot-weiß gestreiften Pappbehältern serviert und schmeckte so gut wie nirgendwo sonst, und das gesamte Kino strahlte das Flair der Filmbranche vergangener Jahrzehnte aus. Alte Glühbirnen, die um die Reklametafeln angebracht waren, Bilder von Louis Armstrong und anderen Ikonen an den Wänden, und dann gab es noch die hölzerne Bar, an der die besten Drinks der Stadt ausgeschenkt wurden.

Heute war das *Roxy's* voller als sonst.

Rafael lief durch die Gänge des Gebäudes und saugte wie so oft die besondere Atmosphäre auf.

Leider teilten nur die wenigsten seiner Freunde seine Leidenschaft, und so saß er meistens neben Männern in ihren Sechzigern. Auch jetzt erwartete er einen älteren Herrn neben sich sitzen zu sehen, doch was Rafael vorfand, war etwas gänzlich anderes.

»Sienna?«, fragte er verwirrt.

Sie hatte auf ihr Handy gestarrt. Einen Becher Popcorn auf ihrem Schoß und eine Coke in der anderen Hand. Als er ihren Namen sagte, blickte sie auf.

Ihre Augen wurden groß. »Rafael? Was machst du denn hier?«

»Einen Film ansehen.« Es klang mehr wie eine Frage als eine Aussage. Aber er war zu irritiert davon, sie im *Roxy's* zu sehen.

»Ähm, hier?«, fragte sie mit gerunzelter Stirn. »Also, *genau* hier?« Sie deutete auf den freien Platz neben sich.

Rafael sah auf seine Eintrittskarte und dann auf die Nummer, die auf dem roten Samtsessel stand. Zögernd nickte er. »Ist das okay?«

Er wusste selbst nicht, was er davon hielt, sie nun hier zu sehen. Neben ihr zu sitzen, während er einen seiner Lieblingsfilme ansah. Das war … seltsam.

Sienna biss sich auf die Unterlippe. Bilder schossen ihm bei diesem Anblick durch den Kopf. Alle möglichen Dinge, die sie mit diesem Mund tun konnte. Wie sie ihn geküsst hatte, wie sie ihn geleckt hatte.

Sie räusperte sich, nickte dann. »Natürlich ist das okay. Ich meine, das hier ist ja kein Date. Wir sind uns nur zufällig über den Weg gelaufen. Da ist nichts weiter dabei, oder?« Ihre Stimme klang belegt, und Rafael konnte die Unsicherheit darin hören.

Verstieß das hier schon gegen ihre drei heiligen Regeln?

Rafael wusste es nicht. Es war kein Date, da hatte sie absolut recht. Er hatte sie nicht eingeladen oder Ähnliches. Sie waren sich nur durch Zufall begegnet. Zugegeben, es war ein extrem merkwürdiger Zufall, dass sie sich dafür entschieden hatten, am selben Abend in denselben Film in dasselbe Kino zu gehen, und dann auch noch nebeneinandersaßen. Verdammt viele Zufälle, wenn man Rafael fragte. Aber da sie nie über Filme, Hobbys oder dergleichen gesprochen hatten, hatte Sienna nicht wissen können, dass er heute Abend hier sein würde. Es sei denn …

»Du stalkst mich aber nicht, oder?«

Sienna, die gerade an ihrem Strohhalm genippt hatte, verschluckte sich und begann zu husten. »Bitte, was?«, brachte sie krächzend hervor.

Rafael fuhr sich mit der Hand in den Nacken und kratzte sich verlegen. »Also, es ist schon verrückt, dir hier zu begegnen. Das ist nicht mal deine Gegend.« Er wusste schließlich, wo sie wohnte, und es gab Kinos in der Stadt, die sehr viel näher gelegen waren.

»Glaubst du wirklich, dass ich dich stalke? Ich sage dir das nur ungern, aber ich habe Besseres zu tun.« Sie klang amüsiert, aber ihre Stirn war gerunzelt. »Vielleicht bist du es ja, der mich stalkt.«

»Bisher nicht«, murmelte Rafael und setzte sich dann. Er

konnte ihr Parfüm riechen. Es roch gut, nach frisch gewaschener Wäsche, etwas Lavendel und … Limone?

Sie saßen fünf geschlagene Minuten nebeneinander. Schweigend. Wann begann bitte endlich dieser Film? Rafael war nervös. Es machte sich daran bemerkbar, dass er unaufhörlich mit dem Fuß auf den Boden tippte.

»Du treibst mich in den Wahnsinn«, zischte Sienna schließlich und legte ihm blitzschnell eine Hand auf das Knie. Er konnte durch den Stoff seiner Hose ihre Wärme spüren. Doch die Geste hatte nichts Erotisches oder Verwegenes. Stattdessen sorgte sie dafür, dass sein nervöser Tick zum Stoppen kam.

Rafael schluckte. »Tut mir leid, ich weiß auch nicht, was los ist.«

Sie seufzte und nahm die Hand von seinem Knie. »Es ist komisch, dass wir uns hier sehen, ja, das sehe ich ein. Kommst du damit zurecht oder nicht?«

»Kommst du denn damit zurecht?«

»Ja.«

Rafael atmete tief durch. »Wir sehen uns einfach den Film an und gut ist. Wir werden uns nicht unterhalten oder danach was trinken gehen.« Nun kam er sich noch schäbiger vor, ihr nicht geantwortet zu haben. Oder besser, ihr nach dem Sex nicht geschrieben zu haben. Als hätte er sie ausgenutzt.

Sienna nickte nur und schien seinen Anweisungen direkt Folge zu leisten. Zu seinem eigenen Glück ging in diesem Moment das Licht aus, und die Vorhänge öffneten sich. Das altbekannte Schwarz-Weiß-Raster, auf dem ein Countdown nach unten zählte, erschien auf der Leinwand.

Rafael begann sich zu entspannen und versuchte, sich nur auf den Film zu konzentrieren. Das funktionierte. Für eine gewisse Zeit. Dann drang Siennas Duft wieder in seine Nase, und er schielte zu ihr herüber.

Er beugte sich vor, bis seine Lippen fast ihr Ohr berührten. »Ist das eine Zuckerkette um deinen Hals?« Seine Stimme klang rauer als beabsichtigt.

Sienna drehte den Kopf in seine Richtung und fuhr dann mit einem Finger über eine der Zuckerperlen. »Ist es. Das ist eine alte Tradition«, flüsterte sie.

Seine Neugierde war geweckt. »Inwiefern kann das Tragen einer Zuckerkette eine Tradition sein, während du einen Hitchcock-Film anschaust?« Obwohl diese Frage vermutlich gegen ihre Regeln verstieß, konnte er nicht anders, als sie trotzdem zu stellen.

Sie lachte leise. »Ich habe den ersten Hitchcock gemeinsam mit meinem Vater gesehen, damals war ich neun. Und weil ich eigentlich in einen ganz anderen Film wollte, hat er mich mit einer Zuckerkette bestochen. Seitdem bekomme ich jedes Mal eine, wenn ich mit ihm ins Kino gehe. Und gönne mir selbst eine, wenn er nicht dabei ist.«

Seine Mundwinkel verzogen sich zu einem Lächeln. Wie sie von ihrem Dad sprach, zeigte deutlich, wie sehr sie ihn liebte. Auch wenn er sich fragte, welcher Erwachsene eine Neunjährige in einen Hitchcock-Film mitnahm …

»Isst du die auch wirklich?«, fragte er dann, weil ihm nichts Besseres einfiel. »Oder ist das nur Deko?«

Sienna sah ihn an und grinste. Sie zog an dem Gummiband der Kette und nahm es zwischen die Zähne, um eine der Perlen abzubeißen. »Selbstverständlich.«

Rafael folgte der Bewegung ihrer Zunge mit den Augen. Wie konnte man so gut aussehen, während man an einer verdammten Süßigkeit knabberte? Oder war es genau das, was ihn anmachte? Entdeckte er gerade einen Fetisch, von dem er noch nichts gewusst hatte?

»Willst du auch?«

Bei ihrer Frage war nun er es, der sich an seiner Cola verschluckte. Gott sei Dank war es dunkel, und Sienna konnte nicht sehen, dass er vermutlich gerade genauso rot wurde wie die Sessel, auf denen sie saßen. Mit dieser Direktheit hatte er schlicht und ergreifend nicht gerechnet. Aber er mochte es. Sehr sogar.

Rafael sah sich kurz um. Niemand achtete auf sie. Alle anderen Gäste verfolgten gespannt den Film, in dem sich die beiden Protagonisten gerade das erste Mal trafen. Also lehnte er sich zu ihr herüber, seine Nase streifte ihre Wange, und er hörte, wie Sienna scharf die Luft einsog.

Sein Herzschlag beschleunigte sich, als er mit den Lippen über ihren Hals fuhr, um dann eine der süßen Perlen in den Mund zu nehmen. Er biss ab und hauchte einen Kuss in Siennas Nacken.

»Ich stelle deinen Geschmack infrage. Popcorn schmeckt so viel besser«, flüsterte er ihr zu. Dann lehnte er sich etwas zurück.

Sienna sah ihn grinsend an und schüttelte den Kopf. »Hören Sie auf eine erfahrene Frau! Machen Sie sich keine schlaflosen Nächte wegen einer Anschuldigung! Außer natürlich, man kann sie beweisen. Und dass Zuckerperlen der Wahnsinn sind, beweist dein Blick«, zitierte Sienna eine Stelle aus dem Film. Ihre Stimme war leise, verführerisch und doch neckend. Langsam schmiegte sie ihr Bein an seines und rieb es an ihm.

Sie rezitierte seinen Lieblingsfilm und versuchte dabei, ihn zu verführen, ohne dass sie sich Mühe geben musste oder es geplant zu haben schien. Er war beeindruckt. Und definitiv sehr erregt.

Sein Lachen konnte er dennoch nicht zurückhalten. Er spürte die Blicke ihrer Sitznachbarn auf sich, die sie anfunkelten, und Rafael presste die Lippen aufeinander.

Ohne darüber nachzudenken, nutzte auch er den Film, um

ihr zu antworten. »Ich bin vielleicht etwas altmodisch, aber ich dachte, einen Fremden im Kino zu verführen ist gegen das Gesetz.« Bei der echten Filmszene ging es an der Stelle um Mord, aber Hitchcock würde ihm die kleine Anpassung wohl verzeihen.

Ihm wurde warm um die Brust, als er sah, wie Sienna eine Hand vor den Mund legte, um nicht laut zu lachen. Er beugte sich zu ihr herüber. »Vielleicht können wir nach dem Film keinen Drink zusammen nehmen, das erlauben unsere Regeln nicht, aber hier gibt's einige sehr private Ecken …«

Er führte nicht weiter aus, was man in besagten Ecken tun konnte, aber das musste er auch nicht. Sienna sah zu ihm auf. Ein Feuer lag in ihren blauen Augen, das er trotz der fehlenden Beleuchtung deutlich sehen konnte. Verlangen lag in ihrem Blick und verschlang Rafael genauso, wie es Sienna zu verschlingen drohte.

Sie schmunzelte und verharrte mit ihren Lippen kurz vor seinem Mund. Es war kein Kuss, dafür fehlte die Berührung, trotzdem spürte er ihren Atem auf seinem Gesicht, konnte ihre Nähe spüren. Rafael war von ihren Lippen, ihrem Duft und ihrem intensiven Blick so abgelenkt, dass er nicht merkte, wie sie ihren Arm in seine Richtung bewegte. Plötzlich lag ihre Hand auf seinem Oberschenkel. Sienna grinste und schob ihre Finger nach oben. Direkt auf seinen Schritt zu. Rafael atmete hörbar ein.

»Ich liebe private Ecken«, wisperte sie an seinen Lippen und jagte damit glühende Hitze direkt in Rafaels Schwanz. Er spürte, wie er hart wurde, und sie musste es ebenfalls spüren.

Es war das erste Mal, dass Rafael nicht sagen konnte, wie *Der Fremde im Zug* ausging, vermutlich wie alle anderen Male, wenn er den Film geschaut hatte. Doch dieses Mal war er von einer verruchten Blondine abgelenkt, mit einer Zuckerkette um den Hals und sehr erkundungsfreudigen Händen.

KAPITEL 12

Sienna

Was zur Hölle tat sie hier eigentlich? Sienna war hin- und hergerissen zwischen ihrer ganz offensichtlichen Begierde und ihrem kleinen verbliebenen Rest Verstand. Ach was, Rest, ihr Verstand hatte sich in dem Moment verabschiedet, als Rafael eine der Zuckerperlen abgebissen hatte.

Ihre Regeln waren denkbar einfach gewesen, trotzdem hatten sie schon beim ersten Aufeinandertreffen dagegen verstoßen. Sienna hätte gehen sollen, als Rafael neben ihr aufgetaucht war. Stattdessen hatten sie sich unterhalten. Was zur Hölle?!

Sie hatte ihm sogar Dinge erzählt, die kaum jemand über sie wusste. Von ihrem Vater und den Zuckerperlenketten. Sie könnte sich selbst ohrfeigen. Aber der Abend hatte ja noch eine glückliche Wendung genommen.

Denn gerade saß sie mit weit gespreizten Beinen auf einem Waschtisch in der ersten Etage des *Roxy's*, Rafael stand zwischen ihren Schenkeln, und sie küssten sich wild und atemlos. Zugegeben, es gab bei weitem Schlimmeres. Sie würde einfach so tun, als hätte es das Gespräch im Kino nie gegeben. Das Rummachen in einer öffentlichen Toilette verstieß Gott sei Dank gegen keine ihrer Regeln. Ganz im Gegenteil: Es war genau das, was sie beide wollten.

»So langsam komme ich auf den Geschmack dieser verdammten Zuckerperlen«, murmelte Rafael an ihrem Hals, während er mit den Lippen über ihre Haut fuhr. Sein Mund schloss sich um eine der kleinen Süßigkeiten, und das Gummiband peitschte zurück gegen Siennas Hals.

Sie stöhnte auf. Daran konnte sie sich in der Tat gewöhnen.

Seine Hände lagen auf ihren Oberschenkeln. Seine Finger gruben sich in ihre Haut, und Sienna befürchtete, dass sie am nächsten Morgen Rafaels Abdrücke auf sich finden würde. Sie bekam schnell blaue Flecken, aber das kümmerte sie nicht. Sie mochte die Grobheit, mit der er sie hielt. Das letzte Mal war er zärtlich gewesen, sanft. Doch gerade war davon nichts zu spüren.

Sein Mund glitt heiß über ihren Hals, seine Hände gierig über ihren Körper. Sie konnte nicht mehr klar denken, alles, was sie konnte, war, sich näher an Rafael zu pressen. Ihre Berührung schien ihm außerordentlich zu gefallen, was Sienna ins Gedächtnis rief, dass sie ihm noch einen Gefallen schuldete. Obwohl eine Toilette nicht der optimale Ort war, um für einen Mann auf die Knie zu gehen, erregte sie die Vorstellung gerade ungemein.

Also löste sie sich von ihm, indem sie ihre Hände auf seine Brust legte und ihn sanft von sich schob.

»Alles in Ordnung?«, fragte er mit rauer Stimme. Seine Pupillen waren geweitet, die Lust in seinen Augen war deutlich zu erkennen.

Sienna lächelte. »Alles bestens.« Sie rutschte von dem Waschtisch herunter und vergrub ihre Finger in Rafaels Pullover, damit sie die Plätze tauschen konnten.

Er sah sie verwirrt an. »Was hast du vor?«

»Mich revanchieren«, hauchte sie und ging vor ihm auf die Knie. Die Fliesen unter ihr waren zwar nicht sonderlich bequem, aber das störte sie in dem Moment nicht.

Der Ausdruck auf Rafaels Gesicht war sämtliche blaue Flecken oder Knieschmerzen am nächsten Tag wert. Sienna sah von ihrer Position am Boden zu Rafael auf. Es sah aus, als hielte er den Atem an, als sie nun nach seinem Gürtel griff.

»Bist du dir sicher, dass du –?«

»Du hast doch abgeschlossen, oder nicht?«

Die Tatsache, dass man sie hier bei Dingen erwischen könnte, die weder jugendfrei waren, noch in die Öffentlichkeit gehörten, jagte erwartungsvolle Schauer über ihren Rücken.

Rafael nickte und schluckte schwer, was Sienna als Zeichen sah, einfach weiterzumachen. Sie öffnete die Gürtelschnalle und zog den Reißverschluss herunter. Er war noch nicht vollends hart. Das würde Sienna nun ändern. Kontrolle. Das war es, was sie in Situationen wie diesen liebte. Zu sehen, wie ein Mann unter ihren Fingern und Lippen zu Wachs wurde und dahinschmolz.

Und jetzt mit Rafael gefiel es ihr sogar noch besser. Er hatte sie bei ihrem letzten Treffen geleckt. Sehr gut geleckt sogar. Das beherrschte nicht jeder Mann.

Da war ein Drang in ihr, sich bei Rafael zu revanchieren. Ihm dieselbe Lust zu bereiten, wie er ihr bereitet hatte. Sienna wollte ihn verwöhnen. Und sie wollte, dass es Rafael gefiel.

Also umschloss Sienna mit einer Hand seinen Penis, bewegte ihre Hand nach unten und umschloss gleichzeitig mit den Lippen seine Eichel. Rafael stöhnte auf. Gemächlich führte Sienna ihre Hand wieder nach oben, saugte dabei an der Spitze und ließ ihn langsam wieder aus ihrem Mund hinausgleiten. Jetzt fuhr sie wieder mit einer Hand über seinen Penis, während sie mit der anderen über seine Hoden strich.

Sienna sah zu Rafael auf. Er hatte die Lider geschlossen, sein Gesichtsausdruck wechselte in schnellem Tempo von angespannt zu entspannt und zeigte ihr damit deutlich, dass ihm gefiel, was sie tat.

In dem Moment öffnete er die Augen und sah zu ihr herab. Seine Pupillen waren geweitet, doch Sienna konnte trotzdem den dunklen Braunton erkennen, der sie an Schokolade erinnerte. Rafael griff mit einer Hand in Siennas Haare. Nicht gewaltsam oder schmerzhaft. Er hielt sie auch nicht an Ort und Stelle. Mit den Fingern strich er ihr sanft über den Hinterkopf, während sie sein lautes Ausatmen hörte.

Sienna saugte weiter und genoss dabei Rafaels leises Stöhnen. Seine Laute waren wie elektrische Signale, die durch ihren Körper jagten und sie weiter anspornten. Als sie an Tempo zunahm, wurde sein Griff in ihren Haaren fester.

»Sienna, warte«, stöhnte er in diesem Moment.

Sie sah zu ihm auf, gleichzeitig fragend und verführerisch. Sie wollte nicht aufhören. Wollte ihm zum Kommen bringen, doch Rafael zog sich von ihr zurück.

»Was ist? Ich habe kein Problem damit, wenn du –«

Doch weiter kam sie nicht, denn er zog sie mit einer einzigen Bewegung auf die Füße und presste seine Lippen auf ihre.

Rafael stand mit halb heruntergelassenen Jeans vor ihr, während sie selbst komplett angezogen war. Er drehte sie herum und hob sie wieder auf den Waschtisch.

»Ich weiß, dass du dich revanchieren willst«, presste er zwischen einzelnen Küssen hervor, und seine Lippen wanderten dabei ihren Hals hinab. »Aber das musst du wann anders machen.« Rafaels Finger fanden ihren Hosenbund und öffneten den Knopf.

In diesem Moment verfluchte Sienna sich dafür, keinen Rock oder ein Kleid angezogen zu haben. Eine Hose war für Situationen wie diese mehr als hinderlich. Trotzdem schafften sie es gemeinsam, sie von ihrer Jeans zu befreien.

Als Rafaels Hände ihre Schenkel hinaufwanderten und zwischen ihren Beinen verschwanden, schlug Sienna sie weg. »Ich bin absolut bereit, kein Vorspiel mehr.« Ihre Lippen befanden sich an seinem Kinn, während sein Mund an ihrer Schläfe lag.

»Sicher?«

Sienna nickte entschieden. Sie mochte es, wie aufmerksam und zuvorkommend Rafael war. Wirklich, er war ein wahrer Gentleman, aber gerade konnte sie getrost darauf verzichten.

»Hast du ein Kondom?«

Wenn er diese Frage jetzt verneinte, würde sie durchdrehen. Es stimmte gerade einfach alles. Der Ort, die Zeit und ihr Körper. Sienna wollte ihn, sie wollte Rafael, und sie wollte ihn sofort.

»Bin schon dabei.« Er ließ sie los und griff in die hintere Hosentasche seiner Jeans, die ihm inzwischen in den Kniekehlen hing. Aus seinem Portemonnaie fischte er ein Kondom und streifte es sich über. Sienna hätte vor Erleichterung beinahe geweint.

Ein lautes Stöhnen entfuhr ihr, als er in sie eindrang. Er war hart, und sie spürte ihn durch ihre sitzende Position viel tiefer in sich. Sienna schob ihm ihre Hüfte entgegen, und Rafael zog sie noch näher an sich. Seine Hände lagen auf ihren Hüften, und bei jedem Stoß spürte sie seine Finger, wie sie sich in ihre Haut drückten.

Es war ganz anders als ihr letztes Mal. Weniger zärtlich, weniger rücksichtsvoll. Aber es war genau das, was sie gerade brauchte. Sie mochte seine harten Stöße, sie mochte die Kraft, die von ihm ausging, und sie mochte es, wie ihr eigener Körper auf Rafaels reagierte. Egal, was er ihr gab, ihr Körper nahm es an und gab es ihm gleichermaßen zurück.

Ihr Unterleib begann sich zusammenzuziehen, und sie merkte, wie sich Rafaels Muskeln am Rücken unter ihren Fingern anspannten. Er war nahe dran, genauso wie sie.

Sienna lehnte sich zurück und umschloss sein Kinn mit Daumen und Zeigefinger, zwang ihn so, sie anzusehen. Rafaels erregter Gesichtsausdruck gehörte zu den erotischsten Dingen, die sie je gesehen hatte. Sie beugte sich vor und küsste ihn.

Ein Klopfen an der Tür riss Sienna aus ihrer Gefühlsachterbahn, und ihr sich anbahnender Orgasmus geriet in Vergessenheit. Rafael fluchte leise.

»Bist du da drin bald fertig?«, fragte eine Frauenstimme ungeduldig.

Sienna riss entsetzt die Augen auf, war aber kurz davor, in Anbetracht der Situation laut zu lachen. Rafael sah sie an, erschrocken, verunsichert. Als er Anstalten machte, sich von ihr zu lösen, legte sie ihm beide Hände auf die Schultern und schüttelte den Kopf.

»Tut mir leid, das könnte noch etwas dauern. Im Erdgeschoss gibt es noch eine Toilette, versuch es da.«

Von der anderen Seite der Tür war ein verärgertes Murmeln zu hören, aber das interessierte Sienna schon nicht mehr. Rafael war immer noch in ihr, und das war alles, was zählte.

»Wir sollten aufhören«, flüsterte er dicht an ihren Lippen, doch sie legte eine Hand über seinen Mund.

»Denk nicht mal daran, jetzt einen Rückzieher zu machen.«

Seine Mundwinkel schoben sich nach oben, und er lachte unter ihren Fingern leise. »So fordernd.«

Fordernd beschrieb es nicht im Geringsten. Sie würde ihn vermutlich eigenhändig erwürgen, wenn er jetzt aufhörte. Und sie sah auch Rafael an, dass er nicht aufhören wollte.

Also schob sie in einer bestimmenden Bewegung ihr Becken nach vorne und entlockte ihm so ein Stöhnen. »*Sehr* fordernd«, pflichtete sie ihm bei und presste dann ihre Lippen wieder auf seinen Mund.

Sie brauchte das. Sie brauchte seine Berührungen, seine Nähe, aber vor allem den Sex. Nur so konnte sie sichergehen, dass dieser Abend nach ihren Regeln lief und kein Date gewesen war.

Rafael erwiderte den Kuss heftig und begann wieder, sich in ihr zu bewegen. Er zog sich beinahe gänzlich von ihr zurück, um dann wieder nach vorn zu stoßen. Sienna stöhnte auf. Ihr war es egal, ob noch andere Gäste vor der Tür standen, ob irgendjemand sie hören konnte oder nicht. Es gab nur noch sie, Rafael und ihre gemeinsame Lust.

Seine Hand wanderte in ihren Nacken und hielt sie fest. Siennas Fingernägel gruben sich in Rafaels Schultern, und sie erwiderte seine Stöße, bis sie das vertraute Ziehen in der Bauchgegend spürte. Sie ließ los.

Ihre Muskeln zogen sich zusammen, ihr Mund öffnete sich in einem stummen Schrei, und sie spürte, wie sie kam. Rafael hielt sie, stieß in einem harten Rhythmus weiter in sie, bis er ebenfalls seinen Höhepunkt erlebte.

Sein Atem ging stoßweise, ebenso wie ihr eigener. Rafaels Stirn lag auf ihrer Schulter, er rang um Atem. Sienna hielt ihn fest. Ihre Arme hatten seine Schultern umschlungen, fuhren kleine Kreise auf seinem Rücken, während sie Küsse auf seinem Hals verteilte.

»Ich hätte nie geglaubt, dass eine Zuckerperlenkette zu so etwas führen könnte«, gab Rafael dann zu.

Sienna lachte leise. Besagte Kette lag noch immer um ihren Hals, auch wenn inzwischen die meisten der kleinen Perlen abgeknabbert waren. Ihre Stimme klang belegt, beinahe rau, als sie ihm antwortete. »Es lebe die Zuckerperlenkette.«

KAPITEL 13

Sienna

»Dad, ich bin so froh, dass du wieder in der Stadt bist!«

Ein breites Lächeln erschien trotz der ungewöhnlichen Kälte für diesen Sonntagmittag auf ihrem Gesicht, als sie den Mann mit den rotblonden Haaren und dem eleganten schwarzen Mantel sah. Sie lief auf ihn zu und schlang die Arme um ihn. Der Duft von Pfefferminz und Schuhcreme umhüllte sie, der typische Geruch ihres Dads.

Ihr Dad, Holden Heyes, hatte die Hände in den Taschen seines Mantels vergraben, schlang seine Arme aber nun ebenfalls um Sienna und drückte sie an sich. »Ich habe dich auch vermisst, Kleines.«

Er war nicht lange im Ausland gewesen, aber er hatte ihr trotzdem gefehlt. Sie war wohl doch Papas kleines Mädchen. Sie vergrub ihr Gesicht an seiner Schulter und genoss die Umarmung. Kaum dass er wieder in New York gewesen war, hatten sie sich zum Essen verabredet. Ein typisches Ritual, wenn ihr Dad von einer seiner Reisen zurückkam.

Sienna löste sich von ihm und strich sich eine ihrer Strähnen zurück, die der Wind ihr ins Gesicht geweht hatte. »Wie war es in Italien? Das nächste Mal musst du mich mitnehmen. Dort ist es bestimmt noch schön warm im Vergleich zu hier.«

»Hier ist es für New Yorker Verhältnisse wirklich kalt, da war es in der Toskana angenehmer«, lachte er und rieb seine Handflächen gegeneinander. »Es war schön, wie immer. Ich habe dir deine Lieblingsweine mitgebracht. Die Kiste steht im Auto.«

Ein breites Grinsen erschien auf ihrem Gesicht. Das war einer der Gründe, warum sie den Job ihres Vaters so sehr liebte. Als Kind war sie in den Ferien immer mit ihm mitgekommen und hatte so die tollsten Urlaube verbracht. Auch in den vergangenen Semesterferien war sie ihm quer durch Europa gefolgt, wenn es sich angeboten hatte. Nur dieses Mal hatte seine Reise sich zeitlich leider mit ihren Kursen überschnitten.

»Super, danke, Dad.« Der Wein würde gute Verwendung finden. Entweder trank sie ihn mit Camille oder vielleicht wieder mit Rafael. Die Weinauswahl ihres Vaters hatte ihm beim letzten Mal gut gefallen.

Sienna hakte sich bei ihrem Dad unter. Sie hatten sich an der U-Bahn-Station getroffen, mitten in Little Italy. Wohin sie überhaupt unterwegs waren, wusste Sienna nicht. Ihr Vater hatte von einem tollen Restaurant gehört, das er gerne ausprobieren wollte.

»Wie geht es Molly? Läuft mit Paisley alles gut?«

Sie nickte. »Die zwei sind verliebt wie am ersten Tag.« Die Dynamik der beiden hatte Sienna von Anfang an begeistert. Sie waren nicht wie die typischen Klischee-Pärchen, nie fühlte sie sich wie das fünfte Rad am Wagen, wenn sie mit Molly und Paisley unterwegs war.

Ihr Dad wirkte zufrieden, doch dann runzelte er die Stirn. »Wenn es dir zu viel mit den beiden wird, musst du es sagen. Dann finden wir eine neue Wohnung für dich.«

Sienna sah ihn erstaunt an, dann lachte sie. »Unsinn, ich liebe es mit ihnen. Molly ist meine Schwester.« Sie würde diese Wohnung so schnell nicht verlassen.

»Es freut mich, dass ihr beiden auch weiterhin so gut miteinander auskommt.«

Ihr Dad hatte immer eine Schwäche für Molly gehabt. Sie war jahrelang seine Stieftochter gewesen, und die beiden hatten sich gut verstanden, das taten sie noch immer. Ihr Dad bezahlte auch den Großteil ihrer Miete, weil er wollte, dass die beiden Mädchen eine vernünftige Bleibe hatten.

»Nur weil es zwischen dir und Meredith nicht geklappt hat, muss es zwischen uns nicht genauso laufen.«

»Nein, natürlich nicht. Ich bin ja froh, dass du und Molly euch so nahesteht. Sie ist ein fantastisches Mädchen.«

Ein Lächeln erschien auf Siennas Lippen, als sie an ihre Stiefschwester dachte. »Ist sie.« Dem gab es nichts hinzuzufügen. »Also, wo gehen wir essen? Ich kenne mich hier kaum aus.«

Auch wenn Manhattan eine Insel war und demnach nicht sonderlich groß, bewegte sich Sienna dennoch in ihren gängigen Vierteln. Morningside Heights, wo die Columbia lag, im Lincoln Square fanden sich die Redaktionsräume von *Passion,* und ihre eigene Wohnung lag in Chelsea. Ein Mal hatte es sie in letzter Zeit nach Little Italy verschlagen, doch daran wollte Sienna gerade nicht denken. An ein Techtelmechtel zu denken, während ihr Vater neben ihr herlief, fühlte sich schräg an.

Vorfreude trat auf das Gesicht ihres Dads, und seine blauen Augen, die Sienna von ihm geerbt hatte, begannen zu leuchten. »Zu einem Restaurant, das ich demnächst vielleicht auch beliefern werde. Ein alteingesessener Italiener, wird dir sicherlich gefallen. Teresa treffen wir dort, die hatte noch zu tun.«

Langsam schüttelte Sienna den Kopf. Natürlich hatte Teresa noch zu tun. An einem Sonntag. Wo jeder normale Mensch gar nichts tat, außer faul auf dem Sofa zu liegen. Nein, Teresa arbeitete. Es wunderte Sienna, dass ihr Dad nicht ebenfalls wichtige Telefonate führte oder Ähnliches.

»Sie ist genauso vernarrt in ihre Arbeit wie du.«

Holden sah sie an und lächelte. »Was ich gut finde. Deine Mom hat es immer gehasst, wenn ich so viel gearbeitet habe.«

Das war einer ihrer vielen Streitpunkte gewesen. Obwohl Sienna noch klein gewesen war, als sich ihre Eltern hatten scheiden lassen, hatte sie es oft mitbekommen, wenn es Streit gegeben hatte. Die Arbeit war nur eines von vielen Themen gewesen, bei denen sie sich nicht einig gewesen waren.

Sienna vertrieb die Gedanken an ihre Kindheit und die Trennung ihrer Eltern. »Das liegt daran, dass Mom kein eigenes Leben hat und sich deshalb in die Leben aller anderen einmischen muss. Das geschieht aus purer Langeweile.«

Sie liefen die Straße entlang und wichen entgegenkommenden Passanten aus. Etliche Restaurants, Kioske und kleinere Läden reihten sich hier aneinander, und Sienna atmete den Duft verschiedener Kräuter ein.

»Jetzt gehst du aber ein bisschen hart mit ihr ins Gericht, oder? Auch wenn deutlich zu hören ist, dass ihr euch gerade nicht so gut versteht.«

Taten sie das denn je?

Gut, das war übertrieben und eventuell ein bisschen unfair. Sienna liebte ihre Mom, aber Alice machte es ihr auch nicht immer leicht. Das ständige Gerede über Männer, Dates und Beziehungen ging Sienna allmählich gegen den Strich. Und noch mehr ärgerte es sie, dass ihre eigene Meinung überhaupt nicht zu zählen schien. Als wüsste ihre Mutter alles besser, wobei das doch ganz offensichtlich nicht der Fall war.

»Sie mischt sich mal wieder in Dinge ein, die sie nichts angehen. So wie immer«, murmelte Sienna und lehnte sich gegen ihren Dad. Er war zwar auch kein Vorzeigebeispiel, wenn es um Beziehungen ging, aber immerhin war er nicht der Meinung, ein Experte in Sachen Liebe zu sein und anderen Ratschläge aufzwingen zu müssen. Holden sagte immer, dass Sienna ihre eigenen Erfahrungen machen müsse, er würde sich da nicht einmischen.

»Ich werde mit ihr reden«, bot ihr Vater in einem versöhnlichen Tonfall an.

Doch Sienna schüttelte vehement den Kopf. »Nein, Dad, tu das nicht. Sonst ist sie wieder der Meinung, dass wir uns gegen sie verbünden, und fühlt sich ausgeschlossen. Dieses Drama muss ich dann wieder ausbügeln, darauf habe ich keine Lust.«

Die Beziehung zwischen ihren Eltern war schwierig. Es war nicht so, dass sie nicht miteinander reden konnten, aber manchmal hatte Sienna das Gefühl, dass ihre Mom ihren Dad vermisste. Und wenn Sienna dann mehr Zeit mit ihrem Vater verbrachte, kam das bei Alice nicht sonderlich gut an.

Als müsste sie um die Aufmerksamkeit ihrer Tochter buhlen. Dabei war das nicht der Fall, zumindest nicht in Siennas Augen. Es war keineswegs ihre Absicht, dass ihre Eltern einen Wettstreit um ihre Gunst führten.

»Hast du ihren neuen Freund schon kennengelernt?«

»Nein, noch nicht. Warum sollte ich auch? In drei Monaten ist es sowieso wieder ein anderer.« Sie konnte sich nicht einmal an seinen Namen erinnern. Alice hatte ihn bestimmt erwähnt, aber Sienna hatte ihn vergessen. Sie kam nicht dagegen an, sie wollte sich nicht erneut an einen Mann gewöhnen – ihn vielleicht sogar mögen –, wenn er nicht vorhatte zu bleiben. Das war schon zu oft vorgekommen.

»Sienna«, mahnte ihr Dad.

Diesen Ton bei ihm hatte sie bereits als Kind gehasst. Also seufzte sie theatralisch, nickte aber. »Tut mir leid, aber es ist die Wahrheit.« Dennoch würde sie das Thema auf sich beruhen lassen. Es brachte ja ohnehin nichts.

Ihr Vater schnalzte mit der Zunge. »Lieben und lieben lassen und leben und leben lassen – du kennst das Motto.« Er blieb stehen und löste sich von ihr, sodass er sie ansehen konnte.

»Ja, ich kenne es, Mom nur anscheinend nicht.« Wie einfach ihr Leben wäre, wenn auch Alice die Worte ihres Vaters beherzigen würde. Kein Einmischen mehr, keine Verkupplungsversuche, keine neugierigen Fragen. Es könnte so angenehm sein.

Als sie ihr Ziel erreicht hatten, wartete Teresa bereits auf sie und winkte ihnen zu. »Da seid ihr zwei ja endlich«, wurden sie von ihr begrüßt. Ihre wilden braunen Locken kringelten sich um ihr schmales Gesicht, auf dem ein breites Lächeln zu sehen war. Sie küsste Holden auf die Wange und umarmte im Anschluss Sienna. »Schön, dass du es zeitlich einrichten konntest.«

Für Teresa war es nie selbstverständlich, dass Sienna sich die Zeit nahm, etwas mit ihrem Dad und ihr zu unternehmen. Ihre Mom war da ganz anders. Sienna erinnerte sich nur zu gut an den eingeschnappten Tonfall ihrer Mom, als sie ihr bei ihrem letzten Gespräch gesagt hatte, dass sie keine Zeit für sie und ihren neuen Lover hatte.

Sienna lächelte ihre Stiefmutter-Schrägstrich-Chefin an. »Zu italienischem Essen sage ich nie Nein.« Das konnte sie gar nicht. Pasta, Pannacotta oder Tiramisu, hinterher einen guten Espresso, das war in Siennas Augen besser als jede Wolke sieben.

»Hast du inzwischen das Thema für deinen Artikel im Journalismus-Kurs bekommen?«, fragte Teresa neugierig.

»Leider nicht, der Dozent war krank.« Professor Sinclair hatte sich eine Grippe eingefangen und sich per Mail ausführlich bei allen entschuldigt, dass die Kurse vorerst ausfallen mussten.

»Vielleicht kann es ein Thema sein, das zum Magazin passt. Dann können wir deinen Artikel in der *Passion* veröffentlichen. Was meinst du?«

Statt Sienna war es ihr Vater, der antwortete: »Das wäre der

Wahnsinn, Resa«, sagte er euphorisch. »Dein erster eigener Artikel, Sienna!«

Sienna winkte ab. »Ich bin keine Journalistin oder Schriftstellerin, Dad. Daher glaube ich nicht, dass er das Niveau der *Passion* erreichen wird. Ich studiere Onlinemarketing. Den Journalismus-Kurs habe ich nur gewählt, weil er mich inhaltlich angesprochen hat.«

Sie mochte es, dass sie zusätzlich zu ihrem Hauptfach auch in andere Bereiche reinschnuppern und sich somit breiter aufstellen konnte, was ihre Fähigkeiten und Kenntnisse betraf. So hatte sie im letzten Semester zwei Kurse in Recht belegt und davor in die Filmwissenschaft reingeschnuppert, weil das Thema Alfred Hitchcock gewesen war. Für ihren Lebenslauf und ihr späteres Berufsleben würde ihr dieser Kurs wohl nicht allzu viel bringen, dafür hatte er Spaß gemacht.

»Dann warten wir ab, wie es so läuft. Falls du an einer Stelle Probleme haben solltest, kannst du mich oder Karin ansprechen. Wir helfen dir gerne.«

Ein Lächeln erschien auf Siennas Gesicht, und sie nickte ihrer Stiefmutter dankend zu. »Danke, Teresa.«

Diese erwiderte das Lächeln. Dafür, dass Teresa keine eigenen Kinder hatte, hatte sie das Muttersein ziemlich drauf.

»Aber du irrst dich. Du hast ein Händchen für Worte, Sienna. Den Artikel wirst du mit Bravour schreiben.«

Das wagte Sienna zu bezweifeln. Nicht, dass sie es schaffen würde, den Artikel zu schreiben, sondern dass sie gut mit Worten umgehen konnte. Sie hatte das Gefühl, immer das Falsche zu sagen.

»Können wir dann? Ich bin am Verhungern«, platzte ihr Dad dazwischen und deutete mit dem Kinn auf das Lokal direkt vor ihnen.

»Das glaube ich kaum, du hast es dir auf deiner Reise sehr gut gehen lassen«, bemerkte Teresa und strich Holden mit einem Grinsen auf den Lippen über den Bauch.

Sienna lachte leise. Ihr Vater war nicht dick, nicht mal im Ansatz. Für sein Alter war er gut gebaut, was wohl am vielen Tennis lag, und sah – wenn man ihren Freundinnen Glauben schenken konnte – verdammt gut aus. Kurz geschnittenes rotblondes Haar, wobei der Rotton überwog. Gepflegter Dreitagebart, hellblaue Augen und stets ein Lächeln im Gesicht.

»Hey«, beschwerte sich ihr Dad. »Niemand kann Nein zu einer italienischen Nonna sagen, die dich von vorne bis hinten bekochen will. Ein Nein liegt da einfach nicht im Bereich des Möglichen.«

Hätte Sienna den Job ihres Dads und wäre wegen des Weinhandels regelmäßig in Frankreich, Italien und Spanien unterwegs, hätte sie wohl einige Kleidergrößen mehr. Aber das würde sie auch nicht sonderlich stören. Wenn sie die Wahl hatte zwischen einem Leben mit gutem Essen und einer Size Zero, dann würde sie sich immer für Ersteres entscheiden. Kein Traumbody dieser Welt konnte einem das Gefühl geben, glücklich zu sein, wenn man dafür hungern musste.

Das Restaurant, in dem sie reserviert hatten, hieß *La stanza della nonna*, was so viel hieß wie »Omas Stube«. Ein süßer Name, gerade wenn man bedachte, dass es in Italien meistens die Frauen waren, die am Herd standen und fantastische Gerichte kreierten.

»Und du machst Geschäfte mit den Inhabern, oder wie genau bist du auf den Laden aufmerksam geworden?«, fragte Sienna ihren Vater und bedankte sich stumm, als er ihr die Tür aufhielt.

»Nicht ganz. Einer meiner Händler aus der Toskana ist entfernt mit der Familie verwandt, die das Restaurant betreibt. Er hat es mir empfohlen. Sie haben hier die Flaschen von seinem Gut auf der Karte, also ist schon mal garantiert, dass der Wein fantastisch ist.«

Wein war immer ein guter Start, wobei Sienna auch hoffte, dass das Essen überzeugen konnte.

Im Inneren des Ladens schlug ihnen der Duft von Oregano, Pasta und Basilikum entgegen. Das Lokal war gut besucht für einen Sonntagmittag, was schon mal ein gutes Zeichen war.

Dunkles Holz in einem warmen Zimtton verlieh der Einrichtung etwas Heimeliges, überall standen Kerzenständer, und Sienna nahm wohlwollend zur Kenntnis, dass nirgendwo weißrot karierte Tischdecken oder die italienische Flagge zu sehen waren. Stattdessen war an eine Wand ein Fresco von einer italienischen Landschaft gemalt worden. Der Künstler des Bildes war mehr als talentiert gewesen. Die Pinienbäume an den Straßen und die Olivenhaine gaben einem das Gefühl, inmitten der Toskana zu stehen.

Auch die restliche Einrichtung gefiel ihr. Fotografien in Sepia-Optik hingen an einer anderen Wand. Berühmte italienische Schauspieler oder Sänger, italienische Diven, sogar einen Koch erkannte Sienna.

Eine junge Frau, etwa in Siennas Alter, begrüßte sie und fragte nach ihrer Reservierung. Dann führte sie sie zu einem kleinen Tisch im hinteren Bereich des Lokals. Ihr Vater half erst Teresa und anschließend Sienna aus den Mänteln und hängte sie auf.

»Schön hier, oder?«, fragte Teresa und setzte sich.

Sienna nickte nur. Es gab unzählige Restaurants in New York, sie war gespannt, ob dieses eines von vielen war oder doch aus der Masse hervorstach.

Ihr Dad kam zurück und setzte sich zu ihnen, als Teresa anfing, verschwörerisch zu flüstern. »Wie sagen die Kids in deinem Alter: Schau nicht hin, aber der Kellner ist süß.«

Sienna sah ihre Stiefmutter und Chefin – man durfte diesen Teil nicht vergessen – mit großen Augen an, lachte dann aber.

»Die Kids in meinem Alter? Wie alt bin ich? Sechzehn?« Gott sei Dank lagen die Zeiten hinter ihr, in denen sie rot wurde, sobald ein gut aussehender Junge sie ansprach.

Teresa kicherte. Wer war hier jetzt sechzehn? »Du weißt, was ich meine. Und er ist wirklich süß.«

Sienna dachte kurz darüber nach, sich unauffällig umzudrehen, doch ihr Dad funkte dazwischen. »Ist er nicht«, protestierte er. »Teresa, hör auf, mein kleines Mädchen verkuppeln zu wollen.«

Angesichts des beschützenden Verhaltens ihres Vaters lachte Sienna leise. »Ja, bitte hör auf, meine Mom meint das schon ununterbrochen tun zu müssen.«

Teresa hob abwehrend die Hände. »Ich wollte dich nicht verkuppeln. Ich bin mir sicher, dass du dein Liebesleben ganz allein meisterst. Ich wollte dich lediglich liebevoll darauf hinweisen.«

»Danke, Hinweis entgegengenommen, aber kein Interesse.«

»Wie du meinst. Er kommt auf uns zu. Vielleicht überlegst du es dir ja anders.«

Definitiv nicht! Keine Dates, keine Beziehungen, keine Romantik. Sie hatte genau das, was sie wollte, auch wenn ihre Eltern und Teresa das nicht wissen mussten. Ihr fehlte es aktuell an gar nichts im Leben. Zufrieden lehnte sie sich im Stuhl zurück, wäre aber beinahe rückwärts umgekippt, als plötzlich der Kellner vor ihnen stand.

Das durfte ja wohl nicht wahr sein!

»Willkommen im *La stanza della nonna*, hier ist die Karte.« Diese raue Stimme mit dem weichen Unterton kannte Sienna nur zu genau. Und außerhalb ihres Schlafzimmers – oder einer Toilette im *Roxy's* – hatte sie sie nicht hören wollen. So waren die Regeln, verdammt noch mal!

Sienna traute sich kaum, den Blick zu heben. Am liebsten wollte sie plötzlich unsichtbar werden. Es gab in Little Italy bestimmt Tausende Menschen mit italienischer Abstammung, und sie schaffte es, genau das Restaurant von Rafaels Familie zu finden. Wie viel Pech konnte ein einzelner Mensch denn bitte haben?

Sie hatte keinen Kontakt zu Rafael gehabt, seit sie sich zufällig im *Roxy's* begegnet waren. Keine Textnachricht, kein Anruf, nichts. Das hatte Sienna bis zu diesem Moment auch nicht weiter gestört, denn sie hatten dem anderen gegenüber keine Verpflichtung. Doch nun stand Rafael vor ihr – in einer Situation, mit der sie niemals gerechnet hätte.

»Wir nehmen eine große Flasche Wasser und einen *Bianco Vergine della Valdichiana* von dem Gut von Signor Barbieri«, sagte ihr Vater freundlich.

Sienna hatte die Augen geschlossen und konnte den Worten ihres Dads nur bedingt zuhören. Sie hörte ihr Blut in ihren Ohren rauschen und spürte, wie sie schwitzige Hände bekam.

»Sehr gute Wahl. Darf ich fragen, ob Sie mit Signor Barbieri bekannt sind? Die meisten Gäste bestellen eher den Hauswein.«

»Ich handele mit seinen Weinen, und er hat mir dieses Restaurant empfohlen. Da dachten wir uns, folgen wir seinem Rat, nicht wahr, Sienna?«

Oh, bitte nicht! Sprich mich doch nicht an!

Sie spürte sämtliche Blicke auf sich ruhen und meinte, ein entsetztes Luftholen zu hören, was von Rafael kommen musste.

»Mhm«, machte sie nur und zwang sich zu einem Lächeln. Sie hatte Rafael noch immer nicht angesehen. Sie konnte ihm in diesem Moment nicht ins Gesicht schauen. Nicht, wenn der letzte Ausdruck, den sie dort gesehen hatte, einer der puren Ekstase gewesen war.

Ihr Vater sah sie mit hochgezogenen Augenbrauen an, was sie dazu veranlasste, ihr Gesicht hinter der Karte zu verstecken, ohne sie wirklich zu lesen. Sie verhielt sich gerade wirklich wie eine Sechzehnjährige, aber eine solche Situation war ihr noch nicht untergekommen.

»Dann bringe ich das Wasser und den Wein, Signore. Sie entscheiden in Ruhe, was Sie essen möchten.«

Rafael verließ den Tisch, und Sienna atmete hörbar aus. Was genau hatte sie eigentlich verbrochen, dass die Götter, oder wer da oben auch das Sagen hatte, sie mit so vielen Zufällen bestraften? Erst im *Roxy's* und jetzt hier?

So langsam hatte sie wirklich das Gefühl, sie befände sich bei *Versteckte Kamera*. Oder vielleicht stalkte Rafael sie ja wirklich. Wobei es aktuell eher den Anschein erweckte, als würde sie ihn stalken. Sienna fuhr sich über den Mund.

Bitte, flehte sie stumm, *denk nicht, dass ich eine gewissenlose Stalkerin bin*, schickte sie ein Gebet hinauf in den Himmel.

»Und? Ist er nicht süß?«, flüsterte Teresa ihr zu, und Sienna erwischte ihre Stiefmutter dabei, wie sie Rafael ausgiebig musterte. Was natürlich dazu führte, dass auch sie ihm hinterhersah.

Oh ja, sehr süß. Du solltest ihn mal nackt sehen, während er dich auf einem Waschtisch vögelt.

Das konnte sie Teresa natürlich nicht sagen. Also nickte sie nur wortlos. Das würde wohl das unangenehmste Mittagessen ihres Lebens werden. Zumindest, wenn ihr Vater auch weiterhin meinte, sich ausgiebig mit ihrem Kellner unterhalten zu müssen.

»Ist alles in Ordnung, Kleines?«, fragte er nun, als hätte er ihre Gedanken gelesen.

»Ja«, brachte sie kurz angebunden hervor, wobei es eher wie ein Piepsen klang. Wie sagte man seinem Dad, dass der Kellner, der sie bediente, deine aktuelle ... ja, was eigentlich, *Affäre* war? Einen konkreten Namen für das, was Sienna und Rafael waren, gab es wohl nicht. Aber Sienna wollte ihnen auch gar kein Label oder einen Stempel verpassen, das würde die Sache nur verkomplizieren.

Offensichtlich hatte Sienna eine Portion Demütigung und Schamgefühl bestellt und direkt geliefert bekommen, ohne es zu wissen. Ihr Magen zog sich zusammen. Auf eine solche Situation war sie einfach nicht vorbereitet gewesen. Ihre Begegnung im *Roxy's* vor einigen Tagen hatte sie schon völlig aus der Bahn geworfen; dass das Ganze mit fantastischem Sex auf der Toilette geendet hatte, hatte es ihr leichter gemacht. Hätten sie an diesem Abend nur nebeneinandergesessen, den Film geschaut und sich im Anschluss voneinander verabschiedet, wäre es ihr vorgekommen wie ein Date. Und damit hätten sie gegen ihre drei goldenen Regeln verstoßen, was nicht passieren durfte. Der Sex hatte sie aus dieser heiklen Situation befreit.

Doch das ging heute nicht. Sie konnte schlecht gemeinsam mit Rafael auf der Restauranttoilette verschwinden und eine Nummer schieben, während ihr Dad und Teresa hier auf sie warteten.

Als hätten die Götter, das Schicksal oder Elvis Presley ihre Gebete erhört, kam die junge Frau dieses Mal an ihren Tisch, um die Getränke zu bringen und ihre Bestellungen aufzunehmen.

Sienna war gleichzeitig froh darüber, wunderte sich aber auch. Hatte Rafael darauf bestanden, die Tische zu wechseln? War es ihm derart unangenehm, ihr so zu begegnen? Ihr wurde flau im Magen bei diesem Gedanken. Dabei sollte es sie gar nicht kümmern, was Rafael dachte. Ihr selbst war die Situation ja auch peinlich. Trotzdem ertappte sie sich dabei, wie sie auf ihrer Unterlippe herumkaute.

Sie bestellten ihr Essen, was auch zügig serviert wurde. Sienna hatte sich für Tagliatelle mit der hauseigenen Soße entschieden. Woraus die genau bestand, war ein Geheimnis, aber Sienna freute sich auf das Unbekannte.

Zu Recht, wie sich herausstellte. Bei dem ersten Bissen schloss sie genüsslich die Augen und stöhnte auf.

»Du hattest recht, Dad. Es schmeckt köstlich.« Wer guten Wein anbot, hatte offenbar auch gutes Essen. Sienna drehte die Nudeln auf ihrer Gabel auf und schob sie sich in den Mund.

»Schmeckt es der Signorina?«, fragte da eine vertraute Stimme hinter ihr.

Was sollte das denn jetzt? Das tat er doch mit voller Absicht.

Sienna starrte ihn an, den Mund voller Nudeln. Vermutlich war sie überall mit Soße beschmiert. In Filmen aßen Frauen immer wie Spatzen, kleine, mundgerechte Bissen, damit sie sich bloß nicht einsauten. Tja, auf sie traf das leider nicht zu.

Sie versuchte, schneller zu kauen, doch das konnte sie vergessen. Also nickte sie nur und funkelte Rafael vernichtend an. Das Grinsen auf seinem Gesicht wurde breiter. Am liebsten hätte sie ihm den Mittelfinger gezeigt.

Er stand vor ihr, mit einer schwarzen Schürze um die schmalen Hüften gebunden, das weiße Hemd spannte über seiner Brust, und auch ansonsten sah er absolut fantastisch aus. Während Sienna den Mund voll hatte und vermutlich aß wie ein Kleinkind.

Super gemacht, Sienna, wirklich, ganz toll.

Sie schluckte die Nudeln hinunter und zwang sich zu einem Lächeln. »Es schmeckt großartig, danke.« Sie griff nach ihrem Weinglas und leerte es in drei Zügen.

Ihr Dad und Teresa tauschten einen irritierten Blick, während Rafael so aussah, als würde er jeden Moment in schallendes Gelächter ausbrechen. Doch er griff nach der Flasche auf dem Tisch und füllte ihr Glas erneut auf.

»Dann auch weiterhin guten Appetit.«

Sienna starrte ihm nach und schüttelte dann den Kopf. Das würde sie ihm noch irgendwie heimzahlen. War das etwa die Retourkutsche dafür, dass sie ihn am Anfang nicht einmal hatte ansehen können? Das konnte sie sich eigentlich nicht vorstellen. Immerhin besagte eine ihrer Regeln, dass sie sich außerhalb ihrer Wohnungen nicht kannten. Die Begegnung im Kino war eine einmalige – und unfreiwillige – Ausnahme gewesen, mehr nicht.

Sie beendeten das Essen ohne weitere Zwischenfälle. Rafael und die junge Frau, die ihm verblüffend ähnlich sah, waren ab und zu noch vorbeigekommen und hatten gefragt, ob alles in Ordnung war.

Zufrieden legte sich Sienna eine Hand auf den Bauch. »Ich bin pappsatt.« Zuerst die Pasta, dann Pannacotta und anschließend der obligatorische Espresso. Ihr Magen war voll. Ein wunderschönes Pasta-Baby.

»Hier können wir gerne wieder hingehen, Liebling«, stimmte Teresa zu und küsste Holden auf die Wange.

»Wollen wir dann?«, fragte ihr Dad und wollte schon aufstehen.

»Ich gehe noch schnell auf die Toilette«, sagte Sienna und stand auf. Sie war heilfroh, Rafael nirgendwo zu sehen. Das fehlte noch, ihm ausgerechnet auf dem Weg zu den Toiletten in die Arme zu laufen.

Sie spritzte sich kaltes Wasser ins Gesicht und wusch sich die Hände. Selbst die Seife roch gut, nach Limonen und Zitronengras. Als sie die Toilette wieder verließ, hatte sie wohl auch ihr Glück verlassen.

»Hörst du nun auf, mich zu ignorieren?«, fragte Rafael, der an der Wand lehnte.

Sienna erschrak heftig und legte sich eine Hand auf die Brust. Ihr Blick glitt den Flur entlang, sie erwartete bereits, ihren Dad oder Teresa zu sehen, die sich fragten, wo sie blieb. »Hast du mir hier aufgelauert?«, fragte sie.

»Wäre nicht unser erstes Treffen auf einer Toilette, aber nein, habe ich nicht. Das ist auch der Weg zu den Privaträumen.« Rafael deutete zu zwei Türen, auf denen *Privat* stand, ein verschmitztes Lächeln umspielte dabei seine vollen Lippen.

»Oh, ähm, verstehe«, stammelte Sienna und kam sich dumm vor.

»Und, hast du?«, wollte er dann wissen.

»Habe ich was?«

»Aufgehört, mich zu ignorieren?«

Sie seufzte. »Tut mir leid, was hätte ich bitte tun sollen? Mein Dad sitzt dort am Tisch.« Wenn sie ihn freudig begrüßt hätte, hätte ihr Dad wissen wollen, woher sie ihn kannte. Was hätte sie ihm erzählen sollen? Sie log ihn nicht gerne an, und falls doch, nur, wenn es wirklich sein musste.

Das hier war keine Notlage, in der eine Lüge angebracht gewesen wäre. Aber mit der Wahrheit herausrücken wollte sie auch nicht. Mit wem sie schlief, ging niemanden etwas an.

»Euer Besuch hier verstößt gegen eine unserer Regeln. Kein Treffen außerhalb eines Schlafzimmers.« Rafael hatte die Arme vor der Brust verschränkt. Die Schürze hatte er abgelegt, stattdessen hing ein Geschirrtuch über seiner Schulter.

Sienna nickte stockend. Das war zwar keine konkrete Regel von ihnen gewesen, aber Rafael hatte schon recht. »Ich wusste nicht, dass es sich um das Restaurant deiner Familie handelt. Mein Dad hat mir nicht gesagt, wohin wir gehen. Aber auch vom Namen her hätte ich es nicht gewusst.« Sie hatten nicht viel über Privates gesprochen. Was ja Sinn der Sache war.

Rafael winkte ab. »Ist schon in Ordnung. Wir leben auf einer Insel. Es kann vorkommen, dass wir uns aus Versehen über den Weg laufen.«

Auch wenn er es beiläufig sagte und wirklich nicht aussah, als wäre ihm die Situation unangenehm, fühlte Sienna sich nicht besser. »Keine Sorge, nächstes Mal gehen wir woandershin.«

»Schade, dass euch ausgerechnet das beste Essen der Stadt entgeht.« Er zwinkerte ihr zu. »Deinem Dad scheint es hier zu gefallen. Ist er Weinhändler?«, fragte Rafael dann neugierig. Sein Blick glitt dabei in den Restaurantbereich, wo ihr Dad mit Teresa saß.

Sie wollte schon antworten, tat es dann aber doch nicht. »Halt. Das verstößt nun definitiv gegen Regel Nummer 2.« Es war keine private oder geheime Info, trotzdem würde sie mit der Antwort eine Grenze überschreiten.

Auf seinem Gesicht wechselten sich verschiedene Emotionen ab, bevor er nickte. »Du hast recht, vergiss es. Keine Details, keine familiären Hintergründe.«

Sie fühlte sich, als hätte sie ihm einen Korb gegeben, dabei war ihre Zurückhaltung nur zu ihrem Besten. »So ist es. Du darfst alles fragen, was das Essen betrifft, aber nicht zu meinem Dad.«

Sie konnte ihm ansehen, dass ihm noch mehr Fragen auf der Zunge lagen. Vielleicht auch etwas zu Teresa, immerhin sprach sie nur von ihrem Dad, nicht von ihrer Mom. Oder ob sie aus einem bestimmten Grund hier waren, ob es in der Familie etwas zu feiern gab. Aber Rafael schien seine Fragen hinunterzuschlucken.

»Hat dir denn das Essen geschmeckt?«, fragte Rafael und wechselte damit in ungezwungenere Themenbereiche.

Ein Lächeln erschien auf ihrem Gesicht, und sie nickte entschlossen. »Sehr sogar. Kocht deine Nonna?«

Rafael legte den Kopf schräg und legte einen Finger an sein Kinn. »Fällt diese Frage auch unter Regel Nummer 2, oder darf ich sie beantworten?«

Sienna schmunzelte. »Wie du magst. Du musst es mir nicht sagen. Bestell dem Koch oder der Köchin einfach meine Grüße. Ein dickes Lob für das tolle Essen, ganz gleich, wer gekocht hat.«

Rafaels Blick wurde wärmer. »Ich werde es ihr ausrichten, das freut sie bestimmt.«

Also war es wohl doch seine Nonna. Immerhin hieß das Lokal »Omas Stube«, da ergab es Sinn, wenn seine Großmutter hinter dem Herd stand.

Teresa erschien im Flur zu den Toiletten und gab ihr mit einem Kopfnicken in Richtung Tisch zu verstehen, dass sie loswollten. Sienna sah zu Rafael auf und lächelte zögerlich. »Wir sehen uns«, flüsterte sie, wartete aber nicht auf seine Antwort, sondern ging zu ihrem Tisch.

»Bist du fertig?«, fragte ihr Dad.

»Ja, wir können gehen.«

Er half ihr in den Mantel, und Sienna fischte ihre Haare aus dem Kragen, während sie zur Tür liefen.

»Gib schon zu, dass ich recht hatte«, flüsterte Teresa und hakte sich bei Sienna ein.

»Womit?«

»Der Kellner war süß.«

Sienna lächelte und umfasste den eisernen Türgriff. Ihr Blick glitt zu Rafael zurück, der sich mit einem anderen Gast unterhielt. Sie hätte nie geglaubt, dass sie Schürze und Geschirrtuch bei einem Mann anziehend finden könnte, aber Rafael bewies ihr in diesem Moment das Gegenteil. Süß beschrieb es nicht mal annähernd.

KAPITEL 14

Rafael

Er liebte den Herbst. Während es im Sommer meistens zu warm war, um neue Rezepte auszuprobieren, und man in Italien sowieso meistens erst abends etwas Anständiges aß, bot der Herbst ihm die Möglichkeit, sich frei auszutoben.

Ihr Großhändler mitten im Distrikt von Little Italy hatte alles, was Rafaels Herz begehrte. Feigen, Kaktusfeigen, frische Steinpilze und die besten Fleischvariationen. Wer früh kam, konnte sicher sein, dass er auch die beste Auswahl bekam.

»Ich bin wirklich froh, dass du wieder Freude am Kochen gefunden hast und dich im Restaurant so stark einbringst, aber warum genau muss ich darunter leiden?« Rico gähnte lautstark und hielt sich eine Hand vor den Mund. Seine dunklen Haare standen am Hinterkopf in alle Richtungen ab, als wäre er gerade erst aus dem Bett gefallen. Was durchaus möglich war.

»Was soll ich sagen, mitgehangen, mitgefangen. Wir haben die Rezepte für die kommenden Wochen gemeinsam ausgearbeitet, also musst du auch mit einkaufen kommen.«

Rico sah ihn böse an. »Im Gegensatz zu dir bin ich aber kein Morgenmensch, das ist unfair.«

Rafael zuckte nur mit den Schultern. Das ganze Leben war unfair, da war es kaum relevant, wenn Rico ein Mal früh aufstehen musste. Er kramte die lange Einkaufsliste aus der Jackentasche, während sie die Stände entlangschlenderten. Die Halle war schon gut besucht. Überall hörte er seine Muttersprache, was er liebte. In Little Italy war Italienisch die meistgesprochene Sprache, und Rafael kam es manchmal so vor, als hätte er die Toskana nie verlassen. Dabei war er in New York geboren und reiste nur manchmal über den Sommer in die Heimat seiner Eltern.

Ihr Einkaufswagen war bereits voll, dabei hatten sie, abgesehen von den Bestellungen für das Restaurant, gar nichts mitnehmen wollen. Doch das Angebot von Giovanni – dem Besitzer der Markthalle – war einfach zu gut.

Für diese Woche standen drei neue Gerichte auf der Speisekarte. *Cinghiale arrosto con castagne*, Wildschweinbraten mit Kastanien, *Crostata di fichi*, Mürbeteigkuchen mit Feigen, und *Fettuccine ai funghi porcini brodettati*, Bandnudeln mit Steinpilzen.

Rafael griff nach einer Schale mit Kaktusfeigen und roch daran. Schön süß, sie wanderten ebenfalls in seinen Korb.

»Und sie war am Wochenende wirklich in unserem Restaurant?«, fragte Rico und ließ Cantuccini in den Wagen fallen. Wie durch Zufall und sehr beiläufig.

Rafael seufzte. »Wie oft denn noch? Ja, das war sie.«

Und seitdem herrschte Funkstille zwischen ihnen. Auch wenn sie kurz gesprochen hatten und Rafael den Eindruck hatte, dass alles in Ordnung war zwischen ihnen, war ihre Begegnung im Restaurant seiner Familie dennoch merkwürdig gewesen.

»Mit wem war sie da?«

Er dachte an Siennas Begleitung zurück. »Mit ihrem Vater und einer Frau.«

»Ihrer Mutter?«

»Davon war nicht die Rede.« Sienna hatte den Mann Dad genannt, aber es war nie von Mom die Rede gewesen. Vielleicht war die Frau die Freundin ihres Dads oder eine Tante. Was wusste er schon? Ihre Regeln besagten, keine familiären oder privaten Dinge übereinander zu wissen. Im Grunde könnte die Frau auch Siennas Bewährungshelferin gewesen sein.

»Und wie war es so? Sehr seltsam?«

Wie viele Fragen wollte Rico denn eigentlich noch stellen? Sein Cousin war manchmal schlimmer als ihre Nonna. Und das war im Grunde unmöglich. Niemand war so neugierig wie Anna Maria Del Piero.

Rafael hatte seinen Augen nicht trauen können, als er Sienna am Sonntag gesehen hatte. Er hatte mit vielem gerechnet, wirklich, es war keine Seltenheit, dass sich mal eine halbwegs berühmte Person in ihr Restaurant verirrte, aber Sienna dort anzutreffen, dafür hatte seine Vorstellungskraft nicht gereicht. Und sie schien genauso erstaunt gewesen zu sein wie er selbst. »So seltsam es eben sein kann, wenn man die Frau, mit der man schläft, plötzlich bedienen muss.«

Rico verzog das Gesicht und warf ihm einen mitleidigen Blick zu. »So schlimm, ja?«

Rafael fuhr sich mit beiden Händen übers Gesicht. »Nein, eigentlich nicht. Ihr war es, denke ich, unangenehmer als mir. Aber das lag bestimmt daran, dass ihr Vater dabei war.« Sienna hatte so ausgesehen, als wäre sie am liebsten im Erdboden versunken. Wäre es ihm genauso gegangen, wenn die Situation umgekehrt gewesen wäre? Vermutlich. Aber auch das hätte dann an seiner Familie gelegen. Denn sobald seine Schwester oder Großmutter geahnt hätten, dass sie einander kannten, hätte es unzählige Fragen gegeben, die Rafael nicht hätte beantworten wollen. Vielleicht war es bei Sienna ähnlich gewesen.

Rico neben ihm schwieg eine Zeit lang. Neben ihnen reihten sich die verschiedensten Nüsse, Kräuter und Brote in den Gängen aneinander. Es war das reinste Paradies.

»Mhhh, ja gut, das kann ich verstehen«, sagte Rico dann. »Was hat sie gegessen?«

Rafael fuhr zu seinem Cousin herum. »Was?«

»Was hat sie bestellt? Anhand ihrer Bestellung kann ich schon sagen, ob ich sie mag oder nicht.«

Dass es gar keine Rolle spielte, ob sein Cousin Sienna mochte oder nicht, erwähnte Rafael erst gar nicht. Rico und Sienna würden sich niemals kennenlernen. Das war bereits beschlossene Sache, obwohl Rico definitiv zu viel Interesse an Sienna zeigte. »Die Tagliatelle Hausmacher Art.«

Rico pfiff anerkennend durch die Zähne. »Okay, da sammelt sie schon mal Pluspunkte bei mir. Hast du nicht am Wochenende die Soße dazu gemacht?«

Hatte er. Und es hatte ihr geschmeckt, auch wenn sie geglaubt hatte, dass seine Nonna die Köchin gewesen war. Das Rezept stammte auch von ihr, aber Rafael hatte am Herd gestanden. Bei dem Gedanken hoben sich seine Mundwinkel. Kochen war schon immer seine Leidenschaft gewesen, und natürlich freute es ihn, wenn anderen seine Gerichte schmeckten. Doch Siennas Kompliment an den Koch hatte mehr in ihm ausgelöst. Zu der Freude war Stolz dazugekommen, und sein Herz hatte kurz einen Satz gemacht.

Vielleicht war es einfach zu lange her, dass er für jemanden gekocht hatte, den er anziehend fand und der ihn daraufhin gelobt hatte. Das musste es sein. In seiner Familie wurde man nicht gelobt, nur weil man gut kochte. Das war eher eine Grundvoraussetzung. Da hagelte es eher Vorwürfe, wenn zu viel Salz in der Soße war oder die Nudeln zu weich gekocht waren.

Rafael versuchte, nicht weiter darüber nachzudenken und sich auf die Einkaufsliste zu fokussieren. Für die Verhandlung der Preise und die exakte Mengenangabe des Fleisches musste er noch zu Giovanni. Der Händler stand an seinem typischen

Platz, umgeben von den besten Weinen Italiens. Er unterhielt sich gerade mit einem Kunden, und Rafael lachte bitter auf.

»Ich glaube, das Schicksal ist gegen mich«, brummte er.

Rico sah erst ihn an und schaute sich dann um. »Was meinst du?«, fragte er verwirrt.

»Siehst du den Mann, der bei Giovanni steht?«

»Ja. Was ist mit ihm?«

»Das ist Siennas Vater.«

Rico riss die Augen auf. Sah von dem Mann zu Rafael und wieder zurück, bevor er breit grinste. »Nicht dein Ernst! Oh mein Gott, du hast wirklich die Arschkarte gezogen, mein Freund. Und was für ein Zufall, dass wir wegen der Preise noch mit Giovanni verhandeln müssen.« Rico rieb sich die Hände und lief eilig in Richtung der beiden Männer.

»Rico, stopp! Warte gefälligst.« Rafael wollte seinen Cousin aufhalten, aber es war bereits zu spät.

Rico breitete die Arme aus, als würde er einen guten Freund begrüßen wollen. »Giovanni, mio amico, wie schön, dich an diesem viel zu frühen Morgen zu sehen.«

Giovanni, der sich gerade mit Siennas Vater unterhalten hatte, verstummte und sah Rico erstaunt an, bevor ein Lächeln auf sein Gesicht trat. »Rico, wie kommt es, dass du schon wach bist?«

Sein Cousin schnalzte mit der Zunge. »Das ist eine berechtigte Frage, die Antwort darauf lautet Rafael.« Ein vorwurfsvoller Blick wanderte in Rafaels Richtung, und ihm kam es so vor, als wäre dieses Gespräch Ricos Rache dafür, dass er ihn so früh aus dem Bett geholt hatte.

»Ah, Rafael, Bambino, Gott sei Dank bist du mitgekommen. Mit deinem Cousin zu verhandeln ist viel zu einfach.« Giovanni zog Rafael in seine Arme. Sie standen sich näher als er und Rico, denn für gewöhnlich tätigte Rafael alle Einkäufe allein. Sein Cousin schlief lieber bis in die frühen Mittagsstunden.

»Hey«, beschwerte sich Rico und sah sie beide böse an.

»Giovanni«, begrüßte Rafael den Händler und klopfte ihm auf den Rücken. Dann wandte er sich Siennas Vater zu und nickte höflich. »Signore.«

Rafael konnte genau den Moment bestimmen, in dem Siennas Vater ihn erkannte. Vertraute hellblaue Augen sahen ihn an – *Siennas Augen* – und wurden groß. Dann trat ein freundliches Lächeln auf sein Gesicht, was Rafael ebenfalls an Sienna erinnerte. »Was für ein Zufall, Sie hier zu sehen. Kaufen Sie für das Restaurant ein?«

Giovanni hatte noch immer einen Arm um Rafael gelegt, sah jedoch nun seinen Kunden erstaunt an. »Sie beide kennen sich, Signor Heyes?«

Siennas Vater legte den Kopf schief, was wohl so was Ähnliches wie *ein bisschen* heißen sollte. »Ich war am Wochenende im *La stanza della nonna* essen, es war fantastisch. Dieser junge Mann hat mich bedient.«

Giovanni sah verwirrt von Mister Heyes zu Rafael und lachte dann. Dabei schüttelte er den Kopf. »Bedient? No, Signor Heyes, Rafael steht die meiste Zeit hinter dem Herd.«

»Oh, wirklich? Sie kochen?«

Verlegen kratzte sich Rafael am Hinterkopf, nickte aber. »Ein bisschen, ja.«

Das Lächeln auf dem Gesicht von Siennas Vater wurde breiter. »Meine Frau fand Sie am Sonntag schon hinreißend; wenn sie jetzt noch erfährt, dass Sie selbst kochen, werden wir wohl nie wieder woanders essen gehen können.« Ein heiseres Lachen folgte, und Rafael merkte, wie er errötete.

»Es gab sogar nicht gerade dezente Hinweise in Richtung meiner Tochter, wie charmant doch unser Kellner sei.«

Rico hinter ihm begann zu lachen, versuchte es aber hinter einem Husten zu verstecken. Rafael warf ihm einen warnenden Blick zu. Kein Wunder, dass Sienna ihre Begegnung so unangenehm gewesen war, wenn sie sich solche Kommentare hatte anhören müssen. »Vielen Dank, Ihre Frau war auch sehr freundlich. Wir würden uns freuen, Sie wieder bei uns begrüßen zu dürfen.«

Rico trat vor und grinste Mister Heyes spitzbübisch an. »Ihre Tochter kommt bestimmt ganz nach der lieben Mama, nicht wahr?«, mischte sich Rico ein, und Rafael warf ihm direkt einen vernichtenden Blick zu.

Mister Heyes lachte auf. »Das tut sie in der Tat, optisch zumindest.«

Spätestens da wusste Rafael, dass die Frau, die in seinem Restaurant war, nicht Siennas Mutter gewesen sein konnte. Sienna hatte goldblondes Haar, *glattes* Haar, die Frau hatte dunkle Locken. Sie sahen sich so ähnlich wie eine Orange und eine Banane.

»Was führt Sie hierher? Haben Sie auch ein Restaurant?«, bohrte Rico weiter. Rafael hatte keine Möglichkeit, seinen Cousin zu stoppen. Dieses Gespräch verstieß ganz eindeutig gegen seine und Siennas Regeln. Er betete dafür, dass ihr Vater ihr nicht von ihrer Begegnung berichten würde.

»Nein, ich gehe lieber essen, statt selbst zu kochen«, gab Mister Heyes lachend zu. »Ich bin Feinkost- und Weinhändler. Meine Kunden sitzen in Spanien, Frankreich und auch Italien. Ich vermittle ihre Produkte an Großhändler und Ketten hier in den Staaten.«

Ricos Augen wurden groß, und etwas Listiges trat auf sein Gesicht, das Rafael an einen Fuchs erinnerte. »Oh, wirklich? Was für ein Zufall. Wir überlegen auch gerade, zu expandieren und die hauseigenen Produkte einem größeren Markt zugänglich zu machen. Nicht wahr, Rafael?«

Er atmete tief durch und war kurz davor, seinen Cousin zu

erwürgen. Jeder Richter dieser Welt hätte bestimmt Verständnis dafür gehabt. »Tun wir«, murmelte er nur.

Nun war das Interesse von Siennas Vater geweckt, und auch Giovanni hörte gespannt zu. »Haben Sie schon einen Händler, oder wie sieht Ihr Vorgehen aus?«

Tja, das war der springende Punkt. Rafael hatte ein Wirtschaftsstudium abgeschlossen, Rico hatte eine Ausbildung im Einzelhandel. Die Grundvoraussetzungen waren da, aber es fehlte ihnen noch an Kontakten. Und an der Zustimmung einer bestimmten Person, die sich aktuell noch querstellte.

Rico stieß ein theatralisches Seufzen aus. Wäre er eine Frau, wäre er eine italienische Diva, wie sie im Buche stand. »Da sind wir uns noch nicht ganz einig. Die größte Herausforderung liegt eher darin, unsere Nonna davon zu überzeugen, unsere Produkte auch außerhalb des Restaurants anzubieten.«

»Ah, verstehe«, erwiderte Mister Heyes und zog eine Karte aus seiner Manteltasche. Zwei, um genauer zu sein. Er reichte sie an Rafael weiter. »Falls Sie Ihre Nonna überzeugen, rufen Sie mich gerne an. Das andere ist die Karte meiner Frau, sie ist Chefredakteurin bei *Passion*.«

»Dem Frauenmagazin?«, fragte Rafael verwirrt.

Mister Heyes nickte. »Sie hat mir erzählt, dass sie in der nächsten Ausgabe etwas über New Yorker Gastronomen bringen möchten. Vielleicht wäre das eine Möglichkeit, dem Restaurant mehr Aufmerksamkeit zu verschaffen und Ihre Nonna zu überzeugen.«

Rafael betrachtete die beiden Visitenkarten. »Vielen Dank. Das ist sehr freundlich von Ihnen.« Verschiedene Gefühle kamen in ihm hoch. Vorfreude, Aufregung und Stolz. Aber auch so etwas wie ein schlechtes Gewissen. Rafael hatte das Gefühl, seine und Siennas Beziehung auszunutzen, wenn er auf die Kontakte ihres Vaters zurückgreifen würde.

Er musste vorher unbedingt mit ihr darüber sprechen und sie fragen, ob es für sie okay war. Ansonsten lief er Gefahr, sie sehr wütend zu machen und vielleicht sogar zu verlieren. Und dafür war der Sex definitiv zu gut.

»Ihr Essen war fantastisch, da helfe ich gerne«, erwiderte Siennas Dad und verabschiedete sich dann von ihnen und Giovanni.

Rico beugte sich zu seinem Cousin und klopfte ihm auf die Schulter. »Ich weiß, du gehst nur mit ihr ins Bett, aber vielleicht solltest du eher darüber nachdenken, die Kleine zu heiraten.«

KAPITEL 15

Sienna

Obwohl das Semester gerade erst begonnen hatte – ihr letztes Semester wohlgemerkt, im nächsten Frühjahr würde sie nur noch ihre Abschlussarbeit schreiben –, stapelten sich schon die To-do-Listen auf Siennas Tisch.

Sie saß gemeinsam mit Newton, Camilles Freund, in der Mensa und versuchte, sich die vielen Projekte in kleine Aufgaben zu unterteilen. Newton saß ihr gegenüber, die Brille in die Haare geschoben und die Nase in einem Buch vergraben. Er und Camille waren seit der Highschool zusammen. Wenn Sienna ehrlich war, hatte sie zu Beginn nicht geglaubt, dass es zwischen den beiden so lange halten würde. Sie zweifelte nicht daran, dass sich Camille und Isaac – wie Newton wirklich hieß – liebten, die Frage war nur, für wie lange. Glück war nicht beständig, zumindest glaubte Sienna das nicht.

Sie mochte Isaac sehr gerne, er war im Grunde über die Jahre ihr bester Freund geworden. Sein nerdiges Verhalten, wie zum Beispiel das Zitieren aus *Star Wars*, mochte sie besonders an ihm. Und natürlich die Tatsache, dass er Camille verehrte. Nichts anderes hatte ihre beste Freundin verdient.

»Hier kommt der Kaffeedienst«, flötete Camille fröhlich und stellte drei Becher auf dem Tisch vor ihnen ab.

Da jeder von ihnen seinen Kaffee anders trank, war es nicht schwer zu erraten, welcher Becher wem gehörte. Sie alle hatten an diesem Dienstagvormittag einen freien Zeitslot in ihrem Stundenplan, und daher verbrachten sie die Mittagspause und den anschließenden Kaffee immer zusammen.

»Kommst du gut voran?«, fragte Camille, die Sienna kurz über die Schulter schaute.

Sie nickte. »Theoretisch schon. Ich habe Glück, dass die einzelnen Abgaben weit auseinanderliegen und ich nicht parallel an Essays oder Referaten arbeiten muss.« Ansonsten würde sie wohl durchdrehen. »Wann beginnt dein Praktikum noch mal?«

Camille studierte Englisch auf Lehramt, und in ihrem Modulhandbuch waren verschiedene Pflichtpraktika angesetzt.

Sie verzog das Gesicht. »In drei Wochen. Ich habe gar keine Lust.«

Überrascht hob Sienna eine Augenbraue. »Ich dachte, du freust dich darauf. Meintest du nicht, der Arbeitsweg sei so schön kurz?«

Camille nahm einen Schluck Kaffee. »Ja, das stimmt auch, und auf die Kids freue ich mich auch schon, aber meine Betreuerin textet mich jetzt schon mit Nachrichten zu. Dabei hat das Praktikum noch nicht mal angefangen. Vermutlich dürfte sie mir all das aus Datenschutzgründen nicht einmal sagen.«

Sienna lachte leise. »Versuch, es positiv zu sehen: Das Praktikum dauert nur vier Wochen, und danach kannst du ihre Nummer blockieren.«

»Ich habe dir gesagt, dass du der Frau nicht binnen Sekunden antworten musst. Du bist nicht ihr Lakai«, mischte sich nun Newton ein.

»Diese Frau wird meine Bewertung schreiben. Ich darf es mir nicht jetzt schon mit ihr versauen.«

»Du sollst es dir ja auch nicht mit ihr versauen, aber es kann doch nicht sein, dass sie dich darum bittet, den Unterricht für die kommende Woche vorzubereiten, wenn du noch nicht mal offiziell dort arbeitest.«

Sienna riss entsetzt die Augen auf. »Das tut sie? Und da machst du mit?«

Camille seufzte schwer und zuckte dann mit den Schultern. »Sie ist quasi mein Boss. Was soll ich denn machen?«

»Sie ist erst in drei Wochen dein Boss, aktuell ist die Frau eine Fremde«, widersprach Sienna. »Rede doch mal mit deiner Dozentin darüber. Wenn das jetzt schon so läuft, könnte dein Praktikum einem Urlaub in der Hölle gleichen.«

»Danke, jetzt ist meine Vorfreude plötzlich gestiegen. Ich weiß gar nicht, warum«, brummte Camille.

In dem Moment kündigte Siennas Tablet mit einem Piepen eine neue Mail an.

»Ist er das?«, fragte Camille sofort, und vergessen war ihre schlechte Laune.

Sienna hob eine Augenbraue. »Nein, das ist eine Mail meines Professors.«

Camille wirkte enttäuscht. »Schreibst du ihm denn?«

»Ja, Cami, ich werde meinem Professor gleich antworten.«

»Du weißt ganz genau, dass ich das nicht gemeint habe.«

Newton schnaubte belustigt und hob den Blick. »Du hast ihm immer noch nicht geschrieben?«, fragte er dann. Sienna wunderte es schon gar nicht mehr, dass Isaac über ihr Leben komplett informiert war. Camille erzählte ihm einfach alles, und Sienna hatte sich damit abgefunden.

»Ich wusste, um ehrlich zu sein, nicht, was. Unsere letzte Begegnung mit meinem Dad und Teresa war seltsam. Ich meine, ich weiß jetzt, wo er arbeitet. Er weiß, wie mein Dad aussieht. Das waren alles Dinge, die nicht hätten passieren sollen.«

Newton nickte zögernd. »Also, du findest die Tatsache, dass

er weiß, wie dein Dad aussieht, schlimmer als die, dass er weiß, wie du nackt aussiehst?«

Wenn er es so aussprach, ergab ihre Zurückhaltung wahrscheinlich wirklich keinen Sinn. Aber von Rafael war die Tage über auch nichts gekommen, vielleicht waren ihm ihre zwei unfreiwilligen Begegnungen auch zu viel gewesen, und er hatte etwas Abstand gebraucht.

»Schreibt ihr denn normal?«, fragte Camille dann.

»Was meinst du mit normal? Wir chatten nicht miteinander. Schreiben uns nicht morgens nach dem Aufstehen oder so was. Ich würde ihm nur schreiben, wenn ich Sex mit ihm will.«

Camille und Isaac tauschten einen Blick, der Sienna die Augen verdrehen ließ.

»Was?«

»Gar nichts«, sagten beide wie aus einem Mund. Glückliche Paare waren manchmal wirklich schwer zu ertragen.

»Kannst du sehen, wann er zuletzt online war? Vielleicht hatte er einfach viel zu tun«, schlug Camille vor.

»Das ist Tinder, kein WhatsApp. Da sieht man nicht, wann der andere online gewesen ist.«

Camille sah sie verwirrt an. »Ihr habt nicht mal Nummern ausgetauscht?«

Sienna schüttelte den Kopf. »Nein, und das werden wir auch nicht.«

»Und wenn ihr mal telefonieren müsst oder so?«

»Das geht auch über Tinder«, erklärte Sienna. Auch wenn sie die App noch immer nicht so ganz durchschaut hatte. Sie kannte die Grundfunktionen, und das reichte. Es war ja auch nicht so, dass sie die App noch wirklich benutzte.

»Hmmm«, machte Camille und sah Sienna mit gerunzelter Stirn an. »Dann schreib ihm und frag, ob er am Wochenende Zeit hat.«

»Ich bin am Wochenende nicht da.«

»Warum nicht, wo bist du?«

Sienna lächelte bei Camilles vorwurfsvollem Blick. Ihre beste Freundin musste immer wissen, wo Sienna war. Eine von Camilles Regeln.

»Meine Mom nötigt mich dazu, ein Wochenende mit ihr in Florida zu verbringen.«

Als Alice herausgefunden hatte, dass Sienna mit ihrem Dad und Teresa essen gewesen war, hatte das Drama begonnen.

Du verbringst viel mehr Zeit mit deinem Vater als mit mir. Wir sehen uns gar nicht mehr. Könntest du dir nicht mehr Zeit für mich nehmen?

Sienna war gar nichts anderes übrig geblieben, als dem Ausflug nach Florida zuzustimmen. Vielleicht hatte sie auch das Wellnesshotel überzeugt, das ihre Mutter bereits gebucht hatte.

»Okay, dann nicht an dem Wochenende. Aber wir haben ja erst Mitte der Woche. Du könntest ihn fragen, ob er morgen Abend Zeit hat. Ich meine, hallo, wie lange kann es dauern, dich flachzulegen?«

Sienna konnte nicht anders, als zu lachen. »Willst du mir etwa vorwerfen, dass ich nicht ausdauernd bin?«

»Ist *er* es denn?«, kam es prompt von Camille zurück. Sie grinste über beide Ohren. »Ich brauche mehr Details, Sienna. Bitte, triff dich noch mal mit ihm. Es ist, als würde man eine Serie schauen, aber es erscheint nur jede Woche eine neue Folge. Das ist purer Horror.«

»Und Rafael und ich sind die neue Serie, die du suchtest?«, wollte Sienna mit gerunzelter Stirn wissen.

»Seid ihr«, kam es von Newton. »Wenn wir nichts von dir hören, fühlen wir uns gezwungen, so einen Unsinn wie *Der Bachelor* oder *Die Kardashians* anzusehen, also bitte, erlöse uns von dieser Qual.«

Sienna war sich nicht sicher, ob sie es als Kompliment auffassen sollte, dass ihr Liebesleben offenbar interessanter war als zwei der beliebtesten amerikanischen Shows überhaupt. »Na gut, ich schreib ihm.«

Camilles Augen begannen zu leuchten, und sie rückte näher an Sienna heran. Saß beinahe auf ihrem Schoß.

Sienna sah sie schmunzelnd an. »Darf ich die Nachricht denn noch selbst schreiben, oder möchtest du das übernehmen?«

Von Camille kam eine ungeduldige Handbewegung. »Jetzt mach schon, wir warten.«

Sienna lachte und tippte sich dann mit dem Finger gegen die Lippe. Was sollte sie Rafael nur schreiben? In dem Moment fiel ihr ein, dass Molly und auch Paisley die Woche über höchstwahrscheinlich zu Hause sein würden. Ob es in Ordnung wäre, wenn sie sich bei ihm treffen würden?

Hast du morgen Abend Zeit?, tippte sie, hörte aber prompt ein Grummeln von Camille.

»Was?«

»Sollte es nicht eher heißen, ob er *Lust* hat?« Ihre beste Freundin kicherte wie eine Dreizehnjährige.

»Wir können es auch noch subtiler machen, und ich frage ihn direkt, ob er Lust auf Sex hat.« Das wäre das Allerletzte, was Sienna jemals tun würde.

Ohne weiter darüber nachzudenken, schickte Sienna die Nachricht ab. Sie musste keine schönen Worte oder gar Poesie an den Tag legen. So was war vollkommen unnötig, schließlich wussten sie und Rafael, was sie voneinander wollten.

Camille sah sie entgeistert an. »Vielleicht sollte doch ich das nächste Mal die Nachricht schreiben.«

»Garantiert nicht«, widersprach Sienna und steckte das Handy weg, nur um ihr Tablet zu sich heranzuziehen und die Mail ihres Professors zu lesen.

Er entschuldigte sich dafür, dass er noch immer krank war und die Kurse auch diese Woche wieder ausfallen mussten. Aber er verkündete auch das Thema des Abschlussartikels.

Sienna stöhnte auf.

»Was ist los?«, wollte Camille wissen.

»Bei meinem Journalismus-Kurs soll der Artikel, der bewertet wird, von Liebe handeln.«

Camille lachte auf. »Na, das ist ja genau dein Ding.«

Sienna las die Mail weiter. Ihr Professor betonte ausdrücklich, dass es sich um eine wahre Begebenheit handeln sollte, um eine echte Geschichte zwischen zwei Liebenden. Er wollte, dass die Studierenden über ein Paar schrieben, das sich unter besonderen Umständen kennengelernt hatte, eine außergewöhnliche Beziehung führte oder eine, die sich durch ein bestimmtes Ereignis von anderen unterschied. Ob diese Erzählung mit einem Happy End endete oder eher ein Drama oder eine Tragödie war, spielte für ihn keine Rolle.

»Tragödie, ja?«, fragte Sienna niemand Bestimmten.

»Was meinst du?«

»Es darf auch eine tragische Liebesgeschichte sein, vorzugsweise mit viel Herzschmerz und dramatischem Ende. So wie ich es gewohnt bin.« Sie spielte auf ihre Mom an, über die sie natürlich niemals schreiben würde, auch wenn sie Stoff für zehn Artikel hergeben würde. Aber genau das war es, was Sienna unter Liebe verstand.

Gebrochene Herzen, unaufhörliche Tränen, stumme Schluchzer und jede Menge Eis, um den Schmerz zu begraben.

»Fällt dir denn ein Thema dazu ein?«, fragte Camille, die selbst zu überlegen schien.

Sienna schüttelte den Kopf. »Auf Anhieb nicht, aber ich muss das Thema auch nicht sofort festlegen. Ich habe zwei Wochen dafür Zeit. Bis dahin fällt mir bestimmt was ein.«

Wenn sie später zur *Passion*-Redaktion fuhr, würde sie bei ihren Kollegen herumfragen, ob einem von ihnen eine gute Geschichte einfiel. Schließlich ging es bei *Passion* viel um Liebe und Beziehungen, da hatte bestimmt jemand eine gute Idee, über was Sienna schreiben konnte.

Ein weiterer Ton erklang.

»Was will dein Professor denn jetzt schon wieder?«

Sienna grinste. »Das war nicht mein Professor.« Sie zog ihr Handy aus der Tasche und entsperrte es. Sofort saß Camille neben ihr und lugte über ihre Schulter.

»Ich hoffe stark, dass du genauso reagierst, wenn du Nachrichten von mir bekommst«, murmelte Isaac und sah seine Freundin skeptisch an.

»Mach dich nicht lächerlich«, winkte Camille ab. »Wir sind über diese Phase längst hinaus. Wenn ich was von dir will oder du von mir, rufen wir an.«

Sienna schnaubte belustigt und öffnete Tinder. Sie hatte eine neue Nachricht von Rafael.

Hast du morgen Abend Zeit?

Morgen Abend passt. 20 Uhr bei dir?

»Also, ihr beide werdet keine Poeten mehr, das steht schon mal fest. Habt ihr irgendwann vereinbart, euch mit so wenig Silben wie möglich zu unterhalten?«, fragte Camille bestürzt.

»Man kann sich auch mit noch weniger Silben verständigen, glaub mir.« Nur würde es dann wirklich seltsam klingen. Eher wie ein Treffen für eine Drogenlieferung oder so.

Geht es auch bei dir? Meine
Mitbewohnerinnen sind da. 🙈

Sienna war noch nie bei Rafael zu Hause gewesen. Sie wusste nicht einmal, ob er eine eigene Wohnung besaß. Oder ob er mit jemandem zusammenwohnte, einem Freund oder Verwandten zum Beispiel.

Gar kein Problem, 👌

Es folgte eine Adresse aus Little Italy. Sienna vermutete, dass es sich um die Anschrift des Restaurants seiner Familie handelte. Ihr wurde flau im Magen. Sie gab die Adresse bei Google Maps ein und stellte fest, dass sie nicht identisch mit der des Restaurants war. Aber nur wenige Straßen weiter.

Wohnst du allein?

Wieso? Hättest du gerne noch jemand anderen da? 😄

Sienna schmunzelte. Durch einen Seitenblick sah sie, wie Camille sie mit Argusaugen beobachtete.

»Humor hat er, das ist schon mal gut.«

Dem konnte Sienna nur zustimmen. Bei ihren bisherigen Gesprächen hatte Rafael einen guten Sinn für Humor bewiesen.

Ist das ein Angebot? Ich wusste nicht, dass wir schon in der Experimentierphase sind. 😱

»Wird das jetzt so eine Art Dirty Talk?«, fragte Camille gespannt.

»Was? Was schreibt ihr? Ich will es auch wissen!«, beschwerte sich Isaac von der anderen Seite des Tisches. »Wenn der Typ dirty schreibt, verlange ich eine Kopie des Chatverlaufs.«

Sienna lachte auf. »Jetzt kriegt euch beide mal wieder ein. Niemand macht hier Dirty Talk.«

Hast du jemand Bestimmten im Auge?

Du bist nicht zufällig mit Noah Centineo bekannt oder hast seine Nummer? 😳

»Oh, das wäre der Wahnsinn. Noah ist heiß!« Camille wedelte sich mit der Hand Luft zu. »Wenn du jemals einen Dreier mit Noah und Rafael schiebst, verlange ich wirklich noch ein Video.«

Ein Räuspern erklang von der anderen Tischseite, und beide Frauen hoben den Kopf. »Wer ist Noah?«, verlangte Isaac mit hochgezogenen Augenbrauen zu wissen.

»Der Typ aus *To all the boys I've loved before*«, erklärte Camille und verdrehte die Augen.

Isaac sah sie verständnislos an. »Wer? Was?«

Camille und Sienna tauschten einen vielsagenden Blick. Das Abendprogramm im Hause Newton-Anderson stand somit fest. Camille würde ihren Freund dazu nötigen, alle drei Teile in Folge anzusehen.

Leider nein, aber ich weiß deinen guten Geschmack zu schätzen. Italiener sind die heißesten Männer. 😎

Sienna pfiff durch die Zähne. »Wow, er weiß wirklich, wer Noah Centineo ist. Respekt, das hätte ich nicht erwartet.«

Camille lachte verhalten. »Vielleicht hat er ihn gerade gegoogelt. Woher sollte er sonst wissen, dass der Typ italienische Wurzeln hat?«

»Vielleicht wegen des Nachnamens?« Aber sie traute Rafael

auch zu, den Schauspieler gegoogelt zu haben oder ihn wirklich zu kennen. Nur weil er ein Mann war, bedeutete das nicht, dass er keine Teeniefilme kannte. Davon mal abgesehen, glaubte Sienna sich daran zu erinnern, dass Noah auch bei weniger an ein weibliches Publikum gerichteten Filmen mitgespielt hatte.

Davon überzeuge ich mich dann morgen Abend. 😄

»Ha!«, kam es von Camille, und Sienna zuckte erschrocken zusammen. »Du schreibst ja doch versaut mit ihm.«

Sienna hob eine Augenbraue. »Was ist denn daran versaut?« Sie überflog den Chatverlauf, konnte aber keine Anzeichen von Dirty Talk oder Ähnlichem finden.

»Du flirtest mit ihm«, rechtfertigte sich Camille.

»Natürlich tue ich das, schließlich will ich mit ihm schlafen.« Zuvor miteinander zu flirten, heizte ihnen beiden ein. Es konnte also nicht schaden, bereits mit Worten Bilder im Kopf zu erzeugen. Sex begann schließlich im Kopf.

Dafür werde ich sorgen. 🔥

»Ich glaube, ich bin neidisch«, gab Camille zu und seufzte. »Isaac, wir sollten vielleicht über Sexting nachdenken.«

Isaac hob den Kopf. »Sexting? Hast du dir das gerade ausgedacht, oder gibt's das wirklich?«

Camille sah fragend zu Sienna, die jedoch mit den Schultern zuckte. »Frag mich nicht, ich kenne Telefonsex, das war's dann auch schon, und selbst den hatte ich noch nie.«

Wer weiß, vielleicht würde es sich mal mit Rafael ergeben, doch nun freute sie sich erst einmal auf morgen Abend und auf Rafaels Beweis, dass Italiener wirklich die Besten waren.

KAPITEL 16

Sienna

Einen klitzekleinen Nachteil hatte der Herbst in New York. Es wurde viel zu schnell dunkel. Wobei es in New York City eigentlich nie wirklich dunkel war. Die Stadt, die niemals schläft, hatte diesen Namen nicht ohne Grund bekommen. Zumindest in Midtown und der Upper East und West Side war es zu allen Tageszeiten hell beleuchtet. Neonlichter erhellten die Straßen und den Nachthimmel, sodass man nicht einen einzigen Stern sehen konnte.

Sienna hatte die Hände in den Taschen ihres Mantels vergraben und den Kragen aufgestellt. Für Ende September fielen die Temperaturen in der Nacht schon ungewöhnlich tief. Vielleicht würde der Winter doch schneller kommen, als erwartet. Wogegen Sienna absolut nichts hätte. Winter in New York war toll. Schlittschuhlaufen im Central Park, der Baum am Rockefeller Center, shoppen bei *Macy's* und ganz viel Kaffee mit Zimtpulver obendrauf.

Doch bevor sie sich weiter in Träumereien vom Winter verlieren konnte, fand sich Sienna bereits vor ihrem Ziel wieder. Sienna hob den Kopf und betrachtete das unscheinbare Backsteinhaus, das in einer Querstraße zum Restaurant lag. Die Gegend war für New Yorker Verhältnisse in Ordnung. Gepflegte Bürgersteige, freundlich grüßende Passanten, und alle Straßenlaternen funktionierten. Da hatte Rafael eine gute Wahl getroffen.

Vier Stufen führten hinauf zur Haustür. Sienna machte sich nicht die Mühe, die vielen Namen auf den Klingelschildern zu lesen, es waren bestimmt fünfzehn Stück.

Del Piero fand sie schnell und drückte mit zittrigen Fingern auf die Klingel. Sie war nervös. Es waren keine Schmetterlinge, die sich in ihrem Bauch breitmachten – Himmel, nein auf keinen Fall –, es war eher die Ungewissheit, was genau passieren würde. Wie bei ihrem ersten Treffen hatte sie keine Vorstellung davon, was sie tun würden. Es war eine Überraschung, und das liebte sie.

Das Summen der Tür erklang, und Sienna drückte sie auf. Der Flur dahinter war nur spärlich beleuchtet. Zielstrebig ging sie zu den Treppen, hörte, wie weiter oben eine Tür geöffnet wurde. Rafaels Wohnung zu finden, sollte also kein Problem sein.

Zu Siennas Bedauern befand sich besagte Wohnung nicht im ersten Stock. Auch nicht im zweiten. Oder im dritten.

Völlig außer Atem kam sie im vierten Stock an, wo Rafael im Türrahmen lehnte. Für derartigen Sport war sie zu dick eingepackt.

»Hättest du dir nicht eine Wohnung suchen können, die im Erdgeschoss liegt?«, fragte sie, darum bemüht, nicht allzu sehr zu keuchen.

Rafael lachte und hielt ihr die Tür weiter auf. »Leider war da nichts mehr frei. Komm rein, tut mir leid, bei mir war es heute etwas stressig.«

Über seiner Schulter lag ein Geschirrtuch, seine Haare waren an den Spitzen noch nass, und graue Sweatpants hingen tief auf seinen Hüften. Das weiße T-Shirt betonte seinen Oberkörper. Nicht so gut wie das Hemd, das er am Sonntag getragen hatte, aber Sienna würde sich gewiss nicht beschweren. Und er würde es hoffentlich eh nicht allzu lange tragen.

Sienna schob sich eine Strähne hinters Ohr und betrat seine Wohnung. Oder besser: sein Apartment. Denn das Wort Flur war wohl schon zu hoch gegriffen. Rafael bewohnte eine großzügig geschnittene Einzimmerwohnung.

»Du hättest ruhig sagen können, wenn's dir nicht passt«, sagte sie dann. »Ein anderer Tag wäre auch in Ordnung gewesen.« Das wäre zwar schade gewesen, aber natürlich kein Problem. Sie befanden sich nicht in einer Beziehung, sie hatten keine Verpflichtungen dem anderen gegenüber.

Rafael lächelte sie an und gab ihr mit einer Geste zu verstehen, ihm in die Wohnung zu folgen. »Unsinn, und jetzt komm rein.«

Sienna zog die Tür hinter sich zu und ließ ihren Blick durch den Raum gleiten. Ein Regal diente als Raumteiler und Garderobe, eine Tür davor führte wohl ins Badezimmer. Links von der Eingangstür war eine Kochnische, in der Rafael gerade hantierte.

»Bist du am Kochen? Hier riecht es so gut.« Sienna konnte nicht genau bestimmen, wonach es roch. Nach etwas Süßlichem, aber auch nach Mehl. Vielleicht ein Kuchen?

Sie zog ihre Sneaker aus und stellte sie ordentlich neben die Tür, bevor sie aus ihrem Mantel schlüpfte und ihn aufhängte. Dann trat sie langsam zu Rafael, der mit dem Rücken zu ihr stand.

»Ja, ich probiere ein neues Rezept aus. Hast du Hunger?« Er drehte sich zu ihr um und lächelte. Der Backofen war an, und auf dem Herd standen noch zwei Töpfe. Bereitete er hier etwa ein Gänge-Menü vor?

Sienna dachte über seine Frage nach. Sollte sie mit ihm essen, oder verstießen sie damit gegen eine ihrer Regeln? Sie biss sich auf die Unterlippe und schüttelte den Kopf. »Ich habe schon gegessen, danke.« Das war eine dreiste Lüge. Allein bei dem Duft lief ihr das Wasser im Mund zusammen, und sie hätte am liebsten in die Töpfe geschaut, um zu sehen, was Rafael da zauberte.

Ohne auf eine Aufforderung von ihm zu warten, setzte sie sich auf einen der zwei Stühle, die an einem winzigen Tisch vor der Küchenzeile standen. Bei einer so kleinen Wohnung musste man die Anzahl seiner Möbel gering halten.

Rafael drehte den Herd aus und öffnete den Backofen. Eine Dampfwolke kam ihm entgegen, und er wedelte mit dem Handtuch herum, um die Hitze zu vertreiben. Mit zwei Kochhandschuhen bewaffnet, holte er eine Auflaufform heraus.

»Stört es dich, wenn ich schnell noch was esse? Ich kam heute leider noch nicht dazu.« Die Frage schien er ernst zu meinen. Wenn sie verneinte, würde er hungern, das konnte sie ihm ansehen.

Sie lachte. »Natürlich nicht, iss.«

Er nickte dankbar und holte sich einen Teller aus einem der Hängeschränke. Sienna zog ihre Beine auf den Stuhl und legte ihren Kopf auf den Knien ab, während sie ihn beobachtete.

»Was gibt's denn Gutes?« Der Duft war wirklich himmlisch, und sie bereute es, sein Angebot ausgeschlagen zu haben.

»*Crostata di fichi*«, sagte er voller Stolz.

Sienna schüttelte lachend den Kopf. »Ich habe nur irgendwas mit Feigen verstanden. Übersetzt du noch den Rest für mich?« Ihr Italienisch war ziemlich eingerostet. Es war Jahre her, seit sie in Italien gewesen war, und fließend gesprochen hatte sie es nie. Sie konnte sich halbwegs verständigen und kam allein gut zurecht, aber da hörte es auch schon auf.

Rafael grinste sie an, als wäre er stolz auf sie, dass sie wenigstens einen Teil von dem, was er gesagt hatte, verstand. »Mürbeteigkuchen mit Feigen.«

Eine Art Quiche mit Feigen? Ja, sie bereute es definitiv, nichts angenommen zu haben. »Oh, das klingt gut.«

Er setzte sich neben sie, eine Gabel in der einen und den Teller in der anderen Hand. »Ich hoffe, es schmeckt auch gut. Es steht am Wochenende schon auf der Speisekarte.«

Ohne dass sie es wollte, stahl sich ein Lächeln auf ihr Gesicht. »Ach, deine Nonna macht das schon.« Diese Frau kochte absolut fantastisch. Sienna hatte am vergangenen Sonntag nicht nur ihr eigenes Essen gekostet, sondern auch das ihres Dads und Teresas. Jedes davon war ein Gedicht gewesen.

»Das Rezept ist nicht von ihr, sondern von mir«, sagte Rafael beiläufig und schob sich die Gabel in den Mund. »Ich stehe dieses Wochenende am Herd.«

Sienna machte große Augen. Sie hatte nicht gewusst, dass er im Restaurant auch kochte. »Machst du das öfter?«

Rafael kaute, schluckte und nickte dann. »Immer mal wieder. Am Sonntag habe ich nur beim Bedienen ausgeholfen. Dein Gericht war auch von mir.« Er lächelte sie an, verschmitzt, was Sienna erröten ließ.

»Du hast wohl verborgene Talente. Warum hast du das nicht erwähnt, als ich dir Grüße an den Küchenchef übermittelt habe?« Er hatte ihr nicht widersprochen, als sie davon ausgegangen war, dass seine Großmutter ihr Essen zubereitet hatte. Seltsamerweise fand Sienna das … charmant? Er hatte nicht mit seinem Können geprahlt oder angegeben. Hatte ihr nicht imponieren wollen, dabei hatte er jeden Grund dazu gehabt, schließlich war sein Essen fantastisch gewesen.

Ein Funkeln trat in seine warmen braunen Augen, und er lächelte sie schelmisch an. »Keine Details, schon vergessen?«

Er zog sie auf, das wusste sie, dennoch nickte sie. »Stimmt ja, da war ja was.«

Er stand auf, um sich ein Glas Wasser am Hahn aufzufüllen.

»Ich mache einen Wein auf. Wieder weiß oder dieses Mal lieber rot? Oder möchtest du lieber was Antialkoholisches?« Er kannte bereits ihren bevorzugten Wein, sollte sie sich Gedanken machen? Ach, Unsinn, es ging hier nur um Wein.

»Weiß«, antwortete Sienna direkt. Rotwein mochte sie einfach nicht. Der Geschmack war ihr zu dominant, und er hinterließ hässliche Verfärbungen auf den Zähnen. Sie hatte es einmal versucht, und der Blick in den Spiegel im Anschluss hatte sie derart erschreckt, dass sie seitdem die Hände davon gelassen hatte.

Rafael öffnete den Kühlschrank und holte die Weinflasche heraus, um zwei Gläser zu füllen. Er warf ihr dabei immer wieder einen seltsamen Blick zu, eine Falte auf seiner Stirn. Sienna konnte den Blick nicht ganz deuten. Unsicherheit oder Nervosität waren es nicht, aber was genau nicht stimmte, vermochte sie nicht zu sagen.

»Ist alles in Ordnung?«, platzte es schließlich aus ihr heraus. »Du siehst aus, als läge dir was auf der Zunge.«

Rafael kam mit den Weingläsern zu ihr und reichte ihr eins. Er setzte sich ihr gegenüber und ließ den Wein im Glas kreisen. »Hm? Ähm, nein, alles gut.«

Sienna runzelte die Stirn. Er sah nicht so aus, als wäre alles gut. Und sie sah ihm deutlich an, dass etwas zwischen ihnen stand, wie ein gigantischer blauer Elefant, der von allein nicht weggehen würde. Fand er es doch seltsam, dass sie sich bereits zweimal durch Zufall begegnet waren, und wollte das zwischen ihnen beenden?

Ein flaues Gefühl breitete sich in ihrer Magengegend aus. Auch wenn das zwischen ihnen noch nicht lange lief und sie sich im Grunde kaum kannten, wollte Sienna nicht, dass es endete. Sie mochte ihr Verhältnis mit Rafael. Sie mochte ihn. Oder wie auch immer man das nennen sollte. Konnte man jemanden mögen, nur weil man mit ihm schlief? Vielleicht mochte Sienna auch einfach nur den Sex mit ihm.

Sie zwang sich zu einem Lächeln. »Wie war das mit ehrlicher Kommunikation?« Wenn das zwischen ihnen funktionieren sollte, mussten sie miteinander reden können. Ihre Regeln besagten zwar, dass sich ihre Gespräche nur um Sex und ihre Bedürfnisse drehen sollten, aber wenn es etwas gab, das dem Sex im Wege stand, dann mussten sie es aus der Welt schaffen. Und zwar so schnell wie möglich.

»Du hast ja recht«, seufzte Rafael und nahm einen Schluck seines Weins.

»Also?«, bohrte Sienna weiter nach.

Sein Blick lag auf seinem Weinglas, so als könne er ihr nicht in die Augen sehen. Wollte er die Sache zwischen ihnen doch beenden? Bitte nicht …

»Hast du nach Sonntag noch mal mit deinem Vater gesprochen?«, fragte Rafael sie dann.

Egal, was ihr Gehirn sich gerade für Szenarien vorgestellt hatte, mit dieser Frage hatte sie nicht gerechnet. Sienna runzelte die Stirn und schüttelte dann den Kopf. »Mit meinem Dad? Nein, wieso?«

Warum fragte er nach ihrem Dad? War ihm die Situation doch derart unangenehm gewesen? Oder hatte er Angst, dass sie ihren Eltern von ihnen erzählt hatte?

»Ich bin ihm begegnet.«

Wieder etwas, womit Sienna weiß Gott nicht gerechnet hatte. Rafael war ihrem Dad begegnet? Und ihr Dad hatte ihr nichts davon erzählt? Wann war das gewesen? Was genau war passiert?

Statt mit all ihren Fragen auf einmal herauszuplatzen, atmete Sienna tief durch und nahm einen großzügigen Schluck ihres Weins. »Oh, wo das?« Es sollte beiläufig klingen, aber Sienna befürchtete, dass sie dabei auf ganzer Länge versagt hatte.

Rafael seufzte. Auf seinem Gesicht war so etwas wie ein schlechtes Gewissen zu erkennen. »In der Markthalle. Und er hat mich erkannt.«

»Erkannt?«, fragte Sienna kleinlaut. Erkannt als was? Ahnte ihr Dad etwas? Hoffentlich nicht. Ihr Dad war zwar nicht so anstrengend wie ihre Mom, aber sie wagte zu bezweifeln, dass ein Vater es gerne mitbekam, wenn seine einzige Tochter Sex mit irgendeinem Mann hatte.

»Ja, also als seinen Kellner, wir haben miteinander gesprochen.«

Sienna atmete erleichtert aus. Natürlich hatte ihr Dad ihn als ihren Kellner erkannt. Schließlich hatte Teresa dafür gesorgt, dass auch ihr Vater Rafael gemustert hatte. Doch dann sickerten Rafaels Worte zu ihr durch. »Du hast mit meinem Dad geredet?« Ihre Stimme klang so entsetzt, wie sie sich fühlte. Ein weiterer Schluck Wein folgte. Dann noch einer. Für dieses Gespräch würde sie Alkohol benötigen.

Rafael nickte zaghaft. »Ja, ist das seltsam? Ich wollte nicht unhöflich sein und ihn abwimmeln, aber mir kam es komisch dir gegenüber vor.«

Mit schräg gelegtem Kopf sah Sienna ihn an. Widersprechen konnte sie ihm nicht. »Es ist seltsam, das stimmt. Über was habt ihr gesprochen?« Wehe, sie hatten über sie gesprochen. Wehe! Wenn das der Fall gewesen war, würde sie erst Rafael und im Anschluss ihren Dad erwürgen.

Rafael konnte sich wohl denken, was in ihrem Kopf vorging, und lachte. »Nur über das Restaurant und unsere Produkte, versprochen.«

Das war ja schon mal beruhigend. »Okay.«

»Bist du sauer?«

Über diese Frage musste Sienna erst nachdenken. War sie sauer? Es fühlte sich nicht danach an. »Nein, auch wenn es komisch ist, dass du dich mit meinem Dad unterhältst. Aber ich weiß auch, dass er die italienische Küche liebt, und es gehört nun mal zu seinem Job, sich mit Händlern und Restaurantinhabern gutzustellen.«

Rafael nickte erleichtert, doch die Anspannung wich noch nicht aus seinem Körper. »Dann würdest du es in Ordnung finden, wenn meine Familie irgendwann in Zukunft mit ihm bezüglich des Restaurants ins Geschäft kommt?«

»Er hat dir seine Karte gegeben?« Sienna kannte ihren Dad zu gut. Sie wusste, dass er sich eine solche Gelegenheit nicht entgehen ließ.

»Aber ich würde es auch verstehen, wenn dir das unangenehm ist. Ich will das, was wir haben, nicht mit Füßen treten oder es für uns beide verkomplizieren.«

Ein Lächeln erschien auf ihren Lippen, und sie ließ den Wein im Glas kreisen. Es war süß, dass er sich zuerst Gedanken um sie und ihr Verhältnis machte, statt nur an sich und seine Familie zu denken. »Tust du nicht. Mein Dad weiß nicht, dass wir uns kennen. Wenn ihr geschäftlich miteinander zu tun habt, dann ist das so. Solange es niemals zu einem Thema zwischen uns wird, kann ich damit leben.«

Nun sah sie deutlich, wie Rafael sich entspannte. Er lächelte sie an und fuhr sich dann mit beiden Händen durch die Haare, die inzwischen getrocknet waren und sich an den Spitzen etwas lockten. »Ich werde dich deinem Dad gegenüber nie erwähnen und deinen Dad ab heute auch dir gegenüber nicht mehr, einverstanden?«

Er hielt ihr die Hand hin, und Sienna schlug ein.

»Einverstanden. Ich will, dass du weißt, dass ich weder dir noch ihm bei irgendwas im Weg stehen werde. Wenn mein Dad dir und deiner Familie helfen kann, dann musst du da keine Rücksicht auf mich nehmen.«

Sie würde es umgekehrt auch nicht tun. Träume, Ziele und die Zukunft waren wichtiger als das, was sie hatten. Oder als verletzte Gefühle. Rafael musste sich keine Sorgen machen, dass ihr die Situation unangenehm war. Sie würde immer einen Weg finden, das zu verhindern.

»Du siehst ihm übrigens ähnlich.«

»Rafael …«, sagte Sienna warnend und funkelte ihn an.

Er hob die Hände und lachte leise. »Keine weiteren Kommentare zu deinem Dad, verstanden.«

Zufrieden nickte Sienna und betrachtete ihr leeres Weinglas. Der Abend war noch jung, und auf den Schock, dass ihre Affäre Geschäfte mit ihrem Dad machte, brauchte sie etwas für ihre Nerven. »Ich hole mir noch etwas Wein. Willst du auch?«

Erstaunt sah Rafael von ihrem leeren zu seinem vollen Glas. »Wie schnell hast du deinen Wein bitte getrunken?«

Mit einem unschuldigen Gesichtsausdruck zuckte sie mit den Schultern. »Ich musste den Schock überwinden, dass meine Affäre Nummern mit meinem Dad austauscht, ich brauchte den Alkohol.« Sie ging zum Kühlschrank hinüber und holte die Flasche heraus, um sich nachzuschenken.

»Gut, das ist ein Argument.«

Als Sienna die Weinflasche zurück in den Kühlschrank stellen wollte, fiel ihr eine durchsichtige Auflaufform ins Auge. »Ist das Tiramisu in deinem Kühlschrank?« Das war ja wie im Himmel hier!

Rafael hatte den sehnsuchtsvollen Ton in ihrer Stimme wahrgenommen und lächelte. »Ja, die Reste aus dem Restaurant. Bedien dich ruhig.«

Sienna haderte mit sich. Das Tiramisu sah verdammt lecker aus. Wirklich, wie gemalt und absolut zum Anbeißen. Es juckte sie in den Fingern, sich einfach eine Gabel zu nehmen und die gesamte Portion allein zu verdrücken. Allerdings …

»Nein, das kann ich nicht machen.«

Rafael stand auf und trat hinter sie. Er lugte über ihre Schulter und betrachtete das Tiramisu, als wäre damit etwas nicht in Ordnung. »Warum nicht? Ich kann das nicht allein essen.«

Es ging ihr auch nicht darum, dass sie ihm nichts wegessen wollte. »Aber wenn wir zusammen essen, fühlt es sich so an, als hätten wir ein Date.« Nicht, dass sie Profi in solchen Dingen wäre, wobei … sie hatte so viele Dates gehabt, dass sie inzwischen wohl doch einer war, allerdings eher, was Horrordates anging. Gemeinsames Essen und Wein fielen definitiv in die Kategorie Date. Daran ließ sich nichts drehen, auch wenn ihr Magen dieser Theorie vehement widersprach.

»Gott bewahre, bloß keine Dates«, lachte Rafael, klang dabei aber völlig sarkastisch.

»Du weißt, was ich meine«, beschwerte Sienna sich und wollte den Kühlschrank wieder schließen. Nicht ohne einen letzten sehnsuchtsvollen Blick zum Tiramisu zu werfen.

Doch Rafael hielt sie auf und legte ihr dann einen Arm um die Taille. »Hier stehen weder Kerzen auf dem Tisch noch richtiges Geschirr. Du darfst sogar aus der Schüssel essen, wenn du das möchtest. Ich trage Jogginghosen, falls dir das entgangen sein sollte. Das hier ist ganz bestimmt kein Date.«

Sein Mund lag direkt oberhalb ihres Ohres, sein Bart streifte ihre Wange. Seine Brust lehnte gegen ihren Rücken, und es fühlte sich gut an. Seine Argumente und natürlich der Anblick des Nachtischs überzeugten sie letztendlich doch.

»Hm, du hast recht. Der kitschige Blödsinn fehlt.«

Er lachte heiser, und Sienna lief ein Schauer über den Rücken. Was vielleicht aber auch an der offenen Kühlschranktür lag. Lag es bestimmt.

»Du findest Kerzen kitschig?«

Sienna zuckte mit den Schultern. »Ich halte sie für überflüssig. Man bezahlt dafür, man zündet sie an, und dann sieht man ihnen beim Herunterbrennen zu. Da kann ich auch direkt Dollarscheine anzünden. Hat denselben Effekt.«

Sein Lachen erklang erneut, und Sienna erwischte sich dabei, wie sie sich an diesen Laut gewöhnte. Wie sie ihn zu mögen begann. »Du bist wirklich der Inbegriff der Anti-Romantikerin«, stichelte Rafael.

Sie wandte den Kopf zu ihm und musterte ihn. Seine ungemachten Haare, das schlichte Shirt und die grauen Sweatpants. »Du kommst mir auch nicht so vor, als wärest du ein Fan von Romantik.«

Das Grinsen auf seinem Gesicht verschwand, und er nahm den Arm von ihrer Taille, trat sogar einen Schritt von ihr zurück. »Sie hat ihre Vorzüge, aber brauchen tue ich sie nicht unbedingt.«

Ihr kam es so vor, als hinge diesem Satz noch etwas nach. Das kleine Wörtchen *mehr*. Aber sie sagte nichts dazu. Die Stimmung schien gerade zu kippen, daher zwang sie sich zu einem Grinsen und nahm die Schüssel aus dem Kühlschrank. »Ich werde dann jetzt dein Tiramisu essen. Du magst das vielleicht nicht alleine schaffen, aber für mich gilt das nicht. Süßes geht immer, egal, in welchen Mengen.«

Sie war eine Naschkatze. So hatte ihre Mom sie früher immer genannt. Sienna hatte kein Abendessen gebraucht, keine Rohkost oder Obst. Aber Süßes – dafür hätte sie getötet. Gott sei Dank hatten ihre Eltern das nicht zugelassen, sonst würde sie nun an Diabetes, Karies und Übergewicht leiden.

Rafael lachte wieder. Die Resignation war aus seinem Blick verschwunden. »Tu dir keinen Zwang an.« Er griff nach ihren beiden Weingläsern und schlenderte hinüber zum Sofa, das direkt am Fenster stand.

Es war klein und sah sehr gemütlich aus, davor stand ein

Sideboard mit einem Fernseher. Hinter zwei Vorhängen, die zugezogen waren, befand sich vermutlich das Bett. Die Wohnung war wirklich klein, aber dennoch gemütlich, aufgeräumt und sogar stilvoll eingerichtet. Auf Sienna machte es gar nicht den Eindruck als wäre es eine Junggesellenbude. Man sah zwar keinen weiblichen Touch, aber dafür konnte man auf Anhieb sagen, dass der Eigentümer Geschmack hatte.

Mit ihrem Tiramisu in der Hand ließ sie sich im Schneidersitz auf dem Sofa nieder und versank förmlich darin. »Gib mir fünf Minuten, danach darfst du mit mir machen, was du willst.« Sie hielt den Löffel hoch, als wäre es ein Wettrennen.

»Wenn ich meiner Nonna sage, dass du die Portion in fünf Minuten verputzt hast, wird sie dich erwürgen. Und im Anschluss mich, weil ich es zugelassen habe. Bitte, schling nicht, sondern genieße es. So macht man das mit italienischem Essen.«

Sienna brannte es unter den Nägeln zu fragen, ob man das auch mit italienischen Männern machte, aber sie verbiss sich den Kommentar. Auch wenn es lustig gewesen wäre, seine Reaktion darauf zu sehen.

Sie wusste ganz genau, dass diese Art von Flirten nicht ihr Ding war. Dabei kam sie sich komisch vor. Also nickte sie nur und begann, das Tiramisu in sich hineinzulöffeln. Löffel um Löffel wanderte sie ins Zuckerkoma und damit in den siebten Himmel.

Statt fünf Minuten brauchte sie doch ungefähr die doppelte Zeit, aber jeder einzelne Bissen war es wert gewesen.

Rafael saß nur stumm neben ihr und beobachtete sie. Ab und an lachte er und nahm dann einen Schluck von seinem Wein. Falls er es komisch fand, dass sie auf seinem Sofa saß und seinen Nachtisch ganz allein aufaß, so zeigte er es nicht.

Sienna hielt das für ein gutes Zeichen und als eines dafür, dass er nicht vor Frauen mit einem gesunden Appetit zurückschreckte. Das mochte sie, denn Essen ging bei ihr immer, auch wenn ihre Figur das nicht vermuten ließ. Gelobt sei ihr ausgezeichneter Stoffwechsel.

»Du hast da noch etwas Creme«, murmelte Rafael, als Sienna die leere Schüssel auf den kleinen Beistelltisch des Sofas stellte. Er beugte sich zu ihr herüber.

»Bitte leck es nicht ab, das wäre wie in einem billigen Porno«, platzte es aus ihr heraus, bevor Rafael sie erreichen konnte.

Er sah sie erstaunt an und brach dann in schallendes Gelächter aus. »Das hatte ich auch nicht vor. Aber verrätst du mir, warum du dir billige Pornos anschaust, wo sich Menschen gegenseitig Essen vom Körper lecken?«

Diese Frage wollte sie definitiv nicht beantworten, sie merkte bereits, wie ihr heiß wurde. Vor Scham. Sie hatte mit Pornos keine allzu guten Erfahrungen gemacht. Aber vermutlich auch nur, weil sie sie als gestellt und unerotisch empfand. Das Gestöhne klang unecht, und allgemein die gesamte Situation war meistens an den Haaren herbeigezogen. Sienna musste ihren ersten guten Porno wohl noch finden.

»Nein, lieber nicht«, sagte sie deshalb leise, ohne Rafael dabei anzusehen.

»Hier«, sagte er, griff über sie drüber und nahm eine Serviette aus einem Ständer, die er ihr dann reichte. Ihr wurde klar, dass er das von Anfang an vorgehabt hatte. Das machte die gesamte Situation nur noch peinlicher.

»Danke«, brachte sie hervor und wischte sich mit der Serviette den Mund ab. Vielleicht sollte sie einfach lernen, die Klappe zu halten.

Rafaels Grinsen war der Beweis, dass er die Situation nicht unangenehm, sondern unterhaltsam fand. Er schien auch nicht peinlich berührt zu sein. Vielmehr genoss er ihre Verlegenheit. »Hat's geschmeckt?«

Sienna sah auf die leere Schüssel und dann wieder zu ihm. »Es war himmlisch. Ähm … Wolltest du eigentlich auch etwas haben?« Das hätte sie mal eher fragen sollen. In ihrem Food-Koma war es ihr gar nicht in den Sinn gekommen, mit ihm zu teilen.

Doch Rafael winkte lachend ab. »Nein, ich hab es nicht so mit Süßem.«

Sienna machte große Augen. Er war Italiener und mochte keine Desserts? War er adoptiert? Wie konnte man kein Gelato, kein Pannacotta, kein Tiramisu oder keine Dolce mögen? Sie wollte ihm seinen mangelnden Geschmack bereits vorwerfen, da kam ihr eine andere Idee. Ein teuflisches Lächeln schlich sich auf ihr Gesicht, und sie legte gespielt theatralisch eine Hand auf ihre Brust.

»Wie schade, ich wollte dir gerade vorschlagen, dass ich deine Nachspeise sein kann.«

Rafael, der gerade sein Glas zum Mund geführt hatte, hielt mitten in der Bewegung inne und sah sie perplex an. Dann grinste er. »Ich nehme das Angebot trotzdem an. Vielleicht bist du ein besseres Dessert als das Tiramisu meiner Nonna.« Er rutschte zu ihr herüber, sodass er auf dem Sofa kniete und über ihr aufragte.

Sie ließ sich zurückfallen und sah mit einem schelmischen Lächeln zu ihm auf. »Das wage ich zu bezweifeln. Das Tiramisu war der Wahnsinn, aber eigentlich bin auch ich diejenige, die dich heute beurteilen muss. Ich muss doch schauen, ob Italiener wirklich die Besten sind.«

Rafael beugte sich zu ihr herab, sodass seine Lippen direkt über ihren lagen. Sienna konnte seinen Atem auf ihrem Gesicht spüren. »Ich enttäusche Frauen nur höchst ungern.«

»Dann tu es nicht«, hauchte sie und legte ihre Lippen auf seine.

KAPITEL 17

Rafael

Manchmal war es für Rafael eine Qual, in der Nähe seiner Eltern zu wohnen. Immerhin musste er nicht mehr mit ihnen unter einem Dach leben. So hart das klang, aber seiner Meinung nach sollte es erwachsenen Menschen verboten sein, mit den eigenen Eltern zusammenzuleben.

Nicht mal im selben Mietshaus zu wohnen war eine Option für ihn gewesen, nachdem er es vier Monate lang versucht hatte. Seine Mutter war zu jeder Tageszeit unangekündigt bei ihm aufgetaucht. Er liebte diese Frau abgöttisch, aber Himmel, es gab *Grenzen*. Sie hatte nicht einmal geklopft oder geklingelt, sondern hatte sich mit ihrem Ersatzschlüssel Zutritt verschafft.

Von seinem Vater waren immer Nachrichten gekommen, die die Technik betrafen. Meistens mit dem Zusatz *subito* oder *affrettarsi*, was so viel wie »sofort« und »Beeil dich!« bedeutete. Als wäre Rafael der Mann von der Telefongesellschaft, der sofort zu kommen hatte, sobald seine Eltern ein Problem mit dem Fernseher oder ihren Handys hatten.

Nun, da sie nicht mehr unter einem Dach wohnten, hatte sich die Situation verändert. Positiv verändert. Seine Mutter hatte eingesehen, dass er ein erwachsener Mann war, der seine eigene Wohnung besaß, und dass es für alle am besten funktionierte, wenn man sich vor einem Besuch ankündigte. Und sein Vater hatte verstanden, dass es nicht selbstverständlich war, seinen Sohn als Sklaven zu halten.

Manchmal hatte die Nähe zu ihnen sogar Vorteile. Wie zum Beispiel heute. Er hatte die Schlüssel für das Restaurant nicht bei sich, alle Läden hatten bereits geschlossen, aber er war auf die Idee gekommen, *Fior di Mandorla* zu machen. Ein italienisches Mandelgebäck, das zum Espresso gereicht wurde.

Er wusste selbst nicht so genau, woher der seltsame Drang, die kleinen Pralinen zuzubereiten, plötzlich kam. Immerhin mochte er keinen Nachtisch, weder aß er ihn gerne, noch bereitete er ihn gerne zu.

Trotzdem hatte Rafael das Bedürfnis verspürt, die Kugeln zu machen, und eine leise Stimme in seinem Kopf hatte immer wieder gefragt, ob dieses Bedürfnis nicht etwas mit Sienna zu tun hatte. Er hatte diese Frage vehement verneint, hatte aber dennoch mit dem Backen angefangen, bis ihm aufgefallen war, dass er nicht alle Zutaten zu Hause hatte. Blöd nur, dass es fast elf Uhr abends war und seine Lieblingsläden leider nicht durchgehend geöffnet hatten. Nicht, dass er das wollen würde, nein, er gönnte jedem seinen wohlverdienten Schlaf. Aber er weigerte sich, in anderen Geschäften einzukaufen.

Er kramte den Schlüssel aus seiner Jackentasche, um die Haustür seiner Eltern zu öffnen.

Rafael wusste ganz genau, dass Marco und Antonella Del Piero immer Mandeln zu Hause hatten. So wie es sich für gute Italiener mit eigenem Restaurant gehörte.

In dieser Hinsicht war Rafael anders. Seine Wohnung war klein, er mochte die Küche nicht sonderlich. Sie bot ihm einfach nicht genug Platz, um sich beim Kochen wirklich auszubreiten. Daher kochte er am liebsten im Restaurant. Da hatte er auch gleich alle Zutaten, die er benötigte.

Wer hatte schon Rindersteakstreifen oder Büffelmozzarella im eigenen Kühlschrank?

Als er die Haustür öffnete, konnte er bereits die Stimmen seiner Eltern hören. Er hatte seiner Mom eine Nachricht geschrieben, doch keine Antwort bekommen. So war er davon ausgegangen, dass seine Eltern an diesem Abend nicht zu Hause waren. Es war Donnerstag. Da waren sie meistens mit Freunden Karten spielen. Hätte Rafael seiner Mama geschrieben, dass er Mandeln benötigte, wäre sie sofort gegangen und hätte ihrem Sohn alles bereitgestellt. Doch das wollte er nicht.

Er wollte sich gerade bemerkbar machen, als er die wütende Stimme seiner Mutter hörte.

»Ich habe nur diese eine Sache von dir verlangt, Marco! Eine einzige Sache!«, schrie Antonella Del Piero durch das Wohnzimmer.

Rafael zuckte bei diesem Ton automatisch zusammen. Es war derselbe Tonfall, den er zu hören bekommen hatte, wenn er als Kind etwas vermasselt oder nicht auf seine Mutter gehört hatte. Es war eine gefühlte Ewigkeit her, dass er diesen Klang zuletzt gehört hatte.

Das Quietschen des Sofas war zu hören. Eine der Federn gab immer einen hässlichen Laut von sich, wenn man draufsaß. Doch seine Eltern weigerten sich, sich ein neues anzuschaffen.

»Eine Sache? Du hast mir eine ganze Liste geschrieben. Ich habe auch zu tun, Antonella.«

»Ach, hast du das? Beim Fußballschauen oder beim Bier mit den Nachbarn? Wann genau hattest du heute was zu tun?«

Rafael runzelte die Stirn. Er war es nicht gewohnt, dass seine Eltern sich gegenseitig anschrien. Oder auch nur die Stimme erhoben. Natürlich wurde es bei Italienern zwangsweise manchmal lauter. Aber die Lautstärke war bei ihnen zu Hause nie im Zusammenhang mit bösen Worten gestiegen. Eher, wenn es lustig wurde. Doch diese Unterhaltung klang alles andere als lustig.

»Ich stand den ganzen Tag am Herd. Gönn mir die wenigen Momente, in denen ich entspannen kann.« Der Fernseher wurde lauter gedreht. Rafael konnte den Kommentator eines Fußballspiels hören. Es spielte Lazio Rom gegen Juventus Turin. Italienische Liga, die in diesem Haushalt zum Pflichtprogramm gehörte.

Rafael lief leise durch den Flur und blieb direkt vor der Tür zum Wohnzimmer stehen. Er hatte die Hand schon erhoben, um die Tür aufzustoßen, ließ sie aber wieder sinken, als er durch den Spalt sah, wie sich seine Mutter vor dem Fernseher aufbaute.

»Und wo habe ich den ganzen Tag verbracht?«, fragte Antonella wütend. »Etwa im Spa? Ich glaube nicht. Ich habe genauso hart gearbeitet wie du, nur dass mein Alltag nicht endet, nur weil wir zur Tür hereinkommen. Du gammelst auf dem Sofa, während ich die Wäsche wasche, aufräume und sauge. Und dann schaffst du es nicht mal, einkaufen zu gehen. Die eine Sache, um die ich dich gebeten habe.«

Rafaels Augen wurden schmal. Auch wenn er nicht genau wusste, worum es bei dem Streit seiner Eltern ging – und er würde sich da auch gewiss nicht einmischen –, konnte er deutlich hören, dass es seiner Mutter sehr ernst war.

»Dann hättest du mich daran erinnern sollen!«

»Das habe ich, Marco! Drei Mal!«

Ein Lachen war zu hören. Doch es war kein freudiges. Es klang viel eher so, als wäre sein Vater kurz davor, sich im Ton zu vergreifen oder gänzlich aus der Haut zu fahren.

»Hast du nicht!«

»Das habe ich doch getan. Nur hörst du mir anscheinend nicht zu. Abgesehen davon sollte ich dich nicht daran erinnern müssen. Ich habe es dir gestern gesagt, das sollte wohl ausreichen.«

Es war ein Wunder, dass sie bisher nicht komplett ins Italienische gewechselt waren. Das hatten sie früher immer getan, als Rafael und Ella noch Kinder gewesen waren und der Sprache nicht mächtig.

»Du regst dich schon wieder grundlos auf. Ich war nicht einkaufen, na und? Wir werden es bis morgen überleben. Ich kratze die Reste aus meiner Zahnpastatube, und ich glaube, in der Tiefkühltruhe ist noch etwas Soße.«

Es war, als würde man einer Telenovela lauschen. Rafael schloss die Augen und stöhnte innerlich auf. Das war genau das, was sein Vater besser nicht hätte sagen sollen. Seine Mutter schien es genauso zu sehen, denn sie stampfte wütend mit dem Fuß auf, und es folgte eine italienische Schimpftirade.

»Auf der Einkaufsliste standen zufällig auch *meine* Sachen. Dinge, die ich heute Abend gebraucht hätte. Aber schön, dass es dir wieder einmal nur um deinen Scheiß geht!«

Ein Stich fuhr Rafael ins Herz, denn nun klang seine Mutter nicht mehr nur wütend. Sondern enttäuscht. Hier ging es vermutlich um mehr als nur um einen vergessenen Einkauf. Rafael kannte seine Eltern nur als Eltern. Wie sie als Ehepaar agierten, war ihm zwar nicht fremd, aber es war etwas zwischen ihnen. Als Kind hatte er auf die Beziehung seiner Eltern nicht so genau geachtet. Wie sie miteinander umgingen, wie die Dynamik war. Es waren einfach seine Eltern gewesen, die sich geliebt hatten. Und als Erwachsener war er mehr mit seinem eigenen Liebesleben beschäftigt gewesen als mit ihrem.

War das ein Fehler gewesen? Hatten seine Eltern Probleme, oder war er einfach in einem ungünstigen Moment gekommen?

Es gab Paare, die wussten, dass sie nicht miteinander arbeiten konnten. Seine Tante Federica und ihr Mann Bruno zum

Beispiel. Wenn Bruno die Steuererklärung für das Restaurant machte, verbrachte Federica absichtlich den ganzen Tag woanders, denn das Geschrei bei ihrem Mann war vorprogrammiert, und wenn sie ihm helfen wollte, machte sie es damit nur noch schlimmer.

Ebenso war es bei seiner Cousine Isabella und ihrem Mann Steve. Rafael war bei ihrem Umzug im letzten Jahr dabei gewesen. Er hatte seine Cousine bis dato nie brüllen hören. Abgesehen von dem einen Mal, wo sie Enrico zur Schnecke gemacht hatte. Aber an diesem Tag hatte sie sich heftig mit Steve gestritten, weil der Möbelaufbau nicht so funktioniert hatte, wie es geplant gewesen war.

All das kannte Rafael. Er hatte selbst in einer langjährigen Beziehung gelebt. Es konnte nicht immer alles Friede, Freude, Eierkuchen sein. Das ging schlicht und ergreifend nicht. Vermutlich wollte das auch niemand, denn zu einer Beziehung gehörte Streit nun mal dazu.

Doch das hier war anders. Oder zumindest kam es ihm anders vor. Rafaels Eltern hatten sich nie gestritten, nur liebevoll geneckt, und sie waren auch mal sauer aufeinander gewesen, aber nicht *so*.

»Mir reicht es langsam. Lange mache ich das hier nicht mehr mit, Marco«, hörte er die Stimme seiner Mom.

Seine Mutter stürmte gerade aus der hinteren Tür des Wohnzimmers, die direkt zum Treppenhaus führte. Sie sah Rafael also nicht, wie er im Flur stand und unsicher auf der Unterlippe herumkaute.

Vergessen waren die Mandeln, die er eigentlich hatte holen wollen. Gerade zogen sich seine Eingeweide zusammen, und tausend Szenarien schossen ihm durch den Kopf. Es war nur ein dummer kleiner Streit, es sollte ihm nicht solche Sorgen bereiten, aber Rafael konnte es nicht abstellen.

Er verspürte den Drang, mit jemandem darüber zu reden. Aber mit wem? Ella? Nein, seine kleine Schwester war offenbar nicht zu Hause, ansonsten hätten sich seine Eltern niemals lauthals gestritten. Außerdem wollte er nicht, dass Ella sich ebenfalls Sorgen machte. Sorgen, die vielleicht vollends unbegründet waren. Da war er ganz der beschützende große Bruder.

Rico? Er würde es vermutlich nicht verstehen. Er würde Rafael sagen, dass er sich da nicht einmischen sollte und dass der Streit nichts zu bedeuten hätte. Ihre Eltern würden sich niemals trennen oder gar scheiden lassen. So was gab's bei strenggläubigen Katholiken schließlich nicht. Ricos Worte, nicht Rafaels. Und sie waren Unsinn.

Sie lebten im 21. Jahrhundert. Natürlich gab es Scheidungen auch bei Italienern. Die Rate war vermutlich genauso hoch wie bei allen anderen Nationalitäten.

Rafael musste hier weg. Er lief leise zurück zur Haustür und lauschte in Richtung Wohnzimmer. Als gerade ein Tor geschossen wurde, nutzte er den Jubelruf seines Vaters und schlüpfte durch die Haustür.

Kalte Luft schlug ihm entgegen. Aber Rafael war sich nicht sicher, ob der Wind kälter geworden war oder ob einfach eine innere Kälte von ihm Besitz ergriffen hatte, weil er sich Sorgen machte.

Als er seine Haustür öffnen wollte, zitterten seine Finger.

Das war doch lächerlich!

Seine Eltern hatten sich gestritten, ja und? Morgen würden sie sich vermutlich wieder vertragen und so tun, als wäre nie etwas gewesen. Es war nur ein dummer Streit unter Liebenden. Das hatte rein gar nichts zu bedeuten.

Warum fühlte er sich dann so elend?

Rafael stieß die Tür hinter sich zu und streifte die Schuhe ab. Er lief direkt zum Kühlschrank und schenkte sich ein Glas

Wein ein, das er in wenigen Zügen leerte. Eigentlich eine Schande, denn man hatte ihm beigebracht, Wein zu genießen. Doch er hatte keinen Schnaps da, der Wein musste reichen, um seine Nerven zu beruhigen.

Aus einem Drang heraus zog er sein Handy aus der Hosentasche. Er hatte einige Nachrichten von Rico, auch eine von Ella. Keine von Sienna.

Dabei war es genau sie, von der er gerne hören wollte. Er kniff die Augen zusammen. Wollte er das wirklich?

Ja, musste er sich eingestehen. Es hätte ihn aufgeheitert, wenn Sienna sich gemeldet hätte. Sie hätte ihn auf andere Gedanken bringen können. Aber sie nur anzurufen, damit sie ihm von seinen trüben Gedanken ablenkte?

Das kam ihm falsch vor.

Allerdings bedeutete das nicht, dass er ihr nicht schreiben konnte. An seine Freunde wollte er sich mit diesem Thema nicht wenden. Er wollte nicht, dass andere erfuhren, dass seine Eltern stritten oder Probleme hatten. Zumindest sollte es keiner wissen, der seine Eltern wirklich kannte. Das wäre ihnen gegenüber nicht fair. Doch Sienna kannte sie nicht, und sie hatte den Vorteil, dass sie sich mit Trennungen oder Scheidungen auszukennen schien. Oder zumindest glaubte Rafael das.

Sie hatte ihm erzählt, dass ihr Vater mit ihr essen gewesen war, und der hatte ihr wiederum erzählt, dass Sienna aussah wie ihre Mutter. Doch die Frau, die mit ihnen im Restaurant gewesen war – die Chefredakteurin von *Passion*, wie er sich erinnerte –, war definitiv nicht Siennas Mutter gewesen.

Also gab es mehrere Möglichkeiten: Ihre Eltern konnten geschieden sein. Ihre Eltern waren vielleicht nie verheiratet gewesen. Oder ihre Mutter war tot.

Falls Letzteres der Fall war, würde Rafael in ein gigantisches Fettnäpfchen treten, aus dem er wohl niemals wieder herauskommen würde. Er betete darum, dass Siennas Mutter quicklebendig war und Mai Tais im Urlaub schlürfte oder Ähnliches.

Nachdem er dreimal eine Nachricht eingetippt und sie direkt wieder gelöscht hatte, stöhnte Rafael auf.

»Jetzt reiß dich mal zusammen, Mann.«

Seine Finger bewegten sich schnell über das Display, und bevor er sich noch weiter den Kopf darüber zerbrechen konnte, was er Sienna schreiben sollte, klickte er auf *Senden.*

Darf ich dich was fragen?

Es war keine seiner Meisterleistungen, das musste sich Rafael eingestehen. Aber er wollte sich harmlos an die Sache heranwagen. Vielleicht hatte sie heute Abend auch gar keine Zeit und würde seine Nachricht erst morgen früh lesen. Oder ihr war es gar nicht recht, dass er sie etwas fragen wollte. So oder so war es Siennas Entscheidung, ob sie ihm helfen wollte oder nicht.

Unruhig tigerte Rafael durch sein kleines Apartment. Er setzte sich aufs Sofa, stand aber direkt wieder auf, um sich ein weiteres Glas Wein einzuschenken.

Sein Handy gab einen Piepton von sich, und wie von der Tarantel gestochen hechtete Rafael zurück zum Wohnzimmertisch.

Verstößt die Frage gegen eine unserer Regeln?

Er legte den Kopf schief, ehrlicherweise wäre die Antwort ein deutliches Ja. Immerhin hatte sie schnell zurückgeschrieben, was bedeutete, dass noch nicht alles verloren war. Trotzdem verzog Rafael gequält das Gesicht.

Das wäre möglich, aber ich weiß nicht, wen ich sonst um Rat fragen soll. 🙈

Das wusste er wirklich nicht. Ella und Rico fielen raus, und mit anderen Menschen sprach er selten über seine Probleme. Geschweige denn über die Probleme seiner Familie, das tat man einfach nicht. Sienna war zwar eine Fremde für ihn, aber vielleicht war genau das der Punkt. Sie würde weder ihn noch seine Eltern verurteilen.

Du willst einen Rat von mir? In Bezug worauf? 🤔

Warum wirkte sie so überrascht? Lag es an der Tatsache, dass Rafael es war, der etwas von ihr wollte? Beantworten konnte er sich diese Frage anhand des Chatverlaufs natürlich nicht. Dafür hätte er ihr Gesicht sehen müssen.

Rafael legte das Handy auf den Küchentresen und fuhr sich mit beiden Händen übers Gesicht. Er spürte die Anspannung in sich. Die Unruhe und auch die Angst, die in seinem Magen lagen wie ein schwerer Stein. Er griff wieder nach dem Handy.

Gab es Anzeichen dafür, dass deine Eltern sich trennen würden?

Die Zeit, bis Siennas Antwort kam, kam ihm wie Stunden vor. War er zu weit gegangen? Hatte er eine Grenze überschritten?

»Shit, shit, shit«, murmelte er leise vor sich hin und raufte sich die Haare.

Tut mir leid, wenn die Frage zu persönlich ist. Du musst nicht antworten.

Das war ein Fehler gewesen. Er hätte sie niemals etwas so Privates und Intimes fragen sollen. Sie hatten diese Regeln nicht umsonst aufgestellt. Verdammte Scheiße!

Warum war er so ein Idiot?

Vergiss, dass ich gefragt habe.

Würde sie ihm nach diesem Fauxpas überhaupt noch antworten? Rafael wagte das zu bezweifeln. Minuten vergingen. Zehn insgesamt. Zehn lange Minuten, in denen Rafael beinahe sein Handy gegen die nächste Wand geschmissen hätte. Sie war ihm wichtig. Er mochte sie. Warum hatte er das riskiert, nur weil er jemanden zum Reden gebraucht hatte?

Erneut erklang ein Piepton, und erstaunt schaute Rafael auf das Display. Sienna hatte geantwortet. Er hielt den Atem an.

Die Scheidung meiner Eltern kam für mich aus heiterem Himmel. Ich war aber auch erst sechs Jahre alt.
Als Kind versteht man so was nicht. 😢

Ein Stich fuhr ihm direkt ins Herz. Obwohl er es nicht wollte, stellte er sich ein kleines Mädchen mit blonden Zöpfen und großen blauen Augen vor, das weinend dabei zusehen musste, wie sich seine Eltern voneinander entfernten, bis es schließlich zur Scheidung kam.

Rafael ballte die Hände zu Fäusten und umklammerte das Handy viel zu fest.

Das tut mir leid, Sienna. ☹

Seine Entschuldigung war wohl die lahmste auf der Welt und nicht im Mindesten ausreichend. Hatte er sie gerade an etwas erinnert, was sie lieber vergessen hätte? Hatte er sie verletzt? Es war echt eine dumme Idee gewesen, sich ausgerechnet an sie zu wenden.

> Muss es nicht. Im Nachhinein kann ich verstehen, dass sie in ihrer Ehe nicht glücklich waren. Haben deine Eltern Probleme?

Es klang bei ihr nicht so, als wäre sie verärgert oder am Boden zerstört. Vielleicht war sie mit der Zeit wirklich darüber hinweggekommen, auch wenn Rafael das zu bezweifeln wagte. Träumte nicht jedes Kind davon, dass seine Eltern für immer glücklich zusammen waren?

Vermutlich war Sienna nicht annähernd so realitätsfern wie er selbst, oder so romantisch. Was auch immer zutraf, sie schien die Welt nicht durch eine rosarote Brille zu sehen.

Rafael dachte über ihre Frage nach. Hatten seine Eltern denn wirklich Probleme? Er vermochte das nicht mit Sicherheit zu sagen. Rafael hatte nur einen kurzen Moment miterlebt. Vielleicht war sein Vater noch direkt nach seinem Abgang zu seiner Mutter gegangen und hatte sich entschuldigt. Aber irgendetwas daran hatte ihn stark beunruhigt. Es lag vielleicht daran, dass er nie mitbekommen hatte, dass seine Eltern die Stimme gegeneinander erhoben hatten, oder es war der traurige Klang seiner Mutter gewesen.

> Sie haben sich heute heftig gestritten. So was ist noch nie vorgekommen.

Ihr wegen eines Streits seiner Eltern zu schreiben, kam ihm unglaublich dumm vor. Sienna war nicht seine Freundin, auch nicht sein Kumpel. Sie hatten abgesehen von ihren Sextreffen nichts miteinander zu tun. Sie war eindeutig die Falsche, um sie um Rat zu bitten. Gerade wenn es um etwas so Banales ging wie einen Streit. Machte sie sich vielleicht jetzt über ihn lustig? Rafael war sich bewusst, dass er überreagierte. Dass er aus einer Mücke einen Elefanten machte. Aber er konnte sich nicht helfen.

> Ein einziger Streit ist kein Problem. Egal, wie heftig er ist. Sollte das öfter vorkommen, musst du dir vielleicht Gedanken machen.

Ihre Antwort konnte ihn nicht beruhigen. Schließlich hatte er keine Ahnung, ob es schon öfter vorgekommen war. Stritten sich seine Eltern vielleicht inzwischen regelmäßig, und ihm war das nie aufgefallen? Er wohnte nicht mehr bei ihnen; sollten sie sich jeden Abend anschreien, würde er das gar nicht mitbekommen.

Aber Ella würde das mitbekommen. Seine Schwester hätte ihm doch bestimmt davon erzählt, wenn sich ihre Eltern häufiger stritten, oder etwa nicht?

> Oder wenn das andere Extrem der Fall ist und sie sich niemals streiten oder miteinander reden.

Rafael starrte auf das Display und las die beiden Nachrichten wieder und wieder. Zu welcher Sorte gehörten wohl ihre eigenen Eltern? Oder hatten gehört? Er wusste, dass Sienna keine

Dates wollte und an nichts Festem interessiert war. War der Grund dafür die Trennung ihrer Eltern?

In diesem Moment bereute Rafael die drei Regeln, die sie aufgestellt hatten. Er hätte so gerne gewusst, was Sienna durchgemacht hatte. Warum sich ihre Eltern getrennt hatten und wie es ihr damit ergangen war. Aber das durfte er sie nicht fragen. Sie um Rat zu fragen war eine Sache, aber ein Gespräch auf einer solch tiefen Ebene zu führen etwas gänzlich anderes.

> **Du bist auf dem Gebiet echt Expertin, oder?**

Rafael versuchte, etwas Humor in ihr Gespräch zu bringen. Was vermutlich kläglich scheiterte, aber er merkte selbst, wie nahe ihm das Thema ging. Dabei waren seine Eltern noch verheiratet. Wenn hier jemand Grund hatte, sich mies zu fühlen, dann war das Sienna.

> **Leider ja. Mein Vater führt aktuell Ehe Nummer drei, und meine Mom hatte so viele Beziehungen,**
> **dass ich aufgehört habe, mitzuzählen.**

Rafaels Augen wurden groß. Mit einem Pfeifen ließ er sich nun doch aufs Sofa fallen und legte die Füße auf dem Tisch vor sich ab.

Ehe Nummer drei? Wow, der Mann hatte einen gigantischen Verschleiß, was Frauen betraf. Rafael war Siennas Vater begegnet. Er war ein attraktiver Mann mit einem coolen Job, so viel stand fest. Aber drei Ehen? Das bedeutete zwangsläufig auch zwei Scheidungen. Eine dritte war nicht ausgeschlossen. Das klang nach einem anstrengenden Leben.

Wie sich Sienna wohl dabei fühlte?

Ihre Eltern hatten sich scheiden lassen, als sie sechs Jahre alt gewesen war, und seitdem waren unzählige Partner und Partnerinnen ihrer Eltern in ihr Leben getreten und hatten es nach einiger Zeit wieder verlassen. Sie musste eine Expertin sein, was Abschiede anging.

Und du hast bei jeder einzelnen das Ende absehen können?

Auch wenn es gegen ihre Regeln verstieß, juckte es Rafael in den Fingern, Sienna seinen Eltern vorzustellen. Einfach damit sie sich ein Urteil bilden konnte und ihm ihre Meinung sagte. Stand ihre Ehe kurz vor dem Scheitern?

Eigentlich konnte sich Rafael das nicht vorstellen. Seine Eltern liebten sich. Das wusste er mit Sicherheit. Aber auf der anderen Seite hatten sie früh geheiratet und direkt zwei Kinder in die Welt gesetzt. Beide hatten kaum die Chance gehabt, herauszufinden, wer sie als eigenständige Person waren, bevor sie Ehefrau und Ehemann wurden, Vater und Mutter. Lag da am Ende das Problem?

Der Piepton riss Rafael aus seinen Überlegungen. Wenn das so weiterging, würde er heute Abend noch die gesamte Weinflasche leeren.

Ja. Als Außenstehender sind die Dinge manchmal
klarer als für die Betroffenen.

Er ertappte sich dabei, wie er nickte. Als würde Sienna direkt vor ihm sitzen und er würde ihrer Stimme lauschen. Sie hatten schon einmal gemeinsam auf diesem Sofa gesessen. Und theoretisch gesehen dort auch miteinander geschlafen. Wobei der Sex irgendwie auf dem Boden geendet hatte. Und dann waren sie im Bett gewesen. So genau konnte er sich nicht mehr an den Ablauf erinnern. Ihm war seine Wohnung jedenfalls plötzlich enorm groß vorgekommen.

Rafael versuchte, sich wieder auf die Unterhaltung mit Sienna zu konzentrieren. Ihm fiel es leicht, mit ihr zu reden, wenn sie ihm gegenüberstand. Dass es ihm auch so leichtfallen würde, mit ihr zu schreiben, hätte er gar nicht erwartet. Doch sie nahm sich Zeit für ihn. Das wusste er zu schätzen.

Glaubst du, es bringt was, mit meinen Eltern zu reden?

Die Antwort kam so schnell, dass Rafael kaum Zeit hatte, sein Weinglas wieder zu füllen. Die Flasche stand inzwischen neben dem Sofa. Sie war halb leer.

Ich mische mich ungern in die Beziehungen anderer ein. Aber du bist ihr Sohn, das ist noch mal was anderes. Wenn du dir wirklich Sorgen machst, würde ich es ansprechen.

Sollte er das tun? Mit seinen Eltern reden? Dann wüssten sie, dass er ihren Streit mitangehört hatte. Das könnte wiederum zu einem weiteren Streit führen, dieses Mal wäre er jedoch beteiligt.

Sein Kopf musste inzwischen rauchen oder dampfen, so sehr zermarterte er sich das Hirn. Er würde am Wochenende im Restaurant kochen. Was bedeutete, dass sein Vater freihatte. Seine Mom war jedoch ebenfalls in der Küche eingeteilt. Vielleicht konnte er unauffällig ein wenig nachhorchen und sich erst einmal ihre Sicht der Dinge anhören.

Ein Lächeln stahl sich auf sein Gesicht, und er sah hinab auf das Display, wo der Chat mit Sienna geöffnet war. Oben in der Ecke war ihr Profilfoto zu sehen, auf dem sie von der Kamera wegsah, aber lächelte.

Danke. Ich wusste echt nicht, wen ich sonst fragen sollte.

Warum nicht? Was ist mit deinen Freunden?

Sienna traf mit ihrer Frage natürlich den Nagel direkt auf den Kopf. Glaubte sie jetzt, dass er keine hatte? Sie sprachen schließlich nie über ihren Freundeskreis, dafür waren die Regeln ja da. Vielleicht dachte sie nun, dass er ein armer Tropf ohne Freunde und soziale Kontakte war.

Die kennen meine Eltern, da möchte ich ihnen ungern von einem Streit oder Problemen erzählen. So was kann sich schnell rumsprechen.

Verstehe. Freut mich, dass ich helfen konnte. ✌️

Rafael verzog das Gesicht. Es war schwer, anhand eines Textes Emotionen zu erkennen. Aber für ihn klang es so, als wäre Sienna gekränkt. Oder eher verletzt? War sie das, oder interpretierte er zu viel hinein?

Ich hoffe, ich bin dir mit meinen Fragen nicht zu nahegetreten oder habe alte Wunden aufgerissen.

Mach dir keine Sorgen um mich. Ich bin da längst drüber weg.
Wenn du wissen willst, wie Frauen ab 40 mit einer
Trennung umgehen oder Männer in dem Alter
wieder ins Datingleben starten, dann frag mich. 😄

Ungewollt musste Rafael lachen. Sie schien dem ganzen Thema wirklich nichts Schlimmes beizumessen. War sie inzwischen abgebrüht, was Ehen und Beziehungen betraf? Oder war sie wirklich so reif, dass sie gelernt hatte, mit so was umzugehen?

Er seufzte. Warum interpretierte er dermaßen viel in Siennas Texte hinein? Verdammt noch mal, so sollte das eigentlich gar nicht ablaufen.

Kommt man wirklich über die Trennung der Eltern hinweg?

Es war eine heikle Frage, und Rafael bereute bereits, sie gestellt zu haben. Es überschritt erneut eine Regel. Er fragte Sienna nach ihren Gefühlen. Blöd, dass man keine Nachrichten zurückrufen oder löschen konnte.

Wenn du es dir lange genug einredest, ja. Es hilft, sie glücklich zu sehen. Egal, mit wem.

Erneut sah er vor seinem inneren Auge das kleine blonde Mädchen, dem die Eltern erklärten, dass sie von nun an nicht mehr zusammen sein würden. Rafael hatte in diesem Moment Mitleid mit Sienna. Sie würde das bestimmt niemals hören oder zulassen wollen, aber er fand es schade, dass sie so viel über Scheidungen und Trennungen wusste.

Sind sie denn glücklich?

Mein Vater ist es auf jeden Fall. Bei meiner Mom bin ich mir nie sicher. Ich glaube, sie weiß das selbst nicht.

Rafael dachte an Siennas Dad. Sowohl bei ihrem Besuch im Restaurant als auch in der Markthalle hatte er auf ihn sehr glücklich gewirkt. Auch wie er von Sienna und seiner Frau gesprochen hatte, war er der Inbegriff eines zufriedenen Familienvaters gewesen. So etwas konnte man nur schlecht vorgaukeln.

Hast du manchmal Angst, so zu enden wie deine Eltern?

Was war heute nur los mit ihm? Bei jeder sich bietenden Gelegenheit überschritt er eine Grenze. Diese Frage war wieder zu persönlich. Um ehrlich zu sein, überraschte es Rafael, dass Sienna bisher anstandslos geantwortet hatte.

Du meinst, in dritter Ehe? Nein. Aktuell will ich gar nicht heiraten, also kann mir das nicht passieren.

Einer von ihnen schien sich an ihre gemeinsamen Vorsätze zu halten. Sienna hatte ihm deutlich gesagt, dass sie an derlei Dingen kein Interesse hatte. Und ihm ging es doch genauso. Warum gefiel ihm ihre Antwort dann nicht?

Du willst nicht heiraten? 😅

Rafael hatte immer angenommen, dass jede Frau heiraten wollte. Das war selbstverständlich Quatsch, aber viele Freundinnen von ihm hatten Pinterest-Moodboards mit Hochzeitskleidern und Brautsträußen, ohne überhaupt in einer Beziehung zu sein. Eine Hochzeit in Weiß, der Traum eines jeden kleinen Mädchens. Diese Zeiten waren längst vorbei.

Ich will ja nicht mal eine Beziehung, was für eine Heirat wohl die Grundvoraussetzung ist. 😂

Rafaels Mundwinkel schoben sich nach oben. Gott sei Dank wollte sie keine Beziehung. Würde sie die haben wollen, wären sie sich wohl niemals nähergekommen.

Nur so funktionierte ihr Abkommen. Ein Abkommen, das Rafael zu schätzen und lieben gelernt hatte.

Bei diesem Gedanken hielt er inne. Lieben? Er liebte nicht Sienna. Er liebte den Sex mit ihr. Das war alles. Und mehr würde da auch nicht passieren!

Bevor er noch etwas Dummes tun oder schreiben konnte, beendete er das Gespräch.

Danke, dass du mir zugehört hast. 😊

Er wusste es wirklich zu schätzen, dass sie ihm geholfen hatte. Ihm ihre Zeit geschenkt hatte. Das war nicht selbstverständlich, und sie hätte das nicht tun müssen. Hatte sie aber. Sie war für ihn da gewesen.

Habe ich im Grunde genommen nicht, aber gern geschehen. 😬

Ein leises Lachen entfuhr Rafael. Unterhalten hatten sie sich in der Tat nicht. Auch wenn er das nur zu gern getan hätte. Die Frage war jedoch, ob sie dieses Gespräch geführt hätten, wenn sie im selben Raum oder am Telefon gewesen wären. Am Telefon hätte er vermutlich kein Wort herausbekommen, und in live wäre er früher oder später über sie hergefallen.

Dann danke, dass du meine Nachrichten gelesen und geantwortet hast. Ich weiß, dass das gerade sehr persönlich war und gegen die Regeln verstößt.

Rafael betete, dass seine dreisten Fragen nichts zwischen ihnen ändern würden. Er war Sienna zwar dankbar, aber er hatte nicht gefährden wollen, was sie miteinander hatten. Bei ihrer Antwort fiel ihm ein Stein vom Herzen.

Einmal ist keinmal. 😌

Gut, dass sie das genauso sah. Ihrem nächsten Treffen stand also nichts im Weg, und Rafael würde höchstpersönlich dafür sorgen, dass nicht gesprochen wurde.

Gute Nacht, Sienna.

Während er die Worte tippte, bemerkte Rafael, wie er lächelte. Doch es war nicht der Gedanke an den Sex, der ihn zum Lächeln gebracht hatte. Sondern an Sienna.

Er hielt inne. Was geschah hier gerade?

Verunsichert sperrte er das Handy und legte es zur Seite. Nahm es direkt wieder in die Hand und stellte seinen Ton aus, so würde er nicht mitbekommen, falls sie noch mal schrieb. Legte das Handy wieder weg.

Langsam schüttelte er den Kopf. Er war emotional instabil. Der Streit seiner Eltern hatte ihn aufgewühlt, und der Wein sorgte dafür, dass er nicht klar denken konnte.

Es war alles in bester Ordnung. Es war nichts geschehen, worüber er sich Sorgen machen musste.

Rafael hoffte, dass Sienna recht behalten würde: Wenn man sich etwas lange genug einredete, würde es wahr werden.

KAPITEL 18

Sienna

Mit vor der Brust verschränkten Armen saß Sienna in der Hotellobby und starrte griesgrämig vor sich hin.

Ihre Mom hatte sie gelinkt.

Statt dem versprochenen Mädels-Wellness-Wochenende, zu dem Alice sie eingeladen hatte, fand sie sich in einem *Wir-lernen-den-neuen-Freund-der-Mutter-kennen-Trip* wieder. Es war die reinste Hölle.

Zu behaupten, sie wäre sauer, wäre eine Untertreibung gewesen. Sie hatte sich auf das Wochenende mit ihrer Mom gefreut. Entspannen, die Seele baumeln lassen, einfach nichts tun. Aber nein, nichts davon sollte passieren. Denn mit dem neuen Freund ihrer Mutter würde sie ganz sicher weder in die Sauna gehen noch in den Whirlpool.

Besagter Mann hieß Clive Young und war Immobilienmakler. Noch versuchte Sienna einzuschätzen, zu welcher Kategorie Clive gehörte.

Es gab die *Nenn-mich-Dad*-Kategorie. Diese Kategorie war nervtötend. Sie hatte einen Dad und brauchte definitiv keinen zweiten oder gar einen Ersatz.

Dann war da noch die *Du-siehst-eher-wie-die-Schwester-deiner-Mom-aus*-Kategorie, die sich besonders lustig fand und ihrer Mom zu jeder sich bietenden Gelegenheit Komplimente machte, die fern von jeglicher Originalität waren.

Die schlimmste Kategorie waren jedoch die Männer, die ankamen mit dem Spruch *»So groß bist du schon? Von den Erzählungen deiner Mom her dachte ich, du wärst noch in der Grundschule«*. Sie hasste diese Bemerkungen, denn meistens gingen sie mit seltsamen Blicken einher, die ihr eisige Schauer über den Rücken jagten.

Sienna wollte Männer in dem Alter gar nicht per se verurteilen, es gab natürlich genug, die nett, höflich und *normal* waren. Nur leider datete ihre Mom die nicht. Wo Alice diese seltsamen Artgenossen jedes Mal auftrieb, war Sienna ein absolutes Rätsel.

In welche der Kategorien Clive gehörte, konnte Sienna noch nicht sagen. Bisher wirkte er erstaunlich normal, aber das konnte auch nur Schein sein. Der Geschmack ihrer Mom war bekanntlich nicht der beste, daher ging Sienna auch diesmal vom Schlimmsten aus.

»Deine Mom hat erzählt, dass du bald deinen Abschluss machst?«, fragte Clive sie gerade, während ihre Mom sich an der Rezeption um das Einchecken kümmerte.

Sienna musterte den aktuellen Freund ihrer Mutter. Er sah gar nicht mal schlecht aus. Gepflegtes Erscheinungsbild, keine billigen Designer-Imitate, soweit sie wusste, besaß er auch kein protziges Auto, keine Cap, die ihn wie einen Teenager aussehen ließ.

Clive Young war groß gewachsen, hatte einen guten Körperbau, dunkle Haare, die sich an den Spitzen kräuselten, und hübsche grüne Augen. Sienna konnte durchaus verstehen, warum ihre Mom auf ihn stand. Nur von seinem Charakter hatte sie sich bisher kein Bild machen können. Das lag aber auch daran, dass diese Frage die erste war, die er an sie gerichtet hatte, ohne dass ihre Mom neben ihnen saß.

Es war ein verdammt stiller Flug gewesen!

Sienna nickte. »Ich bin im letzten Semester. Ich muss nur noch die Kurse bestehen, die ich gerade besuche, dann folgt die Bachelorarbeit.«

»Und du studierst irgendwas mit Medien?«

»Onlinemarketing«, erwiderte sie. Ob ihre Mom ihm nicht genau hatte sagen können, was ihre einzige Tochter studierte, oder ob Clive nicht richtig zugehört hatte? Wenn Sienna raten müsste, würde sie auf Ersteres tippen. Ihre Mom hatte sich für die Inhalte ihres Studiums noch nie wirklich interessiert. Wenn es nach Alice gegangen wäre, hätte Sienna irgendwas mit Kunst studiert.

Clive nickte, als wüsste er genau, was das ist, dabei war ihm anzusehen, dass er damit nicht sonderlich viel anfangen konnte. Ihm schien die ganze Situation unangenehm zu sein, und Sienna tat nichts, um ihn zu erlösen.

Sie seufzte leise. »Hast du ein eigenes Maklerunternehmen, oder bist du irgendwo angestellt?«

Er hatte vermutlich keine Ahnung, wie viel Mühe sie sich in diesem Moment gab, höflich zu sein. Und wie viel es ihr abverlangte, ihn aus seiner Hilflosigkeit bezüglich ihres Studiums zu retten. Allerdings war es für Sienna nicht leicht, freundlich gegenüber Clive zu bleiben. Sie war sauer, auch wenn es ihm gegenüber nicht fair war. Sauer auf ihre Mom, aber irgendwie auch auf Clive.

Er hatte das Mutter-Tochter-Wochenende ruiniert.

Seinetwegen musste Sienna jetzt auf Vorzeigetochter machen.

Seinetwegen würde dieses Wochenende alles andere als erholsam werden.

Nichts davon war vermutlich seine Schuld. Mit Sicherheit war der Trip nicht auf seinem Mist gewachsen, aber das änderte nichts daran, dass man sie gelinkt hatte.

»Ich arbeite seit einigen Jahren bei *Lincoln & Scott*«, beantwortete Clive ihre Frage und wirkte sichtlich erleichtert, dass sie nicht schweigend nebeneinandersaßen.

Sienna kannte den Konzern, er war ein recht großes Unternehmen rund um New York, und Clive verdiente bestimmt nicht schlecht. Was definitiv eine Verbesserung zum letzten Freund ihrer Mom war, der überhaupt nicht gearbeitet und sich stattdessen von Alice hatte aushalten lassen.

»Unterhaltet ihr zwei euch gut?« Alice tauchte mit einem breiten Lächeln auf dem Gesicht neben ihnen auf.

Sienna sah ihrer Mom erstaunlich ähnlich. Beide waren blond, beide hatten eine Stupsnase und ein ähnliches Lächeln. Es ließ sich nicht leugnen, dass sie Alices Tochter war.

»Klar«, erwiderte Sienna, ohne es wirklich so zu meinen.

Ihre Mom hatte nicht mal den Ansatz eines schlechten Gewissens gezeigt, als sie Sienna gemeinsam mit Clive überrascht und verkündet hatte, dass er sie begleiten würde.

Sienna hatte vor dem armen Mann keine Szene machen wollen, aber am liebsten wäre sie gleich wieder aus dem Taxi gestiegen und zurück in ihre Wohnung gegangen. Ein Wochenende mit Molly und Paisley klang wesentlich besser als ein Familienurlaub mit ihrer Mom und Freund Nummer 24.

Vielleicht hätte sie sich sogar mit Rafael getroffen, wenn er nach seiner Schicht im Restaurant Zeit und Lust gehabt hätte.

Selbst ein Abend mit der Steuererklärung oder Wäsche waschen hörte sich in Siennas Ohren verführerischer an als das hier.

»Ich habe uns dreien für heute Nachmittag eine Massage gebucht und uns, Sienna, noch eine Gesichtsbehandlung. Danach können wir essen gehen. Ich habe gehört, dass das hoteleigene Restaurant hervorragende Cocktails zaubert.« Ihre Mom war Feuer und Flamme, und je besser ihre Laune wurde, desto tiefer sank Siennas eigene.

»Für morgen habe ich eine Schiffsfahrt und eine Führung durch den Design District organisiert«, plapperte Alice fröhlich weiter.

Das Programm für dieses Wochenende klang im Grunde gar nicht schlecht. Wäre da nicht die Tatsache, dass sie plötzlich zu dritt waren.

Sienna atmete tief durch, als sie eine halbe Stunde später nur mit einem Bademantel bekleidet in dem Spa des Hotels stand, ein Handtuch in der einen Hand und einen Willkommensdrink in der anderen. Es war irgendein Grünkohl-Smoothie.

»Ich gehe dann mal in den Herrenbereich. Wir sehen uns später«, sagte Clive, drückte Alice einen Kuss auf die Stirn und winkte Sienna zu. Er winkte ihr zu. Obwohl er nur einen Meter von ihr entfernt stand.

Sienna winkte zurück und kam sich so dämlich dabei vor, dass sie gleichzeitig den Kopf schüttelte. Beinahe hätte sie beim Winken den Grünkohl-Smoothie verschüttet. Wie tragisch.

Alice winkte Clive hinterher und stieß dann einen Seufzer aus. Sie hakte sich bei Sienna unter, wobei die grüne Pampe in deren Glas wieder gefährlich schwappte.

»Ist er nicht großartig?«

Ihre Mom klang wie ein verliebter Teenager, und Sienna konnte beinahe die Herzen in Alices Augen sehen, während sie dahinschmolz. Ihr drehte sich der Magen um. Wobei sie sich nicht ganz sicher war, ob es an der übertrieben guten Laune, gemischt mit der zur Schau getragenen frischen Verknalltheit ihrer Mom lag oder an dem Smoothie. Sie tippte jedoch auf Ersteres.

Sienna löste sich von ihrer Mutter und stemmte eine Hand in die Hüften. Die, die das Handtuch hielt. Das kostbare Grünzeug, für das man in New York bestimmt zehn Dollar bezahlte, durfte ja nicht verschüttet werden.

»Mom, was soll das?«, fragte Sienna in einem scharfen Flüsterton. Das Spa war gut besucht, trotzdem achtete keiner auf sie. Jede Frau schien tiefenentspannt zu sein, nur sie selbst war weit davon entfernt.

»Was meinst du?«, wollte Alice verwirrt wissen.

Allein dieser unschuldige Ton, als wüsste sie nicht, was genau Sienna andeutete, brachte sie auf die Palme. Sie lachte leise auf. Es war kein freudiges Lachen. »Am Telefon hast du von einem Mutter-Tochter-Wochenende erzählt. Was macht Clive dann hier?«

Denn ganz egal, wie man die Worte »Mutter« und »Tochter« auch definierte, Clive zählte weder zum einen noch zum anderen. Weder in diesem Universum noch in einem anderen.

Alice zuckte lächelnd mit den Schultern und zog Sienna zu zwei Liegestühlen am Pool. Das Spa verfügte über einen Innen- und Außenbereich. Bei gutem Wetter wie heute waren die Glastüren geöffnet, und die Gäste konnten alle Bereiche unter der knalligen Sonne Floridas genießen.

»Ich wollte, dass du ihn kennenlernst.«

Ihre Mom ließ sich auf dem Rattanstuhl nieder und streckte die Beine aus. Sie wirkte mehr als zufrieden. Als wäre sie sich wirklich nicht im Klaren darüber, dass sie etwas falsch gemacht hatte.

Sienna setzte sich ebenfalls, jedoch eher mit der Eleganz einer Dampfwalze. Eventuell würde demnächst auch Rauch aus ihren Ohren kommen, wenn sich ihre Stimmung nicht verbesserte. »Dann sag das und lock mich nicht unter der Behauptung falscher Tatsachen nach Miami«, zischte sie.

Alice sah sie mit großen Augen an. Dann kam der Welpenblick. Die großen Augen ihrer Mutter wurden wässrig, und die Unterlippe begann zu beben. Sienna hasste diesen Ausdruck. Ihre Mom würde nicht heulen, Himmel, nein, aber Alice wusste ganz genau, dass Sienna ihr nichts ausschlagen oder böse auf sie sein konnte, wenn sie dieses Gesicht machte.

»Du hattest die vergangenen Wochen ja keine Zeit für mich, sonst hättest du ihn schon längst kennengelernt.« Ihre Mom verschränkte die Arme vor der Brust und hatte den Nerv, dabei eingeschnappt auszusehen.

Sienna schnaubte. »Also ist es jetzt meine Schuld, dass du mich anlügst?« Ihre Stimme war einige Oktaven nach oben geschossen, und das hatte die Aufmerksamkeit einiger anderer Gäste auf sich gezogen. Doch das war ihr egal.

Ihrer Mom eher weniger, sie warf ihr einen bösen Blick zu. »Sienna, jetzt übertreib nicht. Ich habe dich nicht angelogen.«

Siennas Augen wurden schmal, sie öffnete den Mund, schloss ihn wieder, räusperte sich dann. »Hallo, Sienna, ich habe uns spontan ein schönes Wochenende in Miami in einem Wellnesshotel gebucht. Nur wir zwei, was sagst du dazu?«, äffte sie ihre Mom nach. »Da wir *nicht* nur zu zweit sind und das offensichtlich von Anfang an so geplant gewesen ist, nenne ich das eine Lüge.«

Jedes Wörterbuch oder jeder Duden würden ihr dabei wohl zustimmen. Nur Alice Fisher sah das offenbar anders. Oder ihr war es egal, dass sie sich einer Lüge bedient hatte, um ihre Tochter ihrem neuen Spielzeug vorstellen zu können.

Eine Kellnerin kam vorbei und reichte ihnen zwei neue Smoothies. Sienna beäugte ihren misstrauisch. Dieses Mal war er knallpink. Vermutlich irgendwas mit roter Bete. Gab es hier denn nichts Normales zu trinken?

»Ich wollte eben, dass wir Zeit miteinander verbringen.«

Sienna hatte gewusst, dass ihre Mom so etwas sagen würde. Wie sie ihrem Dad gegenüber schon vermutet hatte, ging es hier um Eifersucht. Alice fand es nicht gut, dass Sienna mehr Zeit mit ihrem Dad verbrachte als mit ihr.

»Das tun wir doch auch. Ich hätte es nur schöner gefunden, Zeit nur mit meiner Mutter zu verbringen, statt mit meiner Mutter und ihrem aktuellen Lover.« Dass Alice die Kluft zwischen sich und Sienna mit solchen Aktionen nur vergrößerte, schien ihr überhaupt nicht bewusst zu sein. Und egal, was Sienna auch sagte, es stieß bei ihr auf taube Ohren.

Ein empörter Ausdruck trat auf das Gesicht ihrer Mutter, und sie strich sich die goldblonden Haare zurück, die Sienna von ihr geerbt hatte. »Clive ist mehr als nur mein Lover.«

Sienna atmete tief durch und schüttelte dann den Kopf. Manchmal kam es ihr so vor, als wäre sie hier das Elternteil anstatt das Kind. »Ich glaube, du hast meinen Standpunkt nicht verstanden. Hier geht es nicht um Clive, sondern um dich.« Ihr Ärger galt nicht Clive. Der schien ganz in Ordnung zu sein. Nein, ihr Problem war, dass ihre Mom mal wieder ihre Wünsche ignorierte und nur an sich dachte.

»Sienna, du gibst ihm ja gar keine Chance.«

Langsam musste sie sich wirklich zusammenreißen, um nicht lauthals loszuschreien. Alice wollte einfach nicht verstehen, dass ihr Verhalten nicht in Ordnung war. Stattdessen lenkte sie das Thema auf Sienna und ihre angeblichen Fehler. Aber dieses Spiel konnte sie auch spielen, sie war immerhin die Tochter ihrer Mutter.

Patzig verschränkte sie die Arme vor der Brust und lehnte sich in ihrem Liegestuhl zurück. »Warum auch? In drei Monaten fällt dir auf, dass du ihn doch nicht so toll findest, und trennst dich von ihm. Wozu also der ganze Aufwand?«

Eine gefährliche Stille breitete sich aus. Doch das war Sienna egal. Wenn ihre Mom keine Rücksicht auf ihre Gefühle nehmen wollte, würde Sienna das andersrum auch nicht tun. Vielleicht würde Alice dann verstehen, worum es hier eigentlich ging.

»Das ist nicht fair«, kam es dann leise von ihrer Mom.

Sienna warf ihr einen Seitenblick zu. Ihre Mutter schaffte es, es so aussehen zu lassen, als wäre sie das Opfer hier. Da riss bei Sienna der Geduldsfaden.

»Da hast du recht«, pflichtete sie ihrer Mom bei. »Es ist nicht fair, mir immer wieder Menschen vorzustellen und mich dazu zu zwingen, sie in mein Leben zu lassen, nur damit du sie wenige Wochen später wieder daraus entfernst.«

Sie war es leid. Sie war es einfach so leid. Seitdem sie erwachsen war, hatte Sienna geglaubt, sie könnte selbst entscheiden, wen sie in ihr Leben lassen wollte und wen nicht. Das war doch ihr gutes Recht, oder etwa nicht? Aber ihre Mom sah das ganz anders. Sie zwang Sienna zu Kennenlerntreffen, Urlauben und Abendessen, gemeinsamen Feiertagen, obwohl Sienna nichts davon wollte.

»Clive ist der Richtige«, beharrte Alice, und ihre Augen leuchteten. Als würde sie jeden Moment wieder in Schwärmerei verfallen.

Es gab mehrere Sätze, die für Sienna wie ein rotes Tuch waren. *XYZ ist der Richtige* war einer von ihnen. Wie oft hatte sie ihn in den vergangenen fünfzehn Jahren gehört? Ein Dutzend Mal? Reichte das überhaupt?

Langsam schüttelte sie den Kopf und nippte an dem Smoothie. So langsam kam sie auf den Geschmack bei dem Zeug. Wobei der pinke besser schmeckte als der grüne. »Das hast du bei den letzten fünf Männern auch gesagt«, nuschelte sie in ihr Getränk.

In den ersten Jahren hatte sie ihrer Mom sogar geglaubt. Wenn Alice freudestrahlend nach Hause gekommen war und Sienna von einem neuen Bekannten erzählt hatte, hatte sie sich mit ihrer Mom gefreut. Sie waren tanzend durch die Wohnung getobt, bis irgendwann mal wieder *Pretty Woman* lief und alles wieder vorbei war. Trotzdem hatte Sienna ihrer Mutter auch beim nächsten Mann wieder geglaubt, dass es auf jeden Fall der Richtige war. Jedes verdammte Mal. Bis sie aufgehört hatte, an die Liebe zu glauben.

Alice setzte sich auf und griff nach Siennas Hand. Ihre Augen leuchteten, und die Freude auf ihrem Gesicht ließ sie viel jünger aussehen. »Dieses Mal ist es anders.«

Traurig sah Sienna ihre Mutter an. Sie klang wie eine kaputte Schallplatte. Sie wiederholte sich. Immer und immer wieder. Als würde die Anzahl ihrer Wiederholungen ihre Aussage in die Wahrheit verwandeln. Nur glaubte Sienna nicht daran. Nicht mehr.

»Wenn du das sagst.« Sienna hatte für sich selbst entschieden, dass ihre Mutter eine erwachsene Frau war. Sie durfte sich treffen, mit wem sie wollte. Durfte Beziehungen führen, mit wem sie wollte. Aber sie sollte doch bitte Sienna aus dem ganzen Drama heraushalten.

Der Druck von Alices Fingern um Siennas Arm wurde fester. »Gib ihm eine Chance, Sienna«, sagte ihre Mom flehend.

»Clive scheint nett zu sein.« Und genau da lag das Problem. Sie war es einfach leid, dass sie die Partner ihrer Mom mochte, sich sogar mit ihnen anfreundete, um sie nach der Trennung nie wiederzusehen. Das war lange nicht mehr der Fall gewesen, da die letzten allesamt Idioten gewesen waren. Die Guten hatte es nur in ihrer Kindheit gegeben.

Als Kind hatte sie all das nicht verstehen können. Da hatten sich die Freunde ihrer Mutter richtig Mühe mit ihr gegeben, sich um sie gekümmert, für sie gesorgt, und Sienna hatte den ersten beiden Männern sogar nachgeweint, als ihre Mutter sich von ihnen getrennt hatte.

Irgendwann hatte sie aufgehört, es überhaupt versuchen zu wollen. Sienna wollte keine Beziehung zu den Liebhabern ihrer Mom, nicht, wenn sie sowieso nicht bleiben würden. Was brachte es da, Zeit und Energie zu verschwenden, eine Bindung aufzubauen, wenn am Ende nur verbrannte Erde zurückblieb?

Ein Name wurde durch einen anderen ersetzt. Und jedes Mal behauptete ihre Mom, dass es klappen würde, dass sie endlich den Richtigen gefunden hatte. Nur leider war das nie der Fall.

»Er ist nett! Sehr nett sogar, du wirst ihn mögen, da bin ich mir sicher.«

Sienna nickte nur. Ihre Mom verstand es einfach nicht. Hatte sie nie getan. Sie besaß das Talent, den größten Liebeskummer auf der ganzen Welt haben zu können, dabei tonnenweise Eis zu verdrücken und einen traurigen Film nach dem anderen anzusehen, um danach plötzlich geheilt zu sein. Sie warf die Männer weg wie benutzte Taschentücher und erwartete von Sienna, dass sie dasselbe tat. Doch dieses Talent besaß Sienna einfach nicht.

»Ich freue mich schon so auf unser gemeinsames Wochenende. Das wird ganz toll, du wirst schon sehen.«

Würde sie das? Ihre Mom hatte mal wieder ihre rosarote Brille auf, durch die sie nur noch Herzen, lachende Sonnen und Regenbögen sah. Sienna hingegen sah fette Gewitterwolken und Starkregen.

»Ich freue mich auf die Behandlung und die Sauna«, murmelte sie. Das hatte sie sich verdient. Wenn man sie schon angelogen und hierher entführt hatte, konnte sie sich genauso gut bei etwas Wellness erholen.

Sie durfte nur nicht daran denken, dass sie in genau diesem Moment Sex mit Rafael haben, mit Camille shoppen gehen oder gemeinsam mit Molly und Paisley in ihrer Wohnung einen Film ansehen könnte.

Sie beobachtete das Treiben im Spa, die vielen Gäste und die Kellner, die zwischen ihnen herumschwirrten.

»Vielleicht können wir irgendwann zu viert wiederkommen, wenn es uns hier gefällt«, kam es plötzlich von Alice.

»Zu viert?« Sienna sah ihre Mom entsetzt an. Plante sie etwa ein Kind mit Clive? Sienna war zu alt, um eine Schwester oder einen Bruder zu bekommen. Und ihre Mom war definitiv zu alt, um noch mal Mutter zu werden.

Alice nickte eifrig und drehte sich zu ihrer Tochter herum. »Ja, zu viert. Clive und ich und du und dein Freund.«

»Mein was?«

Ihre Mutter lachte, von ihrer Niedergeschlagenheit von eben war keine Spur mehr zu erkennen. »Na, den musst du dir bis dahin noch angeln, aber das schaffst du schon. Wer weiß, er könnte der Richtige sein. Du musst dich einfach auf ihn einlassen und ihn nicht wieder direkt mit deinen hohen Ansprüchen vergraulen.«

Sienna presste die Kiefer aufeinander. Ihre Fingernägel gruben sich in ihre Handflächen und hinterließen halbmondförmige Abdrücke. »Ich habe gar keine hohen Ansprüche.«

Warum musste sie sich das immer wieder anhören? Ausgerechnet von ihrer Mutter? Und selbst wenn sie hohe Ansprüche hatte, was war falsch daran? Es war schließlich ihre Entscheidung, nicht die ihrer Mom.

»Und warum bist du dann nicht in einer Beziehung?«, wollte Alice stirnrunzelnd wissen.

Sienna entfuhr ein Schnauben. »Weil ich es nicht möchte? Stell dir vor, es gibt Frauen auf der Welt, die definieren sich nicht über einen Partner oder eine Beziehung. Sie sind glücklich und zufrieden mit sich selbst.«

Und zu dieser Sorte Frauen zählte Sienna sich. Sie wollte unabhängig und selbstständig sein. Beziehungen, schön und gut, sollten andere doch gerne leben, wie sie wollten, aber das war nichts, was sie sich für ihr eigenes Leben wünschte. Zumindest nicht momentan. Sie wollte frei und unbeschwert sein, ohne Eifersucht, Drama oder Liebeskummer.

Alice schüttelte den Kopf, als würde Siennas Aussage sie an ihrem Verstand zweifeln lassen. »Schatz, das glaubst du doch selbst nicht. Jeder Mensch sehnt sich nach Nähe und Liebe. So sind wir einfach gestrickt.«

Nicht schon wieder diese Leier. Warum waren so viele Menschen der Meinung, dass man nur in einer Beziehung glücklich sein konnte? Dass alle Menschen, die Single waren, zwangsläufig unzufrieden und einsam waren?

Sienna war weder unzufrieden noch allein. Sie liebte ihr Leben genau so, wie es war. »Ich nicht«, widersprach sie also. »Nähe und Liebe geben mir auch meine Familie und Freunde.« Sie war nicht einsam, das konnte sie gar nicht sein. Dafür hatte sie zu viele Menschen in ihrem Leben, die sie liebte und die sie liebten.

»Das ist etwas vollkommen anderes. Abgesehen davon, gibt es gewisse Dinge, die dir weder deine Freunde noch deine Familie geben können.«

Sienna hob eine Augenbraue. »Ich weiß ja nicht, aus welchem Jahrhundert du stammst, aber ich brauche auch keine Beziehung, um Sex zu haben.«

Ihre Mom hatte gerade einen Schluck der pinken Vitaminbombe genommen und hustete nun schwer. Sie warf ihrer Tochter einen erschrockenen Blick zu. »Wäre aber besser.«

»Sagt wer?«

Ihre Mom fand, es gehörte sich nicht, Sex außerhalb von Beziehungen zu haben. Was auch einer der Gründe war, warum sie ständig welche hatte. Sienna sah das anders. Sie hatte derzeit den besten Sex ihres Lebens. Ohne das unnötige Drama drum herum. Ohne langweilige oder kitschige Dates. Und ganz egal, was andere dazu sagten, sie hatte nicht vor, daran etwas zu ändern.

KAPITEL 19

Sienna

Der Verschluss der kleinen Glasflasche wollte Sienna ärgern, so viel stand fest. Dieses blöde Ding wollte sich partout nicht öffnen lassen. Die wohltuende Wirkung ihrer heißen Dusche, die ihre Nerven hatte beruhigen sollen, war bereits wieder verflogen. Sie nahm den Verschluss zwischen die Zähne, und mit etwas Mühe konnte sie endlich den Deckel öffnen.

Wurde aber auch Zeit!

Zufrieden schenkte sie sich ein. Der Teppichboden des Hotels kratzte unter ihren nackten Beinen. Sie war total erledigt. Ihre Füße taten vom vielen Herumlaufen durch Miami weh. So viel Bewegung war sie einfach nicht mehr gewöhnt. Sie hatte geglaubt, dass sie zur Erholung hierhergekommen waren, aber da hatte sie sich wohl getäuscht.

Ihre Mom hatte ein straffes Programm geplant, was Sienna vor Augen geführt hatte, wie schlecht es um ihre Kondition bestellt war und sie vielleicht doch mit dem Gedanken spielen sollte, mehr Sport zu machen.

Während Sienna die Liste der Minibar auswendig lernte und aus dem Radio der neue Song von Miley Cyrus erklang, meldete ihr iPhone plötzlich eine neue Nachricht. Es war der Ton von Tinder, und sie wusste sofort, wer ihr geschrieben hatte.

Rafael.

So schnell sie konnte, stand sie auf und warf sich aufs Bett, wo ihr Handy am Ladekabel hing. Sie schnappte sich das Gerät, bevor sie sich wieder auf den Boden des Hotelzimmers zurückzog, um die Nachricht zu lesen.

Hast du heute Abend Zeit?

Sienna wollte weinen. Sie könnte Sex mit Rafael haben. Grandiosen Sex. Aber nein, man hatte sie nach Miami entführt, um Familienzeit zu haben. Das war nicht fair. Dieser Trip war nicht fair. Sie las seine Nachricht erneut und seufzte dann.

Leider nicht, bin in Miami.

Urlaub?

Sienna bereute es mehr denn je, dem Urlaub in Miami zugestimmt zu haben. Sie wollte zurück nach New York. In Rafaels Bett. Oder auf sein Sofa. Um ehrlich zu sein, würde sie sich auch mit dem Fußboden zufriedengeben. Hauptsache, sie spürte seinen Körper an ihrem.

Wohl eher ein Höllentrip.

Wieso das? 😅

Meine Mom hat mich hierhergezerrt, damit ich ihren neuen Stecher kennenlerne. 🙄

Oh, muss ein toller Trip sein. 😂

Sienna spürte wieder die vertraute Wut in ihrem Magen. Alle Gespräche mit ihrer Mom hatten rein gar nichts gebracht. Auch wenn sie versuchte, die Zeit hier in Miami und im Spa zu genießen, so ganz wollte es ihr einfach nicht gelingen. Denn ständig wurde ihr vor Augen geführt, dass ihre Mom in einer neuen Beziehung war, die sie vermutlich wieder in den Sand setzen würde.

Du hast ja keine Ahnung.

Und das beschrieb es nicht mal im Ansatz. Sie wollte sich nicht wieder in die Sache hineinsteigern, sie wollte den Groll loslassen. Aber nun mit Rafael zu schreiben und vor Augen geführt zu bekommen, was ihr entging, stachelte ihre innere Wut nur noch weiter an.

So schlimm wird es schon nicht sein.
Miami ist cool. 😊

Miami war in der Tat cool. Eine sehr interessante Stadt. Zumindest wenn man von den Clan-Streitigkeiten und der hohen Verbrechensquote absah. Und den viel zu vielen Touristen. Sie hatte geglaubt, dass New York von Touristen überschwemmt war, aber Miami stand dem in nichts nach. Hier gab es nur mehr Kameras und Selfiesticks, die die Touristen bereits von Weitem verrieten.

Trotzdem gefiel ihr alles, was sie bisher von Miami gesehen hatten, wirklich gut. Der Rundgang durch den Design District war spannend gewesen. Gerade weil sowohl ihre Mom, die eine Expertin war, was Kunst anging, als auch Clive, der anscheinend eine Vorliebe für Architektur hatte, interessante Fakten zu erzählen hatten, die über das hinausgingen, was der Guide berichtete.

Sienna hatte ihnen gerne zugehört. Auch wenn weder Kunst noch Architektur zu ihren Hobbys gehörten, war dieser Ausflug weit weniger schlimm gewesen, als sie befürchtet hatte. Trotzdem hatte sie abgelehnt, als ihre Mom heute Abend mit ihr und Clive essen gehen wollte. Sie hatte ihr gesagt, dass sie ruhig Zeit zu zweit verbringen sollten, denn sie sei müde.

Müde war sie nicht, sie brauchte einfach ein bisschen Me Time. Sie hatte ausgiebig geduscht, ein Peeling gemacht, und nun saß sie im Schneidersitz vor der Minibar und mischte sich einen Drink. Die Rechnung würde auf ihre Mom gehen, also hatte sie auch kein schlechtes Gewissen, den ganzen Kühlschrank zu leeren, falls es nötig war.

Ich sitze allein im Hotelzimmer,
nur damit ich mir nicht das
Geturtel der beiden antun muss.

Denn auch wenn sie es ungern zugab, wirkten Alice und Clive wirklich schwer verliebt. Es war beinahe unerträglich, ihnen zuzusehen. Sie stellten ihre frische Liebe zur Schau, wann immer sich ihnen eine Gelegenheit bot. Sienna fühlte sich unwohl damit, ihnen dabei zuzusehen.

Ganz allein? 😏

Sienna starrte vor sich auf den Boden, wo eine leere Sodaflasche lag, und dann auf die kleine Wodkaflasche in ihrer Hand. Nein, allein war sie nicht, so konnte man das nicht sagen. Das TV-Programm war mies, und sie hatte kein Tablet dabei, um Netflix zu sehen. Daher die Bekanntmachung mit ihren neuen Freunden.

Nicht ganz. Ich habe die Minibar geplündert.
Wodka und Soda sind heute meine besten Freunde. 🙌

Ein breites Grinsen erschien auf ihrem Gesicht. Sie fühlte sich in diesem Moment unheimlich lustig. Was vermutlich daran lag, dass es nicht ihr erster Drink war.

Die beiden sind bestimmt eine hervorragende Gesellschaft. 😄

Sienna konnte ihn vor ihrem inneren Auge lächeln sehen. Das Funkeln seiner braunen Augen. Wie gerne sie jetzt bei ihm wäre!

Ihr Körper schien das ganz ähnlich zu sehen, denn bei dem Gedanken daran, was sie mit Rafael anstellen könnte, breitete sich ein warmes Gefühl in ihrem Schoß aus, und Hitze überzog ihre Haut. Sie hatte sich nach dem Duschen nicht die Mühe gemacht, sich richtig anzuziehen. Also saß sie nur in Unterwäsche und einem Morgenmantel auf dem Boden ihres Hotelzimmers.

Ich hätte lieber andere Gesellschaft. 😘

Himmel, was war nur los mit ihr? Ihr kleiner Schwips erklärte nicht mal annähernd, warum sie so mutig war. Noch vor ein paar Wochen wäre es ihr nicht einmal im Traum eingefallen, einem Mann solche Anspielungen zu schicken.

Aber das hier war Rafael. Bei ihm konnte sie offen und ehrlich sein. Er verlangte das sogar von ihr. Sienna merkte zwar, dass ihre Wangen heiß waren und ihr Körper erwartungsvoll kribbelte, aber peinlich war ihr die Situation nicht.

Lust, deinen Frust anderweitig abzubauen?

Freudige Erwartung machte sich in ihr breit.

Sie war in ihrem Bett, Rafael vermutlich in seinem. Einer von ihnen war definitiv am falschen Ort.

Was schwebt dir vor?

Trägst du wieder die heiße schwarze Spitze?

Seine Antwort kam so schnell und überraschte Sienna so sehr, dass sie die Nachricht dreimal lesen musste. Wollte er wirklich Sex mit ihr über den Chat haben? Sie dachte darüber nach. Das würde sie hinbekommen. Sie hatte genug erotische Bücher gelesen, um den ein oder anderen heißen Text verfassen zu können. Und wenn sie währenddessen rot wie eine Tomate werden würde, würde Rafael das niemals erfahren.

Ein Grinsen breitete sich auf ihren Lippen aus, und ein ungeahntes Selbstvertrauen nahm von ihr Besitz.

Nein, dieses Mal ist sie blau. Möchtest du sie sehen? 😇

Jederzeit. 😈

Sienna legte sich zurück aufs Bett. Ein Foto vom Boden eines Hotelzimmers war wohl alles andere als heiß. Also rekelte sie sich auf der seidenen Bettwäsche und öffnete den Gürtel des Morgenmantels, damit die Dessous besser zu sehen waren.

Sie war nie der Typ gewesen, der Männern anzügliche Fotos

schickte, denn in Wahrheit hatte sie immer Angst, dass diese Bilder im Netz oder so landen würden, aber bei Rafael hatte sie diese Bedenken nicht. Also machte sie ein paar Fotos, auf denen ihr Gesicht nicht zu sehen war, sondern lediglich die Unterwäsche und der Satinmorgenmantel. Sie fühlte sich sexy.

Mit zittrigen Fingern schickte sie die Bilder ab. Sie war gespannt, was er darauf antworten würde. Ob er ihr wirklich sexten würde oder ob er sich zu den Bildern lediglich einen runterholen würde.

Doch da klingelte ihr Telefon. Es war ein Anruf über Tinder.

»Was zum …?« Sienna starrte fassungslos auf das Display, auf dem Rafaels Name stand. Er rief sie an! Verdammte Scheiße, er rief sie an!

Was sollte sie denn nun tun? Er wusste, dass sie allein auf ihrem Hotelzimmer war. Sie konnte schlecht behaupten, dass sie das Klingeln nicht gehört hatte. Am liebsten hätte sie das Handy einfach von sich geworfen, aber das war natürlich keine Option.

»Hallo?«, fragte sie zaghaft, nachdem sie den Anruf entgegengenommen hatte.

»Das hat ja gedauert. Hast du etwa mit dem Gedanken gespielt, nicht ranzugehen?«, fragte Rafael. In seiner Stimme schwang Belustigung mit.

Ertappt! Sie biss sich auf die Unterlippe. »Das wäre möglich, ja. Dein Anruf hat mich überrascht.« Und das war noch milde formuliert.

»Wirklich? Und das kommt von der Frau, die mir gerade heiße Fotos geschickt hat?«

So heiß waren die Fotos nun auch nicht gewesen. »Na ja, es waren ja keine Nudes oder so«, protestierte sie schwach. Und man erkannte sie auch gar nicht auf den Bildern. Im Grunde könnte es jede gewesen sein.

Rafael lachte leise. Seine Stimme klang kehlig, als wäre er gerade erst aufgestanden oder als hätte er den ganzen Tag sprechen müssen. »Ich hätte auch nichts dagegen, wenn du mir Nudes schicken würdest. Warn mich dann aber vielleicht vor.«

Sienna stemmte sich auf die Ellbogen und runzelte die Stirn. »Warum sollte ich dich vorwarnen?«

»Weil ich ungern mit einem Ständer in der Gegend herumlaufen würde. Das wäre etwas unangenehm.«

Bei Rafaels Worten wurden ihre Wangen heiß und ihre Kehle trocken. Er konnte solche Dinge sagen, als würde er über das Wetter sprechen oder aus einem Kinderbuch vorlesen. Mit einer absoluten Selbstverständlichkeit und ganz ohne Scham. Davon konnte sie nur träumen.

»Jetzt habe ich Bilder im Kopf«, kam es unverfroren aus ihrem Mund, und sie riss erschrocken die Augen auf. Die Bilder ließen sich nicht mehr abschütteln, und die Hitze in ihrem Körper nahm zu.

»Gut so«, kam die heisere Stimme von Rafael.

»Was?«, fragte sie perplex.

Ein Knistern war von der anderen Seite der Leitung zu hören. Gefolgt von einem Lachen an ihrem Ohr. »Du wolltest doch verschiedene Dinge ausprobieren. Schon mal Telefonsex gehabt?«

Sienna dachte darüber nach, schüttelte dann aber den Kopf. Bis ihr auffiel, dass Rafael sie gar nicht sehen konnte. »Ich glaube nicht, dass ich das kann.« Zu Telefonsex gehörten sehr viel Mut und Selbstvertrauen. Sienna war zwar nicht schüchtern, aber gerade doch etwas gehemmt.

»Warum nicht?«

Mit zittrigen Fingern fuhr sie über den glatten Stoff des Bettlakens. Freudige Erwartung pulsierte durch ihre Adern, doch wurde sie durch die wachsende Unsicherheit zurückgehalten.

»Manche Frauen mögen gut im Multitasking sein, ich bin es nicht. Ich kann mich nicht berühren, während ich dir gleichzeitig Anweisungen gebe und dabei versuche, nicht zu lachen. Das ist nicht drin.«

Vermutlich würde sie einen Lachanfall bekommen und sich gar nicht mehr einkriegen. Damit wäre die Stimmung komplett ruiniert.

Rafael gab noch nicht auf. »Dann führ nur meine Anweisungen aus. Du musst nicht reden, nur zuhören.«

Sienna liebte seine Stimme. Sie war rau und glitt doch wie Samt über ihre Haut. Jagte elektrische Impulse über ihren Körper und konnte sie komplett um den Verstand bringen. »Wirklich? Ist das nicht seltsam für dich?« Was hatte er davon, wenn nur sie sich berührte? Oder würde er sich selbst befriedigen, während er sich vorstellte, wie sie es sich selbst machte?

Sienna wurde heiß bei dem Gedanken. Sie hatte noch nie gesehen, wie ein Mann sich selbst befriedigte. Für gewöhnlich hatte sie das immer übernommen. Aber nun stellte sie sich vor, wie Rafael auf seiner Couch saß, in grauen Sweatpants. Wie seine Hand in seine Hose wanderte und seinen Schwanz umschloss.

Bei dieser Vorstellung schlug ihr Herz schneller, und sie atmete tief durch, um sich zu beruhigen. Erneut erklang Rafaels Lachen, und sie spürte, wie sich ihr Magen erwartungsvoll zusammenzog.

»Nein, gar nicht. Ich stelle mir einfach vor, wie du es dir machst, das reicht mir.«

Ihre Kehle wurde trocken. »Wir können es probieren, aber ich –«

»Kein Aber«, unterbrach Rafael sie. »Stell deinen Kopf ab. Der ist im Weg.«

Siennas Mundwinkel hoben sich. »Ich versuch's.«

»Braves Mädchen.« Sie konnte das verwegene Grinsen von Rafael deutlich vor sich sehen. Ein Lächeln, das sie liebte.

»Und was mache ich jetzt?«, fragte sie etwas kleinlaut. Sie hatte so was noch nie gemacht und hatte gar keine Ahnung davon, was sie nun tun sollte.

»Einfach das, was ich dir sage. Und du antwortest, wenn ich dich etwas frage.«

Das sollte sie hinbekommen. Weitestgehend zumindest. »Dann hoffe ich, dass du nicht zu viele Fragen stellst.«

»Liegst du im Bett?«, kam prompt die erste Frage.

»Ja.« Sie lag auf dem Bett in ihrem Hotelzimmer. Noch immer nur in Unterwäsche und Morgenmantel. Der Wodka rauschte durch ihr Blut, und wenn Sienna ehrlich war, war sie horny. Sehr horny sogar, und das lag allein an Rafaels Stimme.

»Gut, mach den Lautsprecher an und leg das Handy zur Seite.«

Sie tat, wie ihr geheißen, und legte das Smartphone zur Seite. Ihre Hände zitterten, und sie war nervös. Gleichzeitig war sie aufgeregt.

»Zieh den BH aus, den brauchst du nicht mehr.«

Ein Schmunzeln umspielte ihre Lippen. Sie war schon jetzt kurz davor, laut zu lachen, doch sie verkniff es sich. Sie wollte versuchen, sich darauf einzulassen.

Sie streifte den seidenen Morgenmantel von ihren Schultern und griff nach hinten an ihren Rücken, um den Verschluss des BHs zu öffnen. Als sie ihn auszog, wurden ihre Nippel augenblicklich hart wegen der plötzlichen Kälte.

»Jetzt schließ die Augen.«

Sienna atmete tief durch, lehnte sich zurück in die Kissen und schloss die Augen. Ihre Haut kribbelte, und sie wartete gespannt auf Rafaels nächste Anweisung.

»Umschließ mit beiden Händen deine Brüste. Und stell dir

vor, dass ich es bin. Das sollte dir nicht schwerfallen, du weißt, wie sehr ich deine Brüste liebe.«

Sie biss sich auf die Unterlippe. Ja, das wusste sie. Rafael widmete sich ihnen jedes Mal ausgiebig, wenn sie Sex hatten. Langsam umschloss sie mit ihren Händen ihre Brüste.

»Umkreise deine Nippel. Dann zwirble sie mit Daumen und Zeigefinger.«

Auch wenn sie sich noch immer etwas unbeholfen vorkam, spielte sie mit ihren Brustwarzen. Umkreiste sie, bis sie spielerisch zudrückte. Sie unterdrückte ein Stöhnen. Es fühlte sich besser an als erwartet.

»Halt dich nicht zurück. Lass mich dich hören.«

Das war eine Herausforderung für sie, so viel stand fest. Sie war selbst beim Sex nicht sonderlich laut, auch wenn sich das mit Rafael bereits geändert hatte. Aber am Telefon lauthals zu stöhnen? So weit war sie noch nicht.

»Mach weiter so. Spürst du, wie deine Brüste schwer werden?«

Sienna fragte sich allmählich, ob Rafael das häufiger tat. Oder ob er sich sein Studium mittels einer Sex-Hotline finanziert hatte. Zuzutrauen wäre es ihm bei dieser Stimme und seinem Talent. Denn auch wenn sie noch zögerte, turnte seine Stimme sie an. Seine Befehle erregten sie.

»Führ eine Hand zwischen deine Beine. Aber lass sie oberhalb des Höschens.«

Oberhalb ihres Slips?

Wieso das, bitte? Wollte er sie quälen?

Ganz offensichtlich schon, denn als sie ein Brummen ausstieß, erklang ein heiseres Lachen von Rafael. Er genoss es, sie zu necken, sie zu teasen.

Sie umkreiste mit der linken Hand weiterhin ihre Brüste, hielt sie fest und kniff sich ab und zu in die Nippel, während sie ihre rechte Hand nach unten bewegte. Über ihren Bauch hinweg, wo sie eine Gänsehautspur hinterließ, bis sie den Saum ihrer Spitzenunterwäsche erreichte.

Langsam fuhr sie mit den Fingerspitzen über den Bund, bis sie darüber hinwegglitt und oberhalb des Stoffes ihren Kitzler fand. Auch wenn die Seide ihre Vulva noch bedeckte, spürte sie die Feuchtigkeit dort.

Wann war sie so nass geworden? Sie hatten doch gerade erst angefangen.

»Übe Druck aus, dann zieh kleine Kreise über deiner Klit«, wisperte Rafael. Seine Stimme klang tiefer, rauer. Irgendwie hungrig, und doch war auch ein Hauch von Neckerei darin.

Sienna schluckte schwer und biss sich auf die Unterlippe. Mit dem Mittelfinger drückte sie auf ihre empfindlichste Stelle, dann umkreiste sie ihre Klitoris. Es fühlte sich gut an. Obwohl sie mehr wollte. Mehr brauchte.

»Kommst du langsam in Stimmung?«, fragte Rafael, und Sienna konnte das Grinsen aus seiner Stimme heraushören.

Sie nickte.

»Ich kann dich nicht hören.«

»Ja«, hauchte sie atemlos, während sie weiterhin ihren Kitzler verwöhnte. Sie spürte das vertraute Zusammenziehen ihrer Muskeln. Kleine Wellen, die sich von ihrer Mitte über den gesamten Körper ausbreiteten.

»Gut so«, sagte Rafael zufrieden. »Jetzt schieb das Höschen zur Seite und spreiz deine Beine.«

So langsam bekam sie *Shades of Grey*-Vibes, aber sie beschwerte sich nicht. Warum auch? Es turnte sie enorm an. Sie hatte nicht gewusst, dass sie gerne Befehle ausführte. Sie hatte gerne die Kontrolle, gerade beim Oralsex. Die Macht über jemanden zu haben, gab ihr einen Kick. Daher wunderte es sie, dass sie so willig Rafaels Anweisungen folgte und es ihr gefiel.

Sie fuhr mit der Hand unter den Stoff ihres Slips und tauchte zwischen ihre Beine. Sie spürte die Nässe und konnte den sich anbahnenden Druck spüren, der sich langsam ausbreitete. Als sie mit dem Zeigefinger über ihre Klitoris fuhr, seufzte sie auf.

»Ich stelle mir gerade vor, wie du vor mir auf dem Bett liegst. Ich vermisse deinen Geschmack auf der Zunge.«

»Rafael«, stöhnte Sienna. So was durfte er nicht sagen, nicht, wenn er am anderen Ende des Landes war und sie ihn nicht berühren konnte. Wäre sie doch in New York geblieben …

Er lachte auf. »Das werde ich bei der nächsten Gelegenheit nachholen müssen. Jetzt nimm einen Finger dazu und verstärke den Druck.«

Das musste er ihr nicht zweimal sagen. Sie hatte schon immer die klitorale Stimulation dem Fingern vorgezogen. Hier verliefen so viele Nerven, die ihre Aufmerksamkeit verlangten. Sie konnte mehr als einmal kommen, wenn sie ihren Kitzler massierte. Rafael schien das zu wissen.

Sienna umkreiste ihre Klitoris. Wieder und wieder. Variierte den Druck. Ihr Atem ging immer schneller.

»Jetzt hör auf.«

Was?

Hatte sie sich gerade verhört? Das konnte ja wohl nicht sein verdammter Ernst sein. Sie stand kurz vor ihrem Höhepunkt, verdammte Scheiße!

Doch sie wollte sich darauf einlassen, wollte Rafael die Kontrolle überlassen und sein Spiel mitspielen. Also stoppte sie mitten in der Bewegung und keuchte auf. »Hör auf, mich zu ärgern. Das ist unfair«, bettelte sie.

»Das stimmt, aber es macht Spaß. Dir ebenfalls.«

Dem würde sie widersprechen. Ganz vehement. Ihr Körper vibrierte, Schweiß klebte auf ihrer Haut, und sie spürte, wie ihre Klitoris pulsierte. Als verlange sie ihre Aufmerksamkeit zurück. Und Sienna wollte sie ihr geben. So sehr.

»Mach weiter«, raunte Rafael dann ins Telefon.

Sienna hatte noch immer die Augen geschlossen. Sie stellte sich Rafael vor, wie er sie geleckt hatte bei ihrem ersten Treffen. Wie er sie verwöhnt und geneckt hatte. Ihre Finger verselbstständigten sich.

Sie näherte sich erneut ihrem Höhepunkt. Und sie wollte kommen. Wehe, Rafael würde sie erneut daran hindern. Dieses Mal würde sie ihn einfach ignorieren. Sie würde so lange weitermachen, bis der Orgasmus über sie hinwegschwappte.

»Willst du kommen, Sienna?«

Ein Stöhnen entfuhr ihrer Kehle bei dieser Frage. Warum bitte war er so gut im Dirty Talk?

»Ja«, flüsterte sie.

»Dann komm«, verlangte Rafael, seine eigene Lust war deutlich in seiner Stimme zu hören.

Sienna umkreiste weiter ihren Kitzler, bis das Gefühl in ihrer Mitte immer stärker wurde und der Orgasmus über sie hereinbrach und sie mit sich riss. Sie keuchte, stöhnte. Zog ihre Beine an den Körper und bewegte ihre Finger weiter, während ihre andere Hand ihre Brust umschloss.

Ihr Höhepunkt war anders als sonst. Intensiver. Es lag vielleicht daran, dass sie andere Sinne benutzt hatte als sonst. Es lag an Rafaels Stimme in ihrem Ohr, seinen Befehlen.

Nur langsam kam sie wieder zu Sinnen. Sie atmete schwer, und ihre Brust hob und senkte sich in einem schnellen Takt. Müdigkeit breitete sich in ihr aus. Wie so oft, wenn sie gekommen war.

Ein leises Lachen war zu hören, doch Sienna hörte alles nur wie durch Watte.

»Schlaf gut, Sienna. Es war mir ein Vergnügen.«

Auch wenn sie müde war, schoben sich ihre Mundwinkel nach oben. Das Vergnügen war ganz auf ihrer Seite gewesen.

KAPITEL 20

Sienna

Das Wochenende war schneller vorbeigegangen, als sie es für möglich gehalten hatte. Ehrlicherweise war die Zeit mit ihrer Mom und Clive gar nicht allzu schlimm gewesen, auch wenn sie die Wut im Bauch noch immer spüren konnte.

Nun saß Sienna wieder im Büro bei *Passion*. Vor ihr lag eine Liste mit Kontaktdaten und Programmvorschauen, denn in einer der kommenden Ausgaben sollte es um lokale Restaurants und Lebensmittelgeschäfte mit dem gewissen Etwas gehen. Sienna war für die Einladungen zuständig. Und die Liste war endlos. Sie hatte gar nicht gewusst, wie viele Läden es in New York gab, die neben dem Betrieb des Restaurants ihre eigenen Produkte anboten.

»Hast du die Kontakte eingespeichert und ihnen die Einladung zu unserem Meet and Greet geschickt?«, fragte Karin, die mit dem Rücken zu Sienna stand und etwas an ihr Whiteboard schrieb. An dieser Tafel herrschte die reinste Zettelwirtschaft, aber Karin behielt trotzdem den Überblick.

»Habe ich«, bestätigte Sienna. »Und die ganzen Unternehmer kommen dann hier ins Magazin und stellen ihre Produkte vor?«

Karin nickte. Sie hatte ihre schwarzen Haare zu einem strengen Dutt zusammengesteckt, der sie viel ernster aussehen ließ, als sie es in Wahrheit war. »Das ist der Plan. Wir wählen die Besten unter ihnen aus und präsentieren sie in einer Fotostrecke. Ist eigentlich nicht mein bevorzugtes Thema, wie du weißt, aber ich musste es übernehmen, weil Fiona bereits in Mutterschutz ist.«

Ein amüsiertes Schnauben entfuhr Sienna. »Da hast du recht, ich hätte bei dir eher an eine Vorstellung von Dessous oder Sexspielzeugen gedacht.«

Insgeheim freute sich Sienna aber auf die Essensserie, es gab nichts Besseres als gutes Essen. Da kamen nicht einmal hübsche Dessous ran.

Karin kam zu ihr herüber und seufzte schwer. »Das wäre mir beides auch lieber gewesen. Ich esse gerne, aber Ahnung davon habe ich nicht. In stressigen Phasen ernähre ich mich von Flüssignahrung.« Zum Beweis hielt sie einen seltsam aussehenden grünen Saft nach oben. Ähnlich dem Zeug, das man Sienna im Spa angeboten hatte.

»Vielleicht entdeckst du ja auf diese Weise neue Restaurants, die du ausprobieren möchtest.«

»Das wäre auch der einzige Nutzen aus dieser Strecke, denn selbst kochen werde ich definitiv nicht.«

Sienna nickte zustimmend. Sie war auch kein Ass, wenn's ums Kochen ging. Sie aß gerne, wirklich sehr gerne, aber das Kochen überließ sie dann doch lieber anderen. Rafael zum Beispiel, der wusste wenigstens, was er tat. Oder seiner Nonna. Ihr Tiramisu war ein wahres Gedicht gewesen.

»Wenn du die Einladungen verschickt hast, kannst du dich auch deinem Unikrams widmen. Ich habe gerade nichts für dich.«

Sienna verzog das Gesicht. Sie wusste Karins Angebot zwar zu schätzen, aber sie wollte am liebsten gerade nicht an die Uni denken. Bis nächste Woche brauchte sie noch ein Thema für ihren Journalismus-Kurs, und sie hatte nicht den leisesten Schimmer, über was sie schreiben sollte. Ihr Kopf war wie leer gefegt, sobald sie Word öffnete und die leere Seite anstarrte. Die sehr leere Seite, wie sie auch jetzt wieder feststellen musste, als sie widerwillig doch Word öffnete. Es half ja nichts.

Vielleicht könnte sie zumindest schon mal Ideen notieren. Aber: nichts. Auch nach Minuten hatte sie noch immer kein einziges Wort getippt.

Das Thema lag ihr schlichtweg nicht. Liebesgeschichten. Kotz, würg, warum musste es ausgerechnet *das* werden?

»Was schaust du denn so grüblerisch?«, fragte Karin. Sie stand direkt vor Siennas Schreibtisch – sie hatte sie gar nicht bemerkt, so sehr war sie damit beschäftigt gewesen, finster auf ihren Laptop zu schauen.

Müde fuhr sich Sienna mit den Händen übers Gesicht. Nicht einmal die drei Tassen Kaffee hatten ihre Lebensgeister und damit ihre Kreativität wecken können. Ihr Gehirn war noch immer leer. »Ich überlege, was ich als Thema für den Abschlussartikel nehmen soll. Mir fällt nur leider nichts Brauchbares ein.«

Für Sienna stand fest, dass sie jeglichen Kitsch vermeiden wollte. Das könnte sie auch einfach nicht überzeugend rüberbringen.

Karin nickte mehrfach und lehnte sich dann gegen Siennas Schreibtisch. »Was sind die Vorgaben?« Sie hatte ganz den Ton der Vorgesetzten angenommen.

»Es soll eine Liebesgeschichte sein, die auf wahren Begebenheiten basiert.« Sienna hasste dieses Thema. Sie hatte es seit dem Moment gehasst, in dem sie die Mail ihres Dozenten bekommen hatte. Wer dachte sich bitte so was aus?

Karins Mundwinkel schoben sich kaum merklich nach oben. Sie versuchte mit Mühe, ein Lachen zurückzuhalten. »Na, das ist ja genau dein Ding.«

Sienna verdrehte die Augen. »Du sagst es, vielleicht tue ich mich deshalb mit der Themenfindung so schwer.« Sie hatte an prominente Paare gedacht, Brangelina zum Beispiel, aber das war nichts Exklusives. Jeder wusste, wie die Beziehung der beiden Stars begonnen, und auch, wie sie geendet hatte. Das war langweilig.

»Hast du schon *irgend*eine Idee? Irgendeinen Ansatz?«, fragte Karin dann.

Langsam schüttelte Sienna den Kopf. Es war ihr unangenehm, zuzugeben, dass sie absolut gar nichts hatte. Sie wusste nur, was sie auf keinen Fall schreiben wollte. »Uns steht es frei, ob die Geschichte romantisch, theatralisch oder dramatisch ist, sie muss auch kein Happy End haben.«

Karin tippte mit einem ihrer Absatzschuhe auf den Boden. Das Geräusch war das einzige im Raum, doch es machte Sienna nervös. Wie eine tickende Uhr, die man einfach nicht abstellen konnte.

»Du könntest über deine Eltern schreiben. Input hättest du genug dafür.«

Sienna verzog den Mund. »Das habe ich auch schon überlegt, aber das möchte ich nicht«, gab sie dann zu. »Die Beziehung zu meiner Mom ist eh schon etwas angekratzt, und sie würde wohl in dem Artikel nicht sonderlich gut wegkommen.«

Karins Blick ruhte auf Sienna. Abschätzend und doch mit einem Funken Verständnis darin. »Vielleicht würde es dir helfen, über die Trennung deiner Eltern hinwegzukommen.«

Sienna runzelte die Stirn. »Ich *bin* darüber hinweg.« Das war sie schon eine Ewigkeit. Ihre Eltern waren immerhin seit sechzehn Jahren geschieden. Da kam man irgendwann drüber hinweg.

Karin wirkte jedoch wenig überzeugt. Sie musterte Sienna argwöhnisch aus schmalen Augen. »Wenn du das sagst.«

Ohne weiter auf Karins Worte einzugehen, seufzte Sienna.

»Fällt dir sonst noch etwas ein? Kennst du jemanden mit einer tragischen Lovestory ohne Happy End?«

Ein heiseres Lachen war die Antwort ihrer Chefin. »Vermutlich nur die Hälfte der Weltbevölkerung, du hast also die freie Auswahl.«

Sienna funkelte Karin böse an. Auch wenn sie damit vermutlich recht hatte, war es nicht das, was sie hören wollte. »Ich meine es ernst, Karin.«

Die zuckte mit den Schultern. »Ich ebenfalls. Sechsundvierzig Prozent der Ehen in unserem Land enden mit einer Scheidung. Das ist keine gute Quote, wenn du mich fragst. Du könntest also über jeden geschiedenen Menschen schreiben.«

Trennungen und auch Scheidungen gehörten zu den Themen, bei denen Sienna sich auskannte. Sie war regelrecht Expertin auf dem Gebiet. Trotzdem wollte sie nicht darüber schreiben. Ganz besonders nicht über die Ehe ihrer Eltern. »Eine Scheidung interessiert doch niemanden mehr. Die meisten Menschen sind geschieden. Ich will etwas Bewegendes schreiben, etwas Echtes und Emotionales.« Vorzugsweise ohne Kitsch, ohne Schnulz und ohne Happy End. War das wirklich zu viel verlangt?

Karin blies die Wangen auf und atmete hörbar wieder aus. »Hm, lass mich kurz nachdenken.« Sie tippte sich mit dem Finger gegen das Kinn. Es war ihre Denkerpose. Für gewöhnlich hatte Karin so die besten Einfälle, und auch jetzt baute Sienna auf die Ideenschmiede ihrer Chefin.

»Du darfst auch länger nachdenken, Hauptsache, ich habe danach ein gutes Thema.« Viel Zeit blieb ihr nicht mehr, um ihrem Dozenten ein Essay vorzulegen, in dem sie das Thema ihres Artikels vorstellte.

»Holst du neuen Kaffee? Da fällt mir das Denken bestimmt sehr viel leichter.« Karin zwinkerte ihr zu.

Mit einem Lachen verschwand Sienna aus dem Büro und lief zur Küche. In den einzelnen Arbeitsnischen war das Team von *Passion* fleißig. Überall waren das Tippen der Tastaturen zu hören und das Raunen leiser Stimmen am Telefon. Sienna konnte sich vorstellen, auch nach ihrem Abschluss für das Magazin zu arbeiten. Teresa hatte ihr sogar schon einen Job im Marketing angeboten.

Doch zuerst musste sie diesen verdammten Artikel schreiben und damit ihren Journalismus-Kurs bestehen. Dann fehlte noch die Abschlussprüfung, und sie war endlich fertig mit ihrem Studium. Sie konnte es kaum erwarten. So langsam war sie es leid, eine Universität von innen zu sehen. Ständig beurteilt zu werden und immer bis in die Nacht hinein lernen zu müssen.

Als sie zurück in Karins Büro kam, saß diese an ihrem eigenen Schreibtisch und tippte wild auf ihrer Tastatur herum. Sie winkte Sienna zu sich, als sie sie eintreten sah. »Ich habe eine Idee. Bring mir den Kaffee, und ich teile sie mit dir.«

Sienna grinste und reichte die dampfende Tasse weiter. »Hier ist der Kaffee, nun raus mit der Sprache.« Sie würde drei Kreuze machen, wenn Karin mit einer rettenden Idee daherkam.

»Hier.« Karin drehte ihren Bildschirm so, dass Sienna ihn ebenfalls sehen konnte. »Da gab es mal eine Website, wo eine junge Frau Kolumnen und Ratgeber rund um Liebe und Beziehungen geschrieben hat. Sie war wie ein Kummerkasten für andere Frauen. Sie war etwa in deinem Alter, starb aber vor knapp zwei Jahren.«

Die Website auf dem Bildschirm war hübsch gestaltet, mehrere Artikel waren auf der Startseite zu sehen. Alle mehr als zwei Jahre alt. Sienna überflog die Überschriften und sah sich die einzelnen Fotos an.

»Wo ist die Lovestory bei dieser Geschichte?«, fragte sie etwas verwirrt. Wenn sie über eine Person schreiben dürfte, die anderen Menschen Beziehungsratschläge gab, dann würde sie über Karin schreiben.

Karin scrollte über die Seite, klickte verschiedene Dinge an, bis sie bei einem Artikel hängen blieb. »Wusste ich es doch! Diese Frau war seit der Highschool in einer Beziehung und hat Tipps immer anhand eigener Erfahrungen weitergegeben. Ihre Seite war sehr beliebt, ich habe ihre Artikel gerne gelesen.«

Siennas Augen wurden groß. Wenn Karin die Artikel dieser jungen Frau gelesen hatte, dann musste das etwas heißen. Karins Geschmack war sehr exklusiv, und man beeindruckte sie nicht schnell.

Über jemanden zu schreiben, der tot war, war jedoch schwierig. Wie sollte Sienna Informationen über diese Frau sammeln, wenn sie gar nicht mehr am Leben war?

»Wie ist sie gestorben?«, fragte sie leise.

Karin zuckte mit den Schultern. »Puh, das weiß ich nicht mehr. Irgendwann wurde die Seite nicht mehr aktualisiert, und dann stand ein Bericht über sie im *New Yorker*, wenn ich es richtig im Kopf habe. Den Artikel über sie findest du bestimmt noch in den Archiven.«

Sienna dachte über Karins Vorschlag nach. Sie hatte ein Thema haben wollten, das echt war. Das bedeutsam und mitreißend war. »Du willst also, dass ich über eine Frau schreibe, die anderen geholfen hat, die wahre Liebe zu finden, und der selbst dieses Glück nicht vergönnt gewesen ist, weil sie zu früh gestorben ist?«

»Es war nur eine Idee.«

Ein Lächeln breitete sich auf Siennas Gesicht aus, und sie umarmte Karin stürmisch. »Das ist perfekt. Genau nach so was habe ich gesucht. Danke, Karin.«

Liebesgeschichten hatten nur in den seltensten Fällen ein Happy End. Und selbst wenn die Beziehung glücklich verlief, bedeutete das Wort »End« doch nur, dass alles irgendwann ein Ende fand. Sei es durch Trennung oder Tod. In diesem Fall hatte der Tod das Liebesglück zerstört. Die Geschichte würde zwar schwer zu recherchieren sein, aber sie würde Emotionen wecken.

Karin legte Sienna eine Hand auf den Rücken und lächelte sie an. »Ich sagte doch, dass du mich jederzeit fragen kannst, wenn du Hilfe brauchst. Dafür hätte ich aber gerne etwas im Gegenzug.« Ein breites Grinsen schlich sich auf Karins hübsches Gesicht.

»Was denn?« Sienna traute sich kaum, die Frage laut auszusprechen, denn das Funkeln in Karins Augen versprach nichts Gutes.

Ihre Chefin lehnte sich in ihrem Drehstuhl zurück und verschränkte die Arme vor der Brust. »Details. Wie läuft dein Tinder-Experiment?«

»Oh, ja, also das läuft fantastisch«, stammelte Sienna etwas perplex. »Ich treffe mich inzwischen regelmäßig mit einem Typen zum Sex.«

Es laut auszusprechen war seltsam. Mit ihrer Mom konnte sie nicht darüber reden, auch nicht mit Teresa. Aber bei Karin war das anders. Sie hatte sie ja erst dazu ermutigt, Tinder auszuprobieren.

Karins Augen weiteten sich vor Erstaunen. »Wirklich?«

»Ja, am Wochenende hatten wir sogar Telefonsex.« Siennas Wangen wurden rot, wenn sie an das Wochenende zurückdachte. Sie hatte noch immer Rafaels raue Stimme im Kopf. Seine sanften und doch fordernden Befehle, wie sie sich berühren sollte. Ein Schauer lief ihr über den Rücken, und sie räusperte sich.

»Ich bin beeindruckt, Sienna. Das scheint genau das Richtige für dich zu sein.« Karin klatschte begeistert in die Hände und wirkte überaus zufrieden mit ihrem Schützling.

Verlegen kratzte sich Sienna am Hinterkopf. »Das Gefühl habe ich auch. Ich habe keinen Druck, ich muss keine Erwartungen erfüllen, und ich kann tun und lassen, was ich möchte. Wenn ich lieber Zeit mit meinen Freundinnen und Freunden verbringen will, muss ich mich nicht rechtfertigen, und wenn ich Bock zu vögeln habe, rufe ich ihn an. Es ist wirklich perfekt.«

Rafael und ihr Arrangement war die perfekte Mischung aus zwanglosem Sex und Respekt. Sienna hatte gelernt, sich Rafael gegenüber zu öffnen, ihm ihre Wünsche und Ängste mitzuteilen. Das hatte sie bisher noch bei keinem Mann gekonnt. Nicht einmal bei jenen, mit denen sie wirklich eine Beziehung geführt hatte.

Karin hatte den Kopf schräg gelegt und beäugte Sienna mit einem Lächeln auf dem Gesicht. »Das freut mich sehr für dich. Du siehst auch zufrieden aus. Ich würde fast sagen, glücklich.«

Sienna nickte. »Ich *bin* glücklich.«

»Wegen ihm?«

Mit dieser Frage hatte Sienna nicht gerechnet. Sie machte eine wegwerfende Handbewegung. »Ach, Quatsch. Einfach wegen der ganzen Situation.«

Sie hatte endlich das, was sie haben wollte.

Fantastischen Sex.

Kein Verbiegen mehr, kein Schauspielern.

Nur guten Sex.

Keine Dates, keine Verabredungen.

Nur Sex.

Sienna runzelte die Stirn. Ihr Magen flatterte, wenn sie an Rafael dachte. Es war doch nur Sex, oder?

KAPITEL 21

Rafael

Von ihm hatte eine solche Nervosität Besitz ergriffen, wie er es in diesem Ausmaß nicht gekannt hatte, bis heute. Morgen war ein verdammt wichtiger Tag für ihn, und er hatte unheimliche Angst, es komplett zu vermasseln.

Seine Anspannung bekam vor allem Rico zu spüren. »Nicht dieses Pesto, lieber das andere«, brummte Rafael gerade, während er die vielen kleinen Glasdosen auf der Arbeitsfläche der Restaurantküche betrachtete.

Sie hatten alle Pestosorten, die sie gemeinsam kreiert hatten und die auf den alten Rezepten ihrer Großeltern basierten, in schöne Dosen gefüllt und sie mit einem extra für sie erstellten Etikett beschriftet.

Eine Freundin von Rico war Künstlerin, und sie hatte eine Illustration ihrer Nonna angefertigt, denn Rico und Rafael waren sich sofort einig, dass Anna Maria Del Piero ihr Aushängeschild werden sollte. Sie war eine italienische Großmutter, wie sie im Buche stand, und jeder, der sie kannte, assoziierte mit ihr die gute italienische Küche.

Als ihre Nonna die Zeichnung gesehen hatte, hatte sie Tränen in den Augen gehabt. Auch wenn sie behauptet hatte, dass es nur die Zwiebeln gewesen waren, hatte Rafael gewusst, dass sie log. Ihre Großmutter hatte es nie für möglich gehalten, dass ihre Enkel eines Tages ihre Kreationen in die Welt hinaustragen würden. Dass sie aus dem Familienrestaurant eine Marke schaffen würden.

Rico verdrehte genervt die Augen. Das hatte er in der vergangenen Stunde mehrfach getan, und Rafael konnte es ihm nicht einmal übel nehmen. Er war heute nicht leicht zu ertragen. Sein Cousin stellte zwei weitere Gläser in eine alte Weinkiste, die sie morgen mit ins Magazin nehmen würden.

»Welche Nudelsorten?«, wollte Rico wissen. Er hatte die Arme in die Hüften gestemmt und sah Rafael mit hochgezogenen Augenbrauen an. Wenn er so dastand, hatte er eine unheimliche Ähnlichkeit mit seiner Mutter. Die konnte auch so genervt schauen.

Bisher hatten sie nicht viele verschiedene Nudelsorten ausprobieren können. Nudeln zu machen war eine Kunst für sich, aber auch verdammt mühselig. Rafael fehlte dafür oft der Nerv und Rico die Lust. Es war anstrengend, und der Aufwand war es – wenn man der Mehrzahl der Gäste glauben konnte – oft nicht wert, da sie wie gute gekaufte Nudeln schmeckten. Eigentlich ein Kompliment, mochte man meinen, aber nicht in den Ohren eines Italieners.

»Ich würde alle mitnehmen.«

Mit dem Kinn deutete Rafael auf die Tagliatelle, die Spaghetti und die grünen Nudeln. Es waren nur drei Sorten, aber das sollte für die Vorstellung in der *Passion* ausreichen.

Rico nickte und packte alles zusammen. Sie hatten beide keine Ahnung, wie genau das Meeting mit *Passion* morgen ablaufen würde. Sie waren nicht die Einzigen, die eingeladen worden waren. Allerdings hatten sie herausgefunden, dass morgen nicht die gesamte Konkurrenz dort sein würde. Man hatte die Teilnehmenden auf unterschiedliche Tage verteilt.

Ihnen wurde die Chance geboten, ihre Produkte und das Restaurant vorzustellen. Mitsamt der Geschichte und ihren Zukunftsvisionen. Konnten sie die Redakteure überzeugen, würde ein Artikel über sie in der *Passion* erscheinen. Genau das, was sie wollten. Die *Passion* wurde jeden Monat von über fünfzigtausend Menschen gelesen, was vor allem an ihrer starken Online-Präsenz lag. Heutzutage lasen die wenigsten noch gedruckte Zeitungen, doch *Passion* war mit den digitalen Artikeln genauso gut vertreten wie mit den Printausgaben.

Dass Sienna in einem solchen Unternehmen arbeitete, fand Rafael verdammt spannend. Es war schade, dass er sie nicht über ihre Arbeit ausfragen durfte. Das würde gegen ihre Regeln verstoßen. Er erwischte sich dabei, dass er ständig über sie nachdachte. Und am liebsten hätte er sie tausend Sachen gefragt. Über ihr Leben, ihre Familie, was sie gerne machte und mit wem. Er hatte durch Zufall mehr über sie erfahren, als anfänglich geplant gewesen war. Und jedes Detail, das er erfuhr, machte ihn nur neugieriger.

»Kochst du für das Team vor Ort? Ich würde das ziemlich cool finden, muss ich sagen«, riss ihn Rico aus seinen Gedanken.

Rafael hob den Kopf und sah seinen besten Freund verwirrt an, bis er über Ricos Frage nachdenken konnte. Dann schüttelte er den Kopf. »Da sind noch haufenweise andere Restaurants, Start-ups und Unternehmen. Da werden so viele Köche sein, dass bestimmt nicht jeder mal an den Herd darf.«

Er konnte sich nicht vorstellen, dass sie morgen würden kochen dürfen. Ihre Produkte wurden vorgestellt, ja, aber ein richtiges Menü würden sie wohl kaum präsentieren dürfen. Für so was waren die Küchen im Magazin bestimmt gar nicht ausgerüstet.

Rico legte den Kopf schief und schmollte. »Das glaube ich nicht. Ich finde, wir sollten vorbereitet sein und irgendetwas mitbringen. Nonna macht uns ihr Tiramisu für die gesamte Belegschaft. Wenn das nicht zieht, weiß ich auch nicht.«

Ein Lächeln breitete sich auf Rafaels Gesicht aus, als er an das Tiramisu seiner Nonna dachte. Nicht wegen seiner Großmutter, sondern wegen einer gewissen Blondine, die sich mit Heißhunger über seinen Nachtisch hergemacht hatte.

»Ich weiß, dass zumindest eine Mitarbeiterin drauf abfährt«, murmelte Rafael. Er hatte das gar nicht laut aussprechen wollen, es war ihm einfach so herausgerutscht, ohne dass er es hätte zurückhalten können.

Rico machte große Augen und ließ alles stehen und liegen, was er gerade getan hatte. »Sienna hat Nonnas Tiramisu gegessen?«

Bei dem Gedanken an den Abend, an dem Sienna das Tiramisu in seinem Kühlschrank entdeckt hatte, musste er leise lachen. »Eine ganze Schüssel voll.« Sienna hätte vermutlich auch noch mehr gegessen.

Rico beugte sich über die Arbeitsplatte. Aus seinen braunen Augen musterte er Rafael eindringlich, als versuchte er, irgendetwas zu ergründen, was ihm bisher verborgen geblieben war. Dann kniff er die Augen zusammen. »Und sie ist noch nicht in dich verliebt? Ich bin enttäuscht, Rafael.« Rico schnalzte theatralisch mit der Zunge.

Rafael zog die Brauen zusammen. »Was? Warum?« Warum zur Hölle sprach Rico denn von Liebe? »Es geht ja eben genau darum, sich nicht zu verlieben.«

Ein seltsamer Ausdruck erschien auf dem Gesicht seines Cousins. »Nein, es geht bei euch angeblich um Sex.«

Rafael runzelte die Stirn. »Was heißt denn hier angeblich? Es *geht* um Sex.« Immerhin hatten sie jedes Mal welchen, wenn sie sich sahen. Wenn er an das vergangene Wochenende dachte, hatten sie sogar Sex, wenn sie sich nicht sahen.

Aus welchem Grund auch immer schien Rico von Rafaels Aussage nicht überzeugt zu sein. »Weiß sie denn, dass wir morgen bei ihrer Arbeit aufkreuzen werden?«

Rafael wurde still. Er hatte überlegt, ob er Sienna schreiben und ihr von der Chance bei *Passion* erzählen sollte. Doch am Ende hatte er sich dagegen entschieden. »Nein, sie will nichts über meine Arbeit wissen.« Das hatte sie sehr deutlich gemacht, als er ihr von der Begegnung mit ihrem Dad erzählt hatte. Er ging davon aus, dass das auch für die Kontakte zu ihrer Stiefmutter galt.

»Und vorwarnen wolltest du sie nicht?«, fragte Rico lachend. Doch das Lachen zeugte nicht von Humor. Es klang viel eher so, als zweifle Rico an Rafaels Verstand.

Rafael zuckte nur mit den Schultern. »Ich denke nicht, nein. Ich weiß ja nicht einmal, ob sie morgen überhaupt da sein wird.« Insgeheim hoffte er, dass sie es nicht sein würde. Nicht, weil er sie nicht sehen wollte, sondern eher, damit es nicht seltsam zwischen ihnen wurde.

Nun sah Rico ihn wirklich so an, als hätte er den Verstand verloren. »Sie ist Karin Chans Assistentin, wenn du so willst. Siennas Name stand unter der Einladung.« Rico fasste das Offensichtliche zusammen und wies Rafael wenig subtil darauf hin, dass er der Meinung war, Sienna würde garantiert anwesend sein.

»Dann weiß sie doch, dass wir kommen.«

Hätte sie dann nicht etwas zu ihm sagen müssen?, fragte sich Rafael in dem Moment. Oder wollte Sienna es wirklich absolut professionell angehen?

»Glaubst du denn, dass sie mit meinem Namen etwas anfangen kann? Ich heiße ja nicht einmal Del Piero.«

Nein, Rico hieß Vittozzi mit Nachnamen. Seine Mutter Federica war eine Del Piero gewesen, hatte ihren Namen bei ihrer Hochzeit mit Bruno allerdings abgegeben.

Darüber hatte Rafael bis eben gar nicht nachgedacht. Weil er so viel mit dem Restaurant zu tun gehabt hatte, hatte sich Rico um die Angelegenheiten mit *Passion* gekümmert. Daher war auch nur sein Name in der Einladung des Magazins aufgetaucht.

»Sie weiß vermutlich nicht einmal, dass ich überhaupt einen Cousin habe«, gab Rafael dann zu.

Rico riss entsetzt die Augen auf. »Du hast noch nie von mir gesprochen?«

Mit einem Augenrollen wandte sich Rafael von seinem Cousin ab und kontrollierte noch einmal die Liste, die sie sich als Erinnerung geschrieben hatten. Dort stand alles drauf, was sie morgen mitbringen wollten. »Was an *Es geht nur um Sex bei uns* hast du eigentlich nicht verstanden? Nein, ich rede nicht pausenlos über meinen Cousin, wenn ich mich mit ihr treffe.«

Sienna würde ihn vermutlich vor die Tür setzen, wenn er anfangen würde, von Rico zu reden. Zu viele private Details.

Rico öffnete den Mund, schloss ihn wieder und räusperte sich. Er legte sich eine Hand auf die Brust, direkt an die Stelle, wo sein Herz lag. »Du verletzt meine Gefühle, Raf. Vielleicht würde ich Sienna gerne einmal kennenlernen.«

»Du willst Sienna kennenlernen? Was ist denn mit Jasmin?«, fragte Rafael dann. »Werde ich sie kennenlernen?« Er wusste genau, dass Rico sie zu einem Date eingeladen hatte. Ganz wie sie es vereinbart hatten. Seitdem hatte sich sein bester Freund mehrfach mit dieser mysteriösen Frau getroffen, von der Rafael fast nichts wusste.

Rico runzelte die Stirn. »Keine Ahnung, ob du das wirst.«

»Ich dachte, du magst sie.«

Ein Lachen entfuhr seinem Cousin, und er machte eine wegwerfende Handbewegung. »Tue ich doch auch, aber wir sind nicht exklusiv.«

Rafael wollte bereits andeuten, wie unglaublich schade er das fand, ließ es aber bleiben. Diese Diskussion würde er nicht gewinnen können.

»Du brauchst mit Jasmin gar nicht vom Thema abzulenken. Ich werde mir morgen mein eigenes Bild von Sienna machen.«

Rafael verzog das Gesicht. Der Gedanke, dass Rico sich morgen Sienna vorstellen würde, gefiel ihm gar nicht. »Warum solltest du das tun? Wenn es nach mir geht, wirst du nie ein Wort mit ihr wechseln – abgesehen von dem geschäftlichen Termin morgen.«

»Um dir etwas zu beweisen.«

»Und das wäre?«, fragte Rafael verwirrt.

Ein Zungenschnalzen erklang. »Dass du etwas für sie empfindest.«

Rafael entglitten die Gesichtszüge, und er starrte seinen Cousin fassungslos an. Dann entfuhr ihm ein hartes Lachen. »Du hast sie ja nicht mehr alle! Ich empfinde nichts für Sienna.«

Und das war die Wahrheit. Keine Gefühle, das war der Sinn der Sache gewesen. Eine ganz einfache Regel, an die sie sich beide problemlos hielten.

»Ist das so?«, fragte Rico langsam.

Rafael seufzte, nickte aber. »Ich mag sie, das ist ja wohl auch besser so, immerhin schlafe ich mit ihr. Aber mehr ist da nicht.«

Wäre es anders, hätte er das doch gemerkt. Er wusste, wie sich Liebe anfühlte. Er hatte es mit Hailey erlebt. Das mit Sienna war etwas vollkommen anderes.

»Das glaube ich dir nicht, Rafael.« Rico war ungewohnt ernst. Verschwunden war der Schalk in seinen Augen, der humorvolle Unterton in seiner Stimme.

So langsam nervte Ricos Gelaber ihn. Warum mischte er sich überhaupt ein? Alles lief super zwischen Sienna und ihm. Es gab nichts, was er ändern wollte. Rein gar nichts.

»Dann überzeug dich morgen selbst davon«, gab er patzig zurück. Da waren keine Gefühle zwischen ihm und Sienna, und Rico durfte das gerne selbst überprüfen, wenn er darauf bestand.

»Glaubst du denn, dass sie dich ignorieren wird?«

Rafael nickte, darüber musste er gar nicht nachdenken. »So sind unsere Regeln. In der Öffentlichkeit kennen wir uns nicht.«

Ihr Treffen im *Roxy's* war eine Ausnahme gewesen. Und da hatten sie auch nur miteinander gesprochen, weil sie zufällig nebeneinandergesessen hatten. Und immerhin hatte die Begegnung mit fantastischem Sex auf der Toilette geendet, was sie ja dann irgendwie doch noch halbwegs regelkonform machte. Aber das würde morgen nicht passieren.

Der morgige Tag würde höchst professionell ablaufen, da war er sich sicher. Sienna würde keine Szene machen und er ganz gewiss auch nicht. Wenn sie miteinander reden mussten, würde es sich nur um die Arbeit drehen. Er machte sich aktuell vermutlich viel zu viele Gedanken. Wahrscheinlich war sie nicht einmal da. Sie war nur eine studentische Aushilfe, das fiel möglicherweise gar nicht in ihren Aufgabenbereich.

»Ihr seid beide zutiefst gestört. Hat euch das mal jemand gesagt?«, fragte Rico trocken.

Rafael brummte. Er war hier nicht die Person, die einen an der Waffel hatte. Diese Rolle übernahm sein Cousin. »Lass gut sein, Rico. Konzentrier dich lieber.«

Es ging hier nicht um Sienna. Sie waren aus einem ganz anderen Grund hier. Einem verdammt wichtigen, falls es Rico entgangen sein sollte.

»Ich bin die Konzentration in Person«, beharrte Rico. »Und im Übrigen immer noch der Meinung, dass wir einkaufen gehen sollten, damit du den Leuten von *Passion* morgen den Kopf verdrehen kannst. Liebe geht bekanntlich durch den Magen.« Rico wackelte anzüglich mit den Augenbrauen, und es war klar, dass er nicht *alle* Angestellten der *Passion* meinte, sondern nur eine ganz bestimmte.

»Das ist Unsinn, Rico.«

Er würde weder Sienna noch ihre Kollegen mit gekochtem Essen um den Finger wickeln. So funktionierte das nicht. Er würde vermutlich gar nicht kochen dürfen. Man würde ihre Pestos und Soßen probieren, das konnte sein. Aber mehr auch nicht.

»Ist es nicht. Ist dir denn noch nie aufgefallen, dass sich jedes Mädchen in dich verliebt hat, für das du gekocht hast?«

Wo kam denn dieser Blödsinn schon wieder her? Führte Rico etwa Buch darüber, für wen Rafael schon alles gekocht hatte? Das war lächerlich. »Das ist überhaupt nicht wahr. Immerhin koche ich häufiger im Restaurant. Da müssen mir die Massen an schwer verliebten Frauen wohl entgangen sein, die die Küche stürmen wollten.«

Er kochte gut, das wusste er. Aber dass Liebe durch den Magen ging, hatte doch nur ein verzweifelter Koch erfunden, der keine Frau abbekam. Außerdem legte Rafael es gar nicht darauf an, dass sich jemand in ihn verliebte. Das Gegenteil war der Fall.

Rico hob einen Finger und bewegte ihn von rechts nach links, als würde er ein Kind ermahnen. »Das zählt nicht. Ich rede hier von einzelnen Frauen, denen du ganz exklusiv etwas zubereitet hast.«

Wovon sprach Rico? Er konnte sich nicht daran erinnern, jemals für eine andere Frau als für Hailey gekocht zu haben. In ihrer Beziehung war er immer dafür zuständig gewesen, das lag ja auch auf der Hand. Hailey hatte ihn geliebt, egal, wie gut oder schlecht seine Kochkünste gewesen waren.

»Du hast sie nicht mehr alle.«

Rico kam auf Rafael zu und hielt ihn an der Schulter zurück, als dieser sich von ihm abwenden wollte. »Hast du für Sienna schon etwas gekocht?«

»Was?«, fragte Rafael verwirrt.

»Hat Sienna schon etwas gegessen, was du gekocht hast? Abgesehen von ihrem Besuch hier.«

Rafael dachte an all ihre Treffen zurück. Abgesehen von dem Tiramisu seiner Nonna hatten sie nie etwas zusammen gegessen. Und selbst das war nur eine Ausnahme gewesen.

»Nein«, beantwortete er daher Ricos Frage.

Rico nickte verständnisvoll. Doch seine Miene war wieder ungewohnt ernst. Er sah Rafael lange an, bevor er weitersprach. »Wenn du nicht willst, dass sie sich Hals über Kopf in dich verliebt, solltest du zusehen, dass das auch so bleibt.«

KAPITEL 22

Sienna

Es gab also doch einen Gott. Es musste ihn einfach geben, denn aktuell befand sie sich im Himmel auf Erden. Für kein Geld der Welt würde sie heute ihren Job tauschen wollen.

Überall roch es nach Essen.

Frisches Obst für irgendwelche fancy Smoothies, karamellisierte Früchte und Nüsse und Siennas absoluter Favorit: Bacon.

Es gab nichts Verlockenderes auf der ganzen Welt als der Duft nach gebratenem Speck.

So könnte jeder verdammte Arbeitstag beginnen, wenn es nach ihr ginge. Kaum zur Tür hereingekommen, war sie direkt mit einem Kaffee aus einer kleinen selbstständigen Rösterei in der 59. Straße begrüßt worden. Den Flur hinunter gab's dann frisch gebackene Macarons, danach einen Joghurt mit selbst gemachtem Birnengelee.

Dieser Tag würde ihrer Figur nicht guttun, aber Wunder für ihre Seele bergen.

An jeder Ecke hatte sich ein anderes Start-up niedergelassen und bot dem Team der *Passion* irgendwelche Leckereien oder Getränke an.

»Ich liebe meinen Job«, flötete Sienna, als sie Karins Büro betrat.

»Und ich erst«, stimmte ihre Chefin zu. Doch Karin schien es dabei weniger um das viele Essen zu gehen. Ihr Blick lag auf einem Mann, der einen Cocktailshaker in den Händen hielt und ihr ein verwegenes Lächeln zuwarf. Auf dem Gesicht ihrer Chefin war ein Hunger zu sehen, der rein gar nichts mit Bacon oder Macarons zu tun hatte.

»Störe ich etwa?« Sienna lachte und legte ihre Tasche ab. Sie beäugte den Mann, der kompliziert aussehende Moves mit dem Shaker ausübte, um dann ein Glas mit einer rosafarbenen Flüssigkeit zu füllen und es Karin zu reichen.

»Lassen Sie es sich schmecken, Mrs. Chan.«

»Danke, Pietro. Und nenn mich ruhig Karin.«

Karin nippte an dem pinken Getränk und lächelte den Mann namens Pietro verführerisch an.

»Du trinkst bei der Arbeit?« Sienna schmunzelte.

Doch Karin zuckte nur mit den Schultern. »Ich probiere lediglich die Produkte, die in unserem Magazin vorgestellt werden. Das *ist* Arbeit.«

Sienna hoffte stark, dass Teresa Karins Meinung teilte. Aber so, wie sie ihre Stiefmutter kannte, hatte sie damit keine Probleme. Schließlich hatte es in diesen Räumen bereits einen Trockenworkshop für Sexstellungen gegeben. Es hatte mehr einer Akrobatikstunde geglichen als allem anderem, war aber für die Zuschauer unheimlich unterhaltsam gewesen.

»Bist du inzwischen froh, dass du diese Kolumne übernommen hast? Ich bin es jedenfalls. Im ganzen Büro riecht es megagut nach Essen.«

Der Duft von Naschereien – und natürlich Bacon – konnte einer Folter gleichkommen, allerdings nur, wenn man nicht von all den Leckereien kosten durfte. Das hier heute war mehr ein All-you-can-eat-Buffet, das kein Ende nahm. Oder zumindest erst enden würde, wenn Sienna Feierabend machte.

»Ich würde die Sexspielzeuge zwar immer noch bevorzugen, aber die werden selten von attraktiven Spaniern vorgeführt, die Drinks mixen können.«

»Dieser Pietro hat es dir also angetan?«

Karin zuckte grinsend mit den Schultern. »Das wäre möglich. Doch er ist nicht der einzige schöne Mann, der hier durch die Gänge läuft. Und dann können all diese Männer auch noch kochen, oder haben zumindest etwas mit Essen zu tun. Dafür habe ich eine Schwäche.«

Dem hatte Sienna nichts entgegenzusetzen. Sie selbst hatte eine Vorliebe für Männer, die kochen konnten. Und für Essen. Ein Lächeln breitete sich auf ihrem Gesicht aus. Automatisch wanderten ihre Gedanken zu einem ganz bestimmten Mann, der rein zufällig ebenfalls gut kochen konnte.

Sofort durchfuhr sie ein Anflug von Sehnsucht. Es wurde definitiv Zeit für ein nächstes Treffen! Ihr Telefon-Date am Wochenende hatte ihre Lust auf Sex angefacht, sie vermisste seine Berührungen. Seine Nähe, seinen Duft und seinen Geschmack.

Direkt nach Dienstende würde sie ihn anrufen.

»Sienna, hörst du mir zu?«

Sie zuckte ertappt zusammen.

Karin schmunzelte. »Woran hast du gedacht?«

»Nicht so wichtig.«

Nur an einen heißen Italiener, der meinen Körper anbetet, als wäre er ein verdammter heiliger Tempel.

»Wenn das so ist, dann lass uns doch unsere Gäste begrüßen.« Karin verließ ihr Büro, und Sienna folgte ihr. Mit einem Megafon in der Hand stolzierte Karin durch die Flure des Magazins.

»Achtung, Achtung, eine Durchsage: Alle Menschen, die aufgrund der *New Yorker Food Secrets* hier sind, bitte einmal im Foyer zusammenfinden.«

Es dauerte nur wenige Minuten, bis sich das Foyer gefüllt

hatte. Die Unternehmerinnen waren deutlich von den Restauranteigentümern oder Köchen zu unterscheiden. Schürzen standen Anzügen gegenüber, doch der Ausdruck auf den Gesichtern der Anwesenden war derselbe: nervös und gleichzeitig erwartungsvoll.

»Ihr seid alle hier, weil uns euer Konzept und euer Pitch zu euren Produkten oder Läden überzeugt haben. Nun heißt es, uns ein weiteres Mal zu überzeugen. Diejenigen von euch, denen das gelingt, erhalten einen kurzen Beitrag in der nächsten Ausgabe der *Passion* und einen eigenen Artikel im Onlinemagazin, das von einer schlappen Million Menschen im letzten Jahr gelesen wurde, aber wer zählt da schon mit?« Karin lächelte in die Menge, das Megafon noch immer in der Hand, und strich sich eine der glatten, dunklen Strähnen hinters Ohr.

Ein Klatschen erklang, doch Karin brachte die Menge mit einer Handbewegung zum Schweigen. »Meine reizende Kollegin Sienna wird nun kurz die Anwesenheitsliste prüfen, jedem ein Namensschild geben und den Ablauf mit euch durchsprechen. Ich freue mich auf die Gespräche mit jedem Einzelnen von euch. Die verantwortlichen Autoren werden gleich rumgehen und die Interviews führen. Ich wünsche allen einen schönen Tag und viel Erfolg.«

Sienna hatte ein Klemmbrett in den Händen und musste von außen vermutlich ziemlich professionell wirken. Dabei dachte sie eigentlich nur an die vielen Proben, die sie würde kosten dürfen, sobald die Interviews begannen.

»Ich fange dort drüben an«, sagte sie zu Karin und zeigte zu einer willkürlichen Ecke des Raumes.

Sienna notierte sich die Namen der Anwesenden, ihre Restaurant- oder Ladennamen und verpasste jedem ein Namensschild.

Gedanklich führte sie bereits eine Liste, welche Geschäfte sie ihrem Dad weiterempfehlen musste und in welchen Lokalen sie demnächst mit Molly oder Camille würde essen gehen müssen.

»Hallo, Mrs. Heyes«, erklang da eine Stimme, und Sienna drehte sich lächelnd um.

»Einen wunderschönen guten Tag. Name?« Sie betrachtete den Mann. Er war etwa in ihrem Alter, vielleicht ein oder zwei Jahre älter. Er hatte dunkle Haare, die an den Seiten kürzer waren und sich oben auf dem Kopf lockten. Ein Ohrring zierte das rechte Ohrläppchen, und in der Nase hatte er einen Stecker.

Braune, treue Augen, ein Schmunzeln umspielte die vollen Lippen. Irgendwie kam er Sienna bekannt vor, gleichzeitig war sie sich sicher, ihm noch nie begegnet zu sein.

»Enrico Vittozzi.«

Sienna suchte den Namen auf ihrer Liste und nickte, als sie ihn gefunden hatte. »Bist du für ein bestimmtes Lokal hier? Hier ist nichts vermerkt.«

Das Grinsen auf dem Gesicht des Mannes wurde breiter. »Ja, das bin ich. Ich bin hier für das *La stanza della nonna*.«

Sienna hielt mitten in der Bewegung inne. Diesen Namen kannte sie. Sie würde ihn wohl niemals wieder vergessen. Ihr Besuch in diesem Restaurant gehörte zu den peinlichsten Momenten ihres Lebens. Sie beäugte den Mann genauer.

»Ah, da zählt jemand eins und eins zusammen«, lachte Enrico.

Mit gerunzelter Stirn sah Sienna ihn an. Kannte er sie etwa? So wie er sie angrinste, schien das der Fall zu sein.

»Ja, wir sind verwandt«, sagte er dann.

Sie wusste nicht, was sie sagen oder tun sollte. Dieser Enrico Vittozzi wusste, wer sie war, und ja, er schien Rafael zu kennen und laut seiner Aussage sogar mit ihm verwandt zu sein.

»Rico«, erklang da eine warnende Stimme, die Sienna sofort erkannte. Sie würde sie unter tausend Stimmen wiedererkennen.

Immerhin war sie zu dem Klang dieses Baritons erst vor wenigen Stunden gekommen.

Sie fuhr herum und starrte Rafael an.

»Was tust du hier?«, entfuhr es ihr. Wobei ihr die Antwort im Grunde klar war. Zumindest jetzt, da sie wusste, dass das *La stanza della nonna* vertreten war.

»Die Rezepte meiner Nonna an den Mann bringen. Oder besser, an die Frau. Lust auf Tiramisu?«, fragte er sie, und Sienna meinte, einen zweideutigen Unterton in seiner Stimme zu hören.

»Ich, ähm … also …«, stammelte sie. Sie hatte komplett vergessen, was sie eigentlich tun wollte. Sie starrte von Rafael auf ihre Liste, dann zu Enrico, der sie breit angrinste, und dann wieder zurück zu Rafael.

»Sienna, ist alles in Ordnung? Hängt es irgendwo?«

Sienna schloss die Augen. Bitte nicht, nicht jetzt. Sie hatte das mieseste Pokerface aller Zeiten, und Karin war ein Ass, wenn es darum ging, andere Menschen zu durchschauen.

Karin trat mit einem Lächeln auf dem Gesicht neben sie. Ihr Blick glitt von Sienna zu Rafael und wieder zurück. »Und Sie sind?« Sie streckte Rafael die Hand entgegen, der sie sofort ergriff.

»Rafael Del Piero, freut mich sehr.«

Da war das vertraute, charmante Lächeln, das Siennas Knie regelmäßig weich werden ließ. Doch dieses Mal galt es nicht ihr, sondern ihrer Chefin. Ganz offensichtlich hatte es bei ihr dieselbe Wirkung, denn Karin strich sich verlegen eine Strähne hinters Ohr und lächelte Rafael kokett an.

»Und ich bin Enrico Vittozzi, es ist mir eine Ehre, Mrs. Chan.« Während er das sagte, schaute er jedoch zu Sienna und schenkte ihr ein wissendes Grinsen.

Oh Gott, er wusste Bescheid.

Er wusste alles.

Siennas Wangen wurden heiß.

Karin reichte auch Enrico die Hand. »Die Ehre ist ganz meinerseits. Immerhin wurde euer Restaurant von der Chefin persönlich empfohlen. Teresas Geschmack stelle ich nicht infrage.«

»Mrs. Heyes hat in der Tat einen fantastischen Geschmack.«

»Stafford«, korrigierten Sienna und Karin Enrico gleichzeitig.

»Oh, mein Fehler, ich dachte …« Enrico sah zu Sienna und zuckte mit den Schultern.

»Ihr kennt euch demnach?«, fragte Karin und sah wieder zwischen Sienna und ihren beiden Gästen hin und her. Sienna und Rafaels Blicke trafen sich kurz, bevor beide zu Boden starrten.

»Interessant.« Das Grinsen auf ihrem Gesicht wurde breiter. »Hast du diesen beiden reizenden Gentlemen schon ihre Namensschilder gegeben?«

Sienna schüttelte den Kopf und zückte den dicken schwarzen Filzstift. Mit dem Mund zog sie den Verschluss ab und schrieb erst Enricos, dann Rafaels Namen auf die Aufkleber. »Hier, einmal gut sichtbar ankleben, bitte.«

Rafael lächelte sie auf eine Art an, als sie ihm seinen Aufkleber reichte, die eher einer Entschuldigung glich. Vermutlich wegen Enricos Verhalten. Doch dafür konnte ja auch Rafael nichts. Sienna konnte es ihm nicht einmal übel nehmen, dass er seinem Cousin – oder wie auch immer das Verwandtschaftsverhältnis zwischen ihnen war – von ihnen beiden erzählt hatte. Immerhin wussten Molly und Camille ja auch Bescheid.

Ein zaghaftes Lächeln umspielte Siennas Mundwinkel. Sie waren doch beide Profis. Nur weil sie sich nun an Siennas Arbeitsplatz über den Weg liefen, mussten sie sich nicht seltsam verhalten.

»Ihr müsstet noch kurz einige Formulare ausfüllen, dann kann's losgehen«, sagte Sienna und reichte ihnen die besagten

Papiere, bevor sie sie stehen ließ und sich zu Karin stellte. Doch sie kam nicht umhin, sich noch einmal zu Rafael umzudrehen. Ihre Mundwinkel hoben sich kaum merklich.

Es war schön, ihn zu sehen.

»Du scheinst ja Erfolg gehabt zu haben«, flüsterte Karin ihr da ins Ohr.

Sienna drehte sich verwirrt zu ihrer Chefin um, die die beiden Italiener neugierig musterte. »Wie bitte?«

»Du schläfst mit ihm, oder? Ist der gut aussehende Italiener dein Tinder-Prinz?«

»Tinder-Prinz?« Sienna schüttelte den Kopf. »Wie kommst du darauf?«

Karin sah Sienna mit schief gelegtem Kopf an. »Musst du das wirklich fragen? Für so was habe ich einen sechsten Sinn.«

»Du hast ja recht«, gab Sienna kleinlaut zu. Sie wollte Karin nichts vormachen. Es brachte ohnehin nichts, da ihre Chefin sie längst durchschaut hatte. »Was hat mich verraten?«

Karin schmunzelte. »Da ist so eine Spannung zwischen euch. Sie ist beinahe mit den Händen greifbar. Wirklich eine interessante Dynamik, die ihr da habt.«

Sienna war verwirrt. »Du hast uns doch nur für wenige Minuten zusammen gesehen.« Abgesehen von Enricos seltsamen Kommentaren, die Sienna verraten hatten, dass er wusste, wer sie war, sollte eigentlich niemand mitbekommen, dass sie sich kannten.

»So was sehe ich direkt. Du hast eine gute Wahl getroffen. Er ist sehr attraktiv und noch dazu höflich, das gefällt mir.«

Es gab nichts, was Sienna dazu sagen konnte, außer Karin zuzustimmen. Ihr Blick glitt hinüber zu Rafael, der sich gerade mit einer der Redakteurinnen unterhielt und ihr verschiedene Produkte zeigte.

Sienna hatte nicht gewusst, dass er heute hier sein würde. Es ergab natürlich Sinn, aber als sie die Einladungen geschrieben hatte, war ihr der Name seines Restaurants nicht aufgefallen, und sein eigener war nicht dabei gewesen.

Rafael lächelte die junge Autorin an, reichte ihr eine Tüte mit Nudeln und erzählte ihr etwas dazu. Die Frau schien auf Wolke sieben zu schweben. Sie hatte gar keine Augen für die Pasta in ihren Händen, sondern himmelte Rafael an.

Sienna verzog das Gesicht, während sie die Unterhaltung zwischen Rafael und ihrer Kollegin beobachtete.

»Du magst wohl keine Konkurrenz«, stichelte Karin neben ihr und verkniff sich sichtlich ein Grinsen.

Ruckartig drehte sich Sienna um. »Unsinn, wir haben feste Regeln.«

Karins Augen weiteten sich, und sie sah über Siennas Schulter zurück zu Rafael. »Was denn für Regeln?«

Sienna hielt einen Finger in die Höhe. »Keine Dates.« Es folgte ein weiterer Finger. »Keine tieferen Gespräche oder Informationen über sich selbst preisgeben.« Es folgte der letzte Finger. »Und keine Gefühle.«

Es war so einfach, und trotzdem regte sich in ihr etwas, was andere als kleines Monster namens Eifersucht bezeichnen würden. Dabei war das absolut lächerlich. Wieso sollte sie eifersüchtig sein, nur weil Rafael mit einer anderen Frau sprach? Und diese Frau rein zufällig so aussah, als würde sie gerne über ihn herfallen? Das war doch Quatsch.

»Das sind eure Regeln?«

Sienna nickte. Es mochten keine besonders einfallsreichen Regeln sein, aber sie funktionierten. Einigermaßen zumindest. Wären da nicht ständig solche Zufälle, bei denen sie sich über den Weg liefen.

Das Essen im Restaurant.

Der Besuch im Kino.

Und nun das heutige Meeting.

Drei Zufälle, die es nicht hätte geben dürfen. Die aber trotzdem nichts an ihrer Beziehung geändert hatten.

Rein gar nichts.

Daran änderte auch die Tatsache nichts, dass ihre Kollegin Rafael gerade eine Hand auf den Unterarm gelegt hatte und ihn anlächelte, als wäre er ihr lebendig gewordener Märchenprinz.

Sienna war sowieso mehr der Typ Evil Queen als Schneewittchen. Das hier war nicht ihre Welt. Sie würde nicht neben Rafael stehen und mit verträumtem Blick zu ihm aufsehen. Das passte einfach nicht zu ihr.

Wenn allerdings nicht bald diese Hand dort verschwand, wäre es gut möglich, dass sie Feuer spie. Jede gute Geschichte brauchte schließlich einen Drachen. Oder sollte sie doch lieber zu dem vergifteten Apfel greifen?

»Du tötest Laura gerade mit deinen Blicken. Muss ich mir Sorgen machen?«, fragte Karin lachend.

Sienna wandte schnell den Blick ab. »Ich weiß nicht, wovon du redest. Er kann machen, was er will.« Solange die einzige Person, mit der er schlief, sie war und es keine anderen Frauen neben ihr gab.

»Na ja, ihr schlaft miteinander. Das macht die Sache bereits kompliziert.«

Sienna schüttelte vehement den Kopf. »Du irrst dich, Karin. Zwischen mir und Rafael ist rein gar nichts kompliziert.«

Karin sah nicht so aus, als würde sie auch nur ein Wort von dem glauben, was sie ihr gerade erzählt hatte. Aber es war die Wahrheit. Konnte ja keiner ahnen, dass sie sich mitangucken musste, wie Rafael von einer anderen Frau angebaggert wurde.

Das hatte sie kurz irritiert, mehr nicht.

»Ich werde nun die restlichen Gäste aufnehmen. Kann ich

dir sonst noch irgendwie helfen?«, fragte sie Karin eine Spur zu freundlich.

»Versuch doch bitte bis heute Nachmittag, niemanden mit Blicken zu erdolchen. Ich bin ja gespannt, wie die Damen hier reagieren, wenn sie herausfinden, dass dein Rafael nicht nur gut aussieht, sondern auch noch kochen kann.« Karins Gesicht glich dem eines gemeinen Teufels. Ein hämisches Grinsen umspielte ihre Lippen.

»Er ist nicht *mein* Rafael«, widersprach Sienna schnell. Erst dann drangen Karins Worte zu ihr durch. Schon jetzt lagen viele Blicke der weiblichen Angestellten auf Rafael. Sienna konnte es ihnen nicht einmal verdenken. Er sah einfach viel zu gut aus mit seinen dunklen Haaren, den schokoladenfarbenen Augen und diesem unverschämt heißen Körperbau. Was sollte erst passieren, wenn auch noch bekannt werden würde, dass er kochen konnte?

»Ich … also, ähm, müssen wir das mit dem Kochen wirklich erwähnen?«, fragte sie zaghaft und kratzte sich verlegen am Hinterkopf. Es war nicht so, dass sie einen Anspruch auf Rafael hatte, aber sie hatte ihn quasi angeleckt. Er gehörte vorübergehend ihr, und alle anderen sollten die Finger von ihm lassen.

Karin sah sie wissend an und brach dann in schallendes Gelächter aus. »Keine Chance. Das wird ein sehr unterhaltsamer Tag werden. Mögen die Spiele beginnen.«

KAPITEL 23

Sienna

Sie war vollauf damit beschäftigt, all das Essen, das ihr angeboten wurde, zu probieren.

Während sie aß, beobachtete sie Rafael. Sie wollte das gar nicht, aber es war, als würde ihr Blick magisch von ihm angezogen werden. Als wäre er ein verdammter Magnet und sie elektrisch aufgeladen. Falls das Sinn ergab – Physik war nie ihre Stärke gewesen.

Rafael stand in der Abteilungsküche, eine Schürze um die Hüften gebunden, und rührte in einem Topf. Um ihn herum standen verschiedenste Häppchen, die das Team von *Passion* kosten durfte. Doch die wenigsten Damen schienen wirklich Interesse an den Gerichten zu haben. Nein, ihr Fokus lag vielmehr auf dem Koch.

»Wer hat dir beigebracht zu kochen?«

»Welches Gericht kochst du am liebsten?«

»Und du kochst häufiger in eurem Restaurant?«

»Wieso habt ihr das Restaurant nach eurer Nonna benannt? Das ist so süß.«

»Es schmeckt so lecker, du hast wirklich Talent.«

Solche und gefühlt tausend andere Fragen prasselten auf Rafael ein. Inzwischen hatten sich nicht nur die Autorinnen und Redakteurinnen in der Küche versammelt, um Rafael zu interviewen. Nein, hier standen Lektorinnen, Designerinnen, ja, selbst ihre Putzkraft hatte sich dazugesellt und himmelte ihn an.

Siennas Mund war zu einer harten Linie verzogen. Nicht einmal die leckeren Macarons oder der Bacon konnten ihre Laune bessern. Es sollte ihr eigentlich nichts ausmachen, Rafael umgeben von Frauen zu sehen. Doch es störte sie. Es störte sie sogar ungemein.

»Weißt du, vielleicht solltest du ihn vor aller Augen ablecken, damit die weibliche Belegschaft weiß, dass er dir gehört«, schlug Karin vor, die mit einem Drink neben ihr stand.

»Igitt, Karin!«

Ihre Chefin winkte lachend ab. »Du weißt, was ich meine. Du hast hier reichlich Konkurrenz. Sobald sich die Erste traut, nach seiner Nummer zu fragen, hast du ein Problem.«

Ein flaues Gefühl breitete sich in Siennas Magen aus. Sie selbst hatte nicht mal Rafaels Nummer. Sie schrieben sich immer nur über Tinder, womit sie bis zu diesem Zeitpunkt auch kein Problem gehabt hatte. Doch wenn sie sich nun vorstellte, dass eine ihrer Kolleginnen nach Rafaels Nummer fragte, befürchtete sie, dass das ganze Essen wieder hochkommen würde.

Sie räusperte sich und legte sich eine Hand auf den Bauch. Vielleicht hatte sie es mit dem Naschen doch übertrieben. »Ich habe gar kein Problem«, brummte sie.

Karin schlürfte geräuschvoll an ihrem Getränk und schüttelte dann den Kopf. »Irrtum, meine Liebe. Du hast mindestens acht Probleme. Möchtest du, dass ich sie namentlich benenne? Da wären Laura, Stacy, Greta …«, begann Karin die Namen der Mitarbeiterinnen von *Passion* aufzuzählen.

Sienna warf ihr einen bösen Blick zu. »Hör auf. Ich kenne ihre Namen, aber keine von ihnen ist ein Problem für mich.«

Das Nagen in ihrem Inneren wurde allerdings schlimmer, als Greta sich an Rafael lehnte, um in den Topf zu schauen, nur um ihm dann ein breites Lächeln zu schenken. Rafael sagte etwas zu ihr, das Sienna nicht verstehen konnte, doch er schien sich mit der vielen Aufmerksamkeit durchaus wohlzufühlen.

»Da hat jemand aber eine Menge Selbstvertrauen«, erklang eine belustigte Stimme hinter ihnen.

Sienna drehte sich um. »Enrico.«

»Sienna.« Ein amüsiertes Grinsen lag auf Enricos Gesicht. Er hatte die Hände hinter dem Rücken verschränkt und wippte leicht auf den Fußballen.

»Du verstehst mich falsch«, widersprach sie Rafaels Cousin. »Meine Kolleginnen sind nicht mein Problem, weil ich keinen Anspruch auf Rafael habe.«

»Du schläfst mit ihm«, sagte Enrico trocken.

Karin neben ihnen verschluckte sich an ihrem Drink und begann zu husten, bevor sie mit großen Augen auf Enrico zeigte. »Er weiß Bescheid?«

Enrico sah Karin verwundert an. »Sie etwa auch?«

Karin lächelte breit und nickte. »Sieht man doch auf den ersten Blick, dass etwas zwischen denen läuft.«

Ein zustimmendes Nicken war die Antwort. »Ja, da haben Sie wohl recht. Beide haben kein gutes Pokerface.«

»Nein, kein bisschen.«

Sienna verschränkte die Arme vor der Brust. »Ich stehe neben euch und kann euch hören. Das wisst ihr, oder?«, fragte sie in einem gefährlich ruhigen Tonfall.

Enrico wandte sich ihr zu, bevor er zu Rafael blickte, der noch immer am Herd stand. »Hast du vor, etwas dagegen zu unternehmen, oder gibst du meinen Cousin so leicht auf?«

Sienna öffnete den Mund, schloss ihn aber dann wieder. Aufgeben? Ihr Blick glitt zu Rafael. Gab sie ihn auf? War das zwischen ihnen vorbei, nur weil er gerade von Frauen umzingelt wurde?

»Was stimmt denn nicht mit euch zwei?«, zischte sie Karin und Enrico zu. »Ich gebe hier gar nichts auf! Er kann flirten, mit wem er möchte.«

»Noch flirtet er nicht«, kam es von Enrico, der Rafaels Verhalten beobachtete. »Das ist sein natürlicher Charme. Müsstest du das nicht wissen? Oder ist Rafael etwa so eingerostet, was das Flirten angeht?«

Siennas Augen wurden schmal. »Es reicht jetzt.«

»Also ist er nicht eingerostet?«

Am liebsten hätte sie laut geseufzt und die Arme in die Luft geworfen, doch sie konnte sich gerade noch so zurückhalten. Enrico hatte eine Art, die ihr unheimlich vertraut war. Und plötzlich wusste sie auch, warum.

»Du erinnerst mich an meine beste Freundin.«

Enricos Augen begannen zu leuchten. »Danke.«

»Das war in diesem Kontext nicht unbedingt ein Kompliment. Sie kann auch nervtötend sein, wenn sie Kupplerin spielt.«

Für ihre beste Freundin würde Sienna alles tun. Wirklich alles, ohne Ausnahme. Aber diese penetrante Art, den eigenen Willen durchzusetzen, konnte einfach nervtötend sein. Eine Eigenschaft, die Enrico mit Camille gemeinsam zu haben schien.

Karin legte Sienna beide Hände auf die Schultern und drehte sie zu sich herum. Die braunen Augen ihrer Chefin wirkten plötzlich ernst. »Sienna, hör auf den Rat einer erfahrenen Frau: Du und Rafael mögt kein Paar sein, aber er ist aktuell dein … nennen wir es Spielgefährte. Wenn du deinen Spielgefährten behalten und nicht mit anderen Frauen teilen willst, solltest du ihn das wissen lassen.«

Sienna verdrehte die Augen. »Indem ich ihn ablecke?«, fragte sie in Anspielung auf Karins vorherigen Vorschlag.

Enrico prustete los. »Du willst ihn ablecken? Warn mich vor, das muss ich bildlich festhalten.«

Heftig schüttelte sie den Kopf. »Unsinn, hier wird niemand abgeleckt.«

»Schade«, kam es seufzend von Enrico.

Doch wenn Sienna Rafael nun mit ihren Kolleginnen zusammen sah, wünschte sich ein kleiner Teil von ihr, dass ablecken als Besitzanspruch erlaubt wäre. Rafael mochte ihr nicht gehören, sie waren ja kein Paar oder auf eine andere Art exklusiv, aber der Anblick von ihm und einer anderen Frau störte sie ungemein.

Ihr Magen zog sich zusammen, und sie hatte das starke Bedürfnis, ihre Fingernägel in jemandes Augen zu versenken. Das war ein kleiner Hinweis auf Eifersucht, das war selbst ihr bewusst. Aber war es so verwunderlich, dass sie nicht wollte, dass Rafael mit jemand anderem flirtete als mit ihr? Sie wollte ihn für sich.

Ihr gemeinsamer Sex war viel zu gut, als dass sie das mit anderen Frauen teilen wollte. In dieser Hinsicht war Sienna eine kleine Egoistin. Rafael gehörte ihr. Zumindest sein Körper. Das hatte sie gerade beschlossen. Vielleicht war es an der Zeit, dass sie über ihre Exklusivität noch einmal sprachen. Sie wollte unter keinen Umständen, dass Rafael neben ihr noch jemand anderen sah. So viel war ihr nun klar geworden.

Sienna ließ ihn und auch Karin stehen und bahnte sich ihren Weg zu Rafael. Sie hatte Glück, denn anscheinend hatten sich die Damen um ihn herum daran erinnert, dass sie nebenbei noch arbeiten mussten.

Rafael war allein. Er drapierte gerade einen Teller mit Pasta. Es duftete nach Pilzen und Basilikum, doch Sienna hatte keine Augen für das leckere Essen.

Sie lehnte sich mit dem Rücken gegen die Arbeitsplatte und beobachtete Rafael dabei, wie er ganz in seiner Arbeit aufging.

»Du scheinst hier reichlich Eindruck zu hinterlassen«, wisperte sie.

Rafael hob den Blick und sah sie an. Seine Mundwinkel schoben sich nach oben. »Es ist fantastisch hier. Jedem gefällt unser Konzept, und bisher schmeckt es auch allen.« Seine Stimme klang euphorisch, und seine Augen leuchteten voller Begeisterung.

»Das habe ich gesehen.«

Eine Falte erschien auf Rafaels Stirn, und er hielt inne mit dem, was er tat. »Stört es dich, dass ich hier bin?«

Langsam schüttelte Sienna den Kopf. »Nein. Ich hab dir ja gesagt, dass ich deinem Job nicht im Wege stehen werde. Das hier ist eine Chance, die du unbedingt nutzen solltest.«

Sie freute sich für ihn. Karin hatte ihr bereits gesagt, dass das *La stanza della nonna* in der engeren Auswahl für die Kampagne war. Wenn sie es jemandem gönnte, dann ihm.

»Danke, Sienna.«

Er lächelte sie an, und ihr Herz begann höherzuschlagen. Ihre Wangen wurden heiß, und sie wandte den Blick ab. »Nicht dafür.«

»Ich habe dir etwas aufgehoben.« Rafael wandte sich von ihr ab und ging zu einer alten Weinkiste, in der er offensichtlich die Zutaten, die er mitgebracht hatte, aufbewahrte.

Sie stöhnte und hob beide Hände. »Oh Gott, ich glaube, ich bekomme nichts mehr runter. Ich habe mich den ganzen Tag mit Essen vollgestopft.« Ihr war bereits schlecht, noch mehr, und sie würde wohl platzen.

Rafael ignorierte ihren Einwand mit einem kleinen Schulterzucken und holte eine Dose hervor, die er ihr hinhielt. »Es ist Nonnas Tiramisu.«

»Okay, gewonnen. Zu Nonnas Tiramisu sage ich nicht Nein.«

Hatte sie gesagt, dass sie satt war? Unsinn! Tiramisu ging immer, ganz gleich, was ihr Magen dazu sagte.

Sein heiseres Lachen ging Sienna durch Mark und Bein, und das verwegene Lächeln, das er ihr nun schenkte, ließ ihre Knie weich werden. Mein Gott, was war denn los mit ihr? Wurde wohl Zeit, dass sie wieder ein bisschen Alone Time mit ihm hatte.

»Das wollte ich hören.«

»Was machst du nachher?«, platzte es aus ihr heraus, als sie ihm die Nachspeise aus der Hand nahm.

Rafael musterte sie, dann fuhr er sich mit der Zunge über die Unterlippe. »Sag du es mir.« Sein Tonfall war spielerisch. Sie kannte diesen Klang, und sie liebte ihn.

»Kannst du dich denn von deinem Harem losreißen?«, stichelte sie und trat näher an ihn heran.

»Eifersüchtig?«

»Sollte ich?«

Rafael ließ sie nicht aus den Augen. »Auf keinen Fall.«

»Gut«, kam es leise von Sienna. Sie starrte auf Rafaels Lippen. Sie hätte nichts lieber getan, als sich zu ihm zu beugen und ihren Mund auf seinen zu pressen. Doch das durfte sie nicht. Nicht hier.

Er schien genau zu wissen, was in ihrem Kopf vorging. Langsam beugte er sich vor und griff nach einem Küchentuch, wobei er wie durch Zufall Sienna verdammt nahe kam.

»Soll ich nachher zu dir kommen?«

»Ich dachte, du fragst nie.«

Als es endlich an ihrer Tür klingelte, konnte Sienna sie gar nicht schnell genug öffnen. Molly und Paisley waren nicht zu Hause, und Sienna hatte die Wohnung für sich.

Na ja, nicht ganz für sich.

Sie zog Rafael hinein. »Wo bist du denn so lange gewesen?«

Sie hatte es nicht erwarten können, ihn endlich für sich allein zu haben.

Rafael schien von ihrer stürmischen Begrüßung überrascht, ließ sich aber nicht lange bitten. Er legte beide Hände an ihre Hüften. Mit den Fingern fuhr er kleine Kreise auf ihrer Haut. »Ich musste Rico noch nach Hause fahren. Er war sehr beleidigt, dass er nicht mitkommen konnte. Du scheinst Eindruck bei ihm hinterlassen zu haben.«

Warum genau sprachen sie gerade über seinen Cousin? Wen interessierte Enrico? Sienna zog Rafaels weißes Shirt aus seiner Hose und streifte es ihm über den Kopf. Sie wollte ihn. Und sie wollte keine Zeit verlieren.

»Ich brauche niemanden außer dich«, keuchte sie. »Geht es dir denn auch so?«, schob sie hinterher, bevor sie es sich anders überlegen konnte. Sie biss sich auf die Unterlippe.

»Ist das deine Art, mich zu fragen, ob ich mich noch mit anderen treffe?«, lachte Rafael leise.

Sie nickte. Es war nicht sonderlich subtil gewesen, aber sie musste für sich selbst Klarheit schaffen. Auf keinen Fall wollte sie, dass Rafael es ihr und einem Dutzend anderer Frauen gleichzeitig besorgte. Doch jetzt auf Exklusivität zu bestehen, kam ihr irgendwie falsch vor, immerhin hatten sie ihre Regeln vorher aufgestellt, und das war kein Teil von ihnen gewesen.

Rafael strich ihr mit beiden Händen über die Arme und lächelte sie an. »Ich treffe mich mit niemand anderem, und ich habe es auch nicht vor«, versprach er ihr.

»Gut«, wisperte sie. »Dann solltest du dich an meinen nackten Anblick gewöhnen, denn zurzeit bin ich die Einzige, mit der du schlafen darfst.« Sie sagte es in einem neckenden Tonfall, beugte sich dann vor und malte eine Spur von Küssen auf Rafaels Brust. Sie liebte seinen Körper. Er war an den richtigen Stellen hart, und trotzdem schaffte er es, dass seine Berührungen sanft waren.

»An den Anblick gewöhne ich mich gerne«, stöhnte Rafael und hob Sienna mit einem Ruck auf seine Arme.

Für sie konnte es gar nicht schnell genug gehen.

Sie schafften es nicht einmal ins Schlafzimmer. In der Küche setzte Rafael sie auf dem Tisch ab, sein Mund und heißer Atem auf ihrem Nacken, während Sienna an seinem Gürtel herumhantierte.

»Zieh das aus!«, verlangte sie, als sie merkte, dass es gar nicht so einfach war, ihn seiner Hose zu entledigen.

Rafael half ihr dabei, die Hose aufzumachen, und sofort schob Sienna ihre Hand in seine Boxershorts und umschloss seinen Schwanz mit ihren Fingern. Er war bereits hart. Mit sanften Berührungen fuhr sie über seine Eichel.

Heute würde es kein langes Vorspiel geben. Dafür war sie gerade einfach zu ungeduldig. Sie wollte Rafael in sich spüren.

Je eher, desto besser.

»Sienna«, stöhnte Rafael an ihrem Hals und griff nach ihrem Oberteil, das er ihr in einer fließenden Bewegung über den Kopf zog. Er öffnete ihren BH und warf ihn achtlos hinter sich. Schon lagen seine warmen Hände an ihren Brüsten. Seine Finger kreisten um ihre Nippel, und Sienna schloss genüsslich die Augen. Sie stöhnte auf, als er mit zwei Fingern ihre Spitzen drückte.

Ihr Stöhnen wurde lauter, als Rafael sich vorbeugte und eine ihrer Brustwarzen in den Mund nahm.

Ein vertrautes Ziehen breitete sich in ihrem Unterleib aus.

Das Rauschen in ihren Ohren überdeckte beinahe das Geräusch des Schlüssels, der sich im Schloss herumdrehte.

»Sienna, Liebling, bist du da?«

Mit weit aufgerissenen Augen schob Sienna Rafael ruckartig von sich. »Heilige Scheiße!«

Rafael atmete schwer und sah sie verwirrt an. Sein Kopf fuhr Richtung Tür herum. »Wer ist das?«

»Meine Mom.«

Sienna sah das Szenario bereits vor ihrem inneren Auge. So schnell konnte sie sich gar nicht anziehen, da stand ihre Mutter auch bereits in der Küche.

Alice hatte eine große Einkaufstüte in der Hand und schien erst gar nicht zu begreifen, dass Sienna zu Hause war.

»Ich wollte auch nur kurz …«, sagte sie zu niemand Bestimmtem, doch dann entdeckte sie Sienna und Rafael. Beide waren oberkörperfrei. »Oh, ich, ähm … Tut mir leid, ich störe wohl.«

So konnte man das auch sagen.

Sienna verdeckte ihre bloßen Brüste. Ihre Wangen waren heiß, und sie wollte am liebsten im Boden versinken. Seit sie mit siebzehn zum ersten Mal Sex gehabt hatte, hatte sie es geschafft, sich nie dabei erwischen zu lassen. Diese Ära war nun vorbei.

»Tust du«, zischte sie. »Kannst du nicht klingeln?«

Alice sah von Sienna zu Rafael und stellte dann in aller Seelenruhe die Tüte ab. »Wozu? Ich habe doch einen Schlüssel.«

Sienna wollte am liebsten laut schreien. »Ja, warum sollte man wohl klingeln?« Sie deutete mit dem Kinn auf Rafael, der etwas perplex in ihrer Küche stand und langsam seine Hose schloss. Ihm musste die Situation ebenfalls unangenehm sein, doch nahm er es gelassener als Sienna.

Alice hob abwehrend die Hände. »Ich konnte ja nicht wissen, dass du beschäftigt bist.« Dann sah sie zu Rafael und schenkte ihm ein Lächeln. »Hi, ich bin Alice, Siennas Mom.« Sie trat zu ihm und streckte ihm die Hand entgegen.

Siennas Augen wurden groß. Das passierte doch gerade nicht wirklich …

»Mom!«, schrie sie.

Rafael legte eine Hand auf Siennas Arm und schenkte ihr ein beruhigendes Lächeln. Dann wandte er sich Alice zu. »Freut mich, Sie kennenzulernen, Mrs. Heyes. Mein Name ist Rafael.« Er streckte ihrer Mutter seine Hand entgegen, und Sienna versuchte, nicht daran zu denken, dass dieselben Hände eben noch auf ihren Brüsten gelegen hatten.

Alice lächelte und erwiderte den Händedruck. »Ich heiße seit meiner Scheidung nicht mehr Heyes, nenn mich einfach Alice.«

Sie musste sich im falschen Film befinden! Als wäre sie auf direktem Weg in der Hölle gelandet. Hier stand ihre Mutter, die sich ihrem Lover vorstellte, obwohl sie sie gerade beim Sex unterbrochen hatte. So was konnte man sich nicht ausdenken.

Andere Eltern hätten sich peinlich berührt die Augen zugehalten und panisch die Wohnung verlassen. Aber nicht Alice Fisher. Nein, ihre Mom sah nicht einmal das Problem an dieser Situation, schaffte es aber, Sienna auf voller Länge zu blamieren.

Sienna fluchte leise und warf ihrer Mutter einen bitterbösen Blick zu. »Er wird dich weder Mrs. Heyes noch Mrs. Fisher, noch Alice nennen, Mom. Du solltest jetzt gehen.«

Das hätte eigentlich von Anfang an klar sein müssen. Doch ihre Mom schien das vollkommen anders zu sehen. »Sienna, sei nicht so unhöflich. Ich habe ja wohl das Recht, mich deinem Freund vorzustellen.«

Sienna hatte geglaubt, dass die Situation nicht peinlicher hätte werden können, doch ihre Mom bewies ihr mal wieder das Gegenteil.

»Er ist nicht … ach, vergiss es.« Ihre Mom würde das sowieso nicht verstehen, und sie hatte nicht die Absicht, ihre und Rafaels Beziehung vor ihr breitzutreten. Alice ging das alles rein gar nichts an.

Rafael trat von Sienna weg, klaubte sein Shirt vom Boden und zog es sich über den Kopf. Er warf Sienna einen kurzen Blick zu, bevor er sich zur Tür wandte. »Ich sollte gehen. Es war mir ein Vergnügen, Alice.«

Siennas Laune sank in den Keller. Sie sah Rafael an, unsicher, was sie tun oder sagen sollte.

Es tut mir leid, sagte sie tonlos über den Kopf ihrer Mutter hinweg. So war der Abend ganz bestimmt nicht geplant gewesen. Sienna hatte sich das alles ganz anders vorgestellt.

Ohne es zu wollen, hatten sie mal wieder gegen eine ihrer Regeln verstoßen. Nun kannte Rafael nicht nur ihren Dad, sondern auch ihre Mom. Na super.

Ein verständnisvolles Lächeln stahl sich auf Rafaels Gesicht, und er schüttelte den Kopf.

Kein Problem, ich ruf dich an, gab er ihr ebenso wortlos zu verstehen und verließ dann ihre Wohnung.

Vermutlich würde sich Sienna tausendmal bei ihm entschuldigen müssen, wenn sie das nächste Mal miteinander sprachen. Zum einen, weil sie unterbrochen worden waren, aber vor allem, weil ihre Mutter einen neuen Rekord an Peinlichkeit aufgestellt hatte. Wollte er sie nach diesem Debakel überhaupt noch wiedersehen?

Sienna hoffte es sehr. Bei ihrem nächsten Treffen würden sie sich irgendwo verschanzen müssen, wo sie niemand finden konnte. Doch erst hatte Sienna noch etwas anderes vor: Sie würde ihrer Mom die Hölle heißmachen, dafür, dass sie einfach bei ihr reingeplatzt war. Und vor allem dafür, dass Sienna nun horny, wie sie war, schlafen gehen musste.

Danke, Mom. Danke für gar nichts.

KAPITEL 24

Sienna

Einmal im Jahr veranstaltete Siennas Dad ein Familiendinner der etwas anderen Art, bei dem sämtliche Ex-Frauen und die aktuelle Ehefrau sowie alle Kinder und Partner anwesend waren.

»Dieses Essen ist jedes Mal ein Highlight«, flötete Molly, die neben Sienna saß. Sie hatte die Hände auf dem Tisch abgelegt, und ihre braunen Augen leuchteten erwartungsvoll.

Holden hatte bei einem Spanier im East Village reserviert. Ein Tisch für eigentlich neun Personen, von denen drei allerdings fehlten. Sienna und Molly saßen auf einer Tischseite, ihnen gegenüber saßen Teresa und Holden. An den beiden Kopfenden saßen Alice und Fiona, Mollys Mom.

Es fehlten Paisley, die es Siennas Meinung nach richtig gemacht und sich freiwillig für eine Sonderschicht bei ihrer Arbeit gemeldet hatte, sowie Mollys großer Bruder und dessen Freundin. Mit Jared und Daphne hatte Sienna wenig zu tun. Auch Molly verstand sich nicht so gut mit ihrem Bruder, umso mehr war es so ein großes Glück, dass sie in Sienna eine Schwester gefunden hatte.

Sienna trommelte auf der Tischplatte herum. Sie hatte ihren Kopf gelangweilt auf der anderen Hand abgestützt. »So kann man es nennen. Ich hätte ein anderes Wort benutzt.« Diese

Treffen waren meistens ein Desaster. Irgendwer sagte irgendwas, was irgendjemanden verletzte, der dann wutentbrannt oder wahlweise weinend den Ort des Geschehens verließ.

Molly stieß sie mit der Schulter an. »Ach komm, so schlimm wird es schon nicht werden.«

Sie hatten bereits bestellt, und Sienna wartete sehnsüchtig auf ihre Paella. Je eher das Essen kam, desto früher war dieses Familientreffen wieder vorbei. Die Stimmung war ohnehin sehr angespannt. Ihre Mom war in eine Unterhaltung mit Teresa vertieft, die nach allem, was sie mitbekam, nur aus oberflächlichem Small Talk bestand.

Auf der anderen Tischseite sprachen Holden und Fiona miteinander. Sie verstanden sich trotz ihrer Scheidung noch sehr gut, was Sienna erstaunte. Ihre eigenen Eltern hatten leider ihre Differenzen. Sie konnten zwar miteinander reden, ohne sich an die Gurgel zu gehen, aber die Anspannung zwischen ihnen war dauerhaft spürbar.

Sienna verdrehte die Augen. »Hast du etwa die letzten Male vergessen, Molly? Es endet jedes verdammte Mal in einer Katastrophe.«

Am liebsten wäre sie gar nicht hier. Aber sie konnte ihrem Vater selten etwas abschlagen. Es war ihm wichtig, dass sich gerade die Kinder noch zu seiner Familie dazugehörig fühlten. Also tat Sienna ihm den Gefallen und nahm an den Essen teil.

Molly kratzte sich verlegen am Hinterkopf, ihr Lächeln wirkte gezwungen. »Unsere Familie ist nun mal seltsam.«

Das war noch milde ausgedrückt. Sienna liebte ihre Eltern, aber sie gehörten – gerade in Kombination – zur anstrengenden Sorte. »Schlimmer als die Kardashians.« Wobei Sienna das nicht wirklich beurteilen konnte, denn sie schaute kein Reality TV.

»Molly, wie läuft es bei dir und Paisley?«, wurden sie von

Alice unterbrochen. »Ich dachte, sie würde heute mitkommen.« Dabei wirkte Alice alles andere als traurig über Paisleys Fehlen. Ihre Mom war der Beziehung von Molly und Paisley gegenüber etwas kritisch, auch wenn sich das mit der Zeit gebessert hatte.

Bei der Erwähnung von Paisleys Namen schlich sich ein Lächeln auf Mollys Gesicht. »Sie konnte heute leider nicht, ansonsten wäre sie bestimmt gerne mitgekommen. Bei uns läuft es richtig gut.«

Alice nickte zufrieden. »Das freut mich sehr.« Doch dann wanderte ihr Blick zu Sienna, und ein seltsamer Ausdruck trat in die blauen Augen ihrer Mutter. »Ich hoffe ja, dass es bei Sienna auch bald wieder gut laufen wird. Jetzt, wo sie einen Freund hat.«

Sienna entglitten die Gesichtszüge. Sie starrte ihre Mom entsetzt an. Sie hatte ihr bereits vor einigen Tagen sagen wollen, dass sie und Rafael nicht zusammen waren, doch nachdem Alice sie beim Sex gestört hatte, hatte ihre Mom direkt nach Rafael die Wohnung verlassen.

Sämtliche Blicke am Tisch richteten sich nun auf Sienna.

Oh. Mein. Gott.

Sie vergrub ihr Gesicht in den Händen. Das durfte ja wohl nicht wahr sein.

»Du hast einen Freund?«, kam es erstaunt von ihrem Dad.

»Oh, Sienna, wie schön. Du hast ja gar nichts erzählt.« Teresa lächelte sie an, was die Grübchen in ihren Wangen deutlich hervortreten ließ. Sie schien sich aufrichtig für Sienna zu freuen, wirkte aber auf der anderen Seite nicht neugierig, so wie Siennas Mom.

»Freund?«, flüsterte Molly Sienna verwirrt zu.

Sienna schüttelte langsam den Kopf. Sie hatte ja befürchtet, dass dieses Essen eine Katastrophe werden würde. Doch hatte sie geglaubt, das Drama würde sich zwischen ihren Eltern abspielen. Da hatte sie sich wohl getäuscht. »Ich habe nichts erzählt, weil es nichts zu erzählen gibt.« Es war nicht geplant gewesen, dass ihre Mom Rafael kennenlernte. Geschweige denn, sich ihm vorstellte, während er oben ohne vor ihr stand.

Auch dass ihr Dad in Erwägung zog, Geschäfte mit Rafael und seiner Familie zu machen, hatte Sienna so nicht geplant. Alles lief allmählich aus dem Ruder.

Alice schien Siennas Einspruch gar nicht zu hören, sondern drehte sich zu Teresa und Holden. »Er ist reizend. Und hat einen tollen Körper. Sie passen wirklich fantastisch zusammen.«

Siennas Dad runzelte die Stirn. Die Aussage seiner Ex-Frau schien ihm übel aufzustoßen. »Woher weißt du das, Alice?«

Das war eine sehr berechtigte Frage, auf die ihre Mom hoffentlich nicht näher eingehen würde. Leider bekam Sienna sehr selten, was sie wollte.

»Ich habe die zwei erwischt«, kicherte Alice.

Sienna schloss die Augen und zählte gedanklich bis zehn, um sich zu beruhigen. Vergeblich. Sie funkelte ihre Mom wütend an. »Was nur daran gelegen hat, dass du nicht wie ein normaler Mensch die Klingel benutzt, sondern dich einfach selbst reinlässt.«

Sie hätte Alice niemals einen Ersatzschlüssel geben dürfen. Dieser Schlüssel war eigentlich für den Notfall gedacht, falls sich Sienna mal ausschloss und keiner zu Hause war. Offensichtlich hatte ihre Mutter verdrängt, was sie besprochen hatten.

Ihr Dad räusperte sich und warf Sienna einen undefinierbaren Blick zu. War er plötzlich verlegen oder doch eher grün um die Nase? »Du hast unsere Tochter beim Sex erwischt?«

Alice grinste. »Könnte man so sagen.«

Ein genervtes Stöhnen entfuhr Sienna, und sie warf ihren beiden Elternteilen einen vernichtenden Blick zu. »Besagte Tochter ist anwesend und will wirklich nicht darüber reden, also könnten wir bitte das Thema wechseln?«

Das hier war ein Familienessen. Themen, die besprochen werden durften, waren das Wetter, neue Restaurants, die Arbeit oder die Spiele der Yankees. Was *nicht* breitgetreten werden durfte, war Siennas Sexleben.

Fiona und Teresa hielten sich bedeckt, doch sie spürte Teresas besorgte Blicke auf sich. Sie schien nicht begeistert zu sein, dass sich Alice und Holden auch weiterhin mit dem Thema befassen wollten.

»Wieso hast du mir nicht gesagt, dass du jemanden datest?«, wollte ihr Vater wissen. Er wirkte verletzt. Für gewöhnlich erzählte sie ihm alles. Denn im Gegensatz zu ihrer Mutter stellte ihr Dad selten peinliche Fragen.

»Weil ich das nicht tue, Dad.«

»Willst du mir etwa erzählen, dass ich mir den attraktiven Italiener, um den du deine Beine geschlungen hattest, nur eingebildet habe?«, fragte nun ihre Mom.

Teresa legte den Kopf schräg und tippte sich mit dem Finger gegen das Kinn. »Italiener? Doch nicht der Kellner aus dem *La stanza della nonna,* oder?« Sie schien ihre Frage direkt zu bereuen und sah entschuldigend zu ihr rüber.

»Du bist in einer Beziehung mit Rafael Del Piero?« Ihr Dad hob erstaunt die Brauen.

»Du kennst seinen vollen Namen?«, fragte Alice mit großen Augen, bevor sie Sienna einen Blick zuwarf, der ihr Verrat vorwarf. Als wüsste Holden mal wieder mehr als sie selbst.

Holden nickte zögerlich. »Wir sind bekannt miteinander, ja. Ich wusste nur nicht, dass unsere Tochter ihn kennt.«

Dieses Essen nahm Platz 1 der peinlichsten Abende ihres Lebens ein. Sienna saß mit ihren getrennten Eltern in einem öffentlichen Restaurant, während die beiden sich über ihren Liebhaber unterhielten. Schlimmer konnte es ja kaum noch werden.

Sie schlug mit der Hand auf den Tisch. Das Besteck klapperte. Einige andere Gäste drehten sich neugierig in ihre Richtung um, doch das war Sienna gerade egal. »Um Gottes willen, könnt ihr jetzt aufhören?«

Teresa legte Holden eine Hand auf den Unterarm und lächelte Sienna verlegen an. »Schatz, Sienna möchte offenbar nicht darüber reden. Akzeptiere ihre Privatsphäre.«

»Unsinn, Teresa«, widersprach Alice. »Als Eltern haben wir das Recht zu erfahren, mit wem sich unsere Tochter trifft. Du verstehst das nicht, du hast keine Kinder.«

»Mom!«, zischte Sienna und sah ihre Mutter entsetzt an. Das hatte sie jetzt nicht wirklich gesagt, oder? Das war ein sehr sensibles Thema, manchmal fehlte es Alice wirklich an jeglichem Einfühlungsvermögen.

Auch Siennas Dad sah seine Ex-Frau bestürzt an und legte einen Arm um Teresa. »Alice, Teresa ist ebenso ein Teil dieser Familie.«

Teresa zwang sich zu einem Lächeln und schüttelte den Kopf. »Ist schon in Ordnung, Holden. Sie hat ja recht, ich bin nicht Siennas Mom.«

Ein Schnauben entfuhr Sienna. Sie würde das nicht so stehen lassen, garantiert nicht. »Und trotzdem bist du hier die Einzige, die es zu interessieren scheint, was ich will oder zu sagen haben.«

Teresa sah sie erstaunt an. Ebenso Alice, die mit großen Augen zwischen Sienna und Teresa hin- und herblickte. »Was redest du denn da?«, fragte Alice mit schwacher Stimme. »Wir wollen doch nur das Beste für dich.«

Sienna konnte nicht anders, sie lachte hart auf. »Ach, willst du das? Woher willst du denn wissen, was das Beste für mich ist, wenn du mich nie fragst, was ich will?«, fuhr sie ihre Mom an. »Und wenn ich es dir sage, nimmst du es nicht ernst.«

»Das stimmt doch gar nicht, Sienna.«

»Ich habe dir gesagt, dass ich keine Beziehung will. Du drängst mich trotzdem die ganze Zeit dazu, irgendjemanden zu daten. Ich habe dir gesagt, dass ich deinen neuen Freund nicht kennenlernen möchte. Du schleppst mich zu einem Wochenendtrip mit ihm, ohne mir das vorher zu sagen. Soll ich weitere Beispiele aufzählen?«, fuhr sie ihre Mom an.

»Wenn du keine Beziehung willst, was ist das dann mit Rafael?«, kam es nun verwirrt von ihrem Dad.

Sienna warf genervt die Arme nach oben. »Wir schlafen miteinander. Mehr nicht. Aber das geht euch rein gar nichts an.«

»Was?« Ihr Dad schien sich an seiner eigenen Spucke zu verschlucken, während ihre Mom sie entsetzt anstarrte und fragte: »Ihr tut *was*?«

Molly neben ihr schüttelte zaghaft den Kopf und tauschte einen kurzen Blick mit ihrer eigenen Mutter, die die Szene schweigend beobachtete. »Wirklich besser als bei den Kardashians«, murmelte Molly dann.

Sienna achtete gar nicht auf sie, dafür war sie viel zu aufgebracht. Sie kam sich vor wie bei einem Verhör. Die entsetzten Gesichter ihrer Eltern machten aus Sienna wieder ein sechsjähriges Mädchen. Hilflos und verwirrt wie in dem Moment, als sie ihr gesagt hatten, dass sie sich scheiden lassen würden.

»Du schläfst mit einem Mann, für den du rein gar nichts empfindest?«, hakte Alice nach und legte sich eine Hand auf die Brust. Fehlte nur noch, dass sie sich bekreuzigte.

»Du hast es perfekt auf den Punkt gebracht, Mom«, zischte Sienna. »So ist es. Ich brauche keine Beziehung, um Sex zu haben.« Würde ihre Mutter das genauso sehen, würde sie sich nicht ständig in eine neue Beziehung stürzen. Da war sich Sienna sicher.

Alices Augen wurden wässrig. »Ich verstehe einfach nicht, warum du keine Beziehung haben möchtest. Sieh dir Molly an, sieh dir mich an. Wir sind glücklich. Das könntest du auch sein.«

Sienna stand abrupt auf, ihr Stuhl gab ein hässliches Quietschen von sich. Sie schüttelte den Kopf und merkte, wie sich eine Spannung in ihr löste. Ein Knoten, der sich viel zu lange in ihr verborgen hatte und nun nach außen brach. »Du verstehst es einfach nicht, Mom. Ich *bin* glücklich. Ich brauche dafür keine Beziehung.«

»Offenbar schon, denn du willst ja mit jemandem schlafen. Also sehnst du dich nach Nähe.«

Warum hörte ihre Mutter ihr einfach nicht zu? Sie tat so, als wüsste Sienna nicht, was sie wollte, oder als wäre sie ein Kind, das es nicht besser wüsste. Ihre eigenen Wünsche und Vorstellungen vom Leben waren nichts wert. Zumindest dann nicht, wenn sie nicht denen von Alice entsprachen.

»Nein, ich sehne mich nach *Sex*. Das ist ein Unterschied.«

Holden räusperte sich und hob beschwichtigend die Hände. »Ich glaube nicht, dass ich noch mehr über das Thema reden möchte. Mit wem meine Tochter ins Bett geht, will ich gar nicht wissen.« Ein angespannter Ausdruck lag auf seinem Gesicht, doch er schien die Wogen zwischen Mutter und Tochter glätten zu wollen.

»Ich will auch nicht darüber reden. Aber das wird hier ja ignoriert.« Rafael gehörte definitiv nicht an diesen Tisch. Er war ihr Geheimnis. Ihre Affäre. Er gehörte allein ihr.

Alice erhob sich nun ebenfalls und legte Sienna eine Hand auf den Arm. »Wir sollten darüber reden, finde ich. Mir scheint, dass du mit zwanglosem Sex versuchst, etwas zu kompensieren.«

Sienna schüttelte die Berührung ihrer Mutter ab. »Ich kompensiere überhaupt nichts!« Hörte ihr denn eigentlich niemand an diesem gottverdammten Tisch zu? Oder merkte, dass sie über Themen sprachen, die sie rein gar nichts angingen?

Alice schluckte schwer, dann drehte sie sich abrupt zu Holden um und warf ihm einen vernichtenden Blick zu. »Das ist deine Schuld. Deine vielen Ehen haben unsere Tochter verkorkst.«

Verkorkst?

Sienna starrte ihre Mutter fassungslos an. Sie war also verkorkst? Nur weil sie keine Beziehung wollte? Weil sie nicht an die ewige Liebe glaubte? Sienna hatte immer gewusst, dass sie keine Gemeinsamkeiten mit ihrer Mutter hatte. Doch nun solche Worte aus ihrem Mund zu hören, tat weh.

Sie merkte, wie ihre Kehle eng wurde. Wie sich ihr Herz zusammenzog. »Ich bin weder verkorkst«, wisperte sie, »noch ist Dad schuld an irgendwas. Wenn hier einer Schuld hat, dann du.« Ihre Stimme brach am Ende des Satzes.

»Was?«, fragte Alice verwirrt.

Sienna biss sich auf die Unterlippe. Sie konnte es nicht länger zurückhalten. Den Frust, den Ärger. Den Schmerz, den die achtlosen Worte ihrer Mom verursacht hatten.

Vermutlich sollte sie einfach gehen, doch es war längst zu spät. »Wer schleppt denn alle paar Monate einen neuen Kerl an und schwafelt von der großen Liebe? Das bist du!«

Ihre Mom war der Grund, warum Sienna nicht an die Liebe glauben konnte. Warum sie nicht auf einen Mann wartete, der ihr die Welt versprach.

»Sienna, beruhige dich«, bat Molly leise und legte ihr eine Hand auf den Arm.

Sienna wich zurück, sie spürte, wie sich ihre Augen mit Tränen füllten. »Nein, sie muss endlich verstehen, dass ihr Lebensstil für mich nicht funktioniert und sie nicht von mir verlangen kann, dass ich mich genauso wie sie von einer Beziehung in die nächste stürze.«

»Sienna, das ist nicht fair«, flüsterte ihre Mutter und sah sie voller Schmerz an. Alice hatte beide Arme um sich gelegt, als benötige sie den Halt.

»Ist es auch nicht!«, zischte Sienna.

Stille breitete sich am Tisch aus, und Sienna spürte sie wie einen Stein, der fest auf ihre Brust drückte. Sie war der Grund für das Schweigen. Für die angespannte Stimmung, für die enttäuschten Blicke.

Ihr Dad stand auf. Seine Stimme war leise, als er sprach. »Deine Mutter gibt ihr Bestes.« Er warf Alice einen kurzen Blick zu, als fürchtete er, sie könnte jederzeit in Tränen ausbrechen.

Sienna schüttelte nur den Kopf. »Ich wünschte, dem wäre so.« Doch das war nicht wahr. Allein dieser Abend war Beweis genug dafür.

Ihr Dad sah sie mit zusammengekniffenen Augen an. »Sienna, es reicht jetzt.« Sein Ton wurde hart, beinahe schneidend. Nun hatte sie auch ihren Dad vor den Kopf gestoßen und enttäuscht. Hervorragend.

»Da hast du recht. Es reicht wirklich. Ich gehe.« Sienna griff nach ihrem Mantel, der über ihrem Stuhl lag, und schlüpfte hinein.

»Sienna!«, zischte ihr Dad, doch sie hörte ihm nicht mehr zu.

Molly versuchte sie aufzuhalten. »Sienna, warte«, bat sie leise, doch Sienna ignorierte auch sie.

Überstürzt verließ sie das Restaurant. Sie wollte nur noch weg. Weg von ihren Eltern, weg von den Blicken. Den Blicken voller Ärger, Enttäuschung und Verrat.

Die Tränen ließen sich nun nicht mehr aufhalten. Tränen der Wut und Tränen voller Schmerz. Sie hatte so oft versucht, ihrer Mom ihre Sicht der Dinge zu erklären, aber Alice hatte ihr nie zugehört.

Jetzt war alles aus ihr herausgebrochen. Einfach alles. Es

hatte sich gut angefühlt. Als wäre ein gigantisches Gewicht von ihr genommen worden. Doch dieses Gefühl hatte nur kurz angehalten. Bis sie in die enttäuschten Gesichter von Teresa und ihrem Dad geblickt hatte, in das mitleidige von Molly und in das verletzte ihrer Mom.

Sienna kramte ihr Handy aus der Jackentasche und wählte Camilles Nummer. Sie brauchte jetzt ihre beste Freundin. Sie brauchte Camille. Musste die Geborgenheit ihrer Freundin spüren, ihre beruhigenden Worte hören.

Doch Camille nahm nicht ab.

Die Tränen liefen nun Siennas Wange hinunter. Sie konnte nichts dagegen tun, sie liefen einfach weiter. Mit dem Handrücken wischte sie sich über die Nase. Ein Schluchzen entfuhr ihr.

Sie wollte jetzt nicht allein sein. Doch sie konnte auch nicht zurück zu Molly. Es gab nur noch eine Person, an die Sienna sich wenden konnte. Es verstieß gegen alle Regeln, aber das kümmerte sie in diesem Moment nicht. Sie brauchte irgendjemanden, sie brauchte *ihn*.

Sie brauchte Rafael.

KAPITEL 25

Rafael

Im Fernsehen lief ein Spiel der Yankees, eine Lasagne backte im Ofen, und Bier stand kalt. Rafael nickte zufrieden und fläzte sich aufs Sofa. Er würde seinen freien Abend genießen. Es war der erste seit langer Zeit.

Nach dem Duschen hatte er sich nicht die Mühe gemacht, sich anständig anzuziehen, sondern sich nur in seine Jogginghose und ein weißes Shirt geworfen. Für was auch? Er erwartete keinen Besuch und musste nirgendwo mehr hin.

Sein Blick wanderte immer wieder zu seinem Smartphone, das auf dem Couchtisch lag. Er hatte Sienna seit zwei Tagen nicht gesehen. Auch nicht mit ihr gesprochen. Sie hatten nach dem etwas unangenehmen Zusammenprall mit ihrer Mutter nur kurz geschrieben. Oder vielmehr, Sienna hatte sich entschuldigt. Ungefähr hundert Mal.

Dabei hatte Rafael es gar nicht so dramatisch gefunden. Zugegeben, die Mutter der aktuellen Affäre kennenzulernen, stand nicht ganz oben auf seiner Wunschliste. Vor allem nicht, während er die nackten Brüste ihrer Tochter liebkoste und besagte Tochter ihre Hand in seiner Hose hatte. Aber Rafael hatte es mit Humor genommen.

Sienna hatte das anders gesehen. Ihr war die Situation mehr

als nur unangenehm gewesen. Rafael konnte sie verstehen. Wenn seine Mutter in die Wohnung geplatzt wäre, wäre die Hölle auf Erden ausgebrochen.

Gerade als Rafael mit dem Gedanken spielte, Sienna doch noch anzurufen und zu fragen, ob sie heute Abend Zeit hatte, klingelte es an seiner Wohnungstür. Oben im vierten Stock, nicht unten an der Haustür. Bestimmt Rico, der von einer von Rafaels Nachbarinnen unten reingelassen worden war.

Mit einem Stöhnen erhob er sich und lief zur Tür. Eigentlich hatte er in diesem Moment keine Lust auf die Gesellschaft seines Cousins. Er liebte Rico und verbrachte gerne Zeit mit ihm, aber sie hatten die vergangenen Tage nur aufeinander gehangen. Manchmal tat etwas Distanz gut.

Rafael machte sich nicht die Mühe, durch den Türspion zu gucken, er griff nach der Klinke und zog die Tür auf. »Hast du mich so sehr –«, setzte er bereits an, dann stockte er. Vor ihm stand nicht sein Cousin. Vor ihm stand Sienna.

Einen Moment lang war er zu überrascht, um etwas zu sagen. Er hatte eben noch an sie gedacht, und nun stand sie vor seiner Tür. Vielleicht gab es so was wie Schicksal oder Vorhersehung ja doch.

»Sienna, was tust du hier?«, fragte er dennoch. Sie waren nicht verabredet, und Überraschungsbesuche hatte es bisher keine zwischen ihnen gegeben.

Sienna kaute auf ihrer Unterlippe, hatte den Kopf zur Seite geneigt, als könnte sie ihm nicht in die Augen schauen. Sie trug ein kurzes dunkelgrünes Kleid, das definitiv zu kalt für diese Jahreszeit war, und dazu hohe Schuhe. War sie aus gewesen?

Sie sah jedenfalls viel zu schick aus, um den Abend auf dem Sofa verbracht zu haben. Oder hatte sie ihn mit dem Aufzug überraschen wollen? Das konnte er sich nicht vorstellen. Dafür war sie nicht der Typ.

»Ich …«, begann sie, verstummte aber direkt wieder. Sie spielte mit ihren Fingerspitzen, wirkte plötzlich verlegen und unsicher.

Rafael zog die Brauen zusammen. »Ist alles in Ordnung?«

Sienna fuhr zu ihm herum, und ehe er sichs versah, hatte sie sich in seine Arme geworfen. Rafael hatte Mühe, das Gleichgewicht zu halten, da lagen Siennas Lippen bereits auf seinen. Sie küsste seinen Mund, dann gingen ihre Lippen auf Wanderschaft. Zu seinem Mundwinkel, seiner Wange, dann wieder zu seinen Lippen.

»Ich brauche dich«, hauchte sie dicht an seinem Mund.

Damit hatte er nicht gerechnet. Er beschwerte sich nicht. Er wollte sie zu jeder Sekunde im Arm halten, dicht an sich spüren. Heute Abend waren seine Wünsche erhört worden. Mit einem Arm umschlang er ihre Taille und drückte sie an sich, die andere legte er auf ihre Wange, streichelte darüber, während sein Mund ihren eroberte.

Doch dann hielt er inne. Unter seinen Fingern war etwas Nasses. Etwas Nasses, das Siennas Wangen hinablief. Regnete es draußen?

Er löste sich kurz von ihr, doch das reichte bereits, um zu sehen, was los war. »Hast du geweint?«, wollte er von ihr wissen.

Siennas Augen wurden groß, und sie schüttelte leicht den Kopf. Doch die Beweise waren unmissverständlich. Ihre Augen waren gerötet, die Tränenspuren deutlich auf den Wangen zu sehen, und sie wirkte vollkommen aufgelöst.

Warum war ihm das zuvor nicht aufgefallen?

Bevor er weitere Fragen stellen konnte, begann Sienna wieder, Küsse auf seinem Gesicht zu verteilen, bahnte sich ihren Weg hinab zu seinem Hals und saugte an seiner Haut.

Es fühlte sich so gut an, dass Rafael die Augen schloss. Doch als ihre Finger zu dem Bund seines Shirts wanderten und sie

Anstalten machte, es ihm auszuziehen, umschloss er mit beiden Händen die ihren und hielt sie auf. »Sienna, warte.« Doch Sienna wartete nicht. Ihre Nägel kratzten bereits sanft über seinen bloßen Rücken, und ihre Zunge strich über seinen Hals.

»Stopp«, sagte er mit rauer Stimme und umschloss ihre Hände fester. Zog sie unter seinem Shirt hervor und hielt sie zwischen seinen gefangen.

Er sah zu ihr hinab. Er wollte wissen, was geschehen war. Was sie so aus der Fassung gebracht hatte. Denn irgendetwas musste passiert sein. Sienna war eine starke Frau, die nicht oft Schwächen offenbarte.

Mit großen blauen Augen, in denen noch vereinzelt Tränen schimmerten, sah sie zu ihm auf. Etwas Flehendes lag in ihrem Blick. »Bitte, Rafael«, hauchte sie und stellte sich auf die Zehenspitzen, um seinen Mund erreichen zu können.

Sosehr er sie auch küssen wollte, Rafael wich zurück. Er würde niemals, wirklich niemals, den Zustand einer Frau ausnutzen. Sienna war aufgelöst und hatte geweint. Auch wenn sie glaubte, dass sie ihn wollte oder ihn brauchte, um über was auch immer hinwegzukommen, wusste Rafael doch, dass das nicht stimmte. Sie brauchte etwas anderes.

Eisern schüttelte er den Kopf. »Nein, bitte hör auf.«

Sein Tonfall war sanft, aber bestimmend. Ihre Beziehung beruhte auf Respekt und Kommunikation. Würde er ihre Berührungen jetzt zulassen, würde Rafael beides mit Füßen treten, und das wollte er nicht.

Siennas Unterlippe zitterte, und er kniff die Augen zusammen, als eine Träne über ihre Wange lief. Sie wischte sie nicht fort, sondern sah nur weiter zu ihm auf. So viele Emotionen huschten über ihr Gesicht, die Rafael kaum benennen konnte.

»Bitte«, presste sie hervor, und ihre Finger krallten sich in den Stoff seines Shirts.

Er schüttelte wieder den Kopf. Er würde nicht mit ihr schlafen, sie nicht einmal küssen. Nicht so. »Sag mir, was los ist«, verlangte er. »Du bist völlig aufgelöst. Das nutze ich nicht aus.« Auch wenn sie es zu wollen schien, aber Rafael konnte es einfach nicht.

Sienna presste sich an ihn. Er spürte ihre Brüste, die sich gegen seinen Körper drückten. Sie war kalt. Ihr ganzer Körper war ausgekühlt, und sie zitterte. »Nutz mich aus, benutz mich. Ist mir egal.« Ihre Stimme brach am Ende des Satzes, und Rafael sah sie erschrocken an.

Wollte sie das wirklich?

Vermutlich nicht.

Aber ihre Worte versetzten Rafael in Alarmbereitschaft. Was war geschehen, dass sie so verzweifelt war?

Er umschloss ihre Hände und führte sie an seine Lippen. Ihre Finger waren kühl, und er drückte seine Lippen darauf. »Mir aber nicht. Und du willst das in Wahrheit auch nicht.« Sie mochte in diesem Moment glauben, dass sie Sex brauchte, doch direkt im Anschluss würde sie es bereuen. Und das war etwas, was Rafael nicht ertragen konnte. Niemals sollte Sienna irgendetwas bereuen, das zwischen ihnen passierte.

Sienna nickte nachdrücklich. »Doch, das will ich. Ich will dich, jetzt.« Sie hob ihr Gesicht, und ihre Lippen waren nur wenige Zentimeter von seinen entfernt. Rafael konnte ihren Atem auf seinem Gesicht spüren.

Als sie ihren Mund auf seinen legte, schmeckte er das Salz ihrer Tränen und schob sie sanft von sich. »Nicht so.«

Sie löste sich von ihm, und in diesem Moment sah sie aus, als hätte er ihr ins Gesicht geschlagen. Sie wirkte verletzt und gleichzeitig peinlich berührt, weil er sie abgewiesen hatte. Tränen sammelten sich in ihren Augen, und ein Schluchzen entfuhr ihr.

Es war ein Geräusch, das Rafael durch Mark und Bein ging. Er hatte sie noch nie so gesehen. Sienna lachte in seiner Gegenwart, machte Scherze oder stöhnte unter ihm. Doch Tränen waren etwas, das er an ihr niemals sehen wollte. An keiner Frau, wenn er ehrlich war.

»Rafael, es … es tut mir leid«, stammelte Sienna unbeholfen und umschloss mit ihren Armen ihren Oberkörper. Als bräuchte sie die Wärme, den Rückhalt. »Ich … ich gehe am besten.«

Als sie Anstalten machte, zur Treppe zu gehen, machte Rafael einen Satz nach vorne und griff nach ihrem Unterarm. Er würde sie in diesem Zustand ganz gewiss nicht gehen lassen. Auch wenn es ihn nichts anging, was Sienna tat, fühlte er sich in diesem Moment für sie verantwortlich.

»Komm her.«

Er zog sie zu sich, bis sie in seinen Armen lag. Sie erstarrte in seiner Umarmung. Als hätte sie nicht damit gerechnet.

Doch dann schlang sie die Arme um ihn und begann hemmungslos zu weinen.

Rafael hob sie kurz entschlossen hoch und presste ihren bebenden Körper enger an seinen. »Es wird alles wieder gut«, flüsterte er in ihr Haar. Auch wenn er keine Ahnung hatte, was überhaupt passiert war und was er tun konnte, um es besser zu machen.

Wortlos trug er sie in seine Wohnung und kickte mit dem Fuß die Tür zu. Er ging direkt zum Sofa und setzte sich mit Sienna auf seinem Schoß auf das Polster. Er hielt sie fest. Zog stumm Kreise auf ihrem Rücken und ließ sie weinen.

Es schien genau das zu sein, was sie in dem Moment brauchte. Einfach ihre Gefühle rauszulassen, ohne dafür verurteilt zu werden oder sich erklären zu müssen.

Die Situation war ungewohnt für Rafael. Er kannte Sienna

nicht gut genug, um sagen zu können, wie er ihr konkret helfen konnte. Also war er einfach für sie da. Ließ sie wissen, dass sie nicht allein war.

Auch wenn sie darauf geachtet hatte, dass sie nicht zu viel übereinander erfuhren, wusste er doch genug, um zu verstehen, dass Sienna manchmal einsam war. Sie hatte es nie angesprochen oder gar explizit erwähnt, aber es war ihm so vorgekommen. Sie hatte keine Geschwister, zumindest keine leiblichen. Mit ihrer Mitbewohnerin oder Ex-Stiefschwester und deren Freundin verstand sie sich gut, und sie hatte eine beste Freundin, der sie sehr nah war. So viel stand fest, doch das Verhältnis zu ihren Eltern war seltsam. Zumindest für Rafaels Verständnis.

Er konnte es gar nicht richtig benennen. Sienna hatte sich selbst als Profi bezeichnet, was Trennungen und Scheidungen anging, daher ging er davon aus, dass oft Menschen in ihr Leben getreten waren, nur um es wieder zu verlassen.

War das der Grund, warum sie keine Beziehung wollte?

Nicht mal an die Liebe glaubte?

Sienna wurde in seinen Armen ruhiger. Die Schluchzer verstummten. Ihre Finger waren noch immer in sein Shirt gekrallt, und ihr Gesicht war in seinem Nacken vergraben.

Er konnte ihre ruhiger werdenden Atemzüge auf der Haut spüren, und es beruhigte ihn selbst, dass sie aufgehört hatte zu weinen. Er fühlte sich hilflos, wenn er nicht wusste, wie er sie trösten konnte. Was er tun musste, damit er wieder das vertraute Lachen auf ihrem Gesicht sah.

Seine Hände strichen weiterhin über ihren Rücken. Vertrieben die Kälte, die sich in ihrem Körper eingenistet hatte. »Willst du mir erzählen, was passiert ist?«, fragte Rafael leise. Er wollte sie zu nichts drängen oder es noch schlimmer machen, aber wenn er nicht wusste, worum es ging, konnte er auch nichts tun, um es besser zu machen.

Siennas Finger lösten sich von seinem Shirt, und er spürte, wie sie versuchte, die Falten darin zu glätten, die sie selbst hinein gemacht hatte. »Ich hatte Streit mit meinen Eltern. Es war schlimm«, flüsterte sie.

Rafael nickte. Das hatte er irgendwie bereits vermutet. Wenn man so aufgelöst wie Sienna war, musste es geliebte Personen betreffen. »Das wird schon wieder«, versicherte er ihr. »Es gibt für alles eine Lösung.«

Sienna schüttelte an seinem Hals den Kopf. Ihre Lippen strichen dabei über seine Haut. »Nicht hierfür.«

Er hatte keine Ahnung, was sie damit meinte, doch er wollte nicht weiter nachbohren. Sie schien noch nicht so weit zu sein, um über das Geschehene sprechen zu wollen. Vielleicht wollte sie auch nur nicht mit ihm darüber reden. Beides würde Rafael akzeptieren müssen.

»Natürlich. Für einen Streit kann man sich entschuldigen.«

Er löste sich von Sienna, sodass er ihr ins Gesicht sehen konnte. Ihre Mascara war verschmiert, ihre Augen rot gerändert und ihre Wangen tränennass. Sie sah aus wie ein Häufchen Elend.

»Was wurde denn eigentlich aus dem Streit deiner Eltern? Hast du mit ihnen gesprochen?«, versuchte sie nicht sonderlich subtil das Thema zu wechseln. Doch er konnte ihr ansehen, dass die Antwort auf ihre Frage sie wirklich interessierte.

Ein Lächeln breitete sich auf seinem Gesicht aus. »Ich hatte es vor, aber das war gar nicht nötig. Am nächsten Tag waren sie wie immer, und ich habe mitbekommen, wie mein Dad sich bei meiner Mom mit Blumen entschuldigt hat. Zwischen ihnen scheint alles wieder in Ordnung zu sein.«

Sienna schniefte und wischte sich mit dem Handrücken über die Nase, dann lächelte sie ihn zaghaft an. »Das freut mich zu hören.«

»Danke trotzdem für deinen Rat.«

Sie winkte ab. »Nicht der Rede wert.«

Rafael sah sie wortlos an. »Willst du ins Bad gehen und dich frisch machen? Ich hole dir in der Zeit etwas anderes zum Anziehen. Das sieht nicht sonderlich bequem aus.«

Siennas Blick glitt an sich hinab. Zu dem kurzen Kleid, das inzwischen hochgerutscht war und ihre gesamten Oberschenkel entblößte. Sie nickte steif.

Rafael lächelte sie an und stand mit ihr gemeinsam auf, bevor er sie auf ihre eigenen Füße stellte. Sie verschwand ins Badezimmer, während er ihr aus seinem Kleiderschrank Sweatpants und einen Pullover holte und sie ihr vor die Badezimmertür legte.

Erst jetzt nahm er den Duft von Lasagne wahr und lief erschrocken zum Backofen. Er hatte völlig vergessen, dass er sie noch im Ofen hatte. Mit Backhandschuhen bewaffnet, holte er die Lasagne heraus und stieß ein erleichtertes Seufzen aus. Sie war nicht angebrannt.

Er nahm zwei Teller aus dem Schrank und legte jeweils ein Stück Lasagne darauf, bevor er zwei Biere aus dem Kühlschrank holte.

Da hörte er auch schon, wie sich die Badezimmertür öffnete und Sienna herauskam. Rafael sah sie an. Seine Kleidung war ihr viel zu groß und hing sackartig an ihrem schlanken Körper herab. Dabei hatte sie die Ärmel des Pullovers und auch den Saum der Hose bereits hochgekrempelt.

Dennoch breitete sich bei ihrem Anblick ein Lächeln auf seinem Gesicht aus. Sie war die erste Frau seit Hailey, die seine Klamotten trug. Er wunderte sich selbst darüber, wie sehr es ihm gefiel.

Sienna stand etwas unsicher vor ihm. Wippte von einem Bein aufs andere. »Tut mir leid, ich wusste nicht, wo ich sonst hinsollte.« Sie hatte sich abgeschminkt und somit die Rückstände ihrer Tränen beseitigt. Selbst ohne Make-up sah sie wunderschön aus.

Rafael machte eine wegwerfende Handbewegung, bevor er sich die Teller nahm und sie zum Sofa trug. »Ist schon in Ordnung.«

Sienna beäugte seine Bewegungen und auch die beiden Bierflaschen argwöhnisch. »Nein, ist es nicht. Ich habe mich nicht an die Regeln gehalten.«

Regeln? Daran dachte sie in diesem Moment? Rafael hatte keine Sekunde daran gedacht. Sienna war wichtiger gewesen. Sie hatte geweint, war verletzt gewesen. Wen kümmerten da ihre bescheuerten Regeln?

Er lief zurück in die Küche, griff nach den beiden Bierflaschen und blieb dann vor ihr stehen. »Vergiss für einen Moment mal unsere Regeln.« Er reichte ihr eine Flasche, die sie zögernd entgegennahm.

Ein gequälter Ausdruck erschien auf ihrem Gesicht. »Kann ich nicht.« Sie nahm einen großen Schluck Bier und verzog dann das Gesicht. Ganz offensichtlich bevorzugte sie Wein. Doch man konnte sich kein Spiel der Yankees ansehen und dabei Pinot Grigio trinken. Das war ein Sakrileg. Selbst für einen Italiener.

Er griff nach Siennas Hand und zog sie mit sich zum Sofa. Er ließ sich drauffallen, und sie setzte sich ebenfalls, wenn auch zögerlich. Sie biss sich wieder auf die Unterlippe. Rafael hatte bereits bemerkt, dass sie das immer tat, wenn sie sich über irgendwas den Kopf zerbrach.

Er griff nach ihrer Hand und fuhr kleine Kreise mit dem Daumen über ihren Handrücken. »Doch, das kannst du. Wir machen eine Ausnahme.« Heute Abend würde es Bier und die Yankees geben. Keinen Sex, kein Rumgeknutsche.

»Ausnahme?«, fragte Sienna verwirrt.

Rafael nickte und schaltete das Spiel wieder an. Sienna drehte den Kopf zum Bildschirm, und Rafael merkte, wie sie sich etwas entspannte. »Ja, heute Abend sind die Regeln außer Kraft gesetzt«, sagte er in einem bestimmenden Tonfall. Doch dann kam er nicht umhin zu fragen: »Willst du darüber reden?«

Vielleicht war Ablenkung genau das, was sie brauchte, vielleicht aber auch nicht. Er musste von Sienna hören, was sie wollte.

Sie schüttelte den Kopf. »Nein, aber könntest du … also, wäre es möglich … ach, vergiss es.« Sie spielte mit der Bierflasche in ihrer Hand und mied seinen Blick.

Rafael legte den Kopf schräg und sah sie an. Dann nahm er ihr das Bier weg und stellte es auf den Tisch. »Sienna, sag mir, was du brauchst.« Er würde ihr heute Nacht alles geben, was sie wollte. Solange es kein Sex war.

Sie hob zögernd den Kopf. »Könntest du mich einfach halten? Nur für einen Moment?«

Mit dieser Bitte hatte er nicht gerechnet. Nähe war etwas Intimes, und er hatte den Eindruck, dass Sienna sie nicht von jedem akzeptierte.

Er breitete die Arme aus und lächelte sie an. »Komm her.«

KAPITEL 26

Sienna

Die Sonne hatte kaum noch Kraft, doch sie verwandelte den tristen Oktobertag in einen goldenen Herbsttag, wie er im Buche stand. Dick eingemummelt in einen Mantel und einen Schal, der mehr einer Decke glich, lief Sienna über den Campus der Columbia.

An ihrer Seite war Camille. Sie hatten beide einen freien Slot in ihrem Stundenplan und verbrachten die Zeit zusammen. »Entschuldige, *wo* hast du gestern geschlafen?«, fragte Camille. Zum dritten Mal.

»Bei Rafael.«

Camille nickte, als wäre es eine Selbstverständlichkeit, doch das war es nicht. Und Camilles Neugierde war mit Händen greifbar. »Bei Rafael?«

Sienna lachte leise. »Das sagte ich doch gerade, oder?«

Sie war heute Morgen allein aufgewacht. In Rafaels Bett. In seinem verdammten Bett! Nicht, dass sie dort zum ersten Mal gewesen wäre. Sie hatte darauf mit Rafael Sex gehabt, drin geschlafen hatte sie nie. Bis letzte Nacht.

Rafael hatte ihr eine Nachricht hinterlassen, dass er einen Termin hatte, aber dass Sienna sich wie zu Hause fühlen sollte. Er hatte ihr sogar Brötchen aufgebacken und Kaffee gemacht.

Sie hatte bei dem Anblick ein schlechtes Gewissen bekommen, gleichzeitig war ihr aber auch warm ums Herz geworden.

Er hatte sich rührend um sie gekümmert. Sienna wusste nicht, wie sie ihm danken sollte. Er war für sie da gewesen, als sie niemanden gehabt hatte. Rafael hatte sogar ihre Regeln für sie außer Kraft gesetzt. Sie im Arm gehalten, sie getröstet.

Camille blieb stehen und massierte sich ihre Nasenwurzel.

»Lass es mich zusammenfassen: Du hattest Streit mit deiner Mom, konntest mich nicht erreichen und bist dann zu Rafael geflohen?«

Sienna nickte langsam. »So könnte man es sagen. Bist du sauer auf mich?« Sie runzelte die Stirn. Als sie gestern Abend Camille nicht hatte erreichen können, war sie beinahe verzweifelt. Doch nun sah Camille so fassungslos aus, als hätte Sienna sie verraten.

Camilles Augen wurden größer, und sie schüttelte so schnell den Kopf, dass ihre schwarzen Haare wild um ihr Gesicht herumflogen. »Was? Nein!« Ihr Gesicht wurde weicher, und sie griff nach Siennas Hand. Beide trugen Handschuhe, weil es für Ende Oktober wirklich ziemlich kalt in New York war. »Es tut mir leid, dass ich gestern nicht rangegangen bin. Ich war mit Isaac unterwegs und hatte das Handy auf lautlos.«

Ein Lächeln breitete sich auf Siennas Gesicht aus. »Kein Grund, sich zu entschuldigen.« Sie drückte Camilles Hand. »Es ist nicht deine Schuld.« Sie würde es ihr niemals vorhalten, dass sie nicht ans Telefon gegangen war. Woher hätte Camille wissen sollen, dass Sienna einen Streit mit ihrer Mom vom Zaun brach und ihre Hilfe benötigte?

Camille verzog das Gesicht. »Aber ich fühle mich schuldig. Du hast mich gebraucht, und ich war nicht da.«

Sienna zog an Camilles Arm, damit ihre beste Freundin sie ansah. Sie hegte keinerlei Groll gegen sie. Ganz im Gegenteil.

Camille war immer für sie da. Immer. Gestern hatte sie sie gebraucht, aber Rafael war eingesprungen. Es war alles gut. »Das ist nicht schlimm. Du hast dir dein Date mit Isaac verdient.« Hätte sie gewusst, dass Newton und Camille ein Date hatten, hätte sie erst gar nicht versucht, sie zu erreichen.

»Nicht, wenn mich meine beste Freundin braucht.«

So war Camille einfach. Sie ließ alles stehen und liegen, wenn es Sienna nicht gut ging. Das hatten sie gemeinsam. Doch Sienna würde das nie von ihrer besten Freundin verlangen. »Rafael hat deinen Platz eingenommen. Er war gar nicht schlecht.«

Ein Lächeln breitete sich auf ihrem Gesicht aus, als sie an die vergangene Nacht dachte. Sie hatte sich eine Liste geschrieben, was sie alles mit Rafael ausprobieren wollte. Ein Spiel der Yankees zu sehen hatte nicht darauf gestanden. Geschweige denn in seinen Armen einzuschlafen, ohne mit ihm zu schlafen.

Camille räusperte sich. Sie senkte ihre Stimme. »Reden wir jetzt von Sex? Das kannst du nämlich nicht einfach so behaupten. Wir beide hatten nie welchen, also fehlt dir der Vergleich.«

Sienna grinste, schüttelte aber den Kopf. »Nein, wir haben nicht miteinander geschlafen.«

Sie hätte es ohne zu zögern getan. Nicht nur am Anfang, sondern auch, als sie zusammen im Bett gelegen hatten. Aber Rafael hatte recht, es war nicht das gewesen, was sie gebraucht hatte.

»Gar nicht? Was habt ihr dann gemacht?«, wollte Camille wissen, und Sienna sah das vertraute Funkeln in Camilles Augen. Es war das Funkeln, das immer dann zum Vorschein kam, wenn sich Camille in ihrem Element befand: schmutzige Details herausfinden.

Sienna dachte an den vergangenen Abend zurück. Ihr war es etwas unangenehm, dass sie sich Rafael beinahe aufgedrängt hatte. Sie war ihm um den Hals gefallen und hatte ihn bedrängt, mit ihr zu schlafen. Sie war froh, dass er nicht darauf eingegangen war. Dass er im Gegensatz zu ihr verantwortungsbewusst gehandelt hatte.

»Ein Spiel der Yankees geschaut und Lasagne gegessen. Er hat mich im Arm gehalten, bis wir ins Bett gegangen sind.« Die Lasagne war superlecker gewesen, doch Sienna hatte gar nichts anderes erwartet. Ihr Magen hatte irgendwann laut geknurrt, immerhin hatte sie das spanische Restaurant frühzeitig verlassen und ihre Paella nicht bekommen.

Camille sah sie erstaunt an. Sie lachte, dann wurde ihr Gesicht ernst. »Du bist in seinen Armen eingeschlafen?«

»Ja, aber das war nur eine Ausnahme.«

Eine Ausnahme, die nicht noch einmal passieren würde. Sie waren sich einig: Gestern Nacht war ein Einzelfall gewesen. Sienna hatte Rafael gebraucht, er war für sie da gewesen. Mehr war nicht passiert.

Ein Schnauben war die Antwort. »Scheiß auf eure Regeln, erzähl mir lieber, wie es war.«

»Wie was war?«, fragte Sienna verwirrt.

Camille fuchtelte ungeduldig mit den Händen herum. »Neben ihm zu schlafen, Zeit mit ihm zu verbringen, ohne Sex mit ihm zu haben.«

Wenn sie ehrlich war, hätte Sienna nicht geglaubt, dass sie eine solche Frage in Bezug auf Rafael jemals beantworten müsste. Sie runzelte die Stirn, als sie versuchte, ihre Empfindungen in Worte zu fassen. »Es war … schön«, sagte sie zögernd. »Er hat mir geholfen. Rafael war für mich da, hat mich abgelenkt, und obwohl wir nicht über das gesprochen haben, was passiert ist – und offensichtlich keinen Sex hatten –, fand ich den Abend schön.«

Rafael hatte gestern die Rolle eines Freundes übernommen. Ohne Fragen zu stellen, ohne etwas dafür zu verlangen. Er war einfach da gewesen. Ohne Kompromisse.

»Interessant«, murmelte Camille und beäugte Sienna.

»Warum?«

»Nur so.«

»Camille«, sagte Sienna mahnend. Sie hasste es, wenn Camille Andeutungen machte, wenn da dieser Unterton in ihrer Stimme war, bei dem sie genau wusste, dass sie eigentlich noch viel mehr sagen wollte.

»Darf ich dich was fragen?«

Sienna zuckte mit den Schultern. »Nur zu.«

»Hast du dich in Rafael verliebt?«, platzte es dann aus Camille heraus.

Sienna starrte sie mit offenem Mund an. Dann brach sie in Gelächter aus. »Was? Wie kommst du darauf?«

Das war absurd. Absolut lächerlich. Vielleicht war Camille nach ihrem Date mit Newton noch zu sehr im Romantik-Modus. Aber zwischen Rafael und Sienna würde sie keine finden.

»Du hast dich verändert in den letzten Wochen. Du bist ausgeglichener, entspannter und definitiv glücklicher.«

Sienna schüttelte lachend den Kopf. »Das liegt am Sex.« Der Sex mit Rafael machte sie sowohl glücklich als auch ausgeglichener. Es war der perfekte Ausgleich, die beste Ergänzung zu ihrem Stress mit ihrer Mom, der Arbeit und der Uni.

Auf Camilles Stirn erschien eine Sorgenfalte. »Das stimmt nicht, Sienna. Du wirkst heute glücklicher als jemals zuvor, und du hattest keinen Sex.«

Ein Schnauben entfuhr Sienna. »Aber das war doch nur eine Ausnahme.« Gestern Nacht war nicht geplant gewesen, nichts davon. Schwierige Situationen erforderten schwierige Entscheidungen.

»War es das?«, kam es skeptisch von Camille.

»Ausnahmen bestätigen die Regel.«

Eine Gruppe Studierender schlenderte an ihnen vorbei, und

Sienna wich ihnen aus. Sie sah aber deutlich die Anspannung auf Camilles Gesicht.

»Du empfindest also rein gar nichts für Rafael?«

Sienna verzog das Gesicht. Ein seltsames Gefühl breitete sich in ihr aus, das sie nicht benennen konnte. »Ich … nein. Wie kommst du darauf?«, fragte sie verwirrt.

Camille zuckte mit den Schultern. »Ist nur so ein Gefühl. Bist du dir sicher? Ich will nicht, dass du verletzt wirst.«

»Ich werde nicht verletzt. Ich empfinde nichts für Rafael und er nichts für mich.«

Vielleicht hatten sie sich am gestrigen Abend nicht an die Regeln gehalten, aber von nun an würden sie das wieder tun. Ihr und Rafaels Sexleben würde keinen Einfluss auf ihr privates Leben nehmen.

»Wenn du das sagst.« Doch Camille wirkte keinesfalls überzeugt.

»Du glaubst mir nicht?«, fragte Sienna.

Camille schüttelte den Kopf, doch sie zwang sich zu einem Lächeln. »Nein, aber ich hoffe wirklich, dass ich mich irre.

Mal was ganz anderes«, schlug Camille vor und hakte sich bei Sienna unter. »Wie kommst du mit deinem Artikel voran?«

Sienna war dankbar für den Themenwechsel.

»Erstaunlich gut, die Website dieser Hailey ist der Wahnsinn«, schwärmte Sienna. Sie war so froh, dass Karin ihr dieses Thema vorgeschlagen hatte. Obwohl Hailey das genaue Gegenteil von Sienna zu sein schien, liebte sie die Arbeit an ihrem Artikel. »Sie ist so offen mit ihren Erfahrungen und Erlebnissen umgegangen, dass ich das Gefühl habe, sie zu kennen.«

Was absurd war, denn sie war Hailey nie begegnet, sie wusste nicht einmal, wo sie gelebt hatte oder sonstige Details abseits ihres Liebeslebens.

»Ich habe früher auch manchmal auf ihrer Website vorbeigeschaut«, gab Camille zu. »Sie war auch seit der Highschool mit demselben Mann zusammen, und sie hatten Pläne für eine gemeinsame Zukunft geschmiedet. Ich habe mich in dem, was sie geschrieben hat, wiedergefunden. Sie hatte dieselben Probleme, wie ich sie manchmal mit Isaac hatte.«

Sienna sah Camille überrascht an. Dabei sollte es sie nicht wundern, Camille war, was soziale Medien und Berühmtheiten anging, sehr viel besser informiert, als Sienna es war.

»Das hast du mir nie erzählt.«

Camille stieß ein Lachen aus und legte ihren Kopf auf Siennas Schulter ab. »Sie hat über Liebe und Beziehungen geschrieben. Das sind nicht gerade Themen, die dich interessieren.«

»Mag sein, aber du interessierst mich. Wenn es etwas gibt, über das du reden willst, bin ich für dich da. Das weißt du doch, oder?«

Hatte sie Camille vernachlässigt? Ein schlechtes Gewissen breitete sich in Sienna aus. Hatte ihre beste Freundin Probleme, ohne dass Sienna davon etwas mitbekommen hatte?

»Natürlich weiß ich das«, nahm ihr Camille ihre Sorgen. »Aber manche Probleme oder Bedenken kann ich nicht in Worte fassen. Hailey konnte es. Sie hat über das geschrieben, was in mir vorging. Himmel«, lachte Camille, »die Frau hat mir durch manche schwierige Lage geholfen, und ich weiß nicht mal, wer sie war.«

Sienna wusste genau, wovon Camille sprach. Haileys Seite war noch online, aber inaktiv. Was bedeutete, dass Sienna in der Lage war, alte Beiträge und Berichte zu lesen. Ebenso die Kommentare unter den einzelnen Artikeln. Hailey war gemocht worden, wenn nicht sogar geliebt. In vielen Kommentaren hatten Leserinnen sich für ihre Hilfe bedankt. Ihr Fragen gestellt und um ihren Rat gebeten.

»Sie schien wirklich ein überaus netter Mensch gewesen zu sein«, wisperte Sienna.

»Das glaube ich auch. Schade, dass sie so früh gestorben ist.«

Hailey war bei einem Autounfall ums Leben gekommen. Das hatte Sienna aus einem Artikel in der *Times*. Hailey selbst hatte am Steuer gegessen, doch sie hatte den Unfall wohl nicht verschuldet. Ihr damaliger Freund hatte neben ihr auf dem Beifahrersitz gesessen. Er war mit einigen Verletzungen davongekommen.

»Mir tut ihr Freund leid«, murmelte Sienna dann. Sie konnte sich nicht einmal vorstellen, wie er sich gefühlt haben musste. »Für die Hinterbliebenen ist es immer schwerer, und ihm wurde seine Zukunft weggenommen.«

Camille nickte zustimmend. »Abgesehen davon, dass er die Liebe seines Lebens verloren hat.«

»Das meinte ich doch.«

Sienna hatte, während sie für den Artikel recherchiert hatte, immer überlegt, was Haileys Freund wohl heute tat. Wie er über Haileys Verlust hinweggekommen war. Ob er das überhaupt war …

»Hailey hat nie viel über ihn preisgegeben. Nicht mal seinen Namen hat sie erwähnt. Sie nannte ihn immer Bottura, was auch immer das heißen soll.« Camille zuckte mit den Schultern. Allein, dass sie nach knapp zwei Jahren noch immer den Spitznamen von Haileys Freund kannte, zeigte Sienna, wie oft ihre beste Freundin auf Haileys Website gewesen war.

Auf Camilles Frage wusste sie jedoch auch keine Antwort. »Keine Ahnung, daraus wurde ich auch nicht schlau. Ist vielleicht ein Insider gewesen.« Oder sein Nachname. Wer wusste das schon?

Ein Lächeln erschien auf Camilles Gesicht. »Darf ich deinen Artikel lesen, wenn er fertig ist?« Ihre Begeisterung wirkte ansteckend.

»Natürlich«, sagte Sienna schnell. »Ich habe die ersten Seiten schon an Professor Sinclair geschickt. Er war mehr als zufrieden und hat sogar erwähnt, dass, sollte der Rest genauso gut werden, er den Artikel an einen Freund bei der *Times* schicken wird.«

Sie hatte noch mit niemandem darüber gesprochen, weil sie sich keine falschen Hoffnungen machen wollte. Immerhin musste der Artikel erst noch geschrieben werden.

»Sienna!«, schrie Camille auf und zog damit die Aufmerksamkeit anderer Studierender, die auf dem Campus spazieren gingen, auf sich. »Das ist ja fantastisch! Herzlichen Glückwunsch.«

»Danke, aber noch steht das nicht fest.«

Camille schnaubte, die Begeisterung und Euphorie verschwanden nicht aus ihrem Gesicht. »Das schaffst du schon. Ich bin mir sicher, dass der Artikel super wird.«

Sienna runzelte die Stirn. »Ich schreibe gerne daran, aber ich bin keine Redakteurin oder Journalistin. Mir macht die Arbeit Spaß, trotzdem weiß ich, dass meine Stärken woanders liegen.«

»Wer sagt das?«, verlangte Camille zu wissen.

»Ich«, gab Sienna schulterzuckend zu. »Ich habe Onlinemarketing studiert, nicht Journalismus.« Artikel über fremde Menschen zu schreiben war nichts, was sie sich für die Zukunft vorstellen konnte. In Haileys Fall fiel es Sienna leichter, weil Hailey tot war. Sie schnüffelte nicht im Privatleben einer lebenden Person herum. Und diesen Artikel sollte auch eigentlich niemand lesen. Zumindest war das nicht ihre Intention gewesen, auch wenn sie sich über die Chance freute, die sich ihr auftat.

»Das bedeutet nicht, dass du nicht gut darin sein kannst.«

»Nein, aber es ist nicht das, was ich will«, gab Sienna zu. Sie hatte sich in den vergangenen Wochen Gedanken darüber gemacht, was sie nach ihrem Abschluss tun wollte.

»Und was willst du?«

Siennas Mundwinkel schoben sich nach oben. »Ich werde mit Teresa über meinen Einstieg bei *Passion* reden, sobald ich den Master habe. Ich würde gerne ins Marketing wechseln.« Sie liebte ihr Studium und wollte das erlangte Wissen gerne bei *Passion* unter Beweis stellen. Alles an dem Magazin gefiel ihr. Die Menschen, die dort arbeiteten, die Themen, über die dort geschrieben wurde, einfach das gesamte Konzept.

»Du willst nicht mehr für Karin arbeiten?«, fragte Camille verwirrt.

»Ich liebe Karin, sie ist eine tolle Chefin, aber ich will nicht länger Assistentin sein. Ich will zeigen, was ich kann.«

Der Wechsel in eine andere Abteilung würde ihr diese Möglichkeit bieten. Sie wäre unabhängig – und wer weiß, vielleicht könnte sie irgendwann die Leitung des Marketings übernehmen.

Camille legte einen Finger ans Kinn, als würde sie über Siennas Aussage nachdenken. Dann nickte sie zufrieden. »Finde ich gut. Ich bin mir sicher, dass Teresa begeistert sein wird.«

Daran zweifelte Sienna allerdings. Besonders nach dem gestrigen Abend. Sie verzog das Gesicht. »Ja, vorher muss ich mich jedoch bei ihr für das Desaster beim gestrigen Familienessen entschuldigen.«

Camille blieb stehen und zwang somit auch Sienna zum Anhalten. »Bist du dir sicher, dass es Teresa ist, bei der du dich entschuldigen solltest?«

Auf jeden Fall. Teresa war in Siennas Familiendrama mit hineingezogen worden. Sie war zwar nun ihre Stiefmutter, aber immer noch ihre Chefin.

Jedoch konnte Sienna anhand Camilles Gesichtsausdruck sehen, dass ihre beste Freundin etwas anderes meinte. »Worauf willst du hinaus?«, fragte sie verwirrt.

Camille runzelte die Stirn, benetzte ihre Lippen und sah Sienna dann mitleidig an. »Dass du mit deiner Mom reden solltest. Ich weiß, dass euer Verhältnis schwierig ist und sie deine

Sicht der Dinge oft nicht versteht, geschweige denn es versucht, aber Sienna, sie ist deine Mom«, sagte Camille in einem flehenden Tonfall. »Sie liebt dich, und du liebst sie.«

Sienna atmete tief durch. Sie hatte seit gestern nicht mit ihrer Mutter gesprochen. Es herrschte absolute Funkstille zwischen ihnen. »Das leugne ich ja auch nicht, aber ich glaube, ich bin noch nicht so weit. Wir haben beide Dinge getan und gesagt, die den anderen verletzt haben. Warum muss ich auf sie zugehen?«

Alice war die Ältere von ihnen, sie war in dieser Konstellation die Mutter. War es da nicht eigentlich ihre Aufgabe, die Sache klären zu wollen?

Camille schien das anders zu sehen. »Warum denn nicht? Einer muss den Anfang machen. Mach du ihn doch.«

Davon hielt Sienna wenig. Sie hatte die Situation doch im Grunde verschuldet. Sie hatte sich in Dinge eingemischt, die sie nichts angingen, hatte Sienna vor ihrer ganzen Familie bloßgestellt und ihr dann unterstellt, irgendetwas durch den Sex mit Rafael zu kompensieren.

»Dad hat mich mehrfach angerufen. Von Mom kam rein gar nichts«, sagte Sienna. Alice hatte ihr nicht einmal eine Nachricht geschickt, um zu fragen, wo sie war und ob alles in Ordnung war. Alle anderen hatten ihr geschrieben, sogar Fiona.

Molly war besonders besorgt gewesen, doch Sienna hatte sie heute Morgen angerufen und ihr die Situation erklärt. Molly hatte sie zur Schnecke gemacht, dafür, dass Sienna ihr gestern nicht mehr geantwortet hatte. Ihre Schwester hatte sich Sorgen um sie gemacht, und Sienna hatte sich heute Morgen unzählige Male bei ihr entschuldigt.

Camille legte Sienna beide Hände auf die Schultern. »Sie ist verletzt. Genauso, wie du es warst. Und noch bist.«

»Du sagst es: Ich bin verletzt.«

Auch wenn sie das ungern zugab, geschweige denn überhaupt darüber sprach.

Im Augenblick wollte sie nicht mit ihrer Mutter sprechen.

Camille sah sie abwartend an. »Versprichst du mir, dich bei ihr zu melden, sobald du so weit bist?«, fragte sie.

Sienna seufzte. Wenn Camille sie so ansah, gab es nichts, was sie ihr abschlagen konnte. Also knickte sie ein.

»Wenn es sein muss.«

KAPITEL 27

Sienna

Zwei Tage später saß Sienna nackt auf Rafaels Bett, eine braune Einkaufstüte vor sich, die sie bei ihrer Ankunft hier achtlos zur Seite geworfen hatte. Was in Anbetracht der Tatsache, dass Eiscreme darin war, vielleicht nicht die beste Entscheidung gewesen war.

Sie holte die Eispackung heraus, ebenso die Waffeln und zwei Extras, die sie gekauft hatte. Eigentlich hatte es ihr geliebtes *Ben & Jerry's* werden sollen, aber Rafael hatte auf original italienischem Gelato bestanden.

»Schlagsahne oder Schokosoße?«, fragte sie in einem verführerischen Ton und sah zu Rafael.

Er lag neben ihr auf dem Bauch, auf seinem nackten Rücken konnte sie kleine Kratzspuren erkennen. Hoppla, da war sie wohl etwas zu wild gewesen.

Rafael hob den Kopf und lachte leise. »Wie bitte?«

Sie stöhnte gequält auf und stupste ihn an. »Ach, komm schon, das wollte ich schon immer mal sagen.« Sie hatte bislang nie die Gelegenheit dazu gehabt. Schließlich hatte sie noch nie nackt mit einem Mann in seinem Bett Eis gegessen.

Ein verwirrter Blick traf sie, bevor Rafael von Sienna zum Eis sah und wieder zurück. »Wir reden doch noch von dem Eis, oder nicht?« Er schaute an ihrem nackten Körper herab, der nur von der weißen Bettdecke verdeckt wurde.

Sie lachte auf. »Ja, natürlich reden wir von dem Eis. Jetzt sag mir nicht, dass du die Coca-Cola-Werbung nicht kennst.« Kannte diese Werbung nicht jeder? Oder hatte sie in ihrer Jugend einfach zu viel Zeit vor dem Fernseher verbracht?

Rafael schüttelte den Kopf, setzte sich aber auf, sodass sie sich gegenübersaßen. Seine Hände fanden ihre Taille, und er zog sie näher zu sich heran. »Leider nein, aber meine Wahl fällt auf weder noch.«

»Nur in Bezug auf das Eis oder generell?«, fragte sie.

Seine Mundwinkel verzogen sich zu einem anzüglichen Grinsen. Sienna liebte die Verwegenheit auf seinem Gesicht. Seine dunklen Haare waren zerzaust, was definitiv ihre Schuld war, seine Augen leuchteten. »Willst du jetzt wissen, ob ich lieber Schlagsahne oder Schokosoße von deinem Körper lecken würde?«

Bei dem Gedanken biss sich Sienna auf die Unterlippe. Das war eine durchaus verführerische Vorstellung. »Vielleicht.«

Erneut lachte er, und das Lachen erzeugte eine Gänsehaut auf ihrem Körper. »Schokosoße«, kam es dann.

Sie verzog das Gesicht. Das war nicht die Antwort, die sie hören wollte. »Hm, das würden wir dann aber an dir ausprobieren. Ich will das klebrige Zeug nicht auf mir haben«, sagte sie lachend.

Rafael griff über sie hinweg nach einem der Eisbecher und begann, das Pistazieneis darin zu löffeln. »Warum hast du gefragt?«

»Pure Neugierde, fürchte ich. Es geht doch darum, unsere sexuellen Vorlieben zu ergründen. Vielleicht ist das ja ein unentdeckter Fetisch von mir.«

In ihrem Hinterkopf spukten noch immer Camilles Worte

herum. Ob sie Gefühle für Rafael hatte … ob sie ihn liebte … Auf keinen Fall. Doch sie verbrachte gern Zeit mit ihm. Allein hier zu sitzen, Eis zu essen und hin und wieder über ihn herzufallen, erzeugte so viele Glückshormone in ihr, dass sie Angst hatte, platzen zu müssen.

Rafael hatte seinen Löffel noch im Mund, ein Anblick, der sie wünschen ließ, sie wäre dieser Löffel. Er grinste. »Ich bin offen, jeden Fetisch mit dir zu ergründen. Hast du einen Favoriten?«

Sie hatte in der Tat eine lange Liste im Kopf, was sie alles mit ihm ausprobieren wollte. Telefonsex hatte sie gestrichen, Sex an öffentlichen Orten ebenfalls. Beides Dinge, die sie zuvor nie getan hatte. Rafael weckte völlig neue Gelüste in ihr. Und sie liebte jede einzelne Sekunde davon.

Ein Lachen entfuhr ihr, und sie lehnte sich zurück in die weichen Kissen. »Gönn mir 'ne Pause, ich bin noch etwas angeschlagen von der letzten Runde.«

Sienna war mit ihren Kursen für heute bereits durch, also hatte sie ihn angerufen und ihn quasi überfallen. Wie es der Zufall wollte, hatte er heute seinen freien Tag. Sie hatte es gerade so geschafft, die Einkaufstüte abzustellen, da hatten Rafaels Lippen schon auf ihren gelegen.

»Angeschlagen?«, fragte er. Er ließ sich Zeit, ihren Körper ausgiebig zu betrachten. Die Sorgenfalte auf seiner Stirn war deutlich zu sehen.

Sienna lächelte. Es war süß, wie fürsorglich er war. Rafael hatte immer Angst, dass sie sich unwohl fühlen könnte oder er zu grob mit ihr war. Dabei mochte sie es, wenn er sie nicht wie eine Porzellanpuppe behandelte.

»Ich glaube, ich habe einen Krampf im Hintern«, gab sie leise zu, doch sie musste selbst darüber lachen. Er hatte ihre Beine über seine Schultern gelegt, als er in sie eingedrungen war. Sie war wohl nicht so gelenkig, wie sie angenommen hatte.

Ein breites Grinsen erschien auf Rafaels Gesicht, und er stellte sein Eis zur Seite. Seine Hände wanderten ihre Waden hinauf und kamen auf ihren Hüften zum Liegen. »Soll ich dich massieren?«

Lachend schlug sie seine Hände weg. »Du willst doch nur meinen Hintern befummeln.« Sie hätte nicht mal was dagegen einzuwenden. Er durfte an ihr befummeln, was er wollte.

»Das wäre möglich«, gab Rafael zu. »Doch vorher brauche ich, glaube ich, eine Dusche.« Er nahm die Arme über den Kopf und streckte sich ausgiebig.

Sienna nickte, auch wenn sie etwas enttäuscht war. Sie stellte das Eis ab und kroch langsam aus dem Bett. »Dann gehe ich jetzt wohl besser. Ich muss noch meinem Dozenten wegen eines Artikels schreiben.« Sie war direkt von der Uni hergekommen, wo sie die letzten Details zu ihrer Hailey-Story mit Mr. Sinclair abgesprochen hatte.

Rafael hielt sie auf, indem er beide Arme um ihre Taille legte und sie an sich zog. »Du könntest auch jetzt deine Mail schreiben, immerhin hast du deinen Laptop dabei, und mir dann Gesellschaft leisten, wenn du möchtest.«

Eine Dusche mit Rafael? Darüber musste sie gar nicht erst nachdenken. »Wer könnte dieses Angebot schon ablehnen? Danke übrigens für vorgestern.« Sie lehnte sich vor und drückte einen Kuss auf seine Brust, direkt unterhalb der Halsmulde.

»Immer gern«, wisperte Rafael, seine Hände fuhren dabei über ihren Rücken.

Sie schaute lächelnd zu ihm auf, ließ ihre Hände über seine Brust zu seinem Rücken und tiefer gleiten. »Ich mach's wieder gut.«

Rafael schüttelte den Kopf. »Da gibt es nichts wiedergutzumachen.« *Ich bin für dich da*, schwang in seinen Worten mit, auch wenn er es nicht aussprach.

Sie war ihm dankbar. Das war sie wirklich. Rafael war für sie da gewesen, als sie ihn gebraucht hatte. Und auch wenn er keine Gegenleistung verlangte, würde sie das nicht einfach auf sich beruhen lassen.

Sie griff nach seiner Hand und zog ihn – nackt, wie sie beide waren – Richtung Badezimmer. »Dann lass mich dir zeigen, wie dankbar ich dir bin.« Das Grinsen auf ihrem Gesicht zeigte ihm deutlich, was sie im Sinn hatte.

So könnte es immer sein, flüsterte eine leise Stimme in ihrem Inneren. Gemeinsam Yankee-Spiele sehen, kochen, Eis im Bett.

Sie wischte den Gedanken energisch beiseite. Denn darum ging es nicht. Es spielte keine Rolle, dass ihr Herz in seiner Gegenwart viel zu schnell schlug und ihre Haut erwartungsvoll kribbelte. Es war auch egal, dass sie in seiner Anwesenheit so viel lächelte wie bei niemandem sonst und, wie Camille es so treffend formuliert hatte, glücklicher war denn je. All das war zweitrangig.

Denn sie wollte genau das hier. Die Leichtigkeit, die Lust. Es ging um Sex. Deshalb, und nur deshalb, würde sie ihm nun in der Dusche beweisen, wie gut ihr Abkommen funktionierte.

Sie konnte manchmal gar nicht fassen, wie gut der Sex mit Rafael war. Sex mit Rafael war fantastisch. Jedes Mal. Sie war nie von irgendetwas abhängig gewesen. Weder von Zigaretten noch von Drogen oder Alkohol. Auch wenn sie schon gerne mal etwas trank, könnte sie jederzeit darauf verzichten.

Rafael war die eine Sache, auf die sie wohl nicht verzichten konnte. Und auch nicht wollte. Nach ihm, seinen Berührungen und seinem Körper könnte sie in der Tat süchtig werden. Es wäre eine Sucht, die alles wert sein würde.

Sienna stand noch in Rafaels Badezimmer und kämmte sich die nassen Haare. Die Dusche hatte gutgetan, wobei die Zerrung in ihrem Hintern nicht verschwunden war. Im Gegenteil, es war eher schlimmer geworden. Das durfte sie auch niemandem erzählen. Wer bekam schon Krämpfe im Po vom Sex? Wie peinlich.

»Wo hast du mein Shirt hingeschmissen?«, fragte Rafael durch die angelehnte Tür.

Sie musste wirklich darüber nachdenken, was sie mit seinem Shirt gemacht hatte, als sie vor einigen Stunden übereinander hergefallen waren. Lag es neben der Tür? Oder hatte sie es ihm doch erst später ausgezogen? Ein Kichern entfuhr ihr. »Ich glaube, das liegt in der Nähe der Couch.«

Sienna war nur in ein Handtuch gehüllt, doch ihre Unterwäsche lag bereits im Badezimmer. Rafael musste sie ihr gebracht haben, als sie noch unter der Dusche gestanden hatte. Was für ein Gentleman.

Einen Fön besaß Rafael nicht, daher ging sie mit handtuchtrockenem Haar und mit BH und String bekleidet wieder zu ihm ins Wohnzimmer.

Er saß auf der Couch. Ihr Laptop stand vor ihm auf dem Tisch. Sienna hatte, bevor sie gemeinsam duschen gegangen waren, noch die Mail an Mr. Sinclair verschickt. Ihren Laptop hatte sie offen gelassen, Wichtigeres zu tun gehabt.

Doch das war wohl ein Fehler gewesen.

»Was ist das, Sienna?«, fragte Rafael tonlos.

Seine Stimme ließ sie stutzig werden.

Sie fischte auf dem Weg zum Sofa ihre Hose vom Boden und zog sie an. Als sie Rafael erreichte, warf sie einen Blick über seine Schulter, um zu sehen, was er meinte. Ihr Artikel war noch geöffnet.

»Oh, das ist der erste Entwurf eines Artikels, den ich für die

Uni schreibe«, erklärte sie. »Es geht um Liebesgeschichten aus unserer Zeit.«

Seit ihrem Gespräch mit Camille verspürte Sienna Stolz und Zufriedenheit. Sie mochte zwar keine Journalistin sein, aber sie hatte hier verdammt gute Arbeit geleistet.

»Du hast das geschrieben?« Er sah zu ihr auf, dann zurück zum Laptop. Einen undefinierbaren Ausdruck auf dem Gesicht.

Sie nickte. »Ja, hast du ihn gelesen?«

»Habe ich.«

Stolz flammte in ihrer Brust auf. Auch wenn der Artikel noch nicht fertig war und sie ihn definitiv würde überarbeiten müssen, war dieser erste Entwurf doch ausgesprochen gut gelungen.

»Und wie findest du ihn?«, wollte sie aufgeregt wissen. Es war noch nie vorgekommen, dass jemand ihre Texte gelesen hatte. Und seltsamerweise interessierte sie sich sehr für Rafaels Meinung. »Mein Dozent ist so begeistert, dass er ihn vielleicht in der *New York Times* veröffentlichen möchte. Keine Ahnung, ob das klappt, aber das ist schon spannend.«

Allmählich war ihr die Tragweite dieser Chance auch bewusst geworden. Es könnte für sie Türen öffnen. Sie hatte zwar vor, später einmal im Marketing zu arbeiten, aber mit der Veröffentlichung in der *New York Times* hätte sie zumindest die Option, irgendwann in den Journalismus zu wechseln.

»Der soll in der *New York Times* veröffentlicht werden?« Unglaube stand auf Rafaels Gesicht geschrieben, gleichzeitig wirkten seine Züge seltsam versteinert.

Nervös spielte Sienna mit ihren Fingerspitzen. Auch Camille hatte daraus so eine große Sache gemacht, dabei stand ja rein gar nichts fest. »Nur, wenn er meinem Dozenten und seinem Kontakt dort gefällt«, erklärte sie. Eine tiefe Furche bildete sich bei ihren Worten auf Rafaels Stirn. Was war los? »Warum schaust du denn so grimmig?«, fragte sie.

Rafael hatte beide Arme auf den Knien abgestützt, seine Hände lagen über seinem Mund. Es war eine nachdenkliche Pose, und Sienna verstand überhaupt nichts mehr.

»Kanntest du sie?«, kam es dann von ihm.

»Wen?«

Rafaels Augen wurden schmal. »Hailey natürlich. Die Frau, über deren Leben du hier schreibst.«

Sienna sah von Rafael zu ihrem Laptop und wieder zurück. Dann zuckte sie mit den Schultern. »Nein, ich bin erst kürzlich auf ihre Website aufmerksam geworden. Warum bist du so wütend?«

Denn dass er wütend war, konnte sie inzwischen deutlich sehen. Seine Schultern waren angespannt, eigentlich sein ganzer Körper. Die Schokoaugen, die noch vor wenigen Minuten geleuchtet hatten, waren nun von loderndem Zorn erfüllt. Fand er den Artikel so schlecht?

»Du hast keine Ahnung, wer sie war«, sagte er in einem gefährlich ruhigen Tonfall. »Keine Ahnung, was du mit diesem Artikel anrichtest.«

»Wovon redest du?«, fragte Sienna verwirrt. Sie verstand gar nichts mehr. Sie hatte einen Artikel geschrieben, ja und? Es war nie ihr Plan gewesen, dass Rafael ihn las. Demnach wusste sie auch nicht, wie sie nun darauf reagieren sollte, dass er ihm so offensichtlich missfiel.

Rafael klappte in einer langsamen Bewegung den Laptop zu und schob ihn ihr entgegen. »Du bist hier die Journalistin, sag du es mir. Anscheinend hast du deine Recherchearbeit nicht ernst genug genommen.«

War das ein Vorwurf? Hatte sie etwas in dem Artikel vergeigt? Sie hatte wirklich geglaubt, dass er gut war. Ihr Dozent sah das immerhin genauso, und sie vertraute seiner Meinung. Doch Rafael schien das anders zu sehen.

Er sprach mit einer solchen Ernsthaftigkeit, dass Sienna stutzig wurde. Wüsste sie es nicht besser, würde sie sagen, Rafael sei verletzt. Aber warum?

»Rafael, ich kann dir nicht folgen«, gab sie leise zu.

Da kam er auf die Füße. In einer solch flinken Bewegung, dass sie nicht damit gerechnet hatte. Dicht vor ihr blieb er stehen. Den Blick, den er ihr zuwarf, hatte sie noch nie an ihm gesehen. Wut, Enttäuschung, Verrat.

Seine Augen waren schmal, seine Kiefer angespannt. Selbst seine Hände waren an den Seiten zu Fäusten geballt.

»*Ich* bin Bottura«, zischte er ihr entgegen. »*Ich* war Haileys Freund, sie war *meine* große Liebe. Du schreibst hier über mich und meine verlorene Zukunft.«

Sie öffnete den Mund. Schloss ihn wieder. Wiederholte das Ganze. Sie hatte seine Worte gehört, doch die Bedeutung kam nur verzögert bei ihr an. Er war Bottura? Er war Haileys Freund gewesen? Das durfte nicht wahr sein.

Unbeholfen rang sie mit den Händen und schluckte den Kloß mühsam hinunter, der sich in ihrem Hals gebildet hatte. »Ich … oh, mein Gott. Das wusste ich nicht, es tut mir leid, Rafael. Ich hatte ja keine Ahnung.«

Das war doch wieder einer dieser irren Zufälle. Sie schrieb ausgerechnet über Rafaels verstorbene Liebe? Hatte sie vor Kurzem noch geglaubt, dass es einen Gott geben musste, dann musste dieser einen seltsamen Humor haben.

Rafael stieß ein hartes Lachen aus und schüttelte den Kopf, als könnte er selbst nicht glauben, was hier gerade passierte. Sienna konnte es ja auch nicht. Hailey hatte nie den Namen ihres Freundes erwähnt, und von Rafaels Vergangenheit wusste sie rein gar nichts. Woher hätte sie wissen sollen, wer er war?

Seine Kiefer waren fest aufeinandergepresst. »Schreib über etwas anderes!«, verlangte er in einem barschen Ton.

Ihre Augen wurden groß. Langsam schüttelte sie den Kopf. »Was? Das kann ich nicht.« Im Gegensatz zu Rafaels Stimme war ihre leise. Unsicher und verwirrt.

»Wieso nicht?« Könnten Augen Feuer schießen, hätte Rafael sie in diesem Moment zu einem Haufen Asche verwandelt. Er war so zornig, so aufgelöst, dass sie keine Ahnung hatte, wie sie damit umgehen sollte.

Sie hob verzweifelt die Arme. »Weil ich nicht in letzter Minute mein Thema ändern kann«, sagte sie. »Der Artikel ist so gut wie fertig, und in drei Tagen ist Abgabe. So schnell kann ich mir nichts Neues aus den Fingern saugen.«

Auch wenn sie nichts lieber täte. Gleichzeitig hing sie an ihrem Artikel. Sie war regelrecht im Schreiben aufgegangen. Ihr war es sogar so vorgekommen, als würde sie Hailey und all ihre guten Taten mit diesem Artikel ehren.

Doch Rafael schien das komplett anders zu sehen. »Aus den Fingern saugen? Hast du dir die Geschichte über Hailey auch nur *aus den Fingern gesaugt*? Hast du nur so zum Spaß in ihrem Leben herumgestochert?«

Ein Stich ging durch Siennas Brust. Warum war er so giftig zu ihr? Sie konnte verstehen, dass er aufgebracht war. Die Situation musste schwierig für ihn sein. Aber seine Reaktion war nicht fair.

»Was soll das? Ich wusste nicht, dass du Haileys Freund warst, dein Name wurde nie erwähnt.«

Das war die Wahrheit. Hätte sie auch nur geahnt, dass Hailey Rafaels Freundin gewesen war und er sie vor zwei Jahren durch einen Unfall verloren hatte, hätte sie niemals darüber geschrieben. Aber Tatsache war nun mal, dass sie es nicht gewusst hatte.

Rafael wich einige Schritte zurück. Seine Schultern bebten, und Sienna hatte einen Augenblick lang Angst, dass er jeden Moment gegen die nächstbeste Wand boxen würde.

»Du schreibst über uns, über *sie*, nur für gute Noten, für Anerkennung. Genauso wie einem kleinen Paparazzo ist es dir egal, wen du damit verletzt.«

Ein weiterer Stich in Siennas Herz. Es war niemals ihre Absicht gewesen, jemanden zu verletzen. Und schon gar nicht würde sie es wissentlich tun, um für sich selbst einen Vorteil herauszuschlagen. Hielt er sie wirklich für so rücksichtslos?

»Es ist eine Prüfungsleistung, Rafael«, versuchte sie ihn zu beruhigen. »Ich bin keine Journalistin, das ist nur für einen Kurs. Niemand wird das lesen.«

Wütend fuhr er zu ihr herum. Das Lachen, das aus ihm herausbrach, war alles andere als humorvoll. »Nur dein Dozent und alle in deinem Kurs. Ach, und falls er es gut finden sollte, wird es ja nur in der *New York Times* veröffentlicht. Wie viele lesen die noch mal? So 300 000 Menschen?«

Der Sarkasmus in seiner Stimme tat weh. Sienna wusste nicht, was sie sagen oder tun sollte. Sie fühlte sich in die Enge getrieben. Als stünde sie vor einem wild gewordenen Tier und überlegte, wie sie ohne Verletzungen wieder aus der Situation herauskommen könnte.

»Du übertreibst gerade«, brach es aus ihr heraus. Als sie Rafaels wütenden Blick sah, bereute sie ihre Worte und versuchte gegenzusteuern. »Ich habe nicht gewusst, dass dieser Unfall dich betrifft. Dass du Bottura bist und mit Hailey zusammen warst. Von alldem hatte ich doch keine Ahnung.«

Er musste verstehen, dass sie ihm niemals hatte wehtun wollen. Dass sie nicht die Absicht gehabt hatte, irgendjemandem wehzutun.

Doch erneut hatte sie wohl das Falsche gesagt. »Das macht es doch nicht besser, Sienna!«, schrie Rafael sie an.

Sie schluckte schwer, und sie merkte, wie sich ihre Augen mit Tränen füllten. Nicht, weil sie traurig war, sondern weil sie sich hilflos fühlte. Hilflos und seltsam allein gelassen. »Es tut mir leid, aber was erwartest du von mir?«, fragte sie flehend.

»Dass du den Artikel löschst.«

Sie sah ihn perplex an. Konnte den Blick nicht von Rafael abwenden, der sie erwartungsvoll anstarrte. Die Wut, die von ihm ausging, war beinahe mit Händen zu greifen, doch dahinter verbarg sich etwas anderes. Trauer.

»Du willst also, dass ich meine Prüfung nicht bestehe und meinen Abschluss dieses Semester nicht schaffe. Ist es das?«, wollte sie mit heiserer Stimme von ihm wissen. Sie brauchte diesen Artikel, brauchte den Kursschein, den sie damit bekommen würde. Sie wollte Ende des Semesters mit ihrer Abschlussarbeit beginnen und endlich ihr Studium abschließen. Verstand er das denn gar nicht? Sie *brauchte* diesen Artikel.

»Dein Abschluss ist mir scheißegal«, blaffte Rafael sie an. »Hier geht es um Hailey und um ihre Familie! Wie kannst du nur so herzlos sein?«

Herzlos? Sie war schon vieles in ihrem Leben genannt worden, doch das war neu. Ausgerechnet von Rafael als herzlos betitelt zu werden, versetzte Sienna einen harten Schlag.

Sie atmete tief ein und versuchte sich selbst zu beruhigen. Sich selbst und ihr Herz, das sich schwer in ihrer Brust anfühlte. »Ich bin nicht herzlos«, erwiderte sie leise, ihre Augen füllten sich mit Tränen. »Und hier geht es auch nicht um Hailey, es geht um dich. Du hast mit ihrem Tod nicht abgeschlossen und gibst mir jetzt die Schuld daran.«

Bis eben hatte sie nicht gewusst, warum Rafael so unglaublich wütend war. Sie hatte einen Artikel über seine Freundin geschrieben? Da war im Grunde nichts dabei. Er hatte Hailey unter tragischen Umständen verloren, und auf Sienna wirkte es eindeutig so, als wäre er nie über diesen Verlust hinweggekommen.

Dieser Gedanke schmerzte sie. Hailey war der Grund, warum Rafael keine Dates wollte, keine Beziehung wollte. Nun war ihr alles klar. Er trauerte noch immer. Er war nicht bereit für etwas Neues.

Sie würden nie mehr füreinander sein können. Sein Herz gehörte einer anderen.

Warum tat das so weh?

Rafaels Blick wurde kalt. Verschwunden war der lodernde Zorn, und zurückgeblieben war eine Kälte, die Sienna Schauer über den Rücken jagte.

»Verschwinde!«, zischte er.

Sie erstarrte bei seinen Worten und sah ihn mit weit aufgerissenen Augen an. »Wie bitte?«, fragte sie heiser. Er wollte, dass sie ging? Er verlangte es sogar? Sienna wollte mit ihm darüber reden. Wolle Rafael begreiflich machen, dass dieser Artikel keine große Sache war. Dass sie ihrem Dozenten mitteilen würde, dass sie keine Veröffentlichung in der *New York Times* wollte. Das alles würde sie für ihn tun. Doch es war zu spät …

»Raus hier!«, donnerte Rafael und warf die Arme in die Luft. Sienna zuckte bei seinem Ausbruch zusammen. »Ich will dich nicht mehr in meiner Wohnung sehen.«

Der Schmerz in ihrer Brust wurde schlimmer. Drohte, sie niederzudrücken. Sie wich vor Rafael zurück. Sie hatte sich diesen Tag so anders vorgestellt. Wie war es nur so weit gekommen? Sie verstand es nicht.

Sie kratzte das letzte bisschen Stolz zusammen, das sie aufbringen konnte, und hob das Kinn. »Wie passend, denn ich will dich überhaupt nicht mehr sehen«, zwang sie sich zu sagen, dabei könnte das nicht weiter von der Wahrheit entfernt sein. »Das mit uns – was immer das auch war – ist vorbei. Ich kann niemanden in meinem Leben gebrauchen, der mich für kalt und herzlos hält.«

Sie mochte verkorkst sein, manchmal egoistisch oder auch launisch, das gehörte zu ihr. Jedoch war sie ganz bestimmt nicht herzlos. Es verletzte sie mehr, als sie zugeben wollte, dass Rafael ihr solche Worte an den Kopf geworfen hatte.

Ein harter Zug legte sich um seinen Mund. »Wie schade«, kam es spöttisch von ihm. »Dann musst du dir jetzt wohl einen anderen zum Ficken suchen. Einen anderen, dem du dich anbieten kannst.«

Sienna zuckte zusammen, als hätte er ihr ins Gesicht geschlagen. Seine Worte hatten eine Wunde in ihr aufgerissen, so tief, wie sie es nicht für möglich gehalten hätte. Dass er überhaupt die Macht besaß, sie so zu verletzen.

Ohne ein weiteres Wort griff sie nach ihrem Laptop und der Tasche. Sie klaubte ihr Shirt vom Fußboden und zog es sich über, bevor sie an der Tür in ihren Mantel und die Schuhe schlüpfte und die Wohnung verließ. Sie wollte sie mit einem lauten Knall zuwerfen, wollte ihre Wut, ihre Verzweiflung hinauslassen, doch dafür fehlte ihr die Kraft. Stattdessen fiel die Tür so leise ins Schloss, dass man es kaum hören konnte.

Ebenso leise brach auch ihr Herz.

KAPITEL 28

Sienna

Starr beobachtete sie die Zeiger der großen Uhr in ihrem Zimmer. Sie bewegten sich nur langsam, Sienna hatte das Gefühl, dass die Zeit stehen geblieben war. Eigentlich hasste sie das Ticken der gottverdammten Uhr. So oft hatte sie überlegt, die Batterien zu entfernen oder sich eine neue zu kaufen, die nicht derartig nervtötende Geräusche von sich gab. Aber jedes Mal hatte sie es wieder vergessen.

Heute war sie dankbar dafür, die Uhr nie ausgetauscht zu haben. Das Ticken war das einzige Geräusch im Zimmer, das Fortbewegen der Zeiger der einzige Hinweis darauf, dass die Welt um sie herum sich weiterdrehte.

In einem übergroßen Kapuzenpullover, dicken Wollsocken und einer alten Jogginghose fristete Sienna ihr Dasein in ihrem Bett. Die Vorhänge waren zugezogen und sperrten die immer schwächer werdende Herbstsonne aus. Auf ihrem Nachttisch stand ein unangerührter Teller Suppe, die Molly für sie gekocht hatte. Wie viele Tage war das her? Drei? Oder war es doch erst gestern gewesen?

Obwohl sie ihren Blick kaum von ihrer Uhr abwandte, hatte sie jegliches Zeitgefühl verloren. Es hätten Wochen, wenn nicht sogar Monate vergangen sein können.

Ein Klopfen an der Tür erklang, dann wurde sie leise geöffnet. Sienna machte sich nicht die Mühe, aufzusehen.

»Sienna, geht es dir gut?«, erklang Mollys besorgte Stimme. Ihre Schwester schaute viel zu oft nach ihr. Als hätte sie Angst, dass Sienna in der Zwischenzeit in ihrem Selbstmitleid ertrunken sein könnte.

Sie antwortete Molly nicht, vergrub sich nur weiter in den Decken und starrte ihre Uhr an.

»Sienna?«, fragte nun auch Camille. Ihre beste Freundin klang ebenso besorgt wie Molly.

Was tat Camille hier? Waren sie verabredet, und sie hatte es vergessen? Möglich wäre es, aber Sienna konnte sich nicht daran erinnern, dass sie sich hatten treffen wollen.

Langsam drehte sie den Kopf Richtung Tür. Ihr Nacken spannte von dieser Bewegung. Sie hatte zu lange in derselben Position verbracht, und ihre Muskeln waren die kleinsten Veränderungen nicht mehr gewohnt.

»Was?«, brachte sie krächzend hervor. War das wirklich ihre Stimme? Warum klang sie so rau? So fremd? Sie sollte mehr trinken. Daran musste es liegen. Sie hatte in den vergangenen Tagen zu wenig Flüssigkeit zu sich genommen.

Camille trat in ihr Sichtfeld. Hockte sich vor das Bett und sah Sienna mit großen Augen an. »Ist mit dir alles in Ordnung?«

Sie nickte. »Ja, wieso denn nicht?«

Camille tauschte einen kurzen Blick mit Molly, die noch im Türrahmen stand. Hinter ihrer Schwester entdeckte sie Paisley. Alle drei wirkten angespannt.

»Du hast seit drei Tagen dein Zimmer nicht verlassen«, sagte Molly dann leise. Sie hatte beide Arme um sich geschlungen und wirkte seltsam verloren.

Camille nickte zustimmend. »Du hast dich sogar in der Uni

und auf der Arbeit nicht blicken lassen. Karin hat angerufen und sich nach dir erkundigt.«

Karin hatte bei Camille angerufen? Weshalb? Sie hatte sich krankgemeldet für diese Woche. Irgendwie fühlte sie sich nicht besonders. Sie hatte ja nicht einmal den Drang verspürt, ihr Bett zu verlassen. Starrte immer nur gedankenverloren auf diese bescheuerte Uhr.

Sie zwang sich zu einem Lächeln, was vermutlich so künstlich aussah wie der Efeu auf ihrem Schrank. »Ich bin nicht ganz fit«, erklärte sie. »Ich glaube, ich werde krank oder so.« Es fühlte sich an, als würde sich eine heftige Erkältung anbahnen. Gliederschmerzen, Kopfschmerzen. Was seltsam war, war jedoch der Schmerz in ihrer Brust. So was hatte sie bei einer Grippe noch nie verspürt.

Camille legte eine Hand auf Siennas Stirn. Die Finger ihrer besten Freundin waren warm und sanft. Ein weiteres Indiz dafür, dass Sienna vermutlich krank werden würde, wenn sie Camilles Hände als warm erachtete. Denn das waren sie nie.

»Geht's dir gut?«, fragte ihre beste Freundin vorsichtig.

Ein Nicken war die Antwort, und Sienna setzte sich langsam auf. Schwindel erfasste sie. Sie hatte wirklich zu wenig getrunken. »Ja, macht euch keine Sorgen. Mir geht's bestens.«

Warum sollte es ihr auch nicht bestens gehen? Sie war eine starke und selbstbestimmte Frau. Sie liebte ihr Leben, hatte einen spannenden Job und fantastische Freunde. Sie hatte alles, was sie sich nur wünschen konnte. Warum sollte es ihr also schlecht gehen?

Paisley stieß ein Schnauben aus und trat an Molly vorbei ins Zimmer. »Mach dir doch nichts vor. Dir geht es *nicht* gut.«

Sienna runzelte die Stirn. »Natürlich geht's mir gut. Warum sollte es mir nicht gut gehen?«, fragte sie. Es gab keinen Anlass, unglücklich oder betrübt zu sein. Überhaupt keinen.

Molly strich sich über die Stirn und schüttelte dann den Kopf. »Ähm, mir würden da so einige Gründe einfallen.«

Camille vor ihr seufzte schwer. »Können wir endlich darüber reden, Sienna?«

Drei Augenpaare ruhten auf ihr, doch Siennas Blick glitt wieder zu der tickenden Uhr an ihrer Wand. Wann hatte sich der Zeiger so schnell fortbewegt? »Es gibt nichts, worüber wir reden müssen«, flüsterte sie.

Paisley warf die Arme in die Luft. Sie schien aus irgendeinem Grund wütend zu sein. Sienna wusste nicht, wieso.

»Ich lasse die Bombe nun platzen«, murmelte Paisley mit einem frustrierten Unterton in der Stimme. »Rafael. Rafael ist das Thema, über das wir reden sollten.«

Rafael.

Rafael.

Rafael.

Ein seltsames Gefühl breitete sich bei der Erwähnung seines Namens in Sienna aus. Da war wieder dieser Schmerz in ihrer Brust. Gedankenverloren strich sie sich darüber, als könnte sie eine offene Wunde direkt oberhalb ihres Herzens fühlen. Doch da war nichts.

Taubheit erfüllte sie. Eine Taubheit, die sie seit Tagen willkommen hieß. Denn die Taubheit war besser als die Wut, besser als der Schmerz.

»Das ist vorbei. Es gibt nichts mehr zu sagen.«

Camille schüttelte heftig den Kopf und griff nach Siennas Hand. Sie drückte sie fest. »Schau dich doch an! Es gibt eine Menge, über das wir reden sollten. Du siehst aus wie ein Häufchen Elend.«

Tat sie das? Sie wusste nicht einmal, wann sie zuletzt in den Spiegel geschaut hatte.

»Ein Häufchen Elend, das dringend eine Dusche braucht

und das Vogelnest auf ihrem Kopf beseitigen sollte«, brummte Paisley und verschränkte die Arme vor der Brust. Ihr Blick lag unverändert auf Sienna.

Molly legte ihrer Freundin eine Hand auf die Schulter und schüttelte warnend den Kopf. Dann trat sie an Siennas Bett und kniete sich neben Camille. »Schätzchen, du hast Liebeskummer, das ist in Ordnung.«

Ihre Stimme war so sanft, so fürsorglich, dass Sienna schlecht wurde. »Ich habe keinen Liebeskummer, Molly«, brachte sie mühsam hervor. »Mir geht es gut, glaub mir.«

Warum wollten sie ihr eigentlich weismachen, dass es ihr nicht gut ging? Oder dass sie unglücklich war? Sie hing ein bisschen durch, das konnte mal vorkommen.

Camilles Augen wurden schmal, gleichzeitig lag Besorgnis in ihren Augen. »Das stimmt doch nicht. Du kannst dir ruhig eingestehen, dass es dir nicht gut geht. Das ist keine Schande.«

Sienna wandte den Blick ab. Zurück zu der Uhr. Zurück zu dem Beweis, dass die Welt sich weiterdrehte. Nur ihre eigene war stehen geblieben. Auseinandergebrochen.

»Das kann ich nicht«, wisperte sie.

»Warum nicht?«, wollte Molly wissen.

»Weil … ich …«, Sienna konnte den Satz nicht beenden. Konnte ihre Gefühle nicht in Worte fassen, konnte nicht sagen, was in ihr vorging. Sie verstand es ja selbst nicht.

»Weil du dann zugeben müsstest, dass du dich in Rafael verliebt hast?«, fragte Camille leise. Das Lächeln auf ihrem Gesicht war erfüllt von Mitgefühl.

»Stimmt das?«, wollte Molly wissen. »Hast du dich in ihn verliebt?«

»Nein«, hauchte Sienna, doch allein aufgrund der Tatsache, dass sie just in diesem Moment in Tränen ausbrach, wusste jeder, dass sie log.

Sie konnte die Tränen nicht zurückhalten. Sie liefen unaufhörlich ihre Wangen hinab. All die Zeit hatte sie sie unterdrückt. Hatte nicht weinen wollen, ihren Schmerz nicht freilassen wollen. Nun ging es nicht mehr.

Camille drückte ihre Hand fester. »Rede mit uns. Wir haben das alle schon einmal durchgemacht.«

Was genau hatten sie durchgemacht? Ein gebrochenes Herz? Ihr Herz war nicht gebrochen. Es war so heil wie immer. Denn wäre ihr Herz gebrochen, würde das bedeuten ... Das würde bedeuten ... Sienna schüttelte den Kopf. »Ich kann nicht darüber reden, Camille. Verstehst du das nicht?«

Die Augen ihrer besten Freundin füllten sich nun ebenfalls mit Tränen. »Doch, ich verstehe das nur zu gut«, sagte Camille leise. »Du hast dir selbst etwas vorgemacht und deine Gefühle unterdrückt. So kann das nicht weitergehen.«

Der Schmerz in ihrer Brust wurde schlimmer. Als wollte er Camilles Worten zustimmen. Was sollte das? Rafael hatte sie abgeschossen, ja. Das war schade, immerhin hatte sie mit ihm den besten Sex ihres Lebens gehabt. Und sich wirklich gut mit ihm verstanden. Aber das war doch noch kein Grund für Liebeskummer.

Sie schluckte die Tränen hinunter, vergrub den Schmerz wieder tief in sich drinnen. »Ich will nicht darüber reden. Bitte, lasst mich einfach allein.« Sie wollte nichts weiter tun, als hier im Dunkeln in ihrem Bett zu liegen. Den Zeiger an der Wand anzustarren und alles zu vergessen.

»Sienna ...«, begann Camille, doch Sienna unterbrach sie sofort. »Bitte, Camille.«

Es gab nichts, was sie sich in dem Moment mehr wünschte, als allein zu sein. Allein mit den Gefühlen, die sie nicht haben wollte und die sie aus ihrem Körper und ihrem Herzen verbannen wollte. Für immer.

Camille nickte langsam. Sie sah zu Molly, die hilflos mit den Schultern zuckte. Beide erhoben sich und gingen zur Tür, wo Paisley auf sie wartete.

»Wie du willst«, murmelte Camille. »Vielleicht sind wir auch einfach nicht die Richtigen, um dieses Gespräch zu führen«, waren ihre letzten Worte, bevor sich die Tür hinter ihr schloss und Sienna allein in der Dunkelheit zurückblieb.

Stunden später – oder waren es Minuten oder Tage – wurde Sienna aus ihrem traumlosen Schlaf gerissen. Verwirrt sah sie sich um, doch erkennen konnte sie nichts. Ihr Zimmer war noch immer verdunkelt, es hatte sich nichts geändert. Sie würde erst wieder aus ihrem Bett aufstehen, wenn ihre Welt wieder heil wäre. Was jeden Tag passieren musste, so lange konnte dieses Tief ja wohl nicht andauern.

Da erklang erneut das Geräusch, das sie aus ihrem Schlaf gerissen hatte. Ein Klopfen. An ihrer Zimmertür. Waren das etwa wieder Molly, Camille und Paisley, die versuchen wollten, mit ihr über Dinge zu sprechen, die Sienna für immer totschweigen wollte?

Sie drehte sich einfach herum und zog die Bettdecke über ihren Kopf. Sie wollte mit niemandem reden. Nicht jetzt. Nicht morgen. Vielleicht nie wieder.

»Sienna? Schatz, darf ich reinkommen?«

Ihr ganzer Körper erstarrte bei dem Klang dieser Stimme. Träumte sie etwa noch? Oder hatte sie inzwischen Halluzinationen wegen irgendwelcher Mangelerscheinungen?

Sie setzte sich im Bett auf. Ihre Stimme klang belegt und heiser, als sie leise fragte: »Mom?«

Die Tür öffnete sich, und ein Spalt Licht erhellte ihr düsteres Zimmer. Ihre Mutter stand im Türrahmen. Sie schaltete das Deckenlicht an und betrachtete mit besorgter Miene ihre Tochter.

Alice kam zu ihr herüber und setzte sich auf die Bettkante. »Ja, Camille hat mich angerufen. Sie sagt, du brauchst mich.«

Camille wusste immer, was Sienna brauchte, auch wenn sie selbst es nicht wusste. Oder hören wollte. Camille wusste es immer.

»Mom«, schluchzte Sienna und warf sich in die ausgebreiteten Arme ihrer Mutter. »Ich habe alles falsch gemacht.« Sie schmiegte sich in die Umarmung, verbarg das Gesicht, und der vertraute Duft von Freesien drang ihr in die Nase. Wann hatte sie das letzte Mal ihre Mom umarmt? Es war viel zu lange her.

Gerade konnte sie sich nichts Schöneres vorstellen, als ihre Nähe zu spüren. Die Wärme und Geborgenheit, die sie ihr schenkte. Nach allem, was geschehen war, hatte sie nicht damit gerechnet, dass ihre Mom kommen würde. Nicht mal, wenn Camille sie besorgt anrief. Nicht, nachdem Sienna ihr diese Dinge an den Kopf geworfen hatte.

Doch sie war hier. Sie war bei ihr. Sie war gekommen, als Sienna sie gebraucht hatte.

Liebevoll strich Alice ihr über den Kopf, drückte sie fest an sich und hielt sie. »Ach, Liebling, das wird wieder, glaub mir.«

Sienna schloss die Augen, versuchte, die Tränen daran zu hindern, ihre Wangen hinabzulaufen. Sie hatte zu viel geweint. Und gleichzeitig nicht genug.

»Nein, es wird gar nichts wieder gut werden«, presste sie hervor. »Er hasst mich.« Es war das erste Mal, dass sie es laut aussprach und ihr die Tragweite ihres Handelns bewusst wurde. Sie hatte etwas getan, das Rafael dazu veranlasst hatte, sie zu hassen.

Alices Hand hielt inne. Sienna konnte den besorgten Ausdruck ihrer Mutter vor ihrem inneren Auge sehen. Wie sie die Stirn runzelte und ihre kleine Nase krauszog. »Das tut er ganz bestimmt nicht«, widersprach ihre Mom. »Niemand könnte dich hassen.«

Das wagte Sienna stark zu bezweifeln. Rafael hasste sie, ohne dass sie wirklich etwas getan hatte. Sie hatte einen Artikel über seine tote Freundin geschrieben. Machte sie das wirklich zu dem kaltherzigen Miststück, das er in ihr sah? Offenbar schon. Und diese Erkenntnis hatte Sienna hart getroffen. So hart, dass sie im Nachhinein sogar geglaubt hatte, dass selbst ihre Eltern sie nach ihrem eigenen Ausraster beim letzten Familiendinner nicht mehr leiden konnten und sie ebenfalls für einen herzlosen Menschen hielten.

»Ich dachte, du hasst mich auch«, murmelte Sienna. Hatte sie sich nicht auch ihr gegenüber herzlos verhalten? Ihre Stimme klang gedämpft, weil sie noch immer das Gesicht an der Brust ihrer Mutter verbarg.

Alice griff nach Siennas Schultern und schob sie sanft von sich. Auf ihrem Gesicht war eine tiefe Falte zu sehen, und ihre blauen Augen waren erfüllt von Trauer. »Aber nicht doch, das könnte ich niemals tun.« Sie strich Sienna über die Wangen, wischte die Tränen fort.

Sienna schluckte, fuhr sich mit dem Handrücken über die laufende Nase. »Ich würde es dir nicht einmal übel nehmen, nach allem, was ich gesagt habe.«

Ihre Mom schüttelte lächelnd den Kopf. »Ich hasse dich nicht, Sienna. Du hasst mich doch auch nicht, oder?«

Sie schüttelte vehement den Kopf. »Nein.« Auch wenn sie manchmal sauer auf ihre Mom war und sie zum Teufel wünschte, es hasste, dass Alice ihre Privatsphäre so oft ignorierte oder sie zu Trips nach Miami zwang, an denen sie nicht teilnehmen wollte – sie liebte ihre Mom.

Das Lächeln auf Alices Gesicht wurde breiter, und ihre Augen begannen zu leuchten. »Siehst du? Man sagt Dinge zueinander, die man nicht meint und noch im selben Moment bereut. Das ist menschlich.«

Menschlich? Sienna hatte gemeine Dinge zu ihrer Mutter gesagt, sie hatte Rafael verletzt … nichts davon hatte sie gewollt. War das menschlich? Oder doch herzlos, so wie Rafael es ihr vorgeworfen hatte? Wenn menschlich herzlos bedeutete, dann war Sienna wohl beides.

Sie hob den Blick und sah ihre Mutter an. Alice wirkte keinesfalls sauer oder verletzt. Doch Sienna hatte trotzdem das Bedürfnis, sich für ihre Worte zu entschuldigen. »Es tut mir leid, Mom«, gab sie zu. Auch wenn sie das Gefühl hatte, die Wahrheit gesagt zu haben, hatten ihre Worte ihre Mutter verletzt. Und das war nicht in Ordnung.

Alice zog sie an sich und strich ihr sanft über den Rücken. »Mir tut es auch leid, Sienna. Ich habe dir meine Sicht der Dinge aufgezwungen, ohne dir zuzuhören, ohne zu hören, was du wirklich möchtest.«

Erneut liefen ihr Tränen über die Wange. Sie war so dankbar, dass ihre Mutter jetzt da war, sie verstand und auch einsah, dass sie ebenfalls Fehler gemacht hatte. »Ich hätte mit dir reden sollen, hätte versuchen sollen, dir meine Gefühle mitzuteilen, ohne dir Vorwürfe zu machen.«

Das hatte sie nun verstanden. Doch in diesem Moment waren ihre Emotionen mit ihr durchgegangen. Jahrelang aufgestauter Frust und unterdrückte Gefühle waren hochgekommen, und sie hatte all das an ihrer Mom ausgelassen.

Dasselbe, was Rafael getan hatte.

Er hatte seine Trauer, seinen Schmerz und seinen Verlust an Sienna ausgelassen. Sie verstand das, das tat sie wirklich. Doch es tat deshalb nicht weniger weh.

»Wir haben beide Fehler gemacht, Schatz«, gab ihre Mom zu. »Das passiert, so ist nun mal das Leben.«

Sienna löste sich von ihrer Mom, ein heiseres Lachen entfuhr ihr. »Warum muss das Leben so kompliziert sein?« Weniger kompliziert, weniger schmerzhaft würde sie jederzeit vorziehen.

Alice stimmte in ihr Lachen mit ein. »Das ist eine Frage, die Philosophen schon seit mehr als zweitausend Jahren versuchen zu entschlüsseln.«

»Dann scheinen sie nicht sonderlich erfolgreich gewesen zu sein.« Ovid, Platon, und wie sie alle hießen, waren wohl keine Profis auf ihrem Gebiet. Vielleicht hätten sie eher Gärtner werden sollen, wenn sie es nicht geschafft hatten, den Sinn des Lebens zu ergründen.

»Nein, leider nicht«, sagte Alice schmunzelnd. »Aber hier ist etwas, das auf jeden Fall erfolgreich sein wird.« Sie stand auf und lief zur Tür, die die ganze Zeit über offen gestanden hatte. Ihre Mom holte eine braune Einkaufstüte.

Ein Lächeln breitete sich auf Siennas Gesicht aus, dabei hatte sie geglaubt, dass sie nie wieder würde lächeln können. »*Ben & Jerry's* und *Pretty Woman*?«, fragte sie heiser.

Es war das Allheilmittel gegen Liebeskummer, wenn man ihre Mutter fragte. Sie hatte keine Ahnung, wie oft sie diesen Film hatte schauen müssen, so oft, dass sie inzwischen mitsprechen konnte. Dennoch waren Vivian Ward und Edward Lewis genau das, was sie in diesem Moment brauchte.

»Du kennst mich zu gut«, lachte ihre Mutter und kramte die DVD von *Pretty Woman* und zwei Packungen Eis hervor.

Sienna nahm einen Becher entgegen und wartete darauf, dass Alice den Film in den DVD-Player legte.

»Hilft es denn wirklich?«, fragte sie leise und betrachtete die Eiscreme in ihrer Hand. Ihr Herz tat weh, ebenso ihr ganzer Körper. Sie bezweifelte, dass ein Film und Eis ihr wirklich helfen sollten, darüber hinwegzukommen.

Alice setzte sich zu ihr aufs Bett und legte einen Arm um sie. »Nein«, gab sie mit trauriger Miene zu. »Aber es lenkt dich ab.

Pretty Woman hat mir gezeigt, dass alles gut werden kann, egal, wie mies die Lage ist. Wenn Julia Roberts die wahre Liebe in Form eines Millionärs finden kann, dann sollten auch wir das hinbekommen. Denkst du nicht?«

Sie musste über die Worte ihrer Mutter nachdenken. War sie imstande, die wahre Liebe zu finden? Bis vor wenigen Tagen hatte sie ja nicht einmal daran geglaubt, dass es so was wie die wahre Liebe wirklich gab. Geschweige denn, dass es etwas war, das sie sich in ihrem Leben wünschte. Das war alles Unsinn für sie gewesen. Doch ihr gebrochenes Herz ließ Zweifel in ihr aufkommen.

Vielleicht hatten es manche auch schlichtweg nicht verdient. »Nein, ich fürchte, ich bin ein hoffnungsloser Fall.«

Alice schüttelte den Kopf. »Das bist du nicht. Du bist meine Tochter, du schaffst alles, was du dir vornimmst.«

Das Gewicht auf Siennas Brust verschwand zwar nicht, aber bei den Worten ihrer Mom wurde es ein kleines bisschen leichter.

KAPITEL 29

Rafael

»Rafael, möchtest du dir heute nicht lieber freinehmen?«, drang die Stimme seiner Großmutter an sein Ohr.

Erstaunt sah er auf, ließ das Messer, mit dem er gerade Kräuter klein gehackt hatte, sinken. »Was? Wieso sollte ich? Es ist viel zu tun im Restaurant.« Das Angebot seiner Nonna war absurd. Das Wochenende stand bevor, sie waren fast ausgebucht. Da konnte er sich ja schlecht vor der Arbeit drücken.

Seine Nonna verzog das Gesicht. Ihre Falten wurden tiefer, was Rafael verwirrte. Sie wirkte seltsam besorgt, und er hatte keine Ahnung, wieso. »Weißt du denn nicht, welcher Tag heute ist?«, fragte sie leise. Als traute sie sich kaum, ihm die Frage überhaupt zu stellen.

Er stutzte. Sein Blick glitt zur Uhr, dann zum Kalender. War heute Freitag? Er glaubte schon. Oder erst Donnerstag? Zugegeben, er hatte ein bisschen das Zeitgefühl verloren, seit er mit Sienna gebrochen hatte.

»Ich … um ehrlich zu sein nicht, warum?«

Ein trauriger Ausdruck trat auf das Gesicht seiner Großmutter. Sie wischte sich ihre Hände an einem Geschirrtuch ab und trat neben ihn. »Du stehst in den vergangenen Tagen etwas neben dir. Ich hatte angenommen, den Grund zu kennen, aber wenn du nicht einmal weißt, welcher Tag heute ist, lag ich wohl falsch. Möchtest du über etwas mit mir reden?«

Langsam schüttelte er den Kopf. Er wollte über rein gar nichts reden. Nicht mit Rico, der ihm bereits auf die Nerven ging, nicht mit seiner Schwester, die ihn ständig mit Fragen löcherte, und auch nicht mit seiner Nonna. Sie mochten es alle nur gut meinen, aber Rafael hatte nicht das Bedürfnis, über etwas reden zu müssen.

»Nein, Nonna«, erwiderte er. Was ihn jedoch verwirrte, war die Anspielung auf diesen Tag. Hatte er etwas verpasst? Oder vergessen? Er durchforstete sein Gehirn, doch ihm fiel partout nicht ein, was heute sein sollte.

Ein Seufzen entfuhr seiner Nonna, und sie legte eine Hand auf seine Schulter. »Bambino, dich bedrückt etwas. Das kann ich deutlich sehen, rede doch mit mir.«

Warum hatte jeder das Bedürfnis, mit ihm reden zu müssen? Oder zu glauben, dass es etwas gab, über das er reden wollte?

Ihm ging es gut. Was passiert war, hatte rein gar nichts zu bedeuten. Er hatte die Sache mit Sienna beendet. Na und? So etwas passierte eben.

Dennoch hatte er das Gefühl, etwas zu übersehen. Er verstand die Anspielungen seiner Nonna nicht. Immerhin wusste sie gar nichts von Sienna. Sie konnte nicht wissen, dass etwas vorgefallen war. »Worum, dachtest du, geht es?«, fragte er daher.

Seine Nonna lächelte schwach. Es war ein trauriges Lächeln, das ihre Augen nicht erreichte. »Um Hailey.«

Hailey? Er hatte irgendwie damit gerechnet, Siennas Namen aus dem Mund seiner Nonna zu hören. Vielleicht hatten sich Rico oder auch Ella verplappert. Doch mit Haileys hatte er nicht gerechnet.

»Wie kommst du darauf?«

»Es ist ihr zweijähriger Todestag.«

Er erstarrte. Nein, nein, das stimmte nicht. Er wusste, wann Hailey gestorben war. Wann das Schicksal sie ihm genommen hatte. Immerhin war er dabei gewesen. Er hatte bei dem Unfall neben ihr gesessen, er würde das niemals vergessen können.

»Das kann nicht sein, der ist nächste Woche«, sagte er mit heiserer Stimme.

Ein Kopfschütteln war die Antwort. »Nein, mein Lieber, er ist heute. Hast du das wirklich nicht gewusst?«

Das durfte nicht wahr sein! Er hatte Haileys Todestag vergessen? Ein Gewicht drückte auf seine Brust, schnürte ihm die Kehle zu. »Ich hatte wohl die letzten Tage zu viel um die Ohren. Mir war nicht bewusst, wie schnell die Zeit vergangen ist.« Doch das war keine Ausrede, keine Entschuldigung. Niemals, wirklich niemals hätte er Hailey vergessen dürfen.

Wut auf sich selbst breitete sich in ihm aus. Enttäuschung und Unglaube. Wie hatte er Haileys Todestag bloß vergessen können?

»Das wundert mich«, gab seine Nonna zu. Es lag kein Vorwurf in ihrer Stimme, trotzdem hatte er das Gefühl, es vermasselt zu haben. »Was geht dir durch den Kopf, dass du Haileys Todestag vergisst?«

Die Frage war nicht, was, sondern wer. Doch der Gedanke an Sienna machte ihn nur noch wütender. Wegen ihr, seinen Gefühlen und ihrem Streit hatte er Hailey vergessen. Hatte sie einfach vergessen. Das würde er sich nie verzeihen. Ganz gleich, was in seinem Leben auch passierte, er durfte nicht seine erste Liebe vergessen. Das hatte Hailey nicht verdient.

»Ich will nicht darüber reden«, murmelte er und widmete sich wieder den Kräutern vor sich. Er brauchte die Ablenkung, brauchte die Beschäftigung. Seine Finger durften nicht stillstehen, sonst hätte sein Kopf Zeit, über Sienna nachzudenken. Das, was er unter gar keinen Umständen tun wollte.

»Rafael.«

»Nonna.«

Sie sahen einander an. Seine Nonna, die offenbar wollte, dass er über irgendetwas Bestimmtes sprach. Und er, der genau das nicht wollte.

Die Miene seiner Großmutter wurde weicher. Verständnis und Mitgefühl traten in ihre großen braunen Augen. »Es ist in Ordnung.«

»Wovon sprichst du?«

»Es ist in Ordnung, sein Herz einer anderen zu öffnen. Du hast um Hailey getrauert, um sie geweint, aber niemand macht es dir zum Vorwurf, wenn du dein Leben weiterlebst.«

Seine Kiefer spannten sich an, und sein Griff um das Messer wurde fester. Er war nicht über Hailey hinweg. Das würde er niemals sein. Und es gab auch keine andere!

Er hatte sein Herz niemandem geöffnet. Das könnte er gar nicht. »Darum geht es nicht.«

Seine Nonna zog erstaunt die Augenbrauen in die Höhe. Sie wirkte von seinen Worten nicht überzeugt. »Hailey war ein nettes Mädchen, und ihr Tod hat uns alle hart getroffen«, sagte sie leise, »aber ihr wart so jung. Du kannst ihr nicht dein ganzes Leben lang nachtrauern und dabei vergessen, dein Leben zu leben.«

»Das tue ich doch gar nicht«, presste er zwischen zusammengebissenen Zähnen hervor. Er lebte. Wie sonst sollte man das nennen, was er tagein, tagaus tat? Er hatte sein Leben im Griff, endlich wieder. Die Trauer drückte ihn nicht mehr nieder. Der Verlust war nicht mehr so präsent.

»Noch vor wenigen Tagen hätte ich dir zugestimmt. Du wirktest so glücklich, so gelassen.«

Seine Augen wurden bei den Worten seiner Großmutter schmal. Er war glücklicher gewesen? So ein Unsinn. Wenn er vor einigen Tagen fröhlicher als sonst gewesen war, würde das ja bedeuten, dass … Nein, seine Nonna irrte sich. Er war wie immer. »Ich war nicht glücklicher als sonst auch.« Vielleicht ausgeglichener …

Erneut legte seine Nonna ihm eine Hand auf die Schulter, während sie ihm das Messer aus der Hand nahm und zur Seite legte. »Doch, Rafael, das warst du«, sagte sie sanft, aber bestimmend. »Du warst wie ein neuer Mensch. Ich wollte nicht fragen, was oder wer der Grund für deine gute Laune ist, weil ich annahm, du erzählst davon, wenn du so weit bist.«

Wie oft musste er noch sagen, dass es rein gar nichts gab, das es zu erzählen gäbe? Es war nichts passiert, nichts, was ihn in irgendeiner Weise verändert haben sollte. »Du übertreibst, Nonna. Es gab keinen Grund, warum ich so fröhlich war.«

Nun war es seine Großmutter, die ihn finster ansah. Sie zeigte mahnend mit einem Finger auf ihn. »Lüg deine Nonna nicht an, Rafael. Ich merke solche Veränderungen sofort. Genauso, wie ich gemerkt habe, dass du seit einigen Tagen niedergeschlagen wirkst. Bekümmert, möchte man sagen. Wenn es nicht am heutigen Tag liegt, woran dann?«, verlangte sie zu wissen.

Rafael antwortete nicht sofort. Auch wenn er es nicht zugeben wollte, kannte er den Grund, warum er in den vergangenen Tagen weniger gut gelaunt war. Wobei Worte wie niedergeschlagen oder betrübt maßlos übertrieben waren.

»An gar nichts«, presste er hervor.

»Rafael, wie ist ihr Name?«

»Was?« Er sah seine Großmutter an. Sie hatte die Arme vor der Brust verschränkt, ein erwartungsvoller Ausdruck lag auf ihrem runzligen Gesicht.

»Der Name des Mädchens, das dir den Kopf verdreht hat. Wie lautet er?«

Niemand hatte ihm den Kopf verdreht. Nicht seit Hailey.

Dafür hatte er gesorgt. »Wie kommst du darauf, dass es jemand Neuen gibt?«, stellte er daher eine Gegenfrage.

Ein Lächeln umspielte die Lippen seiner Nonna. »Dein Lächeln war das eines verliebten Mannes. Nun siehst du aus wie ein alter Griesgram.«

Verliebt.

Verliebt.

Verliebt.

Das Wort wiederholte sich unaufhörlich in seinem Kopf. Jedes einzelne Mal war wie ein verdammter Schlag in die Magengrube. »Ich bin nicht verliebt.« Sein Ton war eisig.

»Was sagte ich zum Thema Lügen?«

Ein frustrierter Laut entfuhr ihm. »Ich lüge dich nicht an, Nonna. Ich bin nicht in Sienna verliebt.«

Verdammte Scheiße!

Die Augen seiner Nonna wurden groß. »Sienna? Ist das ihr Name?«

Er hatte gar nicht von dem Thema anfangen wollen. Hatte alles, was Sienna betraf, tief in sich vergraben. Und auch jetzt wollte er nicht darüber reden. »Ich … vergiss es. Das mit uns ist vorbei.« Und das war gut so.

»Warum? Wie mir scheint, hat sie dich sehr glücklich gemacht.«

Nein, verdammte Scheiße! Sienna hatte ihn nicht glücklich gemacht. Sie hatte ihn verraten. Ihn und seine Liebe zu Hailey. Sienna hatte alles nur sehr viel schlimmer gemacht. Sie hätte ihm helfen sollen, sie hätten gemeinsam Spaß haben sollen, stattdessen hatte sie ihn in ein Loch katapultiert, aus dem er so schnell nicht wieder herausfinden würde. »Weil es zwischen uns einfach nicht funktioniert. Wir schleppen zu viel Ballast mit uns herum, und wir tun uns gegenseitig nicht gut.«

Seine derzeitige Gefühlslage war Beweis genug dafür, dass

Sienna und er nicht zusammenpassten. Dass es kein *Wir* bei ihnen gab. Sie hatten miteinander geschlafen, mehr hätte nicht zwischen ihnen passieren dürfen. Daran musste er sich immer wieder erinnern.

»Da hatte ich aber einen anderen Eindruck.«

»Ach wirklich?«, fragte er verwundert.

Seine Großmutter nickte. »Du wirktest in den vergangenen Wochen fast, als wärest du geheilt. Zuletzt habe ich dich mit Hailey so glücklich und befreit erlebt. Es wirkte so, als wärst du nach all der Zeit der Trauer wieder der Alte.«

Da war wieder dieses Gefühl des Verrats. »Ich bin nicht geheilt, und ich bin nicht über Hailey hinweg, geschweige denn wieder der Alte, Nonna«, entfuhr es ihm wütend. Niemals könnte er über Hailey hinwegkommen. Sie war seine erste und wahre Liebe. Es hatte nie eine andere für ihn gegeben. Ihr Tod hatte ihn verändert, und nun zu hören, dass er angeblich wieder so war wie vor ihrem Tod, machte ihn wütend. Denn es würde bedeuten, dass Sienna ihn verändert hatte.

»Es klingt ja fast so, als würdest du nicht über ihren Tod hinwegkommen *wollen*, Rafael. Dabei hast du es verdient, wieder glücklich zu sein«, versuchte seine Nonna, ihn zu beruhigen. »Mir hat es gefallen, wie du in den letzten Wochen gelächelt hast. Wenn diese Sienna der Grund dafür war, ist sie es wert, dass du noch einmal das Gespräch mit ihr suchst. Ich bin mir sicher, dass es für jedes Problem eine Lösung gibt.«

Langsam schüttelte er den Kopf. Er würde nicht mit Sienna reden. Niemals wieder. Das zwischen ihnen war vorbei. Und seine Nonna irrte sich. »Nicht für dieses«, presste er hervor.

»Und warum nicht?«, wollte sie wissen.

Er musste an sein letztes Treffen mit Sienna denken. An den Artikel, den sie geschrieben hatte. An die Wut, die über ihn hereingebrochen war wie ein verdammtes Unwetter. »Sie hat einen Artikel über Hailey geschrieben. Für einen ihrer Kurse in der Universität. Nachdem ich ihn gelesen hatte, hab ich sie gebeten, ihn zu löschen. Sie hat sich geweigert.« Das würde er ihr niemals verzeihen. Wie konnten jemandem seine Credits in der Uni wichtiger sein als die Achtung vor den Toten?

Ein verwirrter Ausdruck huschte über das Gesicht seiner Nonna. »Du hast mit ihr über Hailey gesprochen, und sie hat diese Gespräche ohne deine Zustimmung zu einem Artikel verarbeitet? Ich verstehe. Das ist nicht die feine Art.«

»Nein, ganz so war es nicht«, räumte er ein. »Sie wusste nichts von Hailey und mir. Ich habe ihr nie von meiner Beziehung zu Hailey erzählt.« Und dann erzählte er seiner Nonna von der Kursarbeit, wie Sienna auf Haileys Blog gestoßen war und was sie in ihrem Artikel geschrieben hatte.

Seine Nonna hörte schweigend zu, bis er geendet hatte, dann fragte sie: »Und warum willst du, dass sie den Artikel löscht?«

Das fragte sie gerade nicht wirklich, oder? Lag das nicht auf der Hand? »Weil es um Hailey geht! Um ihr Leben, um unsere Liebe und um ihren Tod.«

Er hatte nicht glauben können, was er da las. Niemals wäre ihm in den Sinn gekommen, dass Sienna über Hailey Bescheid wusste. Dass sie etwas über sie schreiben würde. Warum auch? Sie hatten niemals über Hailey gesprochen. Rafael hatte sie absichtlich nie erwähnt.

»Glaubst du denn nicht, dass Hailey es auch weiterhin verdient, dass man über sie spricht? Dieser Artikel kann dazu beitragen, dass man sie nicht vergisst.«

Es war wie ein Schlag ins Gesicht. Er hatte es vergessen, er hatte Haileys Todestag vergessen. Aber nicht sie! Niemals sie! »Ich habe Hailey nicht vergessen. Das könnte ich nicht. Aber seitdem ich Sienna kenne, habe ich kaum noch an sie gedacht. Als ich dann diesen Artikel gelesen habe …«

Er gab Sienna für vieles die Schuld. Für den Artikel, ihre Sturheit, ihren Egoismus. Und eben auch dafür, dass er in der Tat, seitdem sie sich kannten, kaum an Hailey gedacht hatte. Nicht einmal an ihren Tod.

»Du hattest das Gefühl, Hailey zu verraten?«, hakte seine Nonna nach. Sie schenkte ihm ein mitfühlendes Lächeln und griff nach seiner Hand.

»Ja«, gab Rafael zu.

Der Druck ihrer Finger wurde fester, und er war dankbar für die Berührung. »Das tust du nicht, Rafael. Hailey ist tot. Wir können nichts daran ändern, und ich bin mir sehr sicher, dass sie nicht wollen würde, dass du ihretwegen die Chance verpasst, glücklich zu werden.«

Er konnte seine widersprüchlichen Gefühle selbst kaum verstehen. Er wollte Hailey nicht vergessen, wollte die Erinnerungen an sie nicht vergessen, gleichzeitig wollte er aber auch Sienna nicht verlieren. Auf der anderen Seite war er so wütend auf sie, dass er platzen könnte.

»Das ist es nicht.« Hier ging es nicht um sein Glück. Es ging nicht um seine Zukunft. Zumindest nicht nur.

Seine Nonna nickte, sie schien verstehen zu wollen, was in ihm vorging. Dabei konnte er es selbst nicht in Worte fassen. »Was hat dich an diesem Artikel so gestört? Dass sie sich geweigert hat, ihn zu löschen?«

Ein Seufzen entfuhr ihm. »Ja, nein, ach, ich weiß auch nicht.« Er klang wie ein hilfloser Junge, und genau so fühlte er sich auch. »Ich habe mich in diesem Moment hintergangen gefühlt.« Das war das erste Mal, dass er das zugab.

»Aber du hast ja selbst gesagt, dass sie gar nichts von dir und Hailey wusste.«

Er ertappte sich dabei, wie er wünschte, dass es genau so war. Dann würde seine Wut auf Sienna Sinn ergeben.

»Warum hattest du dann das Gefühl, als würde sie dich hintergehen?«, fragte seine Großmutter ratlos.

»Weil ich ... ich habe ...«, stammelte er und verstummte dann.

Als würde sie endlich begreifen, was Rafael nicht zu verstehen schien oder ausdrücken konnte, nickte seine Nonna und legte ihm eine Hand an die Wange. »Du hast dich in sie verliebt.«

War es das? War das sein Problem an der ganzen Situation?

Er wollte es abstreiten, wollte darauf bestehen, dass er Sienna niemals würde lieben können. Dass er Hailey nicht vergessen würde. Aber kein einziges Wort verließ seine Lippen.

»Ich weiß es nicht«, sagte er kraftlos und ließ sich von seiner Großmutter in die Arme ziehen. Ihr vertrauter Geruch stieg ihm in die Nase, und er schloss die Augen.

»Das solltest du herausfinden, Bambino«, riet sie ihm leise. »Wenn du etwas für dieses Mädchen empfindest, bist du es ihr und dir selbst schuldig, diesen Gefühlen auf den Grund zu gehen. Wenn du die Liebe findest, solltest du sie willkommen heißen und nicht von dir wegschieben.«

Hatte er das getan? Bis zu diesem Moment hatte er ja nicht einmal gedacht, dass er sich verliebt hatte. Eigentlich bezweifelte er es noch immer. »Aber ich habe gar nicht nach der Liebe gesucht. Es war nie mein Plan, mich wieder zu verlieben.«

Nein, der Plan war gewesen, Sex zu haben. Ungezwungenen und bedeutungslosen Sex. Doch das Schicksal hatte etwas anderes mit ihm vorgehabt.

»Die Liebe findet dich, egal, ob du das willst oder nicht. Darauf haben wir keinerlei Einfluss.« Seine Nonna schenkte ihm ein aufmunterndes Lächeln.

»Glaubst du das wirklich?«, fragte er.

Er hatte nicht geglaubt, jemals wieder die Liebe zu finden

oder von ihr gefunden zu werden. Er war kein Schwarzseher oder Pessimist, aber Haileys Tod hatte ihn mitgenommen. Mehr noch: ihn gebrochen, ihn zerstört. Niemand glaubte, dass einem ein geliebter Mensch auf eine solche Art genommen werden könnte. Nicht, bis es wirklich passierte.

Und was das mit einem selbst machte, war unvorstellbar. Haileys Tod hatte eine Lücke in seinem Inneren hinterlassen, die niemals vollends verschwinden würde. Es gab niemanden, der die Leere in ihm füllen konnte.

»Ich glaube ganz fest daran«, erwiderte seine Nonna. »Du solltest mit dem Mädchen reden und ihr sagen, was du fühlst.«

Er dachte über diesen Ratschlag nach. Seine Nonna hatte vermutlich recht. Er musste das Gespräch mit Sienna suchen. Würde sie ihm überhaupt zuhören? Würde sie mit ihm reden wollen? Nach allem, was er ihr an den Kopf geworfen hatte, wagte er das zu bezweifeln.

Doch heute ging es nicht um Sienna oder ihn. Heute ging es um Hailey. »Das sollte ich wohl, aber vorher habe ich noch etwas zu erledigen.« Er drückte seine Nonna an sich und murmelte dankende Worte in ihr ergrautes Haar.

Seine Großmutter schob ihn sanft von sich, ein wissender Ausdruck lag auf ihrem Gesicht. »Beeil dich lieber, du weißt, dass wir in wenigen Tagen in die Heimat fliegen.«

In die Heimat? Oh, verdammter Mist!

»Das habe ich total vergessen.« Er schlug sich gegen die Stirn. Das war wirklich nicht seine beste Woche gewesen. Er hatte völlig neben sich gestanden. In jeglicher Hinsicht.

»Dein Cousin heiratet nicht jeden Tag in der Toskana.«

Eigentlich hatte er sich auf die Reise gefreut. Eine Hochzeit war immer ein freudiges Ereignis und Rafaels Familie groß genug, dass häufiger eine anstand. Doch gerade stand ihm nicht der Sinn nach Hochzeit feiern.

»Nein, das stimmt wohl«, murmelte er. »Aber es ist auch nicht jeden Tag der Todestag meiner Freundin.«

Seine Großmutter nickte verständnisvoll und hauchte ihm einen Kuss auf die Wange. »Nimm dir alle Zeit, die du brauchst, Bambino.«

KAPITEL 30

Sienna

Wenige Tage später saß Sienna an ihrem Schreibtisch bei *Passion*. Sie konnte nicht gerade von sich behaupten, dass sie sich wie ein neuer Mensch fühlte. Oder dass sie eine Eingebung gehabt hätte, was sie an ihrem Leben ändern wollte.

In Zeitschriften wurde einem immer erzählt, dass man stärker aus Trennungen hervorging, dass ein gebrochenes Herz einen stärker machte. Das war Blödsinn.

Nicht, dass Sienna wirklich Ahnung von solchen Themen gehabt hätte, aber sie wusste ganz genau, wie sie sich fühlte. Was in ihr vorging. Sie fühlte sich nicht stärker oder kraftvoller. Es war viel eher so, als würde sie langsam lernen, mit dem Schmerz zurechtzukommen. Tag für Tag, Stunde für Stunde. Sie lernte, damit zurechtzukommen.

»Dir scheint es besser zu gehen.«

Erstaunt sah sie auf. Sie hatte mit Karin gerechnet, immerhin saß sie direkt bei ihr im Büro. Aber vor ihr stand nicht Karin, sondern Teresa.

»Oh, Teresa, ich habe dich gar nicht reinkommen hören«, sagte sie und lächelte ihre Chefin an. Sie hatte seit dem missglückten Familiendinner nicht mehr mit Teresa gesprochen, auch wenn sie es sich fest vorgenommen hatte.

Doch sie wollte einen Schritt nach dem anderen machen. Sie hatte den Streit mit ihrer Mutter beigelegt, hatte sich bei Camille, Molly und Paisley bedankt. Ihren Dad angerufen. Doch bis zu Teresa war sie noch nicht vorgedrungen.

»Ich wollte dich nicht erschrecken.« Teresa hatte ihre braunen, wilden Locken am Hinterkopf zusammengebunden. In ihren Augen lag Neugierde. Sienna kannte diesen elterlichen Ausdruck.

»Bist du wegen meines Dads hier? Spionierst du für ihn?«, fragte sie daher lachend und stützte ihren Kopf in die Hände.

Teresa stimmte in ihr Lachen mit ein. »Wie mache ich mich?«

»Etwas auffällig, aber das ist in Ordnung. Du kannst ihm ausrichten, dass es mir gut geht.« Denn das war die Wahrheit. Ihr fehlte nichts. Es war nicht perfekt, aber sie spürte tief in sich, dass ihr Herz weniger wehtat. Kein Herumliegen im Bett mehr, kein Anstarren der Uhr.

Teresa lehnte sich gegen Siennas Schreibtisch und verschränkte die Arme vor der Brust. »Auch wenn du ihm immer wieder sagst, dass es dir gut geht, braucht er die Gewissheit. Er fragt sogar Alice und Molly nach dir. Ich bin sehr froh, dass du wieder auf die Beine kommst.«

Wenn man bedachte, dass sie die letzten Tage wirklich nur in einer horizontalen Position verbracht hatte, waren Teresas Worte erstaunlich passend.

»Das bin ich auch«, gab Sienna zu. Es tat noch immer weh, und sie musste viel zu oft an Rafael denken. An die Zeit, die sie miteinander verbracht hatten. Und an den Streit, der alles beendet hatte.

Teresa legte eine Hand über ihre. Ein zaghaftes Lächeln umspielte ihre Lippen. »Wenn du jemandem zum Reden brauchst, dann höre ich gerne zu.«

Dies war wohl die perfekte Gelegenheit, um mit Teresa zu

sprechen. Ihr die Situation zu erklären. »Danke, das weiß ich zu schätzen. Ich hoffe, du weißt, dass du für mich nicht nur meine Chefin bist.«

»Ich bin mit deinem Vater verheiratet«, sagte Teresa, doch das Zucken ihrer Mundwinkel zeigte deutlich, dass sie wusste, worauf Sienna hinauswollte.

Sienna strich sich durch die Haare, sie war unsicher, welche Worte sie am besten wählen sollte. »So ist es, aber du bist nicht nur auf dem Papier meine Stiefmutter. Das meinte ich.«

Teresa war nicht ihre erste Stiefmutter. Aber so dankbar Sienna für Molly als Stiefschwester war, so wenig hatte sie mit Fiona zu tun gehabt. Sie verstand sich gut mit Mollys Mom, es war jedoch nicht vergleichbar mit ihrer Beziehung zu Teresa.

Ein leises Lachen entfuhr Teresa. »Bin ich die Einzige, die das Wort Stiefmutter so grässlich findet? Ich muss da immer an Schneewittchen und Cinderella denken.«

In Märchen kamen Stiefmütter in der Tat nicht gut weg. Meistens waren sie die Bösewichte der Geschichte. Doch nicht in ihrer eigenen. »Ich kann dir versichern, dass du eher der guten Fee ähnelst als Lady Tremaine.«

Teresas Lachen wurde lauter. »Im Film wird sie von Cate Blanchett gespielt, mit der Frau lasse ich mich gerne vergleichen.«

»Aber Helena Bonham Carter spielt die gute Fee, die ist mindestens genauso cool.«

»Danke, dass du das sagst, Sienna«, kam es leise von Teresa. »Es muss schwierig sein, wenn die Eltern neue Partner finden.«

Früher hätte sie es niemals zugegeben, hatte die Starke gespielt, der es nichts ausmachte, dass sich ihre Eltern getrennt hatten. Aber sie war es leid, ihre eigenen Gefühle zurückzuhalten. »Das ist es«, stimmte sie zu, »aber inzwischen komme ich besser damit zurecht als früher.«

Sie hatte verstanden, dass auch ihre Eltern Bedürfnisse hatten. Das Bedürfnis nach einem Partner, nach Nähe und nach Liebe. Jeder Mensch sehnte sich nach etwas anderem, und das hatte Sienna erst verstehen und akzeptieren müssen.

»Falls es jemals nicht so sein sollte, dann sag mir das. In Ordnung?«, fragte Teresa. Sie sah besorgt aus.

Sienna lächelte ihre Stiefmutter an. »Das mache ich.«

Teresa nickte zufrieden und erhob sich von dem Schreibtisch, doch dann drehte sie sich noch einmal zu ihr um. »Wenn ich schon mal hier bin: Ich habe die Entwürfe der neuen Ausgabe gesehen. Die Kolumne über New Yorker Restaurants und neue Unternehmer in der Lebensmittelbranche.«

Nur zu gut erinnerte sie sich an diese Kolumne, an die Tage, an denen es in der ganzen Redaktion nach Essen gerochen hatte. Wo sie Rafael hier begegnet war und seinem verrückten, aber auch sehr netten Cousin Enrico.

»Gefällt dir der Artikel?«, fragte sie. Sie wusste, dass Karin – obwohl es nicht zu ihren ursprünglichen Themen gehört hatte – gerne an der Story geschrieben hatte.

»Durchaus«, stimmte Teresa zu. »Trotzdem möchte ich mit dir darüber reden, bevor wir ihn drucken.«

Erstaunt sah Sienna ihre Chefin an und zuckte mit den Schultern. »Mit mir? Warum? Ich habe nicht wirklich viel dazu beigetragen.« Sie hatte lediglich bei der Organisation geholfen. Nicht einmal den fertigen Artikel hatte sie bisher gelesen.

Ein harter Zug legte sich um Teresas Mund. »Es geht um das Restaurant *La stanza della nonna*.«

Diesen Namen würde sie wohl niemals wieder vergessen. »Ist es nicht mehr dabei?«, fragte sie alarmiert.

»Doch, bisher schon. Aber ich wollte dich fragen, ob du damit ein Problem hast.«

Sienna runzelte die Stirn. »Warum sollte ich?«

Teresa rang nach Worten, spielte unsicher mit dem Saum ihrer Bluse, bevor sie seufzte. »Ich weiß, dass da etwas zwischen dir und Rafael Del Piero gelaufen ist und dass es anscheinend nun vorbei ist. Was mir sehr leidtut«, schob Teresa sofort hinterher. »Aber ich muss wissen, dass es für dich in Ordnung ist, Sienna. Du und deine Gefühle sind wichtiger als dieser Artikel.«

Ein warmes Gefühl breitete sich in ihrer Brust aus. Mit solchen Worten hatte sie nicht gerechnet. »Oh … also, ich …«, stammelte sie unbeholfen, »das ist wirklich aufmerksam, aber du musst dir keine Sorgen um mich machen. Ich finde, dass das *La stanza della nonna* es verdient hat, durch *Passion* mehr Aufmerksamkeit zu bekommen. Ebenso Rafael. Ich würde ihm da niemals im Weg stehen.«

Das hatte sie Rafael gesagt, als noch alles gut zwischen ihnen gewesen war, und es genau so gemeint. Das würde sie auch jetzt nicht ändern. Sie stand zu ihrem Wort. Egal, was zwischen ihnen vorgefallen war.

»Bist du dir sicher?«, hakte Teresa nach.

Sienna nickte. »Auf jeden Fall. Er kocht fantastisch, und seine Gerichte und Rezepte sind der Wahnsinn. Egal, was zwischen uns passiert ist, er hat es verdient, erfolgreich zu sein.«

»Das ist sehr erwachsen von dir.«

Ein Lachen entfuhr ihr. »Kommt mir nicht so vor. Ich will nur alles richtig machen, und sich ihm in den Weg zu stellen fühlt sich definitiv falsch an.«

»Dein Dad hatte überlegt, in das Restaurant zu investieren. Wusstest du das?«

Sienna runzelte die Stirn, nickte aber. Die Vergangenheitsform in Teresas Worten verwirrte sie. »Ich wusste, dass Gespräche geführt worden sind. Hat Dad denn seine Meinung geändert?«

Teresas Mundwinkel zuckten, und sie legte den Kopf schräg.

»Jemand hat seinem kleinen Mädchen wehgetan. Du kennst deinen Vater. Du hast für ihn immer Priorität.«

Sie hatte nicht gewusst, dass ihr Dad über ihre und Rafaels Trennung Bescheid wusste. Vermutlich hatte ihre Mutter ihm gesagt, was passiert war. Und ihr Dad – ganz ihr Held und Beschützer – hatte wohl dementsprechend reagiert. »Das liebe ich auch an ihm, aber er soll Rafael nicht für Dinge bestrafen, die ich vermasselt habe.« Das war ihm gegenüber einfach nicht fair. Das hatte er nicht verdient.

»Hast du es denn vermasselt?«, fragte Teresa mit hochgezogenen Augenbrauen. Doch ihre Miene war sanft.

»Ich fürchte schon«, gab sie zu. »Ich versuche, die Dinge wieder geradezubiegen, aber das ist leichter gesagt als getan.« Die Sache mit Rafael würde sie wohl nie wieder geradebiegen können. Aber immerhin hatte sie alles mit ihrer Mom klären können. Das reichte fürs Erste.

»Hast du versucht, mit ihm zu sprechen?«

Sienna hatte mit dem Gedanken gespielt, ihn aber sofort wieder verworfen. Es gab nichts, was sie Rafael sagen konnte, was die Sache richten konnte. Stattdessen hatte sie sich dafür entschieden, Tinder zu löschen und alles hinter sich zu lassen. So starrte sie wenigstens nicht alle fünf Minuten auf sein Profil und hoffte, dass er ihr schreiben würde.

»Nein, und das werde ich vermutlich auch nicht. Ich habe den Artikel über seine Freundin trotz allem abgegeben, das verzeiht er mir wohl nie.«

Es war zu spät gewesen, sich ein neues Thema zu suchen. Sie hatte es versucht, aber ihr war nichts Brauchbares eingefallen. Und in der kurzen Zeit hätte sie wohl sowieso keinen komplett neuen Artikel schreiben können. Also hatte sie den Artikel über Hailey überarbeitet und ihn abgegeben. In dem Wissen, dass er gut war. Ihr ganzes Herzblut steckte darin.

»Warum hättest du ihn auch nicht abgeben sollen? Ich habe den Artikel gelesen. Er war fantastisch«, lobte Teresa sie. »Danke, dass du ihn mir gezeigt hast.« Als ihre Stiefmutter war es vermutlich irgendwie ihre Pflicht, so was zu sagen, aber da sie auch Chefredakteurin von *Passion* war, wog das Lob umso mehr.

»Der Meinung war auch mein Dozent.« Auch wenn er nicht hatte verstehen können, warum Sienna zwischenzeitlich an sich und dem Artikel gezweifelt hatte.

Teresa klatschte begeistert in die Hände. »Dann wird er in der *New York Times* veröffentlicht?«

Ein Lächeln schlich sich auf Siennas Gesicht. Dann schüttelte sie den Kopf. »Nein, ich habe das Angebot ausgeschlagen. Aber ich habe ihn Haileys Eltern geschickt.« Sie hatte Rafaels Gefühle nicht mit Füßen treten wollen. Dass über ihn und Hailey in der *New York Times* berichtet werden sollte, hatte ihm ganz und gar nicht gefallen. Das hatte Sienna zu respektieren.

Verwirrung huschte über Teresas Gesicht, doch sie nickte. »Und wie haben sie reagiert?«, wollte sie wissen.

Auch Sienna wüsste das gerne. »Das weiß ich nicht. Aber ich bin mir sicher, dass Rafael es nicht gut finden würde.« Sie hatte lange überlegt, ob sie eine Kopie ihrer Arbeit an Haileys Eltern schicken sollte oder nicht, und sich letztendlich dafür entschieden.

Es war nie ihre Absicht gewesen, jemanden mit ihren Worten zu verletzen. Den Artikel sollte ursprünglich ja nur ihr Dozent zu lesen bekommen, sonst niemand. Als sie ihn überarbeitet hatte, hatte sie gemerkt, wie bewegend diese Geschichte war, wie sehr Hailey ihrer Leserschaft geholfen hatte. Und Sienna wollte, dass Haileys Eltern das ebenfalls sahen. Zu Ehren ihrer Tochter.

»Warum sollte es ihn stören, dass du den Artikel ihren Eltern geschickt hast?«

Das war der Knackpunkt. Der Grund, warum alles, was zwischen ihnen gewesen war, zerbrochen war. Wie zu dünnes Glas, das dem Druck nicht standgehalten hatte.

Sie zuckte mit den Schultern und versuchte, das Gefühl in ihrer Brust zu ignorieren. Diese Enge, die dort saß. »Er hängt noch sehr an ihr«, gab sie leise zu.

Sie konnte es verstehen, aber die Erkenntnis tat deshalb nicht weniger weh. Sich selbst einzugestehen, dass Rafael ihr nicht gleichgültig war, war eine Sache gewesen. Gleichzeitig jedoch zu realisieren, dass sein Herz einer anderen gehörte, etwas ganz anderes. »Was absolut verständlich ist. Ich weiß nicht, wie ich mit einem solchen Verlust umgehen würde. Aber ich weiß, dass ich niemandem hinterherlaufen werde, der in eine andere verliebt ist.«

»Bist du denn in ihn verliebt?«, fragte Teresa.

Sienna zuckte hilflos mit den Schultern. »Ich weiß es nicht. Ich war noch nie verliebt, daher weiß ich nicht, wie es sich anfühlt.« Sie war Expertin, was Trennungen anging – oder zumindest hatte sie das geglaubt, ihre eigene Situation hatte das Gegenteil bewiesen –, aber ihr gesamtes Wissen über die Liebe hatte sie aus Filmen und Büchern. Woher sollte sie also wissen, wann sie verliebt war … oder besser, *ob* sie verliebt war? »Aber das, was ich mit Rafael hatte, wie ich mich in seiner Gegenwart gefühlt habe …« Sie brach ab. Konnte es einfach nicht in Worte fassen. Wenn die Protagonistinnen aus ihren Lieblingsserien von der Liebe sprachen, hatte sie das Gefühl, exakt dasselbe für Rafael zu empfinden. Aber vielleicht irrte sie sich auch.

Ein Lächeln trat auf Teresas Gesicht. »Vielleicht habt ihr irgendwann die Möglichkeit, noch mal von vorne anzufangen.«

Die Frage war, ob sie das wollte. Oder ob Rafael das wollte. Vorstellen konnte sie es sich nicht. »Möglich. Vielleicht war es für uns einfach der falsche Zeitpunkt.«

Hätten ihre Eltern sich nie getrennt, hätte sie nicht aufgehört, an die Liebe zu glauben. Hätte Rafael Hailey nie kennengelernt und wäre sie nicht gestorben, wäre sein Herz frei. Sie waren beide ein bisschen kaputt, ein bisschen gebrochen. Doch gegenseitig hatten sie sich vorübergehend geheilt. Bis sie es nur noch schlimmer gemacht hatten.

»Soll ich deinem Dad sagen, dass er die Investition machen soll?«, fragte Teresa.

Sienna schüttelte den Kopf. »Das mache ich selbst. Ich muss sowieso noch einige Dinge wegen der Italienreise mit ihm klären. Ist es für dich eigentlich in Ordnung, dass Mom auch mitkommt?« Dieser Gedanke war ihr bis jetzt noch gar nicht gekommen. Sie hatte sich so gefreut, als ihr Dad vorgeschlagen hatte, dass sie ihn auf seiner nächsten Geschäftsreise begleitete und auch ihre Mom mitkommen sollte, dass sie überhaupt nicht an Teresa gedacht hatte. Nicht eine Sekunde lang.

»Es sind deine Eltern, Sienna. Auch wenn ich mit deinem Vater verheiratet bin, bleibt Alice deine Mutter. Es wird euch allen drei guttun, Zeit miteinander zu verbringen.«

Dasselbe hatte Sienna auch geglaubt, ebenso ihre Eltern. »Das beantwortet meine Frage nicht.«

Sie wollte Teresa auf gar keinen Fall verletzen oder sie mit dieser Reise vor den Kopf stoßen.

»Es ist absolut in Ordnung für mich«, erklärte Teresa jedoch. »Wie du so schön sagtest: Mach dir um mich keine Gedanken.« Sie zwinkerte Sienna zu.

»Du könntest mitkommen.« Auch wenn ihr der Gedanke erst jetzt kam, würde Sienna es bereuen, wenn sie Teresa diesen Vorschlag nicht machte.

»Lieber nicht«, lachte Teresa. »So schön Florenz und Siena zu dieser Zeit auch sind, ich habe hier alle Hände voll zu tun.«

Irgendwie hatte sie das Gefühl, dass Teresa ihre Arbeit nur

als Ausrede benutzte. »Siena ist die Stadt, in der sich meine Eltern kennengelernt haben. Ich würde es verstehen, wenn du etwas dagegen hättest.«

Nicht, dass sie sich mit Eifersucht auskannte, aber in diesem besonderen Fall könnte sie verstehen, wenn Teresa etwas dagegen hätte, wenn Siennas Eltern zusammen in die Stadt reisten, wo sie sich kennengelernt hatten und die Namensgeberin für ihre gemeinsame Tochter gewesen war.

»Habe ich aber nicht«, sagte Teresa lachend. »Ich liebe deinen Vater, Sienna, und ich vertraue ihm. Außerdem wissen wir beide, dass es bei Alice und Holden eher an ein Wunder grenzen würde, wenn sie sich den Urlaub über gut verstehen.«

Dem konnte Sienna nicht einmal widersprechen. »Stimmt, aber sie haben sich schon gebessert. Dank dir. Und vielleicht auch dank Clive«, gab sie stirnrunzelnd zu.

»Er scheint nett zu sein, wir waren mit den beiden vor einigen Tagen etwas trinken.«

Dass ihre Eltern inzwischen Doppel-Dates hatten, versuchte Sienna zu ignorieren. Das war komisch. Aber sie gönnte es beiden Paaren. »Ich glaube sogar, dass die Beziehung halten kann.« Etwas, was sie nicht für möglich gehalten hatte. Aber Clive war nett, und er behandelte ihre Mom gut.

Teresa nickte zustimmend. »Er tut deiner Mom gut.«

Ein Lächeln erschien auf Siennas Gesicht. Bei ihrem nächsten Treffen mit Clive würde sie sich bei ihm entschuldigen müssen. Sie wollte ihm eine echte Chance geben. »Das finde ich auch«, sagte sie also. »Vielleicht ist es doch nicht so verkehrt, an die wahre Liebe zu glauben.«

Ihre Mom war eine hoffnungslose Romantikerin, was Sienna nie hatte verstehen können. Auch jetzt wusste sie, dass sie niemals so werden würde wie ihre Mutter, aber inzwischen war sie so weit, dass sie ihre Ansicht akzeptieren konnte.

Eine Hand legte sich auf ihre Schulter. Teresa lächelte Sienna an, wie es eigentlich nur eine Mom konnte. Voller Liebe und Zuneigung. »Ist es nicht, und auch du wirst sie irgendwann finden. Oder sie dich.«

Ein heiseres Lachen entfuhr Sienna. Vielleicht hatte die Liebe sie längst gefunden, und sie hatte es vermasselt. Wer wusste das schon …

KAPITEL 31

Rafael

Die Zeit, bis das Surren des Öffners erklang und sich die Tür öffnete, kam ihm wie Stunden vor. Jede einzelne Sekunde zerrte an seinen Nerven, an seinem Herzen. Seine Handflächen waren feucht, er wippte nervös auf den Fußballen und kaute auf seiner Unterlippe herum.

Da wurde endlich die Tür geöffnet. »Rafael? Mit dir hätte ich nicht gerechnet.« Große Augen sahen ihn an, die von einer vertrauten knallroten Brille betont wurden.

Ein unsicheres Lächeln breitete sich auf seinem Gesicht aus, während er sich durch die Haare fuhr. »Hallo, Elisabeth, bis vor Kurzem hätte ich auch nicht geglaubt, heute bei euch vorbeizuschauen.« Doch es fühlte sich richtig an. Auch wenn die Nervosität und die Trauer von seinem Körper Besitz ergriffen hatten, war es die richtige Entscheidung gewesen.

Elisabeth lächelte ihn an und öffnete die Tür weiter. »Wir freuen uns doch immer, dich zu sehen. Komm rein!« Sie zog ihn förmlich am Ärmel ins Haus. »Jeff, sieh mal, wer hier ist!«, brüllte sie dann.

Ein Lachen entfuhr ihm. So hatte er Elisabeth in Erinnerung. Immer etwas laut, quirlig und aufgeweckt. Er hatte sie vermisst. Elisabeth war seit seiner Highschoolzeit fast wie eine zweite Mutter für ihn gewesen. Sie das vergangene Jahr nicht gesehen zu haben, hatte geschmerzt.

Ein Mann trat in den Flur, die Zeitung in den Händen und das typische Polohemd am Körper. Er hatte sich kein bisschen verändert.

»Rafael«, sagte Jeff überrascht, dann trat ein Lächeln auf sein Gesicht. »Wolltest du heute auch nicht allein sein?«

Er biss sich auf die Unterlippe. Noch vor einer Stunde wäre es ihm nicht eingefallen, heute hier aufzutauchen. Seine Nonna hatte ihn auf diese Idee gebracht. »Um ehrlich zu sein, habe ich es fast vergessen«, gab er leise zu.

Elisabeth nickte zögernd. Sie trat zu ihrem Ehemann und legte den Kopf an seiner Schulter ab. »Es ist zwei Jahre her, das kann passieren.«

Es wirkte, als könnte sie ihn verstehen, doch Rafael selbst schüttelte den Kopf. »Sollte es aber nicht.« Niemals hätte er Haileys Todestag vergessen dürfen.

Jeff legte ihm eine Hand auf die Schulter. »Wir machen dir keinen Vorwurf, falls du das denkst. Hailey würde es auch nicht tun.«

Wieder einmal wurde ihm bewusst, woher Hailey ihre aufrichtige und verständnisvolle Art gehabt hatte. Ihre Eltern waren großartig und hatten ihre Tochter immer unterstützt. Ebenso, wie sie Rafael unterstützt hatten, nachdem sie ihn in ihre Familie aufgenommen hatten.

»Da bin ich mir nicht so sicher«, sagte er leise. Seitdem er Siennas Artikel gelesen hatte und ihm aufgefallen war, wie selten er in den vergangenen Monaten an Hailey gedacht hatte, fühlte er sich schuldig. Sehr schuldig sogar.

Elisabeth und Jeff tauschten besorgte Blicke, bevor Haileys Mutter fragte: »Wie kommst du darauf?«

Er konnte Elisabeth schlecht erzählen, dass er eine Frau über Tinder gedatet, mit ihr geschlafen und wegen dieser Frau ihre Tochter beinahe vergessen hatte. Das war weder Elisabeth noch Hailey gegenüber fair.

Also schüttelte er den Kopf. »Nicht so wichtig. Wie geht es euch?«, versuchte er, das Thema zu wechseln. Auf ihn wirkten beide recht … *glücklich* war vielleicht in Anbetracht dieses Tages das falsche Wort, aber Elisabeth und Jeff wirkten auf ihn nicht unglücklich. Vielleicht etwas traurig und melancholisch, aber das war in Ordnung. Ihm selbst ging es ja genauso.

Jeff seufzte und drückte Elisabeth an sich. Sein Blick glitt zu der Wand gegenüber der kleinen Garderobe, wo einige Fotos hingen. Alle zeigten Hailey in verschiedenen Lebensphasen. Ihre dunklen Locken waren ihr Markenzeichen gewesen. »Ich will nicht lügen, es ist hart«, murmelte er.

Rafael nickte. Anders konnte man es kaum beschreiben. Verlust und Trauer waren immer hart. Für die beiden bestimmt noch mal schlimmer als für ihn. Immerhin war Hailey ihre Tochter gewesen. Sie zu verlieren hatte ein Loch in ihrem Leben und ihren Herzen hinterlassen, über das sie niemals hinwegkommen würden.

»Gibt es etwas, was ich für euch tun kann?«, fragte er.

Nun erschien ein Lächeln auf Elisabeths Gesicht. Ihre Augen leuchteten. Augen, die Haileys so ähnlich waren. Ein Stich fuhr Rafael direkt in die Brust.

»Das hast du doch schon«, sagte Elisabeth sanft.

Verwirrt blinzelte er. »Was meinst du?«

»Wir haben den Artikel bekommen«, erklärte Jeff. »Er war wunderschön. Ich habe zwar geweint wie ein Schlosshund, aber es hat gutgetan. Solche Worte über Hailey nach all der Zeit zu lesen, und das aus heiterem Himmel, damit hatte ich nicht gerechnet.«

Was ging hier vor sich? »Welchen Artikel meinst du?«, wollte er wissen.

»Den einer gewissen Sienna Heyes. Sie hat einen Artikel über Hailey geschrieben und ihn uns zugeschickt. In dem Brief, der dabeilag, meinte sie, sie würde dich kennen. Wusstest du davon nichts?«, fragte Elisabeth. Auch sie wirkte nun verwirrt und sah zu ihrem Ehemann.

Siennas Artikel.

Der Auslöser für den Streit zwischen ihnen.

Für das Ende.

Rafael schluckte schwer. Seine Kehle war plötzlich trocken. »Ich … nein, also, ja, ich wusste von dem Artikel, aber nicht, dass sie ihn euch schicken würde.« Warum hatte sie das getan? Er hatte ihr doch deutlich gesagt, was er von dem Artikel hielt, und trotzdem schickte sie ihn an Haileys Eltern? Was war nur in sie gefahren?

Elisabeth trat auf ihn zu, die Arme ausgebreitet, und umarmte ihn. »Danke, Rafael. Dieser Artikel … du weißt nicht, wie viel uns das bedeutet hat.«

Er legte beide Arme um Elisabeth, immer noch verblüfft. »Ihr fandet ihn gut?«

»Gut?«, hakte Elisabeth nach. »Gut ist gar kein Ausdruck. Zu lesen, wie jemand, der Hailey gar nicht kannte, solch bewegende und beflügelnde Worte über sie schreibt …« Sie wischte sich über die inzwischen tränennassen Augen und löste sich von ihm. »Es hat uns geholfen.«

Rafael sah von ihr zu Jeff, auch Haileys Vater nickte. Seine Gefühle spielten verrückt. Ihnen gefiel Siennas Artikel. Er hatte ihnen sogar geholfen. Damit hatte er nicht gerechnet. »Ihr seid nicht sauer?«

Als er den Artikel auf Siennas Laptop gesehen hatte, war eine Sicherung bei ihm durchgebrannt. Verdrängte Trauer und unterdrückte Wut waren aus ihm herausgebrochen. Warum war es Jeff und Elisabeth nicht genauso gegangen?

»Warum sollten wir sauer sein?«, fragte Jeff irritiert.

Elisabeth tauschte einen Blick mit ihrem Mann, dann legte sie Rafael besorgt eine Hand auf den Unterarm. »Rafael, gibt es ein Problem?«, fragte sie in dem Ton einer Mutter, die sich Sorgen um ihr Kind machte.

Rafael zuckte hilflos mit den Schultern. Da war wieder dieser Druck auf seiner Brust. »Ich dachte, der Artikel würde euch verletzen. Daher hatte ich darauf bestanden, dass er gelöscht wird.« Und egal, was sie gesagt hatte, er hatte gehofft, dass sie das Richtige tun würde.

»Er hat uns nicht verletzt, ganz im Gegenteil« sagte Elisabeth lächelnd. »Es war wie eine Hommage an Hailey.«

Hatte Sienna recht gehabt, und er hatte nur an sich selbst und seinen Schmerz gedacht? Sie hatte ihm vorgeworfen, nicht über Hailey hinweg zu sein und den Frust an ihr auszulassen. Vielleicht stimmte das.

In Siennas Gegenwart an Hailey erinnert zu werden, war nicht leicht gewesen. Es hatte sich angefühlt, als würde er Hailey hintergehen, auch wenn das Unsinn war. Das wusste er, sein Verstand hatte das begriffen, doch sein Herz tat das nicht.

Jeff fuhr sich übers Gesicht. Dieses Gespräch schien ihm genauso nahezugehen wie seiner Frau und auch Rafael selbst. »Wenn du Mrs. Heyes sehen solltest, richte ihr bitte unseren tiefsten Dank aus. Ihre Worte haben uns sehr bewegt.«

Seine Sorge war völlig unbegründet gewesen. Siennas Artikel hatte Elisabeth und Jeff geholfen, mit ihrer Trauer umzugehen. Gerade am heutigen Tag.

Nun ergriff ein anderes Gefühl Besitz von ihm: Schuld.

Er hatte es verkackt. Sein Verhalten gegenüber Sienna war unfair gewesen. Das wurde ihm in diesem Moment bewusst.

»Das werde ich«, erwiderte er. Auch wenn er bezweifelte, dass er Sienna wiedersehen würde. Dabei wünschte er sich gerade nichts sehnlicher.

Hatte er eben noch geglaubt, dass der Besuch bei Haileys Eltern schwierig werden würde, stellte das hier alles in den Schatten.

Wie sagte man einer Frau, mit der man geschlafen und für die man unerwartet Gefühle entwickelt hatte, dass man einen Fehler gemacht hatte? Vor allem einer Frau, mit der man im Vorfeld extra abgeklärt hatte, dass tiefe Gespräche, persönliche Details und vor allem Gefühle strengstens verboten waren? Einer Frau, mit der man aufgrund dieser Regeln keine Beziehung haben durfte, nicht einmal daten durfte man sie …

Doch was, wenn sich das inzwischen geändert hatte?

Er hatte keine Ahnung, worauf er sich hier einließ. Was ihn erwarten würde. Wie Sienna wohl auf ihn reagieren würde? Wäre sie offen für ein Gespräch, würde sie ihn überhaupt hereinlassen, damit sie miteinander reden konnten? Oder würde sie ihn zum Teufel wünschen?

Vor seinem inneren Auge sah er bereits, wie sie einen Eimer voll Wasser über ihn auskippte oder ihm einen Lockenstab an den Kopf warf. Passierte so was eigentlich wirklich oder nur in Filmen? Er würde es herausfinden.

Bevor er noch länger darüber nachdenken konnte und am Ende möglicherweise kniff, drückte er auf das Klingelschild. Er wartete. Und wartete. Und war kurz davor, sich zu übergeben.

»Hallo?«, erklang dann eine Stimme über die Sprechanlage.

Er runzelte die Stirn. »Ähm, hi«, brachte er dann etwas unbeholfen hervor. Was sollte er auch sagen?

»Komm nach oben.«

Das Surren verriet ihm, dass die Tür geöffnet wurde, und er drückte sie auf. Noch einmal versicherte er sich, dass er beim richtigen Apartment geklingelt hatte. Denn die Stimme hatte nicht Sienna gehört. Oder diese Gegensprechanlage verzerrte ihre Stimme enorm. Doch er hatte die richtige Wohnung ausgewählt. Vergessen konnte er sie auch schlecht, immerhin hatte er fantastischen Sex darin gehabt. Fantastischen Sex mit einer wundervollen Frau.

Allerdings war es nicht besagte fantastische Frau, die vor der Haustür auf ihn wartete. Mit einem übergroßen schwarzen Shirt, auf dem Tweety zu sehen war. Die braunen Haare waren zu einem unordentlichen Dutt zusammengebunden, und auf der Nase trug sie eine Hornbrille, die seltsamerweise gar nicht altbacken an ihr aussah.

Die Frau mit dem Tweety-Shirt legte den Kopf schräg und grinste ihn aber an. »Du bist nicht der Pizzalieferant.«

Er sah an sich hinab, auf der Suche nach Pizzakartons, zuckte mit den Schultern. »Ich fürchte nicht, tut mir leid.« Was musste er für eine Enttäuschung sein? Man erwartete Pizza, aber bekam nur ihn? Das war traurig.

»Und wer bist du dann?«, hakte sie nach, die Arme inzwischen vor der Brust verschränkt. Misstrauen war auf ihrem Gesicht zu sehen.

Er hatte gar nicht daran gedacht, dass statt Sienna eine ihrer Mitbewohnerinnen die Tür öffnen könnte. Wussten sie überhaupt von ihm? Oh Gott, das hier war doch eine dumme Idee gewesen.

»Mein Name ist Rafael«, versuchte er das Gespräch zu beginnen. Da erklang ein lautes Scheppern von hinter der Tür, gefolgt von einem entsetzten Schrei.

Er hob die Augenbrauen und sah die Frau mit dem Tweety-Shirt an, die nur hinter sich in die Wohnung schaute.

»Alles okay, Babe?«, fragte sie.

Babe? Ach ja, er hatte vergessen, dass Siennas Mitbewohnerinnen in einer Beziehung waren.

»Hat er gerade Rafael gesagt?«, erklang eine wütende Stimme, und neben die Tweety-Frau trat eine Blondine. Leider die falsche Blondine. Diese hier trug ihre Haare kürzer, ihre Augen waren braun, und passend zu ihrer Freundin hatte sie nur ein weißes Shirt mit der Katze Sylvester drauf an. Und weiße Tennissocken, was irgendwie wieder ganz cool war. »Bist du Siennas Rafael, der Koch?«, fragte sie und musterte ihn mit zusammengekniffenen Augen.

»Ich denke schon.« Wieso kam er sich gerade vor, als wäre er im falschen Film?

Die Blondine mit dem Sylvester-Shirt stieß ein Schnauben aus. »Also bist du der Arsch, der sie abserviert hat. Deinetwegen hat sie drei Tage ihr Zimmer nicht verlassen.«

Wovon redete sie da? Nicht, dass er leugnen würde, sich wie ein Arsch benommen zu haben, aber Sienna hatte seinetwegen ihr Zimmer nicht mehr verlassen? Das klang gar nicht nach der taffen Frau, die er kennengelernt hatte.

»Paisley«, sagte die Brünette in einem warnenden Ton, »ich bin mir sehr sicher, dass Sienna dich töten wird, sollte sie erfahren, dass du ihm das verraten hast.«

Ein Augenrollen war die Antwort. »Sienna ist aber nicht hier, also kann sie mich auch nicht umbringen.«

Ihm entglitten die Gesichtszüge. »Sie ist nicht hier? Wo ist sie denn?«, wollte er wissen.

Bei dem Gedanken, dass sie sich vielleicht mit einem anderen traf, schnürte sich ihm die Kehle zu. Bitte, sei einfach in der Uni oder auf der Arbeit, flehte er stumm.

Tweety sah ihn skeptisch an. »Mit ihrem Dad auf einer Geschäftsreise.«

»Und ihrer Mom«, ergänzte Sylvester.

Irgendwann würde er sich auch die Namen der beiden merken können, aber gerade fand er Sylvester und Tweety sehr passend.

Er rieb sich mit der Hand über den Nacken. So hatte er sich diese Begegnung bestimmt nicht vorgestellt. »Oh, wisst ihr, wann sie wiederkommt?«

Er musste unbedingt mit Sienna reden. Musste sich entschuldigen und ihr die Situation erklären. Über den Tod eines geliebten Menschen hinwegzukommen war vielleicht unmöglich, aber es war möglich, sein Herz wieder jemandem zu öffnen und ihn hineinzulassen. Rafael hatte Sienna hineingelassen, ohne dass es ihm bewusst gewesen war. Als er es herausgefunden hatte, hatte die Wut von ihm Besitz ergriffen, und er hatte sie an Sienna ausgelassen.

»Erst in zwei Wochen«, erklärte Tweety.

Zwei Wochen? Er sollte zwei Wochen warten, bis er endlich mit Sienna würde reden können? So geduldig war er nicht. Bis dahin wäre er durchgedreht. Und hätte vermutlich jeden um sich herum ebenfalls in den Wahnsinn getrieben.

»Kannst du mir vielleicht ihre Nummer geben?«, fragte er zögernd. »Ich würde gerne mit ihr sprechen.«

Sylvester stieß ein Lachen aus und musterte ihn, als wäre er verrückt. »Du hast ihre Nummer nicht? Wie habt ihr Freaks bitte die ganze Zeit über Kontakt gehalten?«

»Über Tinder«, erklärte er.

Auch er hatte sich bereits gefragt, warum sie nach all der Zeit noch immer nur über Tinder schrieben und telefonierten, aber so hatten sie sichergestellt, dass sie ihre Regeln einhielten.

Bei seiner Antwort wurde das Lachen von Sylvester lauter. Sie schüttelte grinsend den Kopf und drückte Tweety einen Kuss auf die Schulter. »Was bin ich froh, kein Single zu sein.«

Die Zuneigung zwischen den beiden berührte Rafael. Er hatte so was vermisst. Kleine Küsse, Umarmungen. Einfach die Nähe und Geborgenheit, die man nur von jemandem bekommen konnte, den man liebte. Und der einen zurückliebte.

Doch der verschlossene Ausdruck auf Tweetys Gesicht ließ ihn innehalten. »Tut mir leid«, erwiderte sie und reckte das Kinn vor. »Aber ich werde dir Siennas Nummer nicht geben. Sie braucht die Zeit mit ihren Eltern, und um ehrlich zu sein, braucht sie Abstand von dir und diesem Drama.«

Sylvester sah erstaunt zu Tweety. »Sind wir uns da sicher, Molly?«

Ja, Molly, sind wir uns da sicher? Denk bitte noch mal darüber nach! Ich hätte gerne eine andere Antwort von dir!

Doch Tweety nickte entschlossen. »Ja, sind wir, Babe«, sagte sie zu Sylvester, bevor sie sich wieder ihm zuwandte. »Wenn dir Sienna wichtig ist, kannst du zwei Wochen warten und dann wiederkommen. Ansonsten hat sich das sowieso erledigt.«

Es war nicht das, was er hatte hören wollen, aber er konnte Tweety verstehen. Sie sorgte sich um Sienna, und wie es schien, wusste sie genau, was zwischen ihnen passiert war. Alles. Wirklich alles.

Er presste die Kiefer aufeinander und nickte. »Du bist echt knallhart.« Aber irgendwie mochte er das an ihr.

Tweety schüttelte den Kopf. Ihr finsterer Blick traf ihn. »Sie ist meine Schwester. Du hast ihr wehgetan, und du kannst froh sein, dass ich dir nicht wehtue.«

Er sah an ihr herab. Sie war bestimmt mehr als einen Kopf

kleiner als er, und gerade das Tweety-Shirt ließ sie nicht sonderlich angsteinflößend wirken. Doch er respektierte ihren Standpunkt. »Werde ich mir merken.«

Tweetys Augen hellten sich auf. »Wäre auch besser so. Sonst erlebst du *Der Pate* am eigenen Leib.«

Seine eigenen Augen wurden groß. In diesem Moment beneidete er Sienna um ihre Schwester mit dem ausgezeichneten Filmgeschmack. Nicht, dass Sienna den nicht hätte, immerhin sah sie Hitchcock-Filme, aber *Der Pate* war mindestens genauso cool.

Er hatte diesen Film bestimmt zehn Mal gesehen. Gerade als er und Rico in ihrer Mafiosi-Phase waren und ihren Klassenkameraden erzählten, dass ihre Familie der Kopf der Cosa Nostra war. Sie waren zehn Jahre alt gewesen, und diese Lüge hatte ihnen stundenlanges Nachsitzen beschert.

»Ich nehme an, dass ich dann wohl Don Ciccio und du Vito bist, korrekt?«, fragte er Tweety.

»Das ist korrekt. Wenn du also nicht willst, dass ich blutige Rache an dir nehme, bringst du das besser in Ordnung, oder du verpisst dich aus ihrem Leben.«

Klare Worte. Sehr klare Worte.

Er nickte. Auch wenn er sich diesen Besuch ganz anders vorgestellt hatte, würde er Tweetys Wunsch respektieren. »Sienna kann froh sein, jemanden wie dich zu haben«, sagte er und lächelte sie an.

Sie schien von seinem Lächeln verwirrt zu sein, doch sie bekam ihre Mimik schnell wieder in den Griff und funkelte ihn herausfordernd an. »Ich wünschte, ich könnte dasselbe zu dir sagen, aber das wird sich wohl erst noch zeigen.«

KAPITEL 32

Sienna

Für gewöhnlich verband man mit Italien Sommer, Sonne und Meer. Doch im Oktober waren die Temperaturen in der Toskana nicht hoch genug, um ins Wasser zu gehen. Immerhin waren es im Vergleich zum kalten New York in Siena noch angenehme achtzehn Grad. Die perfekte Temperatur, um die Stadt zu erkunden.

»Ich habe ganz vergessen, wie schön Siena ist«, sagte Alice, während sie über die Piazza del Campo liefen. Touristen tummelten sich auf dem Platz, und überall wurden Handys auf die pittoresken Gebäude gehalten.

Lachend warf sie ihre Haare über die Schulter. »Danke, Mom.«

Ihre Mutter stimmte in ihr Lachen mit ein und zog sie an sich, um sie auf die Schläfe zu küssen. »Ich meinte die Stadt, Liebling.«

»Das überhöre ich einfach.«

Auch wenn ihre Mom recht hatte: Siena war wunderschön. Wobei sie Florenz noch einen Tick schöner fand. Gemeinsam mit ihren Eltern hatte sie die Uffizien besucht – ein Highlight für ihre Mom, die zu jedem Kunstwerk etwas sagen konnte –, die Kathedrale und den Ponte Vecchio.

Es war wohl der beste Urlaub, seitdem ihre Eltern sich hatten scheiden lassen. Die Leidenschaften von beiden zu erleben – Dads Vorliebe für Weingüter und Essen und Moms Schwäche für Kunst und Kultur –, war die perfekte Kombination.

In dieser Hinsicht kam sie ganz nach ihrem Vater. Jedes Weingut, das er ihnen gezeigt hatte, war schöner als das vorherige gewesen. Das *Castello di Verrazzano*, die *Ciacci Piccolomini d'Aragona* und das *Terre del Marchesato*. Jedes Mal hatte Sienna sich ein bisschen mehr in diese Gegend verliebt. Die Menschen waren so zuvorkommend und gastfreundlich, dass sie verstehen konnte, warum ihr Dad seinen Job so sehr liebte.

Die Gespräche und die Zeit mit ihren Eltern waren wie Balsam für ihre Seele. Jedes Lachen, jeden Scherz saugte sie wie ein Schwamm auf und verschloss sie in ihrem Herzen, um sich immer wieder daran erinnern zu können.

»Hast du Lust auf ein Eis?«, wollte ihre Mom wissen.

Mit großen Augen sah sie ihre Mutter an und schüttelte dann lachend den Kopf. Diese Italienreise würde ihrer Figur kein bisschen guttun, dafür aber ihrem Herzen. Das war jedes Extrakilo wert.

»Nicht wirklich, eins reicht mir pro Tag.«

Sie hatten sich vorgenommen, in jeder Stadt, die sie erkundeten, und auf jedem Weingut, das welches anbot, ein Eis zu testen. Sie führten sogar Buch darüber, wo das Eis am besten schmeckte. Bisher führte ein kleiner Laden in Lucca.

Alice sah sie verständnislos an. »Wir sind hier in Italien. Gelato geht immer.« Ihr Ton klang so erschüttert, als hätte Sienna den Präsidenten persönlich beleidigt.

Sie nahm ihre Einkaufstüten in die andere Hand, damit sie einen Arm um ihre Mom legen konnte. »Ginge es nach dir, gäbe es Gelato zum Frühstück, Gelato zum Mittag und vermutlich auch zum Abendessen.«

Alice war eine Naschkatze. Sienna kannte niemanden, der da

mithalten konnte. Eis war bei ihr selbst nur eine von vielen Leckereien, die sie an Italien so sehr liebte.

Oliven, getrocknete Tomaten, würzige Salami, feinster Parmaschinken, Pecorino und Büffelmozzarella … Sienna könnte sich einmal quer durch das ganze Land futtern. Sie liebte die italienische Esskultur.

Nur erinnerte sie all das leckere Essen an eine bestimmte Person, die sie gerne während ihres Urlaubs aus ihren Gedanken vertrieben hätte. Funktionierte nur leider nicht.

»Mach dich nicht lächerlich«, schnaubte ihre Mom. »Ich würde niemals abends Eis essen, nicht, wenn es bei uns im Hotel das beste Antipasti-Buffet in der ganzen Toskana gibt.«

Sie lachte bei den Worten ihrer Mom. Vielleicht waren sie sich doch ähnlicher als gedacht. »Du lobst das Antipasti-Buffet? Nicht die Pasta oder die Pizza?« Beides war zum Niederknien.

Ihre Mom machte eine wegwerfende Handbewegung. »Die kann ich überall bekommen, aber richtig gute Antipasti bekommt man nur hier.« Sie verließen den Platz und bahnten sich ihren Weg hinauf in die Altstadt. Die kleinen Geschäfte dort waren wahre Geheimtipps.

Sienna genoss die Zeit mit ihrer Mutter. Shoppen, Eis essen und Sightseeing. Doch sie vermisste auch ihren Dad. Er hatte tagsüber Termine mit Investoren, mit Weingütern oder Händlern. Nicht bei all diesen Terminen konnten Sienna und ihre Mom mitkommen.

»Weißt du, wie lange Dad heute beschäftigt sein wird?«, fragte sie.

Alice blieb vor einem kleinen Stand stehen, der Kopftücher verkaufte. »Er hat gerade ein Gespräch mit einem der Weingüter, die er vertritt. Danach wollte er sich mit uns beim Dom treffen. Es ist sehr lange her, dass wir zuletzt dort waren.«

Ein verträumter Ausdruck trat auf ihr Gesicht. Sienna wusste, dass sie in dieser Stadt melancholisch wurde. Was sie durchaus verstehen konnte. Hier ging es nicht um eine wiederentdeckte alte Liebe zwischen ihren Eltern, sondern um fast vergessene Erinnerungen.

»Wir besichtigen den Dom?«, fragte sie und verzog das Gesicht. Ihre Mom hatte sie und ihren Dad in fast jede Kathedrale oder Kirche gezerrt, an der sie vorbeigekommen waren. Auch jetzt traf sie ein warnender Blick ihrer Mutter, und Sienna seufzte. »Wenn's sein muss.«

»Du solltest diese Stadt wirklich zu schätzen wissen. Immerhin haben wir dich nach ihr benannt.«

Fehlte nur noch, dass sie behauptete, sie hätten sie hier gezeugt. Das waren Details, die Sienna nicht hören wollte. »Nur kann ich dafür nichts.« Immerhin war sie zu diesem Zeitpunkt noch nicht auf der Welt gewesen.

Ihre Mom stieß ein Lachen aus. »Wäre dir Paris lieber gewesen?«

Sie schüttelte den Kopf. »Dann doch lieber Siena.« Sie liebte ihren Namen und die Bedeutung dahinter. Dass sich ihre Eltern in dieser Stadt kennengelernt und ihre Tochter deshalb nach ihr benannt hatten. Das war außergewöhnlich und eine schöne Geschichte.

»Ich würde noch schnell in den einen Laden laufen, um eine Kleinigkeit für Molly, Paisley und Camille zu holen. Du weißt schon, der mit den schönen Fußkettchen.«

»Willst du, dass ich mitkomme?«, fragte ihre Mom, doch Sienna schüttelte den Kopf.

»Ach, Unsinn, wir treffen uns gleich vorne an der Ecke, okay? Dann können wir zusammen zum Dom laufen.« Als ihre Mutter nickte, machte sie sich auf den Weg. Sie hatten diesen Laden vorhin entdeckt, doch zu dem Zeitpunkt hatte sich Sienna noch nicht entschieden, was sie ihren Mädels mitbringen wollte.

Fußkettchen waren für den anstehenden Winter in New York vielleicht nicht sonderlich praktisch, geschweige denn brauchbar, aber sie waren wirklich hübsch. Und der nächste Frühling würde kommen.

Sie hatte sich dafür entschieden, ihren Liebsten etwas aus dem Urlaub mitzubringen. Als Dankeschön für alles, was sie für sie getan hatten. Daher würde sie auch Teresa und Karin etwas mitbringen. Manchmal musste man Menschen zeigen, wie wichtig sie einem waren.

Mit einem Lächeln auf dem Gesicht wollte sie gerade den Laden betreten, als hinter ihr eine vertraute Stimme erklang.

»Sienna?«

Sie würde diese Stimme unter Tausenden wiedererkennen. Ein Schauer lief ihren Rücken hinab, und sofort wurden ihre Handflächen schwitzig. Nur zögernd drehte sie sich um, während sie sich gleichzeitig die Haare glatt strich.

»Rafael?«, fragte sie verwirrt.

Da stand er. Genau vor ihr, in verwaschenen Jeans und einem Langarmshirt. Das zerzauste Haar und die schokobraunen Augen sahen wie immer aus. Sie waren sich in New York über den Weg gelaufen, in einer Millionenstadt. Und nun am anderen Ende der Welt in Italien?

»Das ist doch jetzt ein Scherz.« Eigentlich hatte sie das nicht laut aussprechen wollen, aber es rutschte ihr einfach raus.

Er schien ebenso irritiert zu sein wie sie. Doch dann erklang sein heiseres Lachen, und er kratzte sich verlegen am Hinterkopf. »Was machst du hier? Ich dachte, du bist auf Geschäftsreise mit deinem Dad.«

Sie nickte. »Bin ich auch, aber woher weißt du das?« Sie hatte ihm nicht von ihrer Reise erzählt, immerhin war der Plan erst zustande gekommen, nachdem er sie bei sich rausgeschmissen hatte.

Seine Lippen verzogen sich zu einem Lächeln. Einem Lächeln, das Siennas Herz flattern ließ. »Ich habe mit deinen Mitbewohnerinnen gesprochen, sie haben mir davon erzählt.«

Ihre Augen wurden groß. Er war bei ihr zu Hause gewesen? Wann? Und warum hatte ihr niemand davon erzählt? Nur um sicherzugehen, dass sie ihn richtig verstanden hatte, fragte sie: »Du hast mit Molly und Paisley gesprochen? Wann und wieso?«

Er nickte. In dieser kleinen Gasse mit den Pflastersteinen, die italienische Sonne im Rücken, wirkte Rafael, als gehörte er hierher. Und an keinen anderen Ort der Welt.

»Ich wollte eigentlich mit dir reden, aber du warst nicht da«, sagte er leise, und sein Gesicht verzog sich dabei, als wäre es ihm unangenehm, es zuzugeben. »Tweety und Sylvester haben mir dann von der Reise erzählt.«

»Tweety und Sylvester?«, fragte sie verwirrt.

Rafael biss sich auf die Unterlippe, dann schoben sich seine Mundwinkel nach oben. »Vergiss, was ich gesagt habe.«

Sie musste an ihre Mitbewohnerinnen denken. Molly und Paisley waren verrückt, auf eine überaus liebenswerte und anbetungswürdige Art. Doch sie wusste auch, dass das Paar gerne in Partnerlooks durch die Gegend lief. »Ich weiß genau, welche Shirts die beiden angehabt haben. Es war Pizzatag.«

Eine Tradition, die Molly eingeführt hatte. Für gewöhnlich war Sienna ebenfalls anwesend. Auch wenn sie es Rafael gegenüber nicht zugeben würde, lag in ihrem Schrank ein Shirt mit dem Aufdruck von Granny von den Looney Tunes.

»Sie haben in der Tat auf den Pizzaboten gewartet«, stimmte er zu. Die Erinnerung schien ihn zu amüsieren. Sie hatte sein Grinsen immer geliebt, doch jetzt wusste sie nicht, was sie davon halten sollte.

Ihre gute Laune war wie weggeflogen, sie erinnerte sich wieder daran, was seine letzten Worte an sie gewesen waren. »Muss eine Enttäuschung für sie gewesen sein, stattdessen dich anzutreffen.«

Auch sein Gesicht wurde nun ernst, er nickte. »Das war es wohl. Wie geht es dir?«, fragte er. Seine Stimme klang unsicher, und er vergrub die Hände in den Hosentaschen.

Ein Kloß bildete sich in ihrem Hals. Er wollte wirklich wissen, wie es ihr ging? Nach allem, was er gesagt hatte? Sollte sie sich über sein Mitgefühl freuen oder eher wütend werden? So ganz wusste sie nicht, wie sie reagieren sollte. Denn wenn sie ehrlich war, wusste sie selbst nicht, wie es ihr ging. Besser auf jeden Fall!

Sie fühlte sich nicht mehr verloren. Verspürte nicht mehr das Bedürfnis, sich in ihrem Zimmer zu vergraben und die Wand anzustarren. Der Schmerz in ihrer Brust war weniger geworden, auch wenn er noch nicht ganz verschwunden war. Gerade wenn sie Rafael gegenüberstand, war er präsenter denn je.

Nur konnte sie das ihm gegenüber nicht zugeben. Rafael sollte nicht wissen, wie sehr seine Worte sie verletzt hatten. Es war eine Sache, sich selbst einzugestehen, dass sie Gefühle für ihn entwickelt hatte, aber noch einmal eine ganz andere, es ihm ins Gesicht zu sagen.

Gerade fühlte es sich so an, als würde sie eine Schwäche zugeben, wenn sie die Wahrheit sagte, also tat sie es nicht.

»Kann mich nicht beschweren«, murmelte sie mit rauer Stimme. »Was tust du in Siena?«, wechselte sie daher das Thema.

Rafael sah sie stirnrunzelnd an, schien ihr nicht zu glauben, doch er nickte. »Ich bin wegen einer Hochzeit hier. Meine ganze Familie ist angereist.«

Seine ganze Familie? Also sein Cousin Enrico, den Sienna irgendwie ins Herz geschlossen hatte, auch wenn sie nur ein

Mal miteinander gesprochen hatten. Und seine Nonna, die das beste Tiramisu machte, das sie je probiert hatte.

Sie zwang sich zu einem Lächeln. »Wie schön, dann viel Spaß auf der Hochzeit.« Sie wollte sich abwenden, um den Laden zu betreten und zu erledigen, weshalb sie überhaupt in diese Straße gekommen war.

Doch Rafael hielt sie auf, seine Finger schlossen sich um ihr Handgelenk. Warm lag seine Haut auf ihrer, und sie spürte eine Gänsehaut. »Sienna, warte bitte.«

Sie schluckte schwer und löste sich von ihm. Um seiner Berührung auszuweichen, verschränkte sie die Arme vor der Brust. »Was gibt's?«

Rafael stand nur wenige Zentimeter von ihr entfernt. Mit seinen schokobraunen Augen sah er sie lange an. »Dir hier über den Weg zu laufen ist ein verrückter Zufall«, gab er dann zu.

Auch wenn sie es nicht wollte, hoben sich ihre Mundwinkel. »Wir hatten so manche verrückten Zufälle, nicht wahr?« Sie alle aufzuzählen würde wohl zu lange dauern.

»Hatten wir, und im Nachhinein waren es wohl zu viele, um noch von Zufall sprechen zu können.«

Sie runzelte die Stirn. Allein ihre allererste Begegnung in diesem Café, gefolgt von dem Aufploppen seines Tinder-Profils genau in diesem Moment, war verrückt gewesen. Doch dann waren sie sich im *Roxy's* begegnet, danach im Restaurant seiner Familie und schließlich bei *Passion*.

Eine solche Begegnung war ein Ereignis, zwei waren Zufall, drei ein Muster und vier ein Motiv.

Was genau waren sie und Rafael? In welche Kategorie passten sie?

»Wie würdest du es dann nennen? Stalking?«, fragte sie und lachte leise. Versuchte, das Thema in eine humorvolle Richtung zu lenken.

»Ich finde, Schicksal trifft es besser«, sagte er, und sein Lächeln raubte ihr für einen Augenblick den Atem.

Sie räusperte sich und wandte den Blick ab. »Was willst du, Rafael?« Ihr Herz würde es nicht ertragen, weiterhin über Dinge zu reden, die längst vorbei waren. Das ertrug sie nicht.

Er atmete tief durch, bevor er eine Hand unter ihr Kinn legte und sie so stumm bat, ihn anzusehen. »Mich bei dir entschuldigen«, flüsterte er. »Ich war bei Haileys Eltern, und sie haben mir von dem Artikel erzählt. Ich soll dir ihren Dank ausrichten. Du scheinst sie mit deinen Worten sehr bewegt zu haben.«

Damit hatte sie nicht gerechnet. Sie hatte nicht erahnen können, wie Haileys Eltern auf ihre Arbeit reagieren würden. Natürlich hatte sie mit dem bestmöglichen Ausgang gerechnet, aber sicher sein konnte sie sich nicht. Nun zu hören, dass sie den Artikel gemocht hatten, berührte ihr Herz. »Oh, danke. Es freut mich, dass der Artikel ihnen gefallen hat.« Verlegen strich sie sich eine Haarsträhne hinters Ohr.

»Die beiden sind begeistert von dir.«

»Wenigstens die zwei.«

Rafaels Miene wurde traurig, er ließ die Arme sinken und wirkte seltsam verloren. »Sienna, es tut mir wirklich leid. Was ich zu dir gesagt habe, was ich dir an den Kopf geworfen habe … das war nicht fair. Und du hattest recht.«

Verwirrung war nur eines der vielen Gefühle, die sie in diesem Moment verspürte. Sie brauchte einen Moment, bis sie antworten konnte. »Hatte ich?«, fragte sie leise, bevor ihre Stimme brach.

Er nickte. »Haileys Tod war nicht leicht für mich. Dich zu treffen und Zeit mit dir zu verbringen hat sich richtig angefühlt, es hat mich meinen Schmerz vergessen lassen. Aber als ich dann wieder mit Hailey konfrontiert wurde, hatte ich das Gefühl, sie verraten zu haben. Als hätte ich sie mit dir betrogen.«

Sie mochte sich kaum vorstellen, was er durchmachte und mit welchen inneren Dämonen er zu kämpfen hatte. Sie hatte zum Glück noch nie von einem geliebten Menschen Abschied nehmen müssen.

Als er weitersprechen wollte, hob sie die Hand und brachte ihn damit zum Schweigen. »Du musst mir das nicht erklären, Rafael. Es ist in Ordnung. Du hast viel durchgemacht, und ich kann nur versuchen mir vorzustellen, wie schwer es ist, über einen solchen Verlust hinwegzukommen. Wir hatten unsere Regeln, und gegen die haben wir verstoßen. Es musste so enden.«

Als ihr klar geworden war, wie viel sie bereits übereinander wussten, wie oft sie sich außerhalb eines Schlafzimmers begegnet waren und wie tiefsinnig manche ihrer Gespräche gewesen waren, war es bereits zu spät gewesen.

Sie hatten sich einander geöffnet, ohne dass es ihnen überhaupt bewusst gewesen war. Das hatte gegen ihre Regeln verstoßen. Gegen jede einzelne von ihnen.

»Das zwischen uns ist doch nicht aufgrund unserer Regeln gescheitert«, sagte Rafael und schüttelte langsam den Kopf.

»Sondern?«, wollte sie wissen.

Rafael griff nach ihren Händen und verschränkte seine Finger mit ihren. Sienna wusste nicht, wie sie reagieren sollte, doch sie ließ seine Berührung zu. »Weil du mir wichtig bist. Sehr sogar. Doch das wollte ich nicht akzeptieren, also habe ich dich von mir gestoßen. Das war nicht richtig von mir.«

Ihr Herz schlug plötzlich ungewöhnlich schnell. Und so laut, dass sie glaubte, er müsste es hören können. Er und sämtliche Touristen, die sich in unmittelbarer Nähe befanden. Sie bedeutete ihm etwas? Sie war ihm wichtig? Wieso schienen das genau die Worte zu sein, die sie hören musste? Ihr Herz schien seine Worte wie Balsam aufzusaugen.

»Also haben wir beide gegen unsere Regeln verstoßen«, stellte sie fest. »Ich hatte nie geplant, irgendetwas für dich zu empfinden. Zumindest nicht etwas, was nichts mit Sex zu tun hatte.« Sie lachte. »Aber es ist passiert. Wir wussten beide nicht, wie wir damit umgehen sollten, und haben es versaut.«

Sie hatten das, was sie hatten, gemeinsam mit voller Wucht gegen die nächstbeste Wand gefahren. Dort lag es nun. In seine Einzelteile zerlegt. Und keiner von ihnen wusste, wie man es reparieren sollte. Oder ob sie es konnten.

»Muss das denn so bleiben?«, fragte er leise, und seine Finger schlossen sich fester um ihre. »Glaubst du nicht, dass wir es uns schuldig sind, uns eine echte Chance zu geben?«

»Willst du das denn? Eine Chance mit mir?«

Bislang hatte *sie* nie eine Chance bei jemandem gewollt. Chancen bedeuteten, sich zu öffnen, verletzlich zu werden. Darauf hatte sie getrost verzichten können. Nur mit Rafael war es anders. Er war jedes Risiko wert.

»Ja, das will ich.«

Ungläubig sah sie zu ihm auf. Hatte er das gerade wirklich gesagt? Dass er eine Chance mit ihr wollte? Sienna biss sich auf die Unterlippe. Seine Worte wiederholten sich immer wieder in ihrem Kopf.

»Sienna? Kommst du?«, erklang da die Stimme ihrer Mom, und Sienna fuhr erschrocken zu ihr herum. Sie stand an der Straßenecke, wo sie sich hatten treffen wollen. Alice sah erst ihre Tochter und dann Rafael an. Ihre Augen wurden groß, und sie deutete auf einen kleinen Blumenladen, zu dem sie dann ging.

Sienna lächelte. Sie war ihrer Mom dankbar, dass sie ein Mal im Leben ihre Privatsphäre respektierte. Sie schien dazuzulernen.

»Ich bin mit meinen Eltern hier, und ich genieße die Zeit mit ihnen«, begann sie ihre keineswegs überdachte Rede. Sie wollte Rafael so viel sagen, wollte mit ihm über so vieles reden. Doch nicht jetzt. Nicht hier. »Wir drei brauchen das im Moment, ich hoffe, du verstehst das. Können wir unser Gespräch verschieben?«

Das war die Wahrheit. Sie hatte die Zeit mit ihren Eltern gebraucht, um ihren Herzschmerz zu verarbeiten. Um die Tatsache zu verarbeiten, dass sie endlich verstanden hatte, dass es die Liebe gab. Dass es sie geben musste, denn wenn es die Liebe nicht gab, dann würde es auch keine gebrochenen Herzen geben.

Sie hatte nun verstanden, dass es beides gab. Es gab die Liebe, und es gab den Schmerz, den sie verursachen konnte. Aber da war nicht nur Schmerz. Da war auch Glück, da waren Freude und Hoffnung. Besonders Letztere war angsteinflößend.

Rafael wirkte nicht enttäuscht oder verletzt, so wie sie befürchtet hatte. Stattdessen schlich sich ein Lächeln auf sein Gesicht. »Natürlich können wir das. Du solltest den Urlaub mit den beiden genießen. Das hast du dir verdient.«

Sie nickte zustimmend. Das hatte sie wirklich. Zuerst musste ihr Herz heilen, bevor sie sich ihm gegenüber würde öffnen können. Heilen von einem Schmerz, der viel tiefer saß als ein gebrochenes Herz über den Verlust der ersten Liebe. Es war ein Schmerz, der durch die Trennung ihrer Eltern verursacht worden war und den sie sich nie hatte eingestehen können. Bis jetzt. Und es war an der Zeit, darüber hinwegzukommen.

»Danke für dein Verständnis«, sagte sie und lächelte ihn an. Voller Dankbarkeit.

Rafael beugte sich zu ihr hinunter und hauchte einen Kuss auf ihre Stirn. Sie schloss die Augen und genoss den Moment. Es war der perfekte Kuss. Kein Kuss auf die Wange oder auf die Lippen. Ein Kuss auf die Stirn bedeutete Verbundenheit, Zuneigung und Vertrautheit. Er bedeutete Sicherheit.

Sienna war mit sich selbst zufrieden gewesen. Mit dem Leben, das sie sich aufgebaut hatte. Sie brauchte niemanden, um glücklich zu sein. Gleichzeitig hatte sie sich nicht getraut, sich einzugestehen, dass sich alles ändern konnte, wenn man die richtige Person traf. Dass es auch in Ordnung war, *mehr* zu wollen. Ihr Glück war nicht von einem Mann abhängig, sie musste mit sich glücklich sein. Es war allerdings auch ein schönes Gefühl, dieses Glück mit jemandem teilen zu können. Sienna wollte es mit Rafael teilen.

Als er sich von ihr löste, glitzerten seine Augen verräterisch. »Glaubst du, wir können miteinander reden, wenn wir wieder in New York sind?«

Erstaunt sah sie ihn an und legte eine Hand an seine Wange. Fuhr sanft darüber und nickte dann. »Das sollte kein Problem sein.«

Ein Grinsen überzog sein Gesicht, zeigte seine Grübchen und ließ ihre Knie weich werden. »Dann ist das ein Date?«

Sienna lachte leise. Was für eine Ironie. »Wenn du es unbedingt so nennen musst.« Es war wohl an der Zeit, ihre Abneigung gegen Dates hinter sich zu lassen.

Rafael schenkte ihr ein letztes Lächeln, bevor er einen Schritt zurück machte. »Ich *will* es so nennen, denn ich hätte wirklich sehr gerne ein Date mit dir, Sienna Heyes.«

DANKSAGUNG

Meine Reise zu Moon Notes kam ehrlich gesagt sehr unerwartet, aber dafür nicht weniger schön. Als meine Agentin mich fragte, ob ich ein New-Adult-Buch für den Verlag schreiben möchte, habe ich natürlich sofort zugesagt. Moon Notes wollte mit mir zusammenarbeiten: ein cooler, junger und sehr aufgeschlossener Verlag. Es klang absolut fantastisch, natürlich habe ich Ja gesagt!

Dann kam der Pitch: eine Tinder-Lovestory. Ich bin ehrlich, ich habe herzhaft gelacht, als ich das gelesen habe. Denn nur wenige Wochen vorher hatten mich zwei Freundinnen dazu überredet, die Dating-App selbst auszuprobieren. Ich möchte an dieser Stelle nicht sagen, wie dieses Experiment gelaufen ist, aber einiges konntet ihr in diesem Buch sogar nachlesen.

Das Thema Online-Dating, Selbstfindung, aber auch das Ausleben der eigenen Sexualität und Feminismus waren mir sehr wichtig. Warum dürfen Frauen nicht so viel Sex haben wie Männer? Warum dürfen sie nicht ihre eigenen Bedürfnisse ausleben? Kann man nur in einer Beziehung wirklich glücklich sein? All das sind Fragen, die ich versucht habe, in diesem Buch aufzugreifen.

An dieser Stelle möchte ich zuerst meiner Agentin und meiner Lektorin danken. Liebe Frau Härle, liebe Lena, danke für die Möglichkeit, dieses Buch zu schreiben. Es war mir eine Ehre. Liebe Lena, danke, dass du dich auf meine Ideen eingelassen hast. Danke, dass du nicht von mir verlangt hast, Sexszenen zu schreiben, wo beide Partner gleichzeitig kommen oder man nicht über Peinlichkeiten oder Probleme reden darf. Deine Anmerkungen haben dieser Geschichte etwas Besonderes verliehen.

Danke an meine Inspirationsquellen, Kim und Insa. Ihr beide standet mir mit Rat und Tat zur Seite, wenn ich Fragen zum Online-Dating oder Tinder hatte oder mich über sexuelle Erfahrungen austauschen wollte. Danke für eure Offenheit, euer Vertrauen und die ein oder andere lustige Anekdote, die es ins Buch geschafft hat. Auch meine beste Freundin und ihr Ehemann – es ist immer noch seltsam, ihn so zu nennen – haben Einzug ins Buch gefunden und standen für Camille und Newton Modell. Danke für eure Verrücktheit, die perfekt zu meiner passt.

Auch meinen Testleserinnen, Marie, Kim und Jasmin, möchte ich an dieser Stelle danken. Ihr habt mir gerade am Anfang des Schreibens enorm geholfen. Mein erster Ausflug in ein neues Genre – ohne Fantasy, für mich kaum vorstellbar gewesen – war nicht immer einfach, aber dank euch hat alles perfekt geklappt, und eure lieben Worte, aber auch eure Kritik bedeuten mir viel.

Mit meinen Autorenkolleginnen Isabel und Lana habe ich allem entgegengefiebert, was vom Verlag kam: Cover, Klappentext und natürlich die Vorschau. Mit Isabel teile ich mir den Oktober als Erscheinungstermin, und wir sind beide so happy, es zusammen auf die Titelseite der Verlagsvorschau geschafft zu haben. Ich wünsche dir und deinem Buch alles Gute, liebe Isabel. Lanas Geschichte werdet ihr erst nächstes Jahr lesen können, aber Vorfreude ist ja bekanntlich die schönste Freude. Auch dir und deinem Buch, liebe Lana, wünsche ich nur das Beste.

Danke, dass du Siennas und Rafaels Geschichte gelesen hast. Egal, ob du in einer monogamen oder polygamen Beziehung bist, in keiner Partnerschaft oder irgendetwas dazwischen: Du bist gut, genau so, wie du bist, und dein Glück ist nur von dir selbst abhängig.

Bis ganz bald,
Francesca

LESEPROBE

Laura Labas

Three With A Key

• KAPITEL 1 •

we were apart

Das türkisfarbene Salzwasser glitzerte magisch um mich herum. Ich fühlte mich schwerelos, als ich durch das kalte Becken schwamm. Die zitronengelben Quallen glitten an mir vorbei. Ihre geleeartigen Körper waren zum Greifen nah, doch ich achtete darauf, sie nicht zu berühren. Drehte mich auf den Rücken und sah ihnen schwermütig hinterher.

Ein Schwarm Pollacks mit schimmerndem Schuppenkleid stob weiter vorn auseinander und fing die vor Bewunderung großen Augen der Besucherinnen und Besucher des New York Aquariums förmlich ein. Ein Blick durch die Panzerglasscheibe verriet, dass es wieder ein geschäftiger Mittwoch war. Viele Schulklassen, die einen Ausflug hierher unternahmen und vielleicht zum ersten Mal Meerestiere aus nächster Nähe betrachten konnten. Die offen stehenden Münder waren ein eindeutiger Beweis für die Faszination, die in den Kindern aufgekommen war. Ihre Reaktion ließ ein Gefühl der tiefen Befriedigung in mir aufwallen.

Ein ärgerliches, rotes Blinken an meiner Armbanduhr erinnerte mich daran, den Tauchgang zu beenden. Mein Sauerstoff im Tank neigte sich dem Ende zu.

Luftblasen stiegen vor meinem Gesicht auf, als ich am Mundstück des Atemreglers vorbeiseufzte und diesen dadurch lockerte. Eilig setzte ich das Mundstück wieder gerade, ehe ich meine Flossen an den Füßen stärker bewegte und mich an die Oberfläche des Beckens begab. Einen kurzen Blick erhaschte ich noch auf den sonst so scheuen Roten Drachenkopf. Er schwamm auf dem Grund an der Menschenmenge vorbei und versteckte sich dann wieder in einem Korallennest.

Eigentlich hatte ich ihn mir heute näher ansehen wollen, um seinen Gesundheitsstatus zu überprüfen, doch das musste bis morgen warten.

Nachdem ich das Becken verlassen und meine Tauchausrüstung gegen Straßenkleidung ausgetauscht hatte, sammelte ich im Pausenraum meine Sachen ein. In Gedanken war ich immer noch bei den ineinanderfließenden Farben des Aquariums. Dem Frieden, den ich, umhüllt von dieser Ruhe, empfand. Früher hätte ich versucht, Gefühl und Bild zu malen. Heute gab ich mich damit zufrieden, es lediglich in meinen Erinnerungen festzuhalten. Wie ein Polaroidfoto, das ich meiner Sammlung hinzufügte.

Während ich mich im Spiegel auf der Türinnenseite meines Spinds betrachtete, kämmte ich mein verknotetes, honigblondes Haar aus. Seit Jahren schon kämpfte sich ein rötlicher Schimmer hindurch. Mom hatte diese Tatsache damals zur Verzweiflung getrieben, weil sie Rot nicht mochte.

Damals. Als wäre das so lange her. Gleichzeitig fühlten sich die zwei Jahre seit meiner Flucht aus St. Mercy, Louisiana, wie eine Ewigkeit an. Vielleicht war *damals* doch ein passender Ausdruck dafür. Seitdem hatte ich meine Eltern schließlich nicht mehr wiedergesehen.

Als ich mit meinen blonden Haaren zufrieden war, sie fielen nun offen und leicht gewellt auf meine Schultern, trug ich etwas Wimperntusche auf. Den Look ergänzte ich mit rosafarbenem

Rouge, das am besten zu meiner leicht gebräunten Haut passte. Generell hatte ich eher einen blassen Teint, doch diesen Sommer war ich öfter draußen im Schatten unterwegs gewesen. Obwohl Shiloh viel mit ihrem Freund Miles unternommen hatte, hatte ich sie gelegentlich in den Park begleitet.

Wenn Nick an einem seiner Filmsets als Stuntman arbeitete, fühlte ich mich in unserer WG ziemlich allein. In den letzten Wochen hatte dieses Gefühl abgenommen, weil mich Shiloh endlich eingelassen hatte. Ich war so glücklich darüber, sie als Freundin gewonnen zu haben, dass sogar die Einsamkeit in den Hintergrund gerückt war.

Nicht dass Shiloh ein Ersatz für Claire gewesen wäre. Shiloh war ein eigenständiger Mensch in meinem Universum, der mir Kraft und Freude schenkte.

»Bis morgen!«, rief ich meinen Kolleginnen über die Schulter hinweg zu. Es kam eine gemurmelte Antwort aus dem Pausenraum, dann fiel die Tür hinter mir zu.

Ein weiteres Seufzen.

Aus irgendeinem Grund war ich mit den anderen Mitarbeiterinnen und Mitarbeitern nicht warm geworden. Ich sah mich selbst nicht als schwierige Person, aber wer tat das schon? Wahrscheinlich hatten sie etwas in mir entdeckt, von dem sie abgestoßen waren. Und ich war blind dem gegenüber. Weilte weiterhin in meiner Welt aus Einhörnern und Rittern in goldener Rüstung und fühlte mich ganz normal.

Da ich kein Auto hatte, fuhr ich mit Bus und Metro nach Hause. Das Apartment, das ich mir mit Nick und Shiloh teilte, befand sich mitten in Brooklyn. Es war ein richtiger Glücksgriff gewesen.

Als Nick, Claire und ich damals New York erreicht hatten, waren wir gelinde gesagt erst mal überfordert gewesen.

In St. Mercy war alles … langsamer abgelaufen. In New York

geschah so viel, noch bevor ich den nächsten Atemzug tat. Und immer war es laut. Es gab nie eine ruhige Minute.

Außer im Becken des New York Aquariums. Das war mein Zufluchtsort, wann immer mir alles zu viel wurde.

Das und unser Apartment.

Wir hatten unser Glück kaum fassen können, als unser Makler uns dieses Schmuckstück gezeigt hatte. Frisch auf dem Markt. Wir hatten es auf der Stelle genommen. Auch nachdem Claire vor einem Jahr nach St. Mercy zurückgekehrt war, hatten Nick und ich an der Wohnung festgehalten.

Zugegeben, der Hausflur sah dürftig aus und hatte nicht gerade einen guten ersten Eindruck gemacht. Der Putz war an einigen Stellen heruntergekommen, die kirschrote Farbe so großzügig aufgetragen, dass es Dutzende von Farbnasen gab, und die Holzstufen knarzten eigentlich bei jedem Schritt. Doch wenn man es erst mal in unser Apartment geschafft hatte, bekam man sofort cozy Vibes.

Retrofliesen mit roten und blauen Rauten, weiße, hohe Wände und antike Möbel, die ich hier und dort aufgestöbert hatte. Dunkles Holz, das ich in meiner Freizeit blank poliert hatte und auf dem nun alte Keramikvasen ihren Platz fanden. Zwei neu gepolsterte Stühle, in die man sich sinken lassen konnte, um seine Schuhe anzuziehen. Im Anschluss an den Eingangsbereich öffnete sich der erste große Raum. Das Herzstück des Apartments. Unser Wohnzimmer, in dem sich nun auch Shiloh des Öfteren aufhielt. Als sie Nick und mir noch aus dem Weg gegangen war, hatte sie diesen Raum wie die Pest gemieden. Mittlerweile ließ sie hier auch mal ihre Kleidung und andere Habseligkeiten liegen. Nicht mehr darauf bedacht, so wenig wie möglich von sich preiszugeben.

Es gefiel mir. Ich mochte das Gefühl von Leben in der WG.

Meine Füße sanken in den cremefarbenen Teppich ein, als ich

mich zum großen, sturmblauen Ecksofa begab, um mir den Poststapel anzusehen. Wie jedes Mal hatte ich aus der Routine heraus den Briefkasten unten geleert, ohne mir sofort anzusehen, welche Werbung mich jetzt schon wieder zu einem Kauf überreden würde. Ich war dahingehend ein leichtes Opfer.

Stöhnend ließ ich mich in das weiche Polster fallen und legte die Beine hoch.

Ich schaltete den Fernseher ein und stellte den Ton auf eine angenehme Lautstärke. Einfach damit ich mich nicht allein fühlte. Shiloh war höchstwahrscheinlich bei Miles, und Nick … Wenn er nicht in seinem Zimmer war, traf er sich vielleicht mit seinen Freunden. Immerhin war er momentan nicht an einem weit entfernten Drehort.

Nachdem ich mit meiner Liegeposition zufrieden war, griff ich mir den Stapel Briefe und ging ihn durch. Werbung für Küchenutensilien. Werbung für einen neuen Internetanschluss. Einladung zum Nachbarschaftsbrunch im Café Style. Und ein cremefarbener Umschlag, der an Nick und mich adressiert war.

Ich bemerkte den Poststempel und setzte mich abrupt auf. Die Reklame fiel von meinem Schoß, aber ich ließ sie unbeachtet. Mein Herz klopfte bis zum Hals.

Louisiana. Der Brief kam direkt aus meiner Heimat. Wer würde mir schreiben? Meine Eltern und meine Schwester kommunizierten ausschließlich per Smartphone mit mir. Niemand würde mir einen Brief schreiben. Niemand außer …

Mit fahrigen Bewegungen riss ich den dicken Umschlag auf. Eine golden umrandete, aufklappbare Karte kam hervor. Teures Papier. Geschwungene Schrift. Eine …

»… Hochzeitseinladung«, flüsterte ich. Vorn prangten die Namen des Paares in schwarzen Lettern, und mein Herz galoppierte davon. Mir wurde schwindelig. Ich bekam keine Luft. »Claire und George. Claire Jefferson und George Rosewood.«

Obwohl ich ihre Namen laut aussprach, konnte ich den Umstand, dass die beiden heiraten würden, nicht begreifen. Eilig klappte ich die Karte auf und überflog den Inhalt. Die Feierlichkeiten würden schon in vier Wochen stattfinden. Das Paar würde sich sehr über unser Erscheinen freuen.

Wieder und wieder sah ich mir Umschlag und Karte an. Wort für Wort brannte sich in meinen Verstand.

Als irgendwann die Eingangstür ins Schloss fiel, blickte ich auf. Mit Schrecken erkannte ich, dass ich mich eine Stunde lang nicht vom Fleck bewegt hatte. Ich musste schrecklich dringend aufs Klo, und mein Magen grummelte vor Hunger. Und dann, nach einem weiteren Moment, begriff ich, dass mir das Schlimmste noch bevorstand.

Nick.

Da ich den Brief geöffnet hatte, musste ich ihm mitteilen, was darin geschrieben stand. Was Claire von uns verlangte.

Flashbacks von meiner letzten Begegnung mit ihr schossen wie Blitze vor mein Auge.

Du hast Gefühle für ihn, obwohl wir uns geschworen haben, einander niemals romantisch zu lieben. Das ist alles deine Schuld, Bronwyn.

Danach war sie gegangen.

Mir wurde übel. Ich fragte mich gerade, ob ich es bis ins Badezimmer schaffen würde, ehe ich mich übergab, als Nick ins Wohnzimmer trat. In meiner Panik hatte ich sofort wieder verdrängt, dass ja irgendjemand die Tür benutzt haben musste. Und dieser jemand war ausgerechnet Nick Badgley. Mein Mitbewohner. Mein bester Freund. Meine erste große Liebe und die Person, mit der ich niemals zusammen sein durfte. Konnte. Würde.

MOON NOTES

Laura Labas

Room for Love 2.
Three with a Key

Romance

ISBN 978-3-96976-037-6

Die Kindheitsfreunde Bronwyn und Nick ziehen zusammen mit ihrer Freundin Claire aus beengten Verhältnissen in Louisiana nach New York. Schon lange schlägt Bronwyns Herz für den attraktiven Stuntman Nick, doch ein vor Jahren geleisteter Pakt der drei macht ihre Liebe unmöglich. Claire ist inzwischen wieder nach Louisiana zurückgekehrt. Als sie Brownyn und Nick unerwartet zu ihrer Hochzeit einlädt, müssen sich die beiden ihren Gefühlen stellen – in der Kleinstadt, in der alles begann.